滄海叢刊

實用文纂

姜超嶽著

1982

東大圖書公司印行

中華民國七十一年五月初版

實用文纂

基本定價肆元

著作者 姜超嶽
發行人 莊剛彰
出版者 東大圖書有限公司
總經銷 三民書局股份有限公司
印刷所 東大圖書有限公司
臺北市重慶南路一段六十一號二樓
郵政劃撥一〇七一七五號

行政院新聞局登記證局版臺業字第〇一九七號

故人歡敘 左起 梅嶙高 毛振翔 濮孟九 馬紀壯 蕭贊育 吳鑄人 姜超嶽 六九年八月十八日攝於台北新莊姜寓

晚翠樓雅集

前排左起 成惕軒 高明 毛振翔 周素梅 姜超嶽

後排左起 徐毓驎 邵德潤 曾霽虹 潘維和 姜水雅 毛君強 羅萬類

民國七十年國父誕辰攝於台北新莊五守新村姜寓（周光德遲到）

觀字留影

左起 邱寶珠 尚達仁 周素梅 劉振強 姜巽生 周光德

中華民國七十年十一月廿二日於行都和元大廈前

異生素梅閒居晚翠樓 （辛酉冬徐君毓麟攝）

實用文纂總目錄

以文會友，以友輔仁，此乃吾生之出書之目的也；簞食瓢飲，安貧樂道，此乃吾生之淡泊以明志也；文以載道，情以貌誠，此乃吾生之之用以自勉也。故一握筆即文情並茂而真摯，慈常坦蕩，自得其樂，稱之曰有福，自屬恰當，人生如此，亦可無愧矣。

冰之丈人敬題

七6.十八

巽生先生實用文纂

文融義理功斯溥
語謝暄寒意更真

弟成惕軒敬題

代序

先生能，我們為何不能？

——為青年讀者進言——

吳中英

本書作者江山異生先生，是宜享大名的人，今日海內外知道他大名的人，原已不在少數，但尚未達於應有的程度，值得注意的是，凡知道先生大名的人，莫不對他興崇敬之心。先生的文章是宜被傳誦的，今日世人讀過他文章的，原已不在少數，但亦未達於應有的程度；值得注意的是，凡讀過他文章的人，莫不對他興佩仰之忱。認知先生的人，其初自然限於交遊所及，熟知他文章功力的人，也祇限於他服務場合。自從先生發表他的專著「我生一抹」後，不但文名大著，而瞭解他傾慕他的人，也愈來愈多，愈來愈深刻。先生於「我生一抹」一書外，又陸續發表過「累廬書簡」、「累廬聲氣集」、和「林下生涯」等書。其間有不爲世人週知的，近六七年來，他年有結集，把一年中自己寫的文章，和親友往還的書簡，以及其他和先生有關的文字，編印成書，贈送親友，作爲紀念。讀者中有獲知此情的，輾轉求索者不絕，但因供應不足，無以饜衆人之望。今幸得此良機，先生將過去五年來所刊：「林下生涯之一巒」、「丁巳聲氣集」、「聲畫錄」、「留念集」、「行素集」、及今年新出的「福樂篇」等六册，合輯成書，以餉世人。先生已壽登八十餘高齡，對大多數的讀者而言，均可列爲他的年輕讀者，先生的大名和文章，今後亦將在青年中廣爲傳布，普受推崇。筆者曾於先生領導下共事多年，數十年交往不絕，長期獲得先生的關愛，爰不揣淺陋，試寫此我所知於異生先生者，向青年朋友作一進言和介紹。

一、異生先生的爲人　先生生有異稟，年輕時又多受生活磨練，融鑄而成他特有的性格：他是剛正的、堅毅的、勇敢的、豪邁的、奮進的、坦率的、灑脫的，同時也是眞誠的、仁慈的、謙抑的、溫文的、狷介的、容受的、體貼的。人的性格，最常見的，不是有所長，便是有所短，因之就有可取和不可取處、同時出現在一人的身上。而在先生，則唯見其有統合之美，而無偏執之弊。他是行其所當行，止其所當止，於當行處，比誰都堅持，於不當行處，又比誰都能抑制。這些統合之美的性格，處處表現在他的爲人上。巧合的是先生名號中那個「超」字和「異」字，不啻是他的標幟，他是不甘抱殘守闕墨守陳規的人，追求超越進步，求有異於往昔、有異於當前、有異於一般，而非立異鳴高，妄自尊大，空作超勝之想的人。又人的性格，到老年時常易發生變態，孤僻傲岸，呈現出種種瑕疵，與世俗積不相容。而在先生，只見其人格言行，與時常新，越來越受人敬重，眞正做到了人人可師可法的地步。值得我們尤其年輕讀者去學習奉行。

二、異生先生的治事　由先生的性格爲人發展出來的具體事象之一，是他的治事。他在每一件所作所爲的事，是有理想的、有目標的、有步驟的、有方法的、有效率的。在他手上，無難事、無不可完成的事、也永無失敗的事，可以做到有始有終，盡善盡美。昔年先總統　蔣公倡行「行政三聯制」，要求設計、執行、考核三者一貫作業，促進行政效率；推行「新、速、實、簡」四守則，改革國人的生活習慣和辦事方法，凡此種種，先生早就具此識見，也早在他治事上具現出來。更有可佩仰者，一是他遇事率先倡導，躬自實踐，愈做愈奮，不成不止。一是他具有堅強的統馭領導才能，善於感化人，敎育人，任何有缺點或能力稍差的人，到他面前，都能迅速獲得改造，成爲有用之才。由於先生訂的標準高，要求嚴，在他手下做事，頗不容易，但一旦能達到他的期望，便被寄以信任，由你放手做去。又先生崇尙節約，不肯浪費公家一文錢，任何物品，小至一紙一筆，到他手上，必使輾轉使用，盡其全部效能而後已。以先生的長才，其貢獻於國家者，應有更卓越的成就，可惋惜的，先生平生惟知公忠體國，不自謀，不干祿，以致時會錯失了他，使他失去獨立方面之任，不克發揮他優越領導創造異績於極致。記敍及此，亦願我青年讀者以先生爲法，提昇自身的境界，惟求事業之有成，而非從事權位利益之奔競。

三、異生先生的文章　由先生的性格爲人發展而成的另一具體事象，是他的文章。先生寫文章的功力，實在雄厚深廣，非一般所能企及。他愛寫文言文，但並不拒斥白話文，他寫白話文時，同樣也是揮灑自如，他的文章觀，可以說是只論好壞，不分文白。不過因爲他習慣於寫文言，同時也深愛自己在這方面的成就，有獨特的風格可言。我國有數千年的文化積累，古籍浩如煙海，絕大多數是文言文，凡用以發抒思想性靈記述事物的文句，前人都已寫過，今人再寫，很容易落入原有的窠臼，以此成文，畢竟缺少自身的生命活力。先生爲文，最大的特色，是能突破前人的樊籬，且擅用短句，簡鍊晶瑩，剛勁有力，字不累贅，語無虛發，眞正能做到以少許勝多許、擲地有聲的境地。在他筆下，儘管是極盡簡勁能事的文言文，仍能做到文義顯豁易解的原則。論其內容，則又氣勢雄偉，熱情洋溢，面對現實，吐露心聲，盡屬載道之作，裨益人生。有時可以一揮而就，使人讀來，字字珠璣。有時琢磨復琢磨，精鍊更精鍊，最後達於毫無推敲變更之餘地。因之，他的文章，在年事稍高對文言有素養的讀者看來，一經接觸，就會立刻驚喜佩服，而年輕的讀者，亦會因先生的文章，引發對文言文的極大興趣，大可以先生的文章作橋樑，進而多接觸前人的文化遺產，承襲它，並有以發揚它，成爲最佳的契機。

四、異生先生的生活　由先生的性格爲人發展而成的又一具體事象，是他的生活。他把兩種相反相成的生活方式調適得恰到好處，在他生活中，有嚴肅的一面，也有歡愉的一面；有寧靜的一面，也有活躍的一面；有自奉儉約的一面，也有慷慨樂輸的一面，凡他性格中的含蘊，又都具現到生活中來。畧舉數例，如：㈠數十年寫日記不輟，寫自身，也寫國事，有裨史事文獻，示先生的有恆。㈡早年即擅書法，具名家風範，後因右手患顫，成書困難，改用左腕，經艱苦磨練，所書之精彩，亦不遜於右腕，爲友輩所珍藏，示先生的堅毅。㈢先生來臺後，感於氣候較暖，改用冷水澡，數十年寒暑無間，使體魄益臻堅強，做到與醫藥無緣，長期保持精神矍鑠、健步如飛、舉止間充滿「力的表現」的形貌，示先生有恆堅毅而外，兼示養生之有道。㈣讀先生自述，知他也是「少也賤，故多能鄙事」，再艱苦的環境，也難不倒他，工藝也好，園藝也好，無不手到功成。初遷來臺時，家中臥床及部分桌椅，多出自製。前年爲友人整建「沐園」，亦其一例。平日家務之整飭，尤其餘事。示先生的多能與勤勞。㈤我在前文中說過先生不肯浪用公家一文錢，他自處亦同，他對日常物品，非至眞正做到「物盡其用」，絕不輕予廢棄。友人最易感覺到的，是他的手書，信封往往是以用過的包裝紙或舊信封翻製而成，信紙則是利用廢紙背頁的空白，示先生的珍惜物力。㈥先生好客樂羣，存問友好，接待親朋，樂與年輕人交往，同情別人的困苦，解囊幫助苦難者，均爲其生活中之常事，示先生之自奉薄而待人厚。上述種種，大足儆勵末俗，卽屬我所稱先生德性中衍生事物的顯例。

最後，我願一述先生的婚姻生活。先生德配楊夫人慈祥賢淑，又同具堅強奮勵性格，與先生共度上半生成家創業的艱難歲月，贏得親友們的敬重，不幸於抗戰勝利之年，驟遭意外，眼睜睜的看着她奄忽逝去，先生攖此打擊，傷痛達於極點，親友們都爲他今後的生活，憂心忡忡，幸而上天不負善心人，使周夫人進入他的生活中，醫治他的創傷，彌補他的缺憾，付出最大的愛心，處處給以支助，使先生後半生的生活，不但趨於安定，且更放出異采。周夫人具有超人的德性和才情，書法渾厚娟秀，媲美古代名家，爲士林所推重，與先生共度福樂生涯，當得起人間仙侶的美譽。先生嘗名所居曰「四爲窩」並爲文述其所以名，富有人生哲理，亦是居家生活最好的圭臬，願我男女青年讀者共同去體現。

以上我把所知於巽生先生者，大致寫出，在此，我要總結一句：先生的不可及處，是他亦剛亦柔，亦嚴亦慈，……具有綜合之美的人物，他在為人、治事、文章、生活四方面，前後一貫，處處洽調，不見有矛盾之處。我們把智者、仁者、勇者的冠冕，加在他頭上，他都承擔得起。他的一切，大可作為世人共同的師法。

我一直以今生有此一位賢長官兼良師益友為榮。在我的心靈中，有時不免有寂寞空虛之感，我不能僅在古籍中去尙友古人，必得在現實世界中尋求理想的賢者，我瞭解他，他也瞭解我，把我的全部敬慕之心，寄託於他，而先生正好即屬此選。我想寫一篇「我所知於巽生先生者」的文字已久，但遲遲未敢動筆，恐有損於先生的形象，才是我所耽心的事，今勉成此文，不敢自謂這種顧慮已不存在。好在先生文纂中尙有其他親友對他的描述和傾談，——那些文字都不是出於虛應、逢迎、阿諛、偏愛，而是心聲的表白。——可以補正我文中的缺失。當然，最大最好、最能眞切反映先生全部形象的，還是他自己的著作，除這册文纂外，還得遍讀「我生一抹」等書，不僅以此瞭解先生，有機會且可接近先生，欣賞他的文章，更重要的，將可由此效法他的為人，昔人有言：「典型在夙昔」，現在我人有幸，「典型」就在我們的面前、身旁。先生能，我們為何不能？值得大家急起直追！

中華民國七十年十二月十二日常熟吳中英於新竹田美街

自序

政府渡海之三十有三年，我中華民國開國七十年矣。值此大慶，通國上下，競謀所以紀念者。不佞忘其朽邁，特將近年所出分貽親友小書，彙輯刊行，以襄其盛，亦區區獻曝之誠而已。

予出小書，自民國六十五年歲次丙辰始。時渡海二十八年，予退休後第八年也。是年，拙著「林下生涯」問世，為廣求教於相知，別刊節本曰「林下生涯之一臠」。承刊者三民書局。明年丁巳，虛度八十，刊「丁巳聲氣集」，非以紀壽，藉志友誼耳。又明年戊午，刊「聲畫錄」，己未「留念集」，庚申「行素集」。今歲次辛酉，則有「福樂篇」。書中作品，有取之於人或刊物者，抒情道事，短語片言，率多真摯之作。其內涵各有所重，編法亦同中有異。而所以以文會友，志因緣，彰情誼，留鴻雪，冀有裨於固有文化之宏揚則一。

六七年來，幸邀海內外同道君子之謬愛，輾轉求索者不絕，異口同聲，僉謂書中一文一簡，其人其事，無不呼之欲出。卽使素昧平生，讀之亦若置身其間，滋感親切。且字裏行閒，情溢乎辭，無非聲氣相應，砥礪互勉。視夫世之無病呻吟，或徒事衒鬻者，迥然異趣。因而時聞彙刊發行之議。誠以此類作品，乃真正實用之文，凡所稱述，雖不外布帛菽粟，而壹是尚誠，固亦寓載道之旨。既足資讀者酬世之借鏡，更於論人處世，及德業修養，沾晨鐘暮鼓之效焉。就文體言，日常所需，差備於是。為彰實用之足貴也，故名之曰「實用文纂」云。

書局當事劉君振強，有心人也，知此書既成，卽為編入「滄海叢刊」，俾與前出「累廬聲氣集」「林下生涯」「我生一抹」「累廬書簡」等書相輔而行。為求存真，決采合訂方式，於各書原有封面、題署、編目、一仍其舊。而頁次則統合之，另編總目殿於末以為索引。是為序。

江山異生書於臺北新莊五守新村晚翠樓。七十年之冬。

江山異生著

本書原為始自民國五十八年之日記茲特截其關於六十五年部分並附錄單印成篇乃專以分遺遠友或新知舊雨者請視為區區近狀之報告可也

著者識六五、一二、三一

林下生涯之一臠

弁言

予以不才，浮湛人世，媿無所長。差足自慰者，於人於事，尚能盡其在我而已。往以拙著「我生一抹」襮其平生，勞者自歌，不求傾聽，竟謬博能文名，豈所意料。於是而有「累廬書簡」之刊，而有「累廬聲氣集」之出，口碑雖盛，終感強顏。不知者或以為蓄志自鬻，飾辭自高。實則天日在上，莫非偶然。本書之作，事同一例，今且述其實情，以證吾說。

東大圖書公司當事劉君振強，予渡海後忘年交也。知予從事日記，患難無閒，屢請輯刊成書，以餉讀者。予曰，自來日記之刊，及身自為者殊希，且自揣生活點滴之紀錄，視昔賢所作，動關學術掌故，或修齊治平大道，奚翅砂石珠玉之比。劉君則謂，年來新刊叢出，獨闕此書，先生高行卓識，必有所以啓廸人生，或資人省惕者。請之再再，而予未之允也。

迨客歲承邀為其滄海叢刊編著「累盧聲氣集」時，內有「雜著篇」，零星拼集，慮其偏枯，乃就年來日記之足回味者，選輯若干以充數，可三四萬言。不謂全書殺青後，篇幅逾量，予遂剔其充數者焉。而劉君深以為惜，堅請就所剔者，充實之以單行，俾為新刊備一格，而償積年之宿願。予感其誠摯，曲意從之。因所輯限於懸車以後事，故名曰「林下生涯」。是本書之成，謂非得自偶然，惡乎可。

至予與日記結緣之深，已詳述「我生一抹」書中，不復贅。而受益之厚，願以告讀者。日記不難，難在連綿而無閒，強毅為之，持恆之習賴以成。記則不離文字，文字愈用而愈靈，朝斯夕斯，如臂使指，意到筆隨賴以能。人事紛紜，瞬息萬變，縱恃強記，有時而窮。永留省察賴以備。此言其常者，而予更得其妙焉。自中歲改習左腕作書，因鍥而不捨，亦偶能得心應手，揮灑自如，雖略逞怪氣，有違常格，而朋從契好，偏多喜予之怪而索題者。不知區區收穫之磨鍊功夫，端由日記而來，其妙用有非意想所及者。然則今以此書問世，儻亦醉翁之意不在酒乎。是為序。

中華民國六十五年十月十五日江山異生臺北

代序

喜聞「林下生涯」問世

成惕軒

近年來，國內著述風氣很盛，這自然是好現象，至少證明一個事實，臺灣並不如外人所說的是一片「文化沙漠」。

不過，具有高水準的著述雖多，而其中勦說雷同之濫竽充數的，亦復不少。至本淑世淑人之願，寫至情至性之文，則更寥若晨星，少之又少。

江山異生姜超嶽先生，是一個至情至性的人，素工文辭，但不輕言著述；然苟有所見，發而為文，又必言人所不敢言，獨抒胸懷，切中時弊。尤以積其數十年應事接物的寶貴經驗，撰成各種專集，率有裨於世道人心：如「我生一抹」、「實用書簡」、「景廬聲氣集」等，問世以來，莫不為廣大讀者羣所推重。大抵情必純真，事必信實，義必正大，語必簡明，是為異生文字的特色。今新著「林下生涯」又由此間三民書局出版，余於歡喜讚歎之餘，並預祝其萬本風行，後來居上。

中華民國六十五年江山異生日記（家居臺北縣新莊鎮中港路五守新村）

附言

本書所記林下生涯，其關於最近一年，即民國六十五年者，迫於倉卒，不及編入。姑將此一年內，聲氣至好所惠德音之較平實者，及爲紀念長官故人而作之獻辭，並其他陳情抒感之筆，萃而輯焉，倘亦可視爲是年生涯之一斑乎。列其目如次。

我看「累廬聲氣集」

毛子水

異生的文字，從「我生一抹」出版以來，久為世所重。文字的能為世所重，自必有他的道理。就我所見，則樸誠率性，要為異生文字的一大特色。質直是人生一種很高的德性，在文字裏，亦極為可貴。我以前看「我生一抹」持這個意見，現在看「累廬聲氣集」，亦持這個意見。

我對異生的做人，固亦有聲氣的相同。異生說，「我之一再出書，既無衒鬻之志，更無牟利之心。斤斤自期者，廣博同道之共鳴，對當前運會，稍效潛移默化之功」。我雖懶於執筆，但每有所作，亦和異生有同樣的心情。所以讀異生集中許多對青年朋友說的話，如「凡服公職，以勤慎忠誠為至要，暇則進修，於自身學識力求充實。」

「造福地方，即積德於身。」
「效勞國家，即所以報親恩。」
「無愧於人，無愧於己，無愧於天，浩然之氣，不期集而自集。」
「天壤間惟眞與情爲最美，亦最可貴。」

上所云云，我覺得都是我所要向人便道，不怕口角流沫的。

近五十年來，我非特自己寫文字差不多全用白話，即對青年學子亦以寫白話文章相勸勉。巽生一向喜好文言文，但這集中巽生一封回覆青年人的信裏，有這樣一段話，見一二二頁。「將來通信文字，以達意爲上，勿拘拘於文言。引用典故，在其眞意未明前，萬勿濫用。文章貴能明白通暢，使人無一字一句不可解。」

這寥寥五十字，含有許多做文章的大道理。這可見巽生自己雖安於舊貫，但爲人謀，則便能「無固」、「無我」，這種修爲，是值得特別稱道的。

毛子水六十五年八月十六日

拜讀姜著後敬塵作者

會定一

江山巽生懷天下興亡匹夫有責之志，宏與人爲善之心，率性而行，容與乎中道，閒如野鶴，矯若游龍，故人敬而愛之。尤爲予心折者，其生平寧人負我，毋我負人，橫遭誶辱，漫不措意，斯深得老氏「善者不辯，辯者不善」之眞諦者。予嘗受其身教矣，思齊未能，於心滋愧！

比讀所著「累廬聲氣集」，佼佼錚錚，自成面目。集內與予有關者，褒貶雜陳，褒則恐其不彰，明揭名號，貶則酌情隱諱，蘊而不宣。如書簡篇論事類，因語涉逆耳，僅書姓而略名，慰勉類箴老友勿鬧閒氣札，更諱賤名「定」而爲「鼎」，即其例也。霜露雷霆，同屬春意，値澆漓之世，而竟獲忠恕諍友，寧非予生之大幸歟。

惟念往哲以諱過爲恥，以遷善爲敎，願作者推古人之心，於斯集重版時，悉直書名，勿再爲諱。寵錫棒喝，寡過庶幾，則其加惠於不才者，不將更無涯涘乎。中華民國六十五年五月十八日塵瀆，聊當再版息壤。（本文作者曾君，爲示其鄭重意，以精箋寫成立屏贈本書作者。）

嶺南大埔曾定一敬書於臺北木柵客寓

我有幾句心中的話

王蒲臣

「累廬聲氣集」初出時，我興致勃勃的買了一本來，可恨眼睛作祟，讀了前面七十九首論事的書簡，就被迫停止了。不過我還是要說說心中的話，以告讀者。

這些論事的書簡裏，對於爲人、處世、養生、時政，以及文字等，無所不談；但文字方面，幾佔半數，足證作者對文字的重視。最可貴的是，作者有他獨特的見解。他對朋友的作品，如有所見，眞是知無不言，言無不盡，率直陳詞，毫無隱諱。誠如他自己所說：「從不阿好，更不虛美。」一般說來，已屬難能可貴。卽或有所指正，受之者不以爲怪，反而衷心感激。至於他的爲人處世，有他的獨特作風，在現社會中，實屬少見。如能相習成風，則於社會風氣之改良，不無幫助。就寫作論，凡有重要作品，必定要求教可以信服的老友之後，方才定稿，非常虛心，並沒有「文章自已好」的庸俗觀念。

上面這些，是我所要說的心中話，一般青年，如果能好好研讀本書，心領神會，定可得益不少。

陳立夫先生來書

異生吾兄：病中拜讀大作「景廬聲氣集」後，擬以「以文會友以友輔仁」八字稱之。其中不但有兄歷年佳作如許，且有百餘老友之文在焉，其價值自與一人獨著不同，亦可稱之爲聲氣文集。集中老友均以讚兄之文與爲人爲中心，不亦輔仁乎。再者，拙著「人理學」修身一章，不以德爲脩身之唯一要務，而以德、智、體三者並重，此弟前昨之所以建議吾兄加意飲食者在此耳。專復，並請雙安。弟陳立夫六五、五、二一。

喬家才先生來書之一

異生先生：雖不識荆，而景慕之者久矣。每於江山朋友口中，得知先生乃才子而兼君子者。日昨毛萬里兄贈以尊著「累廬聲氣集」，知前此出版者已有「大陸陳迹」、「我生一抹」、「累廬書簡」，此爲第四部巨著也。先生學問淵博，正直剛毅，浩然正氣，躍然紙上，讀其書如見其人矣。

家才追隨雨農先生十三年，雨農先生待我以國士，故不計危險死生以報之也。廿餘年前，於牢中撰述往事，送周念行先生一閱，周先生以爲可以公開發表，鼓勵有加，並命名「關山煙塵記」，刊行已十年，謹奉上一册，祈予教正。敬頌大安。喬家才謹上。六十五年四月十日。

喬家才先生來書之二

異生先生：手教及尊著「我生一抹」、「實用書簡」今午收到，謝謝。

悤忙中拜讀「我生一抹」、前數節，如疾病中得良藥，饑餓中獲美食，高興之情之狀，豈可以筆墨形容耶。蓋日來校雨農先生年譜，撰寫雨農先生傳記，對其早年生活，苦無資料，所知一鱗半爪，皆出於念行、紹謨、蒲臣諸位之口，有時信口言此，難免錯誤。今讀「我生一抹」二一節「升學」，二五節「結社」，三〇節「巧事」，三三節「好勝」，始知有如此珍貴之資料。奇怪萬里何以不早言之，使叚玉久藏土中也。

書中之毛繼和、姜穎初、毛簡、姜達緒、王蒲臣，均舊友，讀斯書，念舊友，不勝感慨萬千。

人生如夢幻泡影，如露亦如電，轉瞬即逝。而對此短暫人生，無一字之記錄，任其逝去，豈不可惜。撰雨農先生傳，更有此感。雨農先生之偉大感人之深，非千言萬語可能盡，而其在抗戰八年中對國家貢獻，蔣公而外，無出其右者。故欲撰寫其傳記，以盡後死者之責。

「我生一抹」描寫細膩，趣味盎然，百讀不厭，爲最佳之自傳，不特先生不虛此生，且可作爲雨農先生傳記之最好參考資料。其價值豈可以常情衡量哉。敬請大安。喬家才謹上。六五、五、一。

吳中英先生來書

巽公夫人同賜鑒：尊著「果廬聲氣集」早蒙書局寄下，其中凡出公之手筆者，當即一一拜誦，與會淋漓，愈讀而愈感作者之偉大。嘗自謂曰：「不讀本書，無以盡知巽公，不讀本書，無以眞知巽

「公」。滿擬俟全書讀畢，再具函申謝，並述所感，乃中因整理私擬國字新部首排列，一經措手，欲罷未能，致稽覆聞，今蒙賜示垂詢，惶愧何似。昨續將「德音篇」讀畢，謹提下列意見：

一、書中閒有誤植字未及校正者，另箋書奉，請加覆按裁定後，交書局刊爲勘誤表，附入待售諸書中，再版時並予更正。

二、似此令人敬愛之著者，凡在讀者孰不欲一識廬山眞面目，再版時宜增入公之肖影多幀，至少應有少、中、老三期玉照各一幀。又夫人賢淑非凡，人所敬慕，至少應有玉照及儷影各一幀。此爲傳記書籍當然事，請勿有何謙抑避忌，弟敢代表萬千讀者作此請求。

三、書中談公之法書處，不一而足，且「字如其人」，尤令讀者嚮往。又「右筆患戰，改用左腕作書」不惟人所難能，且有驚人成就，而神奇之法書，究爲何狀，亦讀者渴求明瞭之事實。此宜選右、左腕法書各一篇，附入書中，以饜衆望，右書或用「上林主席書」全文，或用中訓團自傳首頁。左書或用「左右過渡殘零錄前言」全文，或另選範書。

四、夫人之法書亦已膾炙人口，衆所共求，人世閒難得有此唱隨之樂事，奈何不令讀者共賞佳話，宜有法書一篇在列，或即用所書蘭亭序一文。

五、原刊熊翰老八秩壽照一幀，說明文字請稍補充，擬請增「中爲熊老伉儷，左爲陳立夫先生，右爲著者」等字，使不相識者，亦能瞭然。

六、「我生一抹」，有併兩種書簡爲一冊者，將來自必可合「聲氣集」等爲一鉅冊，總名「

我生一抹」，書簡則請更名「累廬書簡」「甲集」及「乙集」，「實用」、「應用」之名，究係「書商」見地，不足彰顯原書風格，折損頗多。凡此拙見，乞公笑而正之爲幸。肅覆申謝，並請儷安。教弟 中英拜上。內子同叩。六五、六、九。

游岳震先生來書

巽公鄉前輩尊鑒：前於坊間偶得尊著「我生一抹」、「實用書簡」兩書，如獲至寶。繼聞有「累廬聲氣集」問世，不待坊間書到，已獲先睹之快。自後口誦心惟，即以此三書爲師矣。晚 浙江麗水人，於卅八年來臺，四十八年成家，現服公職於南市，亦年過半百爲人父矣。讀公書，而知公道德文章，爲人處世，皆足爲世則，且於後生後進之敎導，不憚煩厭，故敢冒昧馳候，藉申景企。專此奉陳，敬請著福。鄉晚游岳震敬叩。六五、七、二三。

周詳先生來書

巽公鈞鑒：頃奉 敎言，頓開茅塞，玩物喪志，敢不惕勉。上旬購得大著「累廬聲氣集」，漏夜拜讀，幾忘寢餐。滿紙金玉良言，聲如暮鼓晨鐘，振聵發聾，令人深省。斯集問世，是亦蒼生之幸，豈僅「聲應氣求」相互砥礪而已哉！例如其中略論「求」字，提示「不恥下問」之義，十足表現學者謙恭之美，虛懷若谷，古道照人。總之全篇體大思深，洞達人情，裨益後知，洵稱佳構。邇來出版新書雖多，但能類此實用者，殊不多見，而今紙貴洛陽，固其宜矣。玆復從「豪舉記」之鴻文中，獲悉我　公往日「重義輕財，……」之事蹟，益信惟有眞正性情中人，方有如此豪情異舉，高風亮節，曷勝欽馳！專肅佈臆，順禱儷安！晚周詳敬上。六十五年四月十七日。

方豪先生來書（節鈔）

異生兄有道：前承以新書即將出版見告，屈指計之，當已問世。（中略）弟習史，雖文史一家，而弟素不善文。但史貴眞實，兄之爲人及尊著，第一特點即爲眞誠。故尊著弟無一不讀，讀必終卷。前聞美國某大圖書館函索尊著，亦以其中多眞實材料，此內行也。

令友某君，謂拙著乃「考據之學失於零碎」，誠一針見血之言。但弟庸劣成性，喜作專題研究。各科皆有專題研究，國人獨對歷史之專題研究名之爲考據，弟不敢苟同。辛勤一生，只能到此，眞無可奈何之事也。幸專題研究之餘，尚能傳道、授徒，或可稍彌此憾。

讀尊著答友人胡君談公保事，（作者按見累廬聲氣集書簡篇論事類）自稱「厚叨天庇，數十年來，寒暑無犯，幾與醫

藥絕緣」云云，弟勸兄萬勿以此自恃，天雖厚兄，但必先盡人事而後聽天命。（中略）托筆代

面，不盡一一。弟豪頓。

以下作者復書及紀念長官故人獻詞並抒感之筆

復喬家才先生

家才先生：十數年前，吾家毅英，曾為弟談及先生，知名自此始，心儀神交亦自此始。

昨接奉尊著「關山煙塵記」，並附手翰，讀劈頭「雖不識荆」一語，即仰見先生秉性之爽朗，迥異於人。文筆格調，亦與弟有異曲同工之感。及讀尊著殿篇，對人對事之實錄，守正不阿，自強不屈，更竊喜吾道不孤，節操性情，難兄難弟。生不同方，行而同道，豈非數緣也哉。惟厚荷謬讚，「乃才子而兼君子者」，萬不敢當。讀聖賢書，勉學君子，誓心則然，愧未至也。論才乎，自分椎魯，一無所長。祇因年來強顏操觚，暴我心聲，而致「君子恥之」之累，以視先生才華洋溢，實至名歸者，渺乎遠矣。

茲奉塵拙著「我生一抹」、「實用書簡」各一，區區身世與所以立身，粗備於此。新出之「累廬聲氣集」，則林下生涯之寫照耳。不吝教正，是所望於賢者。專復，順頌猷安。弟 姜超嶽上。六五、四、二八。

復沈鵬先生之一

萬老長者尊覽：比讀廿五日手敎，連篇累牘，竟長達五百餘言，且字蹟遒勁，行列朗然，以望百高齡，而有此能耐，難得難得，可喜可賀。近月來屢欲專誠走候，終以羈於事未果，殊歉歉也。拙著「累廬聲氣集」行銷之盛，確越意料。論文學無足道，所以引人興趣者，其在區區眞情實事乎。承示改進處，甚感厚意。但超所欲奉復長者者，已散見拙著書簡篇論事類諸文中，在六十二頁覆陳永村札，不審長者曾致意及之否。

奇僻怪字，已無生命，超素不喜用。偶有一二相通相同之字，因在古籍中所常見，行文時隨筆所之，往往無意中用之。然非奇僻怪字也。如愳、畣，爲懼、答之本體，普通字典無不有之。一屬心部，一屬人部。又如羼字，乃常用字，屬羊部，一翻卽得。

至言用典加注一事，超自量所作，淺近如白話，並無註解必要。不審長者以爲應加註者何在，乞便示。

超積年體察，以爲老年健康，是人生莫大幸福。試想失去健康，視息人世，尚有何意義。援此而言，長者今日，誠大幸福矣哉。專此，敬頌勛安。晚 姜超嶽左筆啓。六五、五、二九子夜。

復沈鵬先生之二

萬老長者道席：頃讀四日大示，有「論學行可爲我師」語，深感惶汗，長者誠撝謙爲懷，椎魯如超，猥何敢當。差堪無愧者，抱樸自甘，造次不渝耳。偶有過情聲聞，乃承親故長老之謬愛，藻獎逾分，非眞有實學懿行之足取也。

至超以「長者」稱人，極守分寸。超有長兄名時暘，年長十五而早世，因少時以兄爲師者可十年，故平生交遊中，凡其人其年與先兄相伯仲者，輒心焉兄之，而長者事之。如前考試院名故參事金體乾、陳天錫二先生，超與共事時，皆以長者事之者也。長者革命先進，志業昭昭，不亞於二先生。故當年同官府中，即以長者相尊，是超以事金陳者以事長者，分也，亦禮也。鄙意長者不但應居之不疑，且應以「小弟」「教弟」視超，則情理兩合矣。長者明達，其以區區爲然乎。所賜珍物，赧顏拜領，謝謝。專復，順頌雙安。小弟 姜超嶽敬啓。六五、六、七。

復老友吳中英

中英兄雙好：一昨之晨，接讀九日限時手教，謂對拙著「累廬聲氣集」愈讀而愈感作者之偉大，區區文詞，在兄心目中，竟値得如此重視耶。山野之人，率性而行，亦有足稱道者耶。自省吾身，不禁與榮寵之感矣。

關於卷首圖片之建議，如何選用，如何說明，至感盛意。惟弟生平，不慣自衒，此次所以不願多選，又不願多所說明者，原含深意，蓋微志在行道，而不在揚名耳。兄所云云，俟弟身後出諸他人手則可，今自爲之，總不免有點「那個」，兄以爲是否。一笑。

附示勘誤表，精細之至，亦得用之至。因近日正在編刊備用，謝謝費神。惟其中有不必改者，如「孝子不匱」爲成語，「斯干」是小雅篇名，「匆匆」即「忽忽」，「畢」代「筆」等，是其原文如此，以存眞爲妥。

承示近正從事新部首之著述，憑兄才思，定多創見，敬祝早日出書，而弟亦得先睹爲快也。

再者，兄對拙著，既有偏愛，甚望以多情之筆，就所示「愈讀而愈感作者之偉大」諸語，說出其所以然，撰成「書後」文見惠，備再版時編入德音，以永留紀念。事非亟亟，得閒則爲之何如。瑣瑣不盡。弟姜超嶽手復。六五、六、一二。

復游岳震先生

岳震鄉弟如晤：今以弟相稱何如。

讀上月廿六日來書，藉審佳況，丁茲世變，而能有今日，亦可謂幸運中人。閱所贈采影，夫人樸厚，兒女俊秀，想見室家之樂，歆羡歆羡。

君謂有志學我所爲，且喜且媿。喜則聲應氣求，多得一同道，媿則實無所長，衹對人對事，能盡其在我而已。拙作各書，一言一行，無一而非生平實錄，亦無一而非昭昭在人耳目者。出書以來，行銷不衰，殆卽在是。「一抹」中之「信念」，係我半生奮鬥結晶，盼細細體會之，於人生見解，不無可供借鏡也。

我書用字，均有所本，錯誤亦極少。遇有疑義，勿怕麻煩，多查辭書或字典，於文字可得進益。此次來書，有錯字三，俗字一，請加檢點何如。

承告令友戴君銘允，確爲我當年執教衢州時之學生，閱所附兩札，猶存念舊之情，且文筆亦不凡，良慰。乃兄銘禮，前在大陸曾任財部錢幣司長，我等時有過從，不知有消息否。

吳敎授處，我曾去函說明擬往求敎之因緣，迄未見復至，容俟定奪後當續告。專此，順頌

府上大小安吉。姜超嶽六五、八、三、子夜。

復楊蕙心女士

蕙心女士妝次：頃接芳函，並複印十年前「晨光」目錄，及拙文各一葉，至感盛意。

人生結緣，匪夷所思，素昧生平之人，彼此名氏，並見於同一刊物，當時如秦越肥瘠之視，

歷漫長歲月而始相知，思之若有定數焉者，亦可紀念事也。

拙作各書，不知貴女士看過幾種。自惟特色，不說廢話，眞實是尙而已。新出之「累廬聲氣集」，倉卒成書，難免闕失，倘不吝教，感激萬分。書中載有吳君中英函，滿紙至誠，讀之甚感人，是吾人相交以誠之徵，此中有古道存焉。

至言敝窩簡陋之實情，非身歷目覩不能信。遙想府上雖亦無電鍋與西式大床，而其家具陳設，決不致如寒窩之寒酸也。但特別聲明，窩下參考用書却不少，一笑。姜超嶽。六五、八、六。

復楊明堂先生

明堂先生：謝謝贈書「從無名英雄到有名英雄」並惠教。大著作法，異軍突起，於戴氏生平，有一網打盡之概，想見致力良瘁。文字尤流鬯可喜，佩佩。

書中敍其少時交遊，提及鄙名，深感榮幸。惟所舉事蹟，略有出入，爲昭信實，特塵拙著「我生一抹」一册，試爲參證之何如。淺人淺作，原無足稱，而事事求眞，屛絕虛誕，則堪自信而自誇耳。

承屬爲大著撰序，深慙庸朽，莫可爲賢者重，方命知罪。近以艱於執筆，不克暢所欲達。他日得緣，甚願多多領教也。姜超嶽啓。六五、一一、二九。

與老友毛萬里

萬里兄：晨聞一番電談，欣感無已。聖訓昭昭，益友以直爲上，吾何幸，半生浮沈，偏多奇緣。今垂老矣，又得萬里，所以助我省惕者，不翅良師之時加箴勉也。

承示拙著「累廬聲氣集」來簡中，有家常瑣屑，不足一觀者，自其表視之，誠然誠然。實則積簡千百，獨取其輕，別有用意，非留佳蹟，即志厚誼，蓋對所慕望者示不忘而已。

至言某後進對弟之信口雌黃云云，可怪之至。彼此素無來往，又無任何恩怨，何以如此，令人不解。但天日在上，絕不措意，因我自信，有眞正之人格在，此種讕言，無傷毫末。弟生平只怕病，怕鬼，怕見輕於德高望重之人物，餘無可怕者。況行年如許，尙值得與人計較無謂又無聊之是非耶。所望代爲致意，謂我果有劣跡汚點，請舉事實相示，當具饌請客，決不食言。專此不盡。弟姜超嶽手啓。六五、一二、八、燈下。

與宗親姜春華

春華兄：鄙人失禮甚矣，向蒙嘉惠，歷如許時日而無聞，知罪知罪。但亦有說，其初誤於電話之未通，繼則誤於俗冗之糾纏，而主因還在暮境之咄咄逼人，執筆日退，作字日艱，昔之頃刻可了者，今倍蓰之而難成。有時幾欲放聲一哭。此種境界，非身歷不能道，於親友書問往還，非急要事，祇得默爾而息。實情如此，伏乞曲諒為幸。

至稱壽一層，鄙人所抱原則，始終不變。其在人者從衆，在已者，非同大陸，絕不通融。拙著各書，曾一再懇切言及，竊料早在洞察中，而竟復有所賜，實越意外。萬千盛情，永銘五內。璧還隆儀之處置，如宗親竹君所奉聞，當邀賢兄之樂允也。悤復，順頌雙安。姜超嶽手啓。六五、一二、八、燈下。

我之永永懷念果夫先生者

本文為紀念黨國先賢陳果夫先生而作。先生逝於民國四十年八月，去今適二十五周年。傳記文學月刊主持人劉紹唐，特選先生為該刊六十五年九月號之專題人物。於期前邀請陳立夫、余井塘、胡健中、仲肇湘、蕭贊育、吳鑄人、程滄波等十八九人，集會座談關於果夫先生之行誼志業。予為被請人之一，本文即就座談之記錄改撰而成。曾先後載於傳記文學、建設、浙江等刊物，茲迻錄於此。

六五年十二月十五日江山畀生識。

不才厠身革命行列，四十餘載，見聞所及，凡曾居高位之人物，其左右屬僚，在事過境遷之後，對當年長官，始終懷敬仰或感德之忱而不聞微詞者，惟果夫先生有之。

先生生平，所以貢獻於黨國與領袖者，昭昭在人耳目，無待贅述。論其爲人，以不才所知，同輩老友中，瞭解先生最深切者，莫仲兄肇湘若。年前中副載其悼念陳夫人文中，曾有「果夫先生一生，革命以外無事業，事業以外無生活，」之語，對於果夫先生之爲人，可謂盡之矣。

至不才個人之於先生，受其身教而永永懷念者，不勝縷述。茲値先生逝世二十五周年紀念，則舉其最焉。

一曰無言之教。抗戰時，侍從室第三處，爲最高統帥之人事幕僚機構，先生始終主其事。勝利將臨，在某次會報席上，予與亡友羅時實兄，時爲主任秘書，因公務齟齬，互相爭論，情緒激動異常。先生爲主席，默坐靜觀，不發一語，經老成僚友勸解始已。事後吾二人自覺失態，如此任性使氣，大非事上率下之道，共詣先生面請處分，以儆來茲。先生環視吾二人，莞爾而笑，始終默然，吾二人均感無地自容，藉詞而退，時先生年才五十有四耳。其無言也，感人之深，勝於言者萬萬。拙著「我生一抹」曾記其詳情，標目曰「無言」。敬述對先生無言之言，深銘於心，且以能聽無言之言自慰。羅兄生前，曾一再讀之。此一事也。

二曰信人不疑。先生當事之頃，嘗聞皮相浮議矣。或謂先生篤於防人，凡所汲引，必先見而後決。又或謂胸襟不豁，嚴守門扃，苟非其人，難登堂室。實則有大謬不然者。予當年事先生所主管之單位，工作人員三十餘，高階同上校級三四人，中階同中少校級六七人，餘爲低階之同尉級。自創始迄改組，歷時七載，其中先後由予遴選呈薦者，幾居泰半。每薦一人，無論階之高低，呈上輒報可，進則引見，從無留中複查，或其他意外周折。竊自幸逢此賢長官，信人不疑，而有予取予求之樂，歷年黨政界之重要幹部，不乏箇中人物。此一事也。

三曰臨別金言。抗戰告終，予奉命遷調樞府爲秘書。臨行前夕，先生召見於其私室，杜門對談，賜告新近處理有關人事內幕外，教予以配合之道。謂人事要義，在於用人，用人訣竅，在於配合。人無全才，性有偏正，御衆赴事，貴能剛柔相濟，躁靜並列，是卽所謂配合之道也。如中醫之處方，庖丁之調味，欲顯其功能，舍此莫由。末謂吾之此說，得自追隨委座多年之體驗，特以相告。君有前程，君其勉之。回首蹭蹬，媿負金言。此一事也。

四曰恩情稠疊。太平洋之戰既作，勝利曙光在望。時予父年已八十有六，鰥居在籍，東望鄉關，不勝陟岵之思。因得艮伴，乞假歸省。將行，忽奉頒川資二千金。予念省親之私，受之不安，持以白先生，先生曰，令尊高年，姑爲老伯壽，不作川資論可也。予乃謝而退。其後還都之次年，某日，先生之長隨周君，忽攜食用珍物若干事蒞舍。中有百子圖古墨一圜，裝以精盒，附先生名刺，上書「祝異生兄五十之壽」云云，予爲之愕然。因自身生日，祇憶十歲二十歲時，父母曾循俗供神祭祖，以爲紀念。嗣後三十、四十，以迄垂老，皆等閒度過，從無任何舉措，凡我親故，無不習聞。而先生以區區從屬之誼，既已分道，竟復留意及之，如此恩情，其何能忘。此又一事也。

右所舉者，其一、當年同仁，莫不傳爲美談。其二、凡同仁之身歷者，類能道之。其三、其四，事關私誼，乃先生最可感人之潛德。然皆限於備員統帥幕時所受之身教而言。實則不才投身革命以來，與先生有二度因緣。民國二十二年，國民政府成立政務官懲戒委員會時，先生以府委兼任懲戒委員，不才以府參事兼會中秘書。懲戒委員七人，先生外有葉楚傖、張靜江、黃復生、張繼、楊樹莊、經亨頤，皆以府委兼，葉爲常委，每週開常會一次，先生每會必到，不輕發言，言必有中。未幾，先生以主蘇政而離任。此初度因緣也。其後抗戰在渝，事先生於統帥幕，從事人事工作。耳提面命，受教至多。此再度因緣也。綜計生平以屬吏之身，親炙先生左右者，可八九載。朝夕體驗，對先生之爲人，得四大印象焉。

一、外表冷漠，而內心異常熾烈者。

二、對部屬身教重於言教者。

三、一切作爲，莫非爲黨國、爲領袖、爲事業、而不爲私者。

四、持身處世，能逆來順受者。

竊嘗默數黨國中居高位人物，無論今昔，其行誼之感人而足爲世則，如果夫先生者有幾。嗚呼！哲人往矣，吾將安仰。

六五年七月十六日於臺北新莊

記老友陸軍上將毛君人鳳二三事

吾江山老友中獻身革命而膺選中委，又從事軍職而身後蒙 總統追贈陸軍上將者，惟毛君人鳳一人。君逝於民國四十五年十月十四日，至今二十周年矣！期之將臨也，其夫人向新嫂，以予與君交久而誼摯，不能無言，因追記舊事於此。

民國初年，吾江山唯一縣立高等小學曰文溪，俗稱書院，蓋設於文溪書院舊址也。民國二年，予十六歲，於春閒考入文溪，論同學行輩，人鳳為先進。其本名善餘，畢業榜上，忽改單名鳳，鳳聞非其本人意，乃出自某師長之所為，示器重屬望之殷，但知者甚希。故後之服務社會，以至投身嶺南為潮州軍校學生，皆以善餘知名。其名人鳳，以予所知，似在襄佐雨農效忠領袖時始也。事關其身世故實，特表而出之。

當年文溪同學百數十人。少者猶在童年，大者逾冠，或已婚。人鳳與予齊歲，適在少大閒。予對當時同輩印象較深者六七人，人鳳其一也。因寢同室，食同堂，見其動靜語默，雍容老成，從無疾言厲色，或叫囂狂呼，自媿弗如。竊想其所以，度得自大學開宗明義之定、靜、功夫。猶憶民八「五四」風潮興，通國學生愛國運動，風起雲湧。時，人鳳問業杭州省立一中將卒業，予則執敎衢州省立八師，五月某日，忽傳省城學生會代表至，初不知何許人，及師生大會禮堂，登臺代表則善餘也。報告時，不疾不徐，其雍容神態，一如文溪同窗時，而老成尤過之。俗諺云：「三歲定終身」，言少時何若，長則如之，人鳳其明證耳。夫雍容老成，乃定、靜、功夫之表徵。惟其能靜能定，乃能臨衆不亂，處變不驚。然則其後隨侍領袖於危難之秋，犯難任重於萬方多事之會，有由來矣。

民國三十有八年一月，我　總統蔣公宣告引退時，予方以樞府秘書名義，於遷都事，負重任於廣州。李氏當國，人事日非，匪燄日熾，怵目驚心，乃於無可奈何中，退居海隅以待時。迨我　總統復行視事，臺灣入境綦嚴，予以無直系親屬之申請，屢欲渡海而不得。此閒知好，有言於人鳳者，慨然允爲特保焉。此予來臺之因緣也。其後傳聞，當時或詰人鳳，某與姜同爲老友，何以一拒一允。人鳳應之曰，姜之爲人，其骨鐺鐺有聲，若而人者，不保何待。云云。對予相知之深，情誼之厚如此，没齒不忘也。

予來臺之明年，某次與人鳳閒話家常，偶談及人生取樂之道。予謂異鄉作客，衆朋歡敍，亦樂事之一。往在大陸，歲時得閒則一爲，開誠暢懷，對酒傾談，名言讜論，不求而至，所以裨益身心者無限，聯誼其餘事耳。奈世逢亂離，溫飽不遑，徒呼負負。不謂未幾何時，而人鳳廣邀知好會飲於某所矣。時在四十年冬閒之某夕，鄉親遊好到者五六十人，嘉賓旨酒，笑聲滿堂，患難天外，得此嘉會，歡樂無藝，微聞斥私囊爲之，所費不貲云。予深知人鳳持身清廉，自奉至薄。

時際大難之後，公私艱苦，而作此重情尙義之舉，於以見其賢者用心，爲所應爲，好善如不及。雖明知犧牲，而亦樂爲也。嗚呼，此其所以生則志業昭昭，歿則令譽不衰耶。

予於人鳳之爲人，固素所心儀，而其幽默風趣，尤令予欣賞欽佩不置。有時等閒事耳，一出其口，便成妙趣，形之楮墨亦然。偶爾回味，輒爲顏開。予不慣虛美，今且錄其二十年前在美療養時，覆予之一簡。計全文二百二十七字，中揷作者加註外，半字未動。一以證吾說，一以作本文之結尾。其簡曰：

異生吾兄賜鑒：八月三日手敎，昨經奉悉，曷勝欣慰。弟健康不爭氣，給番大夫拿去肋骨一根，肺兩葉，可痛之至。並不許我今後吃酒。將來在歡敍席上，只能說：「超嶽，你乾杯，我隨便了」。照番邦算法，我們今年才五十八歲，如明年回去，我們可合做九，後年則合做百二十歲。先向你磕頭，禮也，你也該還禮，我並不吃虧。弟身在番邦，又在養病，戲、喋、拉貨、睏之外，（按江山土話玩、喫、大便、睡覺，四事。）別無所事。你的大婆婆曾來過二封信，邀我去西雅圖，太遠了，如何去得。你的老朋友，見面機會可能不多，如得見，當遵囑辦。弟照醫生之囑，本不應握筆寫信，爲節省精神時間，故潦草不成話。乞恕我。並祝儷安。弟 善餘手啓。八月十日。（按是年爲民國四十五年）

豪舉記

——四十餘年前鄉里燒香故事

予出身寒微，刻苦自勵，固識者所共知也。迺自惟生平，應世接物，尙能以不吝自矜。當年銀圓銅幣通行時，民間日用進出，率以制錢計，每圓兌錢二三千文，銅幣當十文。生活物價，及尋常酬酢所需，恒在幾文幾十百文間，千數殊希，滿圓或數圓以上尤希。若進而以十百圓計，則玆事大矣。如是者，自清末予粗曉世務，以迄民國二十四年幣制改革前後，大江南北，莫不同然。

我國民政府以民國十六年奠都南京，十八年訓政肇始。時予祿秩所入，勉供溫飽，而斥資於善舉，輒不後人。如北伐軍次，饋濟危難成羣之鄉親，歸省故里，捐助鄉校之重整，爲償宿願，購置號稱「萬有」「集成」之巨籍。甚至旅途對於侍役之給與，但求量力能勝，用得其當，一擲數十百圓而不惜，恆爲朋輩所樂道。此在拙著「我生一抹」中，歷歷可徵。其未筆之於書，而轟傳鄉里者，厥爲民國二十年，時至交姜潁初王父喪之一舉。

潁初原名方才，出身武昌師大，篤學楨榦人也。世居邑西南毗連江西玉山之嘉湖鄉，距予故居禮賢十餘里。吾二人同庚，少同窗，稱莫逆，于役都門，過從綦密。二十年春閒某日，忽聞其奔喪回里，急寄與五十金，所以襄大禮也。事屬等閒，初未置意。越年，以京居閒散，於歲杪有故鄉之行，結伴遊鄰邑玉山勝蹟曰西巖、雲巖者。嘗便道訪潁初之居，不謂踪跡所之，輒見鄉人老幼，集結道旁，如觀盛會。且有婦豎對予遙相指點，竊竊私語，「彼其戴呢帽者是」。予莫明所以，詢諸伴行學友蔡齡暨義妹剛鳳，乃悉原委焉。

蓋鄉里弔奠，白來多致香燭紙箔之屬，俗稱「燒香」。閒有賻儀，數十百文爲常例，千計則罕覯。向予所賻潁初五十金，可置艮田一二畝，或供數口人家終年之食糧。習俗「燒香」，而豐厚如此，聞者驚爲空前，一時轟傳遐邇，資爲談助，不知予爲何如人。今旣莅是鄉，故爭欲一睹廬山面目云。時年初逾三十也。

其實當時所爲，祇以申摯情，無意驚俗。然持今視昔，不可謂非豪舉。因幣值相去，奚止百十倍，昔之等閒視之者，試以時值比擬，豈不令人咋舌。且看濟濟公教羣中，錙銖必較者無論矣，其自命慷慨之徒，所揮霍者，往往注於自身享樂之所需，幾見尋常應世施措，有動輒論千論萬，如予當年之所爲者乎。深愧庸俗，未能游心物外，習見今之衣冠人物，利之所在，輒斤斤以爭，而於公益義舉，則視錢如命，避之若恐不速。彼此相形，終不免興自矜之感，因追記於此，聊舒感慨已爾。

六五年九月十五日於臺北新莊

拾遺記

——五十餘年前之試作

曩予輯「大陸陳迹」，承當代賢豪賜予題跋，字字珠璣，誠足傳家。顧其中所蒐翰墨，皆爲備員樞府以後事，獨不得當年執教時之片楮隻字爲憾。耿耿於懷，非一日矣。今歲四月，偶於中央圖書館「期刊室」中，獲睹五十餘年前載有予文之「教育雜誌」焉，計前後三篇，論文二，研究報告一，約共萬數百言。夢寐以求而不得者，一朝得之，喜慰可知。遂商借影印以歸，而追記當年故事於此。

民國十年，予年二十有四，執教於浙衢省立八師之附小，月薪才二十餘金耳。是年秋，以受校中名師之鼓勵，嘗就教學所得，發之於文章，長近五千言，理論實際，兼而有之。既成，秉惴惴之情，試投於其時國內唯一通行之「教育雜誌」。是乃當時教界聞人名家之園地，月出一期，每出，從事教育者咸爭讀之。予此次自量初試，何敢妄冀。故署筆名「超我」而隱姓，恐遭退稿，遺人之譏也。不謂未逾數旬，居然刊之於八月，編號曰第十三卷第八號。封面要目作者，赫然有予名在。同列名者，劉伯明、倪文宙、太玄、楊賢江、胡哲敷、王家鰲、何仲英等，予名居楊賢江後。時全校同事四五十輩，人才濟濟，咸視爲殊榮，蓋前於此者，尚未之有也。又不日而面值三十圓書劵之稿酬亦至，折售於當地書社，所得幾等月薪。初試而獲售，殊越意外。一時興奮，莫可言喻。其後再試、三試，因漸具信心，署名冠姓曰「姜超我」，果又被選，而同刊於同年十二月號。要目作者，有視其樂、无我、太玄、王家鰲、高元、劉儒等，予名列王家鰲後。猥以不才，區區寫作，而得厠名於當時教界聞人名家之列，窮源竟委，端賴名師鼓勵之力。古人云，「莫爲之前，雖美不彰」，良有以也。

名師者誰，乃四明耆宿，前黃埔軍校秘書，國民政府監察委員，我總統 蔣公少時之業師毛公思誠也。公字勉廬，於「五四運動」後，任敎八師，時已垂老，以彼此長幼之距，同事數載，鮮有交接。民國十年，暑後開學，校中謀發一刊，由公主其事，廣徵師生所敎所學之心得以應。予獻論文二，中有一題「論吃飯敎育」。蓋其時敎界聞人黃炎培氏盛倡職業敎育，不遺餘力，一時幾成風氣。予爲之申論，職業敎育之實質，卽吃飯敎育。敎育目的，旣祇圖吃飯，則一切學科，惟求其實用而已足，其高於實用者將如何。故以之救窮則可，爲國家百年大計，而惟斤斤於吃飯敎育，則期期以爲不可。公見予作，大加激賞，立約晤談。謂予見地不凡，文筆犀利，曷不投稿名刊如「敎育雜誌」者，以爲本校光。言多鼓勵，心甚德之。退而遵其言，終而如所料。知己之感，不能自已，遂師事之。公亦以爲可敎，相與論道論文者有年。其後予之奉召入黃埔，飫沐革命之薰陶，而北伐，而備位中樞，歷半生歲月，得效犬馬之勞於國家，莫非由此因緣而來。公於抗戰當年逝於籍，予以駑朽，食公之賜，乃有今日。大德厚誼，未獲報於萬一，走筆至此，不禁憮然。

六五年四月廿五日於新莊

附錄

本附錄一詩二札，原為拙編「大陸陳迹」附錄中之重要資料，去年編著「累廬聲氣集」「德音篇」時，因疏忽遺漏，特補錄於此。

詠姜子半環記

三十韻有序　**臨湘余天民遺作**

江山異生假壽辰攜眷環遊臺島，惜橫貫路斷，僅遊半程。歸作半環記。余戲謂：山靈半掩雲關，畏子之詞鋒也，雖半遊，思已過半矣。於全程乎何有。蓋欲不可縱，樂不可極，君子必於是求闕焉，留有餘不盡之思以還造化，非惟戒滿，亦所以惜福也。彼夫熙來攘往，逐逐野馬之塵，而鬼神視若無物者，皆碌碌不足指數之流也。若是者，縱畢遊，其所得幾何哉。姜子既超然負萬夫之禀，又自號異生，其不以衆人自待明矣，而徜徉半環間所得之富如此。吾意斯遊也，豈止奪席靈運，摩壘柳州而已，將必怡然曠然神遊山水之外，如中庸所稱「君子無入而不自得焉」者，又奚為是介介而情見乎詞為。爰賦此以當獻曝云。

選勝兼搜奇，山靈愁緒結，慮君筆生花，英華盡發洩。丸泥幽谷封，崩石修途塞，阻君不得前，迺行玆詭譎。君僅遊半環，負負呼不絕，妙寫半環記，神鬼皆震慴。半面已難當，全防詎敢撤，風月君過貪，造物忌饕餮。凡事莫求全，端應佩玉玦，古來全福少，得半堪怡悅。否則盈而蕩，雲路虞挫跌，臺島騁遊觀，培塿類禹穴。倘陟須彌峯，五嶽如丘垤，更作星際遊，大地亦殽核。小大靡有常，此理吾能說，乘除消息通，盈虛往來挈。適可即當休，知止儀不忒，上智懼自滿，哲人思求闕。自滿損常招，求闕益始獲，保泰與持盈，先民恆取則。神宜象外超，理從環中得，君如半環持，事半功倍烈。在半思過半，智珠愈朗徹，且喜佳偶偕，瑤姬伴松雪。同心領幽趣，軟語霏玉屑，畫眉山黛翠，採蘋山澗潔。半環各在眼，合成團圝月，花好而月圓，逸興湍飛越。快哉不言壽，大壽誰頏頡，劉樊已雙仙，祝嘏寧非拙。

奉上異生兄素梅嫂儷正。鳳鳴弟余天民貢艸。五七年四月十六日於臺北寄庵。

右詩原應編入拙著累廬聲氣集「德音篇」內，當時搜集全稿，此稿遍尋不得，祇有忍痛割愛。亡友佳作，無端闕然，耿耿於懷。近以整理積牘，得之於雜稿中，喜而編入本書附錄。所以補前此割愛之愆，亦以志亡友生前謬愛之德也。亡友出身北大，博學篤行，極為當年蔡校長所賞識。往在大陸，曾先後任蔡校長暨王雲老之西席。來臺後，林彬氏長司法時，簡為民事司司長，旋任考試院法規委員，予與相交自此始。過從所知，其操守之狷介，為今世所罕覯。其生活之刻苦，非恆人所能堪。而自勵、自得、自樂，甘之如飴。蓋顏回之流亞也。於民國五十八年十月杪以病終。

六五年十二月八日於新莊

張其昀先生手札

民國五十一年

超嶽先生大鑒：手書誦悉。大作（戴雨農先生傳）誠當代雄文之一，光燄逼人，極爲難得。戴公得此篇，亦足稍慰於地下。已交「中國一周」發表。如需添印，希逕與該刊史紫忱先生商洽。學素爲同級老友，愴懷故人，不禁泫然。他日有緣，願與足下謀一良覿。此頌著安。弟 張其昀敬啓。一月六日。

（附言）中國一周爲準畫報，希補寄戴公與先生照片，或有關圖片，逕寄史紫忱先生。

余天民先生手札

民國五十一年

異生先生：拜讀大作戴雨農傳，忠義英勇，奕奕如生，逝者得此不朽矣。江山爲靈秀蘊藏之區，偶值世變，輒風發泉湧，出爲天下任投艱遺大之責，如戴氏其一也。未來之豪傑，殆尤不可指數。讀此文者，其有以興起而作之氣也固矣。尊作往往有奇氣出人意表，其氣可及，其奇不可及。無其魁奇雄傑，而欲逞其氣，幾何不蹈秦王舉鼎之覆轍耶。率書誌佩，並候著綏。弟 余天民拜手。元月十六日。

右二札，乃評論拙撰戴傳之代表作。去年編著「果廬聲氣集」時，所以必欲蒐錄之者，意艮在是。六十五年十二月八日於新莊。

丁巳聲氣集

江山異生

素梅書

中華民國六十六年臘月

丁巳詩草集

江山吳書於行都

丁巳聲氣集弁言

予媿不學，未嘗妄冀傳世。乃以偶然因緣，竟得濫竽作家。戔戔小品，幸免覆瓿，且有流傳海外者。比歲連出「累廬聲氣集」、「林下生涯」二書後，知好相見，輒詢及著述。實則此事談何容易，碩學通人，淹貫典籍，自有名山之作，予也豈敢。平昔信手塗抹，無非記所歷，抒所感，僅可謂備忘之紀錄，自傳之資料而已。今歲次丁巳，予虛度八十，平淡生涯，乏善足述，而舊雨新知，聲氣所感，書問往還，詩文投贈，裒積仍可觀。其出自名賢之鴻文佳構，固可淑世，卽素昧生平之片語細節，亦有道義存焉。為留鴻雪，兼以告慰遠方親友，爰銓次而刊之，題曰「丁巳聲氣集」。零簡碎義，則附錄於後。率意而行，自樂其樂，識小之譏，匪所顧矣。

江山異生六六冬至

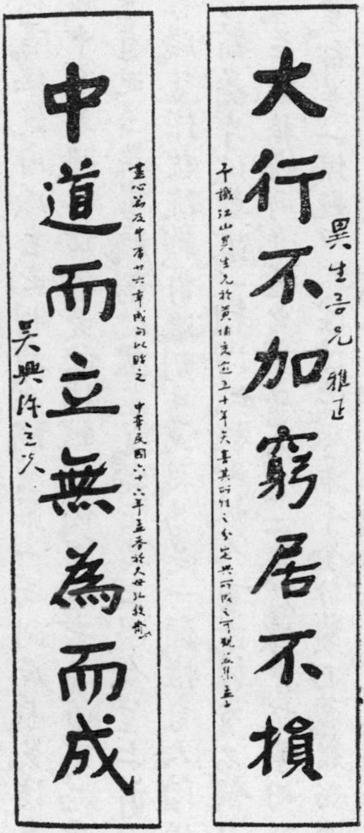

予識江山吳生兄於黃埔交逾五十年矣喜其所性之分定與所成之可觀爰集孟子盡心篇及中庸廿六章成句以貽之

吳興許之夫於天母

吾妻周素梅墨跡

大陸陳迹弁言

民國紀元四十三年。總統府遷台六年矣。秘書長張公岳軍。有整理府中始自廣州大元帥府歷年案牘之命。予以長慶老郎。躬與其役。因得重睹當年兼領國民政府參議時之書牋焉。俯仰滄桑。深滋感慨。

予自民國十九年。拜命國民政府參事以來。迨大陸撤守。其間歷政務官懲戒委員會秘書。及軍事委員會侍從室組長。皆兼領參議。勝利後專任府中秘書。總統府成立之明年。又調兼第一局副局長。先後垂二十載。留於案牘中之墨蹟。以世會多亂。播越頻仍。得存者竟寥寥。而當年兼領參議時僅有之三數書牋。獨赫然無恙。物之存亡遇合。豈亦前定歟。

按此書牋。皆作於抗戰前後。明日黃花。曷足一顧。惟自大陸浩劫。舊物蕩然。昔時翰墨。片紙無遺。一朝得此。恍如故人重逢。情有不能自已者。乃影印輯之。並前旅港所追憶之累廬漏室二記。及懷中記事冊所夾存之舊日記四葉。都為一編。題曰大陸陳迹。敝帚千金。什襲而藏。藉留鴻爪云爾。

又附故人徐君墨蹟一牋。亦府中舊牘也。此君與予交久。其文其字。視予四十以前之所作。或可亂真。爰併藏之。

四十四年六月江山異生識於台北　素梅繕

丁巳聲氣集 目錄

上篇

中篇

下篇

附錄

上篇

吳中英先生發自新竹

異公賜鑒：奉示於壽誕不受賀之義，言之綦切。弟非不知公於祝壽慶生，嘗有「對此等事，歷年來堅執一大經不變，在人者從衆，不知不求知，在己者，吾行吾素，寧絕交，不通融。」之宣示，（見累盧聲氣集書簡篇論事類）顧以爲壽臻大耋，宜可例外，今乃知堅不通融有如此，豈不曰家國多艱，世風如彼，而益勵其不忍慶、不必慶之高懷耶，正惟有異於世俗，而亦益深景從者衷心禱祝之至誠也。

承賜「林下生涯序」文，欣悉將有日記體新集刊行，雀躍無似。日記文集，向不多覯，近年雖盛倡傳記文學，而以日記行世者，猶未前見。蓋日記之作，欲其有成，難在須有非凡之恒毅，欲其可讀，難在須有璀粲之妙筆，欲其精采，難在須有裨益世道之內涵。竊想以公卓異之風格、率眞之襟懷，凡所記述，不陳義而義自高，不抒情而情自見，必能予人以強烈之震撼，可爲讀者情性之陶冶。且以今世人記今世事，大而世局遞變，國事興革，小而社會動向，生活更張，不特可爲日記文體之新範，更可爲治史之參考。其將風行海內外，傳之久遠，實可預卜。

所願他日續將退隱前綿長歲月之所記，一併舉以問世，爲全集或選輯之發行，則公畢生心血，得長留於天地間，而讀者之受惠將更無涯涘。公精力彌健，有逾常人，必能成此偉業，謹爲預祝。肅頌儷安。弟中英手上。六十六年一月十五日。

沈鵬先生發自臺北

異生老兄道鑑：違教多時，常懷念中。不期於途次相遇，使我意外欣快，惜爲雨阻，僅立談數語而別，然已償渴思之願矣。是日爲英士先烈百年誕辰紀念，弟忝以舊屬關係，一在辛亥滬軍都督府，一在癸丑討袁總司令部。故特冒雨趨赴實踐堂致敬。祇以未領得入門證，不克參加，徒勞往返。（中略）弟至暮年，方知讀書之趣味，可惜爲時已晚，深嘆少年鮮讀詩書，致一事無成。近讀兄之所著大作，不但文筆精簡，且見解有獨到之處，眞是愈寫愈好，足以啓發青年，甚佩甚佩。近日氣候惡劣，爲臺灣少見，天寒地凍，諸祈珍攝。順頌儷福。弟沈鵬敬啓。六十六年二月三日。

方豪先生發自木柵

異生先生有道：前承以新著即將出版見告，屈指計之，當已問世。兄居五守新村，守信爲五守之一，弟生平最重守信，奈元旦以來，初爲某書所苦，限期交稿，遂不能不窮日爲之。（弟習於早睡早起，故不能窮日夜之力。）本月四日起，又爲感冒所困，醫囑多休息、多喝水，感冒藥又令人昏昏欲睡，如此者四日。八日起，弟又在輔大後聖多瑪斯總修院「避靜」（退省），雖高齋「四爲窩」近在咫尺，亦不克走訪。所謂「避靜」，略似佛教之坐關；旨在「閉門思過」，避塵囂而求靜也。七日八時起即「入靜」，十一日晚「出靜」，「避靜」期內，不能接客、訪客，即電話與報刊，亦列爲禁物。「避靜」可以單獨行之，亦可集體舉行，此次參加者五十餘神父，貴同鄉吳宗文、王任光、周文達（在宜蘭傳教）諸神父均晤面，頷首而已，不克多談。毛振翔神父甫自美國歸來，爲雜務所纏，故此次未參與。然吾輩神父每日晨、午、晚必退省三次，亦曾子「吾日三省吾身」之意。每月第二星期二上午，在主教公署作半日之退省，毛神父從未缺席。因兄非教友，故爲兄絮絮解釋，幸勿嫌其煩瑣也。

弟習史，雖「文史一家」，而弟素不善文；但史貴眞實，兄之爲人及尊著，第一特點即爲眞誠。故尊著弟無一不讀，讀必終卷。前聞美國某大圖書館函索尊著，亦以其中多眞材實料，此內行話也！

令友某君謂拙著乃「考據之學，失於零碎」，誠一針見血之言！但弟庸劣成性，喜作專題研究，（各科皆有專題研究，國人獨對歷史之專題研究名之爲考據，弟不敢苟同。）辛勤一生，只能到此，眞無可奈何之事也！幸專題研究之餘，尚能傳道、授徒，或可稍彌此憾！

讀兄答友人胡君談公保事，自稱「厚叨天庇，數十年來，寒暑無犯，幾與醫藥絕緣」云云，弟勸兄萬勿以此自恃，近日陰雨連綿，此次小住泰山，始知新莊一帶，冷風刺骨，天雖厚兄，但必先盡人事而後聽天命。歲聿云暮，伏維順時珍衞。托筆代面，不盡一一。順頌年釐。弟方豪頓首。二月十二日晨。

附啓者：今日中午之約，以今歲爲抗戰時殉難雷鳴遠神父百歲誕辰，教會發起紀念。弟前在陪都，曾主辦雷公追悼會，生前在昆明曾相處旬日，忝列籌備委員之事，會期亦定於今日中午，方命之處，幸勿見責！弟又及。

喬家才先生發自臺北

異生先生：今早蒲臣兄轉來尊著「林下生涯之一變」，中午無客來，一氣讀完，不禁感從衷來。因追隨雨農先生工作十三載，深欽其彪炳輝煌之功業，革命奮鬥之精神，不能不傳於後世，不自量力，決心以有生之年撰寫「戴笠將軍及其工作」（不敢輕易寫傳，僅蒐輯資料而已。）乃感搜集資料之不易。擬撰寫三百個小節，現已完成一百廿節，約廿萬言，距全部完成，相差甚遠。

我寫「關山煙塵記」，僅係個人親身經歷者，不過雨農先生整個工作之九牛一毛，而一般認爲已很珍貴，若將其工作整個寫出，其效果，其價值何如耶？

「我生一抹」所記雨農先生事，雖僅四五段，實為最有價值之資料，已全部抄錄於其青少年生活中，而使其內容得以充實，實增加不少光輝也。

因蒐輯資料之困難，深感於當年為其主持幕僚者，既無遠大之計劃與眼光，亦未善盡厥職，未能將軍統局之工作，作有系統而又詳盡之保存。設當年由先生主持軍統局之秘書室，以先生之精細，知史料之重要，必能使軍統局之歷史保存完整之資料，而供今日之參考也。此實為雨農先生工作之一大憾事也。今日官方所印之若干史書，錯誤百出，或缺漏太多，蓋因保存之資料不完整之故也。能不令人歎息耶！敬頌著安！喬家才謹上。六十五年二月二十日。

黃翰章先生發自加拿大

異公賜鑒：今日是農曆元旦，謹以十二分虔敬遙向拜節，恭祝萬事如意，文思泉湧。回憶卅餘年來，得公培植，暨此次出國之行，公為餞行、贈書，並親臨機場送行，此情此景，一一如影片重放，歷歷在目前，感何如也。來此已半載，小兒女曲盡孝道，輪流休假導遊，到大都市及名勝區——紐約、華府、尼加拉瓜瀑布、渥太華（加拿大首府大兒居此）、多倫多（加拿大第一大都）、蒙特婁（去年世界運動會在此舉行）。萬里遊踪，堪稱壯遊。由於語言隔閡，領會無多，間有如劉姥姥進大觀園，製造笑料不少。觀感所及，謹述數事，聊供談助，不免管窺捫象之譏。

一、美加兩國基本精神，爲自由民主，由於國民有過分之自由，造成社會秩序之不安，甚或將影響未來之國際局勢。且內部均有種族問題美國黑人問題加國法語區域鬧獨立，是爲隱憂。

二、社會福利確有借鏡之處，如失業保險、醫藥保險每人每月十六元，如失業了申請補助。、最低收入補助在加居住十年如收入未達最低標準，政府補足。現時爲每人每月二八〇元。、年金制度與養老金制並存等。

三、政府對康樂活動，如運動場、公園、與圖書館，每區均設立若干個。甚或於「購物中心」中設立閱覽室。供人於購物時，休息閱讀書刊。此間圖書館，任何居民均可借書，祇須登記類似身分證之號碼辦一借書證，此一借書證任何一圖書館均可辦理，並不限在辦理借書證之圖書館借書，如在多倫多甲圖書館辦借書證，亦可在多倫多大學圖書館或省議會圖書館及任何圖書館借書。居民可以指定需要何書，圖書館並爲設法向其他圖書館有圖書目錄分寄圖書交流代借代還，或爲購買。公之新著「累廬謦欬集」當在多市東區圖書館中見到，如親謦欬。

四、美加爲「老人的墳墓、兒童的樂園」，此語並不正確。兒童在此固然如在樂園，由學前教育幼稚園起，至十二年級，高中一切學雜費、書籍、作業簿完全免費。教學以討論方式，課後無作業，尤其幼童上學除帶便當外，幾無揹書包的，到處都有兒童遊樂場所。老人六十五歲以上乘車、遊樂場所有優待，有住宅、疾病不付醫藥費。老人有退休金、年金收入、經濟十分裕足。大都有定期遊歷旅行。設收入不佳，政府當有最低收入補足。現時爲每人每月二八〇元，如夫婦二人均已六五歲以上，則最低每月可有五六〇元，以之食用住房祇有餘無不足。老人爲避免孫輩相擾，大都不願與子女同住，寂寞則難免。青年祇要有工作熱忱，則不愁無工作，最低工資每月除稅可達四百元。尾兒盛利已就業，惟初來語言不流利，吃虧不小。

五、職業觀念，無高低之分。學術地位高，固爲人所尊敬，但並不代表其職業高低。有甚多獲得博士碩士學位，在此任「跑堂」出「勞力」，尤以國人失業後，除生病不願領取失業救濟金，勤奮可嘉。

六、收入雖高，但人人負債。分期付款辦法，銀行但憑就業證明，即可貸予款項，作爲購買房屋、（貸款廿年至三十年）汽車、電視機、冰箱等，貸款人每月還款，收支相抵，往往不足，故必需設法多賺，國人居外，類多設法盈餘，此種刻苦勤儉美德，大値表揚。

此次出國探親，（中略）在飛東京途中，所發之明信片，向公道歉，未說及原因，失禮之處，謹再致歉乞諒。花溪同仁餐敍，舉行於何日，長官同仁，乞叱名請安道念。來此以有所屬，少與國內親友通信，容後謝罪。專請福安。晚翰章拜上。內子附筆。草率不恭，並請勿罪。

戴銘允先生發自臺北

巽公師座：月前邀敍，至感盛德。自違法範，馳念無已。獻歲以來，敬維福體安康，春候多吉爲頌。日昨拜奉賜寄「林下生涯」，拜讀一過，以師座冰雪清操，生活甚多德性，而樂觀率性，史見溢於言表。尤以修身、養性、處世、作人、具有獨特見解，銘允忝列門牆，欽遲無已。自當奉爲圭臬，終身守之。囑轉憲岐學長乙册，並已轉送，特此函謝。祇候春福。師母並乞候安。生戴銘允敬叩。三月一日。

濮孟九先生發自臺北

異生兄：日前花溪同仁的新年集會，一開頭，來人零零落落，弟正躭心，今次可能慘不成會，豈知稍候，冠蓋絡繹而至，應到者幾已全到，羣賢畢至，少長咸集，一時稱盛。足見花溪同仁，在果公精神感召之下，始終保持深厚之僚情友誼，不因日久而稍見遜色。不過若無吾兄之熱忱安排，大力號召，仍難致此。弟竊以爲我人之集合，差足媲美蘭亭修禊盛事，兄以文章名世，何不寫篇類似蘭亭序的大文，亦足傳之千古也。

「林下生涯之一臠」，成惕軒學長我們係同期受訓的那篇代序，居然用起白話文來了，兄竟以之代序，足見對此並無成見，可喜也。順頌近好。嫂夫人均此不另。弟孟九手上。三月十一日。

許靜芝先生發自美國

異生、砥石、林森、培垕、樹柏、浩生諸兄同鑒，上月承異生兄惠賜新著一册，並荷諸兄簽名附候，具徵關念遠人，至感雲情。

異生兄生花妙筆，高古簡潔，爲弟五十年前最先欽服之一人。所惜拙筆陋劣，無佳評以闡揚傳世之宏文，慚惶曷極。砥石兄掛名救總，不知有無佳況，足慰故人。林森、培屋二位任務非輕，但望左右逢源，一切順利。樹柏、浩生兩兄，諒仍宣勤樞府，無減曩昔。弟雖遠在海外，對老友萬分懷念。旅美經年，舊金山城市郊野，幾已遍歷，景色幽美，似尚在紐約華盛頓之上。上月遨遊歐陸，覺英國倫敦古物古蹟特多，雖國勢已漸式微，但文化工業仍卓越今世。其皇宮衞隊之陣容，尤感嚴肅有威，氣派十足。嗣游羅馬及斐羅倫斯 FLORENCE 宏偉之建築，精美之壁畫，屋頂畫生動之人像彫刻，均爲古今罕見之傑作。尤以義大利最著名之水城，風景美麗，最值留戀。蓋其城市如陷水中，有小島一百廿，有橋四〇〇座，島與島間，水道環繞，夾以高樓，形如馬路，舟行其間，只見兩側房屋，其底層悉在水面之下，似有洪流侵入之勢，而數千年來，居民晏然，若無其事。此城地接地中海，遙望浩瀚之碧波，近觀雄峙環列之諸圓頂教堂，神情飛越，似已不在人間，身臨仙境，此爲弟一時之觀感，堪以博知友之一笑，不足爲俗子談也。

現回美已一月，五月間擬返國，把晤非遙，先以蕪函，煩砥石兄分別轉致。敬祝春祺，並頌潭福。許靜芝謹啓。三月廿二日於美國。

邵德潤先生發自臺北

異師賜鑒：屢荷招宴，愧無以報，又奉以「林下生涯」見惠，拜讀一過，獲益良多。又以賤名在書中十數見，更感惶恐，此固所謂因緣，但亦爲異數也，至慚且感。

讀畢此書，適獲蔡文甫（中華日報副刊主筆）電催方塊稿，遂以「林下生涯」爲題，略談退休人員應如何自知排遣，勿爲閒與愁所困，最後即以吾師爲範例，介紹尊著，希望天下退休人皆能效法吾師之自彊不息，與自得其樂。邱言曦兄最近在中國時報發表「英年早退」一文，自述退休生涯，亦認爲生活的排遣最關重要。

老年景象，如落日斜暉，最富詩意，所謂「天意憐幽草，人間愛晚晴」，雖光景無多，但每分每秒皆值得愛戀與珍惜。我之贊成毛（子水）梁（實秋）作「黃昏之戀」意亦與此相同。但所見朋友退休者甚多，而能如吾師之灑脫自如，逍遙自在，安居「四爲窩」中，一如吾家堯夫先賢者，殆不多見，故張曉峰先生譽爲聖賢境界，良有以也。

中華日報拙作刊出後，當再剪奉。專此恭頌撰祺，並候師母康安。受業德潤謹上。六十六年四月三日。

吳中英先生發自新竹

巽公賜鑒：久不奉手示，念念無似。上月中曾倩舍親朱溪，於臺北以電話代候起居，適值駕出，蒙　夫人覆示一切安善，稍慰下懷。

公之新著「林下生涯」，已由書局代發遞到矣，亟屏諸務，快讀一過。全書所輯日記，緜歷七載，心血所瘁，成此偉構，正復不易。

合「一抹」、「書簡」、「聲氣」、「林下」四集，公與世人可謂赤誠相見矣，所願世之欽公慕公者，務以公之道德學問為師法，相與擴展其影響，非徒為口頭文字之讚譽已也。

於此，弟亦有建議者數事：一、公體氣健強，遠逾常人，惟以高齡長期勞累，究非所宜，今於新著問世之餘，宜即稍事休息，舒散身心，至少以半年為期，毋多為文事操心。二、日常酬應，無論人請我，我請人，宜稍從節減，凡在親友，對此應有體諒。三、寓中雜務，如整修清洗等事，亦公克難精神之發揮，諒不能邀全免，惟宜從量減，尤以樓臺高處操作等，可倩親友中年青者代勞，以上三事，不卜能荷首肯否！

隨附恭讀「林下」新著所記疑似手民誤植字一紙，請　鑒定。嗣有新著刊行，務請在二三校中，給一效勞機會。專此申請，虔頌儷福。弟中英敬上。丙子同叩。六十六年四月五日。

張則堯先生發自木柵

巽生先生道鑒：近讀尊著「林下生涯」日記，對立身、處世、治事、讀書、作文之道，頗多領悟，至爲感佩。弟近年讀書，因體力及興趣關係，輒難終篇。惟對先生此書，則愛不能釋，竟兩日之時間，一氣讀完，在弟實稀有之事也。書中稱弟爲名士，愧不敢當。弟習財稅之學，乃一俗人無疑，何能當此雅稱，思之弗安。在尊著中（八六頁）所記「漆長城」，如係淡江教授，似係戚長城之誤。又（二一四頁）所記北商校長「駱建人」，或亦有誤。據弟所知，北商專校長爲吳韻武（仕漢），北商職校長爲陳光熙，吳陳兩君，均任久資深之校長，在職殆逾二十年矣。弟家僅有原子筆，草此不恭，敬祈鑒諒爲幸。敬頌道祺。弟張則堯敬上。六十六年四月十日。

王澤湘先生發自基隆

巽生兄嫂：時代新妝，彌增端妍，豐姿綽約，無盡玫寶，「林下生涯」盈盈而至，引我愛憐，相對忘寢。字、句、一無訛譌，此刊特點，字粒行款明豁，不傷目力，均極可喜。

何志浩君，原件尊長任職軍委會（十六七年）重慶兵役署，又同佐程公澤潤，當時少年英俊，「故人歡敍」圖中，頗驚老大。立夫慶祥兩先生皤癯失形，而湘尤甚！

太公立德望之極，虛懷爲河漢所歸，而草草人生，賢不肖如介公毛賊，終將荒草漫煙，饅頭一個，況在吾輩。

名成望重，汔可小康，異生！異生！多求閨中靜趣，莫作到底勞人，何如。屬有大溪臺南之遊，遲遲申謝，諒之諒之！百福是葆，容圖良晤。湘叩。六六年四月二三日燈下。

游岳震先生發自臺南

異公尊鑒：久未肅候，時深企念。近維起居綏和爲無量頌。喜見「林下生涯」問世，晚已由坊間購得，茲復承惠寄，感荷感荷！敝同事葉沛堂兄，亦深喜吾公之爲人及爲文，茲由日常生活及瑣事之記述，益見吾公於平凡中之偉大。吾公數十年來，患難無間之毅力恒心，揆諸今日能有幾人做到。捫心自惟，愧汗無已！晚擬於月中因事來北，屆時當偕銘允趨前謁候也。肅此佈謝，敬請福安！嬸嬸尊前並候。晚游岳震敬上。五月三日。

毛振翔先生發自板橋

異生兄：我希望你不會怪我在唱反調！我知道一般人雖皆以你爲異，你也自命爲「異生」，我却認為你是最正常的，不能算異。你的人生，你的文章，你的待人接物，無一不表現着一個誠字。因為你的出發點，自始至終，無論在言行上，或在處理問題上，都以誠字貫徹到底。所以你能贏得大衆的敬愛，並感到自在。

誠者，天之道也。既為天道，自然是最正常的，而不能稱它為異。誠之者，人之道也。既為人道，乃人人所當為。你既擇善而固執之，是人道也，則有何異可言哉？所以我說，像你這樣堅站人道之人，是最正常的。而那些舉世滔滔，遠離人道，爾詐我虞，只知爭權奪利，而不行禮義廉恥之流，才算是異呢。假若在這個世上，多幾個像你這樣誠於中形於外的人，則這個世界，豈不就十分正常，而不致如此混亂嗎？所以異生之異，乃是正常之暮鼓晨鐘，你說對嗎？

歷年來，我讀你的著作，自「大陸陳迹」開始，繼續問世的「我生一抹」，「累廬書簡」，「累廬聲氣集」，以至新出的「林下生涯」，無一不是豐富的精神食糧，無一不是人生的典範，無一不是教育的表率。至於文章之精美，情誼之眞切，為人着想之深遠，在我所知，更是中外古今文學家中特出之一格。

中庸有言：「誠者不勉而中，不思而得，從容中道」。這幾句話，可以作為你今生與永世的寫照。因為你在三不朽中，論立言，你已到家；論立德，你的生活就是德；論立功，你的文獻，在復興中華文化上，亦可謂無名英雄，亦可謂有名英雄。

你一生只問耕耘，不問收穫，盡你力之所及，求你心之所安。對於今世短暫的祿、位、名、利，你都淡然置之。所以在你退休後之長期歲月，天錫你以充滿愉快的人生，啓示你，在冥冥中，上帝在愛護着你，並要你永生做祂的寵兒。我也爲此不斷爲你祝禱。弟毛振翔上。中華民國六十六年五月六日。（此信曾刊於「暢流」六五九期六六年七月十六日出版）

林治渭先生發自新營

異公長者有道：前寄南亭四話，所刊裕陵棲霞受翠樓聯，「衆花勝處松千尺，羣鳥喧時鶴一聲」影印一葉，度荷鑒及。

尊著「林下生涯」拜讀一過。小子不肖，有辱家聲，乃蒙長者，啓之廸之，十數載如一日。書中寶貴篇幅中，涉及賤名者有六，督責之切，情見乎辭，用深愧悚！然一字之褒、一語之錫，榮於華袞，謝謝！

新著內容精采，校勘謹嚴，排版醒目，允稱三絕，妄陳拙見如次：

二十八頁九行，考選大樓某職員見鬼致疾一段，乞加按語，以正青年視聽，怪、力、亂、神，子所不語也。

九十七頁五行，曾氏輓乳母一聯，酬恩二字，他本有易爲銘恩者，尊處有所本，則介於可改可不改之間。

一八二頁六行，氣宇軒昂，擬請易氣爲器。

二三三頁十六行，童家駒先生行誼一段，擬請易爲前臺南師範學校教師，原文刊於中副者已閱及，附呈敝友黃教授復札，可知童之經歷。

抑尚有陳者、閱全書，長者酬應無虛日，以望八高齡，如許奔波，豈不太累，至祈能簡則簡，能免則免。謹獻子建之詩曰：「願王保玉體、長享黃髮期」，長者其亦笑而頷之乎？一抹及兩簡，如能改排爲二十四開本，使華貴與普及並行，亦書林佳話，試商之劉君如何？

敬頌道履安泰！後學林治渭謹肅。五月十四日。

羅萬類先生發自木柵

異生老兄道席：上月廿八日，陽波先生將大著「林下生涯」一書見贈，得之如獲至寶，即在辦公室展讀，直至深夜，所剩僅廿餘頁，以習慣上必須睡眠始止。古人以漢書下酒，弟則以讀大作而忘餐，蓋相交數十年，而完全明瞭老兄之生活習慣，則自此始。

吾兄道德文章，當代賢達，已有定評，弟不詞費，惟生活之規律，與持身涉世之耿介，弟尚能學到幾分。

兄自樞府退隱以來，以恬淡情懷，自得其樂，而於友朋之酧應，所費不貲，以微薄之所得，而待友對人，則情濃意厚，此點則爲一般人所難做到，此其所以異耶。兄能安排讀書娛樂時間，井然有序，以視愁眉苦臉，患得患失之輩，相去豈可以道里計！今日退休人員如能於大著人手一册，於社會祥和之氣，必可倍增。此非諛詞，蓋人生能豁達如兄則無往而不自得，富貴浮雲四字，兄眞參透，故能康強逢吉，一切不假外求，亦不虞匱乏。

嫂夫人既工女紅，又擅文字，治家待客，眞不愧爲賢內助，而爲女中丈夫矣。兩人相得益彰，爲今世所難得，人間晚晴，吾兄無內顧之憂，亦爲其主因。

治事爲學，老而彌堅，弟願學之，未知能得一二否。總之大作讀後，既佩高明，亦多啓發，專此奉謝，並頌儷綏。弟羅萬類上。六六年六月二日。

祁宗漢先生發自木柵

異生先生道席：枉顧失迎，復承錫以「林下生涯」新著，略一展誦，率皆字字珠璣，神遊聖哲，句句眞情，心縈家邦，誠至性至情之文，超凡出俗之慧，獨善兼善，冶山林與廟堂爲一爐也。合宜細細咀嚼，窮究精蘊，以爲修身治事寶筏。特先申謝，順頌撰安。後學弟祁宗漢拜啓。七月十九日。

劉子英先生發自東京

巽公先生賜鑒：日前離國，承尊駕遠送，莫名感泐，別後於廿三日下午四時抵達東京，一路飛機平穩，叨庇平安，乞釋錦念。連日由小壻嚮導，參觀東京鐵塔、皇宮御花園、上野動物園明治神宮、橫濱港等處，增加見聞不少。野獸中有黑豹、北極熊、人猿、河馬、貍貓、及共匪贈送之熊貓等，均爲前所未見。東京都人口一千二百萬，流動人口四百萬，與臺灣地區人口相等，市區汽車甚多，但交通秩序良好，車站碼頭、及街頭均很整潔，此完全歸功於日本人之守法自治精神，吾人誠宜效法也。晚定廿九日離此赴美，以後見聞當再奉告，肅此稟聞。祇請崇安。並候尊夫人好。晚劉子英敬上。七月廿七日。

左曙萍先生發自臺北

太公賜鑒：承賜歷史之作，朗誦再三，心領神會之間，益見大君子之於時於勢，予人生莫大之啓發也。喬家才先生君子人也，有所爲更有所不爲也。日昨會見馬董事長伯謀兄，談及花溪往事，心敬益深，並交弟壹千元，囑爲花溪同人集會之用。敬叩兄嫂萬福。弟萍百拜以呈。六十六年九月二日。

張民權先生發自景美

巽老賜鑒：頃承惠寄鴻文多幅，令人興奮無旣！細看書法，矯若遊龍，雖云左筆，仍追右軍，可謂恰到好處。而紀念總統 蔣公之文，闡釋新、速、實、簡、眞諦，更是言人所不能言。感佩之忱，難以言喩！記得同遊佛光山時，曾見宗仰上人碑記，知係出自杜負翁公手筆，特浼得其原作乙份，迴環諷誦，獲益殊多。今得大文墨寶，陳列座右，後先輝映，堪稱相得益彰。拜讀之餘，謹此申謝。耑此，祇祝潭福。弟張民權拜上。六六年十月九日。

王澤湘先生發自基隆

巽生兄嫂：三秋在念，百朋先施，捧函知重矣。

今夏天候失常，大熱大雨，繼以風暴，每思奉訪，輒又廢然。

湘自備「暢流」，毛神父前函，已先見及。五月「巽生非巽」之函，暢談天道人道，昰於英意語之外，對我先聖先賢之學，涵潤深厚，無怪在校凌駕學侶，行道抗拒教閥。廣徵獎金，以惠流亡。修己立人，諸感偉大。惜於元首引重之會，未及進以民主眞詮，富強大道，殊有失人之嘆。倘於今日多作忠實勸諍，將於國利民福，更多補救。

雨農先生，彰彰在人。竊謂八方俊乂，是否恃爲終南捷徑，而風從景慕。（當然戴本身有其深度）觀於喬家才等，終亦未能脫穎突出戴上，戴之求才禮賢，或有未盡歟。果公立公不衰，異生得君得時，亦未必無一番盛世風光。語或過苛，湘自謂平。

曹翼遠贈兄退休拓本，妙女簪花，幽蘭吐秀，已極可愛可貴，猶謂飄逸有餘，凝重稍輸。承惠李白餞叔雲校書手迹，揮灑如意，雋雅不羣，眞欲「飛上青天攬日月」。使非左筆，更何境界。兄固自珍，湘亦什襲藏之。

在臺士不悅學，可以家庭澈底電化，少見備具字畫琴書。而華盛頓衆院聽證方殷，吾華判決可待。「誹韓」案起，轟動全臺，法官學士，爲千百年前枯骨糞土，作名譽家譜咻咻無已之爭。唐宋於官伎名伎，視同蒔花蓄魚，娛目清心，蔚爲風尚。日本伊藤博文「醉枕美人膝，醒握天下權」，正其餘緒。德業有定，暗疾何傷。法官無權變更惡法，然未禁其建議改正。立院明知其惡，乃任遺毒千古。吾人不求效率，厚尸骨而忘時艱。王惕吾、孫震、邱永漢、鼓吹大鈔，費正清長驅直入，高唱歪調。如此萬象，心傷如灰。異生疑湘沈寂無端，意爲離叛，抑何相知之不堅耶。

捧袂非遙，恕不覼縷，卽頌雙安。弟 湘再拜。六十六年國慶日晚。

張毅超先生發自高雄

巽公長者道席：捧奉惠賜「暢流」一冊，拜讀大作，快何如之！衷心銘感，筆墨難宣！後學早歲從軍，幼年所學，雖對國文極爲愛好，惜軍事旁午，從未作有系統之深入研讀，致椎魯無文，曷勝愧憾！

前曾拜讀大作「我生一抹」，認爲可作國文補助課本，亦可作爲修身勵志教材，因曾購贈親友；久仰高風亮節，每苦晉謁無由，不期此次竟於佛光山得獲親近，因緣之不可思議，有如是矣！惟冀照人福曜，不遺在遠，時賜教誨，幸甚！幸甚！

肅覆申謝。恭頌崇安。夫人及女公子同此請安。後學張毅超敬上。十一月廿三日。

絕塵先生之「林下生涯」一文，已張貼於學院之圖書館公佈欄，俾本院同學選購課外讀物，知所問津焉。

姜一華先生發自臺北

超公老師鈞鑒：十年前承賜介於立公之前，當時因讀河洛及伏羲文王之八卦而不明，故不肯冒昧依命往謁。至今早始將上述之困，略爲掃除，故亟爲錄出，拜託求正于立公之前。爲藏拙故，故曰論易之入門。易學以圓融思想境界而歸宿，此爲但老師之教我者，悟得圓融，庶乎可以無理障無文字障之流弊，然亦非極深研幾之功夫，所得而盡掃障之功也。

近代之障至矣極矣，而歷代之禍亂，亦莫非由障爲之厲階也。西方人知動而不知靜，故其障必愈陷而愈深。東方人主靜而不主動，保守有餘，進取則不足，亦是障也。而今西化東漸，世人均陷于動中而加動，動之不已，于是乃有今日大陸之空前奇禍。動中有靜，靜中有動，只是太極，然世之能知太極之妙理者，又非言語文字能以盡其義，亦猶孔子一貫之義，何等淺顯，然而眞能悟透及于本義者，則亦甚難，換言之，哲學思想，已爲科學思想所堵塞而盡，人人均奔向于功利而求出路，性命之學，殆已凌替盡矣！

立公畢竟是一代之人傑，倡明易學，不遺餘力，當今憂患，捨易學外，又無可資救世之途徑在，生之所志，如此而已，故不避鄙陋，寄呈再瀆，以求進益。肅此，敬請道安，師母萬福。生姜漢卿肅呈。十月廿九日。

張民權先生發自景美

超老：弟偕內子於上月杪遨遊埔里佛光寺，在寺盤桓多日，日昨始返景美，入門獲讀大文「老年嘉會翦影」，簡潔雋永，迴味無窮，而強記博聞，更所景佩！正擬申謝，又於十一月八日中副方塊上得閱署名「絕塵」者之短文，對尊著「林下生涯」歌頌備至，實獲我心。猶憶若干年前，偶在中副閱及方豪先生類似書評之文字，始知尊駕在臺，而大著「我生一抹」已印行海內外，遂使您我刼後重逢，且得拜讀此「桐城嫡傳」之著作。（此係引方豪先生原文之評議，其實，弟對所謂「桐城派」之文字亦未明眞義也。）

古有「以文會友」之說，太平悍將石達開亦有「那如著作千秋業，宇宙長留一瓣香」之句，以此兩事，亦足徵此語之不謬矣。上次得兄手示，藉知賢伉儷將於光復節前後偕遊高雄佛光山，想已成行，如有所記，敢乞隨時示我，以快先睹，實所感幸！耑此，並叩潭福。阿彌陀佛。嫂夫人前統此未另。弟張民權上。六六年十一月十一日。

陳大剛先生發自新店

異生先生大鑒：日來拜讀大作「林下生涯」，文字簡鍊，內容精闢，極感欽佩。因之，今日又購得「我生一抹」、「實用書簡」及「應用書簡」三書，以備繼續研讀。惟我對任何新書，有先讀序文及詳閱目錄之習慣，發現「我生一抹」目次第五頁最後一行「柒、行都雜志」與第六頁第一行「一三四、陰魂……一二七」應相互對調，方與書中內容相符。此雖係一小小「誤植」，絕非若何重大錯誤，但因臺端既在書中所附勘誤表末，有歡迎「指正」之雅意，乃不揣冒昧，特函指出，俾將來再版時，可加以改正。出書而期其盡善盡美，絕無缺點，無論內容上或形式上，以我個人之經驗，實少可能。希此蒭蕘之提供，能不以唐突見怪也。耑此，敬頌大安。讀者陳大剛敬啓。六六年十一月十三日。

中篇

復陳立夫先生

立兄雙好：惠示並墨寶四幅已拜領。弟不信兄邇來得暇臨池，獨怪此次法書，何以面目別具。筆筆藏鋒，筆筆豐腴，一如吳稚老慣用篆法以寫行楷者。就整體觀，大有雍容和愉之象，非學養到家，無此境界，仰止仰止。其中賜弟一聯，集四書中成語，「大行不加，窮居不損，中道而立，無為而成。」，可謂天衣無縫。聖哲大道，粗備於是。弟當張之為座銘，珍之為家寶。而今而後，累廬主人，四為窩主，益覺富豪於儕輩矣，一笑。專此，恕不一一。弟 姜超嶽手上。六六年一月十三日。

又

立兄尊覽：十五日示，敬悉。此次兄之法書，所以有異於常者，想係一時興會之昇華使然。有如右軍當年之寫蘭亭，率意而爲，是天人交會之作，不可求而得。容俟裱就，當送陳尊覽，弟昨函讚語，有虛美否。

所示毫字之誤，是通俗說法。考之字書，古有豪而無毫，故毫與豪二而一一而二者也。（正中形音義大字典有詳說）

至弟生年在戊戌，（西曆一八九八年光緒二十四年）即民前十四年。民國十年，國內唯一「教育雜誌」疊刊拙文時，弟廿四歲，絲毫不誤。總而言之，弟癡長於兄二歲，兄豈忘之耶。一笑。專復，順頌雙福，並祝康復。弟姜超嶽手上。六六年一月十七日夜。

復姜一華先生

一華兄如晤：歲華逼人，運筆日退，作字日艱而日劣。故對親友來信，非急要事，往往稽復，甚而無復，務請曲諒爲幸。

讀廿日手札，知兄教學相長，聲譽日隆，使解甲之身，宏展才華於杏壇，固爲本身之榮，亦同輩之光，可喜可賀。

所附大稿，「怎樣才能寫好作文」，讀後有不能已於言者。論標題，顯爲學生而作，我曾設身處地一再試讀之，實不明精義果何在。如此深度之文，不知全校師生中，能瞭解者幾人。弟平生凡有寫作，必使人無一字一句不明白爲止。文章貴乎實用，超超玄著，非此時此地所需要也。還望於此三致意焉。

前二次來稿已拜讀，退兄自存之。近得友人談易之作，寄兄看看果何如。看後不必退。

最後奉勸兄一事，奪字過於天眞，如要講修養，當從此處下手。第一步能做到平正工夫，便於身心有大益。經驗之談，靈效無比。瑣瑣不盡，順頌敎安。姜超嶽悤復。六六年一月廿三日子夜。

復黃翰章先生

翰章兄如握：一別逾半載，桑榆歲月，其逝如飛。神思意氣，雖猶當年，而運筆失靈，作字日劣，老化逼人，不可抗力。凡有寫作，昔之頃刻可了者，今倍蓰之未必成。心理直覺，幾視爲畏途。故自分袂以來，三接來簡，均無覆，尚希亮之。

昨奉發於元旦手書，承示壯遊所得，令人神往，一爲其國之編氓，即終生不虞匱乏，生活環境，又路路可通。我國古傳西天樂土，殆卽是乎，一笑。

兄謂兒女曲盡孝道，輪流導遊，此乃今世最大享受，亦人生最高幸福。萬千中能如賢伉儷者幾許。我有族人，一子以公費成博士，就養不足一年，被逼東歸，竟病死於萬華之養老院。兩兩相比，賢伉儷豈非大福人也哉。

花谿同仁春節團敍事，蕭規曹隨，定於出月之五日中午，假龍福餐廳舉行。章錦楣（最近結婚）辦治此事，乾淨俐落一如兄，屆時自當代向同仁致候祝福，勿念。

所云在多倫多圖書館，見有拙著「累廬聲氣集」，不足怪，因此書流行之廣，實越意外。書商知見重於世，頻頻討索續出一書，曰「林下生涯」，係整理告老以來之日記而成，不日面世，今先寄「一臠」，請嘗試之，至盼指正爲幸。

我江山後進徐松靑，上月初以癌去世。較早毛趙璧亦死於癌。去年則有毛振炎以中風暴卒。三人皆兄所識，皆楨榦，皆我至好，皆未盡天年而終。每一念及，輒興人世無常之感。古有「有花堪折直須折」之諺，其意可深長思也。有感而發，書以贈知心。弟一切叨福如常，特告慰。順頌旅安，兒孫輩均吉。姜超嶽手復。六十六年二月廿八日子夜於臺北新莊。

復張則堯先生

可皆先生方家有道：捧讀大函，宿慮頓釋。因弟之出此書，（林下生涯）純爲應書商情懇而作。區區起居瑣屑，終慮徒災棗梨，難逃覆瓿。今乃榮獲方家之賜讀，足徵不無可取。不然，當難邀有道之「愛不能釋」也。且喜且感。承　示舛誤，謝謝費神。全書失校處二十餘，一俟勘表印就，卽寄呈。駱氏職稱，覆案原文無誤，容再查證之。至書中對先生以名士相稱，鄙見猶嫌未足，蓋實至則名歸，憑歷歲聲望，尊為名流名家名學者，皆當之而無媿，先生竟謂「思之弗安」，抑何其撝謙也。猥以椎魯，謬荷垂愛，至感厚誼，甚望時錫教言為幸。暮境逼人，作字日劣又日艱，意欲藉筆多談而力不逮，伏乞諒之。怱此，順頌勛安。弟姜超嶽手復。六四年四月十三日燈下。

復林治渭先生

治渭先生：恕我執筆日退，不能多寫，長話短說。前惠寄聯語，不誤。

拙書（林下生涯）內容，不過生活之實錄而已，竊想茍不得如 臺端者之流之謬愛，豈不枯燥之味，毫無價值。故應申謝者，乃弟之對 臺端，而非 臺端之對弟也。

見鬼事，姑妄言之而已，無傷大雅。

「氣宇」亦為成語，多查辭書便知。

童先生事，容再版時酌正之。

近接讀者來書，中多感人至深者。素審 臺端深思好學而富於情，盼亦有所賜，藉留紀念。但求真切，天壤間由衷之言最可貴也。

「一抹」及「書簡」改排叢刊本，劉君早有此議。至於承念累於酬應，至感厚意。其實見之於書者，尚非全部，有時接二連三，均爲情不可却事。社會不忘我，其奈之何。幸叨天庇，身心老而未衰，可告慰。順頌近好。弟姜超嶽悤復。六六年五月十五日夜。

復喬家才先生

家才先生偉覽：弟不學，不願爲文人，又不足爲文人。親懿遊好，偏許能文，世事不可解，往往類是。辱贈大著「戴笠將軍和他的同志」，拜領有日，謝謝。前接萬里電話，轉述尊旨云云，薄德寡能，而承賢者謬愛，且感且慚。

大著數十萬言，弟以多待了之事，祇選讀劉、魏、姜、汪數篇，餘則粗略瀏覽而已。援「抽樣」之義，綜論印象，自信雖不中，必不遠。請言文字，凡所描述，細膩周至，如見其人，聞其聲，歷其境，予人以眞實感亙深。尤難能可貴者，所載圖片，大多當年陳述，去今已三四十年，頻經刧難而猶存。想見 先生致力此事之勤，與用心之專。固大有造於史家之采錄，更可媿煞自命文章報國而一無貢獻者。書至此，不能不對 先生致敬矣。

又按書中列舉諸君子，其爲人，其勛績，悉爲奇才異能之士。據尊序所稱，繼此而作，尚有不斷續出者。是知戴將軍麾下人才之盛，在並世羣公中，能與媲美者，恐無第二人。且其任務，率多蹈險犯難，攸關世局。以視尋常奉公，旅進旅退之所爲，迥然有別。夫避難趨易，貪生畏死，人情之常。而當時多士，竟願獻身其麾下以自效者，果孰令致之，吾嘗究其所以矣。戴將軍受我領袖 蔣公之薰陶，以身許國，不知有私，惟才是用，精誠相矢。於是以國士待人，人則以國士報之。故凡受其驅策者，靡弗竭智盡能，罔顧安危生死，以忠於所事。世之踞高位，而欲建殊勳，垂青史，如戴將軍者，讀此大著，不已思過半乎。

至就書之命名及編法論，鄙見不無可議。艱於執筆，不能多寫，容得間面傾可也。悤此，順頌著安。弟姜超嶽手上。六十六年六月四日。

復姜一華先生

一華兄如握：比讀來書，洋洋千百言，所論各節，的有悟道之語。談及陽明武功，尤佩對明史爛熟於胸，深慙老朽，不如遠矣。獨怪一華何以堅持師我，不嫌有損身價乎。春間，惠寄「論語新編」等書，羈於種種，迄未拜讀，特致歉忱。拙著「林下生涯」，爲東大圖書公司「滄海叢刊」之一。貴校有買否。問世以來，所得反應，增我信心不少。檢奉印品數紙，可知其概。中致喬家才書，乃應其情懇而作，聞已送交某名刊刊布，自惟不學，居然見重於世，夢想所不及也。前寄「一臠」，尚有存書，玆再郵奉五册，備以分貽同好何如。暮境逼人，作字日退，不能多寫，迫得長話短說，請亮之。卽頌敎安。姜超嶽左書。六六年六月八日清夜。

復王大任先生

大任兄好：前承惠寄「東北文獻」，並附條示，祇悉。弟作字日艱，幾見筆而生畏。故對親故書問，往往遲復，甚至無復。不能多寫，恕長話短說。居今而談加強國文教學，千言萬語一句話，自小學始，國文一科，改讀文言。作文則聽其自然。祇求思路清，辭意達便可。據個人體驗，文言易讀而易記，瞭解古籍之能力，可於無形中養成之，兄試細加體會，區區鄙見果何如。至大文所論應讀何書，乃專攻國學者之切要課題，與所謂「加強國文教學」截然爲二事，不可混爲一談也。弟前有「學文之道」之作，兄看過否。又拙著「林下生涯」貴院當已置備，盼老兄覽而教之。恩此不盡。弟 姜超嶽六六年六月廿五日。

復陳立夫先生

立兄尊覽：上月初，辱 示贈聯出典，原欲作復，一抒積愫，奈舉筆千鈞，書不成行，頓悟「有花堪折直須折」之含意固別有在，而生命定律之不可易也。但天賦拗性，不甘長此罷休，玆以小兒學步姿態，勉成此簡，長話短說，意到而止。

贈聯出典，一査卽得，猶勞專函相示，仰見垂愛之深切。此聯自歲初精裱張諸室後，見者異口同聲，是兄法書中所僅見云。

前數期「孔孟月刊」所載，大作「中國文化對世界人類之貢獻」，以弟歷年所見兄闡揚文化之作，論精要深刻，此文其尤者也。凡我炎黃子孫，與夫世之喜談我國文化者，均應一讀而百讀之。

名學者方東美逝世後，其海外弟子馮滬祥者，曾有悼念之文，曰「生生之德永不止息」，刊上月杪及本月一日「中副」，鄙見是一篇大文章，亦可見此師生二人，皆爲當代不可多得之碩學君子也。兄以爲何如。

不久前，「暢流」曾刊大作「淺談人生」短文，竊疑或爲左右代筆，不審是否。上期則有敝友毛振翔致弟懇談人生之「異」與「常」，寄奉一閱。其所云云，憶兄在四十九年前任中央秘書長時，訓弟「君之異，皆爲讀聖賢書者所當爲，不足爲異，」之語，眞是異曲同工。

前所塵覽之拙著「林下生涯」，出書以來，口碑不惡，可告慰，兄有賜教否。

乞恕不情，願坦誠一道。兄所贈聯句，原含深意，而外人往往視爲尋常格言，未免辜負盛情。擬懇就聯邊空白補綴數言，說明其所以，則兄之加惠於弟者益無量矣。如何惟聽尊裁。專此，順頌雙安。弟姜超嶽上。六六年八月十日新莊。

復劉松壽先生

松壽兄：前接五日函，因艱於執筆，奉復無期，特寄刊物聊通聲氣，而十四日函又至，盛意可感。弟年來一切如恆，惟作字日退，昔之提筆便揮，頃刻可了者，今則如舉千鈞，指不聽命，徒喚奈何。後此有教，遲遲無訊，還希曲諒。今所欲復者，長話短說。

月初薇拉襲境，就個人言，受虛驚而已，承念謝謝。兄從事「臺灣史綱」之作，是乃大好事，所陳推論各節，甚見史識，願早觀厥成。

鹿港之遊，期之來年再談。悤此不一一。姜超嶽六六年八月十七日。

復蔡家兩小弟

偉光兩兄弟同覽：關於「年高德劭」一成語中之「劭」字，我今晨鄭重考查一番，得左開結論：

一、劭字不誤，且甚通行，其義爲美，爲厚。屬力部。

二、作卲亦可，屬卩部，本義爲高，亦可作美解。

三、大陸版辭源及成語典作「邵」誤。料係手民誤植，校者失察所致。邵屬邑部，地名與姓氏外，無他義，故肯定爲誤。

我所查各書，計有

一、說文解字註　四、康熙字典　七、辭源　十、實用學生字典

二、中華大字典　五、大學字典　八、辭海（未列此語）　十一、實用萬字新字典

三、形音義綜合大字典　六、成語典　九、辭彙

此信未留稿，看過後寄還爲要。悤此不具。姜超嶽六六年八月廿一日晨。

復劇慶德先生

慶德我兄好：弟不文，有之則生於情。無情而爲，往往徒勞，成亦無足觀。比承謬愛，峻屬爲我先總統　蔣公冥誕撰文紀念，未免難人所難，眞苦煞我了。幾經忖量，果一味撒賴，兄固莫可奈何，我實無以對老友。乃窮搜枯腸，勉成短篇，老生常談，意在繳卷，適用與否，弗遑顧矣。

弟運筆失靈，作字日艱，此箋係抱筆爲之，十分陋劣，盼付丙勿存。附複印品一紙，請閱綴言小字，可悉實情也。悤此不一一。朽弟姜超嶽手啓。六六年九月十七日。

復姜雪峯先生

雪峯宗親足下：來書已悉。前在國門所攝照片，影象甚清晰，謝謝。

年來振翔神父出國之送迎，鄙人固必至，而足下亦必與。彼此聲氣所感，純爲道義而行，求乎心之所安，以視一般勢利場中有所爲而爲，逈然異趣也。最可感者，凡有留影，足下則率先相遺，積年成例，不嫌負擔乎。厚情之加，感念感念。承詢出書事，實告足下，自十年前與三民劉君結緣後，拙著先後刊行，悉非本意，春初新出之「林下生涯」尤然。因自問無學，不敢獻醜。乃事有意料外者，此書口碑亦大佳。聞某學府中文系，有擬采爲教本之說。不審華岡已置備否。手邊現無存書，容稍緩當寄奉求教也。

至言賤軀之健，半由天賦，半由好動而知足，如是而已。超啓。六六年九月二二日。

致釋星雲法師

星雲上人方丈：敬謹奉塵小影一幀，此係本年老年夏令會散場之日，上人與會長送別時所攝。攝者會友戴豐慷，同影人即鄙人姜某也。當時同車會友，張民權教授朗聲呼曰，此可名「四星高照」。或問三人而四之謂何。張曰，「上人是福，會長是祿，姜年高而以文鳴，是壽而兼文曲者」。猥以椎魯，竟叨意外榮光，眞乃三生有幸，亦可謂三生有緣。憶在會講習，恭聆上人談人生之宏論，曾欲多請益，以時促未果，耿耿於衷。今臨朝山佳季，將於光復節前後，偕內子周素梅南下奉謁。內子禮佛彌篤，對 上人亦慕望有年。自本年四月始，並爲 貴山建設功德主之一，編號八六九便是。不審居時 尊駕住山否。特郵奉拙作「林下生涯」一册，是鄙人平生之一斑。素聞上人邃於道，富於學，擅於文，厚於情，願不吝教爲幸。如蒙復示數行，藉留紀念，尤感大德。南無阿彌陀佛！肅此，順叩道祺。麤人姜超嶽手上。六六年十月五日。

致王澤湘先生

湘兄如握：春孟一拜，倏爾暮秋。桑榆歲月，分外容易。言乎起居，尙無衰象，獨作字日苦，殊感惱人耳。久曠音問，思念爲勞。檢塵什稿數紙，可覘賤狀，藉省筆墨，亦取巧之道也。一笑。悤此不一。異弟上。六六年十月六日。

致陳立夫先生

立兄尊覽：弟今日作字，無異抱筆而爲，艱苦之至。拜觀寫給翰章中堂法書，勁練有加，自嘆見阨老天，臂在而不克善終其用，徒喚奈何。翰章居近，昨聞法書至，奔躍來領，其欣感之情，自在不言中。兄展於史物館之四書集句聯，弟端詳再三，較諸賜弟者，氣勢面目，固無大異，而神韻之雍容自然，終覺有差。天人交會之作，誠可遇而不可求也。一笑。弟於八月間，曾有代至好求墨寶事，至懇筆便時一揮與之何如。附印稿二紙，可覘賤狀一斑。順叩雙安。弟異恩上。六六年十月八日。

復王澤湘先生

澤湘我兄：捧誦惠福，字字句句，何止珠玉之比。數行俚辭，換得如許雅言，眞乃拋磚引玉矣。辱示「每思奉訪，輒又廢然」，彼此彼此。

尊論云云，在一己者則關命運，在大衆者則屬氣數。吾人忝爲野老，惟有盡其在我而已。所謂誹案也，大鈔也，歪調也，干卿底事。且禍福無門，得失無準，人世萬象，瞬息雲烟，桑榆之年，而心傷如灰，老兄不太癡乎。一笑。

至言寫字，生平從無滿意之作，得兄逾情盛讚，若眞有可觀者。虛美乎，阿好乎，敢問一聲。俗冗纏繞，踪跡靡定，欲圖把晤，若非先約，難免撲空。順叩雙安。弟超。六六年十月十二日。

復陳大剛先生

大剛先生閣下：未展陳啓，先申謝悃。承示拙著書中之誤，見人所未見，即見而即以告作者，藉知閣下讀書之精細，與對人對事之熱忱，感佩感佩。且於拙著各書，謬加偏愛，是文字知己，亦同道君子也。還望不棄庸朽，多多賜教，則幸甚矣。匆此，順頌秋安。姜超嶽拜復。六六年十一月十五日。

復李士昌先生

士昌如弟：來書誦悉。大作近稿，情意懇懇，文從字順，自是佳構。但措辭語氣間，不無須再斟酌處。適值俗冗，無暇細究，容俟出月得閒時，當舉以告。鄙人一生，平實是尚，大作標題及文中讚語，盛意固可感，終嫌近誇，誇則失實，失實則難取信於人矣。所擬諸題，皆在可不可間。鄙意還以「我幸識時賢江山某某先生記」爲恰當，不審　尊旨何如。承索內子墨蹟，他日必有報，勿念。附近照一幀，佛光山留痕二幀，蔣金紫園碑一本，又複印品數紙，希察收。匆復不具，順頌儷福。姜超嶽六六年十一月廿四日。

復姜一華先生

一華兄：先後惠書誦悉。大稿「思想通論」，洋洋數萬言，至佩腹笥之富。細究內容，涉及易數及性理之學者不少。僕對此道非性所近，又多茫然莫喻，不敢妄贊一詞。惟於文字方面，讀後終感辭繁意嗇，闡揚一義，雖根於經典，祇能深入，而不能淺出，往往令人與莫測高深之感。昨晤立夫先生，談及行文，力主淺顯明暢使人易解爲上。此正與僕同道，兄觀拙著各書，曾有晦澀費解之病否。至望於此三致意焉。原稿奉璧。月來意外俗冗，非外人所能想像，益以作字日苦，不能多談，乞諒之。恖此不一一。姜超嶽手啓。六六年十二月十九日。

謝壽小啓

某某先生偉覽：猥以椎魯，視息人間，媿鮮足稱。苟活半世，從不敢言壽，餘生歲月，正感虛度，乃荷恩寵，頒賜多珍，以光門楣，厚意之加，萬鈞不足喻其重。念玆在玆，謹申謝悃，肅叩秋祺。姜超嶽敬啓。六六年十一月八日。

下篇

聞見思先生讀「林下生涯」

見六十六年四月十日中華日報

對於上了年紀的人，退休問題常是一項困擾。經濟不甚寬裕的，憂慮退休後生活無着，稍有金錢節儲的，則顧念到離開辦公室後，生活孤單寂寞，難以安排。

人近老年，對生活享受的慾望較淡泊，雖然孔子有「及其老也，戒之在得」的忠告，但半生廉潔自持的，老來大都恬退安貧，所受經濟的困擾常比較小。惟有不再辦公、授課，生活方式突然改變，多數會感到無事可做，無處可走，心情百無聊賴。人生「最難排遣是閒愁」，有豐富生活經驗的人就怕一個「閒」字，閒得無聊會發悶，悶得發愁會生病。所謂「飽食終日，無所用心，難矣哉！」足見人是閒不得的。

古人認爲逸豫足以亡身；張岳軍先生撰不老歌，也有「天天忙，永不老」的名言。退休的人總要在生活上妥爲安排，可以不爲名，可以不爲利，但要使得自已經常忙忙碌碌，有所活動。「忙」是使自已忘掉年老力衰的秘訣，「動」是消除老年疾病的靈丹。人是動物，不動就會機能衰敗以至死亡；人（個體）的存在尤必須對社會（羣體）有所貢獻。有做不完的工作，方有過不完的日子，而生命才有存在的價值。如果有人說他已「向平願了」，意思說他已名成業就，男婚女嫁，該做的事都已做完。此人說話時可能志滿氣盈，實際他的世務既畢，塵緣已盡，距離奉主恩召的日子，可能已爲期不遠。因之，退休者雖已離開職業的崗位，自己仍應有做不完的事要做！

常言都說「找事做」，事情原是要人去找來做的；尤其退休後已不會有人找你做工作，必須自己找事做。既爲自己找事做，一無職業貴賤的考慮，二無職位大小的計較；但求志趣所適，盡心而爲，不必存「捨我其誰」的自負，更應有「功成不必在我」的胸襟。如能對社會有所貢獻，亦是分外的收穫。惟有心情如此恬退自安，生活才能優遊自在；方能退而不休，繼續爲自己興趣而工作，爲服務社會而奔波。也惟有抱具如此積極的人生觀，始能心理上忘其歲月，不受退休問題的困擾。

最近讀三民書局所出版的「林下生涯」，著者姜異生（超嶽）先生，以日記體裁記述其退休後的生活，內容多彩多姿。書中所記起居動靜，片語細節，固莫不含有立身、處世、治事、爲學、養生之道；但最值得欽佩的，還是著者退休後，能夠處處以主動積極的精神，不求名不謀利，只爲自己找事做的生活方式，可以爲一般已退休或即將退休的人示範。異生先生爲文樸誠率性，爲人特立獨行，其「林下生涯」不僅以言教，也發揮了以身教的功夫，確爲值得一讀的好書。

吳任華先生「我生一抹書後」

今之達官貴人，於其息影林泉後，多有回憶錄之作，大抵皆出諸口授，而由他人代書者；文旣不足觀，詞復多夸誕，不誠無物，自欺欺人，幾何不遭覆瓿邪？

然若與江山異生姜先生所著「我生一抹」以論，則霄壤判然自分，未可同日語也！蓋先生績學能文，學優而仕，仕而有聲於時，不乏可記之事蹟，遂於退食之餘，追憶五十年往事，歷歷呈諸目前，於是振筆疾書，鉅細弗遺，深入淺出，別具風格，寓有淑世牖民至意！若其語語率眞，字字踏實，不矜才，不使氣，集義存誠，粹然出於正，則讀其書如見其人，其書與人，並足爲後進榘矱，自可信今傳後，以視時下諸作，倜乎遠矣！

先生著述多種，口碑彌盛，懸車以後，復有日記撰述，名曰「林下生涯」，予視其書，都十萬餘言，雖爲生活點滴紀錄，要其昭實明理翼敎，有裨世道人心，則與前著大恉相同！昔顧亭林有云：「文之不可絕於天地間者，曰明道也，紀政事也，察民隱也，樂道人之善也。」二書正有合於此，吾故特爲拈出，以示先生著書精義所在，非徒以衒多文爲富已也！

建國六十六年三月新興吳任華識於旭日樓

鹿揚波先生「讀江山異生文集綴言」

江山兩浙名邑也。鍾靈毓秀，孕育奇才。今異生先生之出於斯，有由來矣。

先生特立獨行，老而靡渝。其所著「我生一抹」、「累廬書簡」、「累廬聲氣集」、「林下生涯」等書，拜讀再三，了然其爲人處世，眞情率性，擇善固執之品格，逈異於尋常。位居樞要，持身正直，不求聞達。凡有獻替，能言人所不敢言，爲人所不敢爲。書生風骨，凜然獨異。舉世滔滔，如先生者幾人。故謂爲古之君子可，謂爲當代奇士亦無不可也。

予魯鈍無學，感於世道之澆漓，不禁慨所欲言，以進於先生，志在求教，文之工拙，不遑計矣。

絕塵（杰人之諧音）先生讀「林下生涯」（見六十六年十一月八日中央日報副刊）

古人稱告老後生活爲退歸林下，或優游林下。近來聽到很多朋友反對到幾歲強迫退休的辦法。尤其對於老教授。有些人還舉出實例來說：像某教授、某教授，如不退休，也許還能多活幾年云云。

退休難免使人想到「我已成爲廢物啦！」「社會不需要我啦！」我也曾親見某大學一退休教

授，閒立在街頭小鷄店門口，看小鷄爭食，久久不去。一時好奇心起，我也遠遠的觀察了許久。我自問：「退休後，眞的會無聊到如此地步嗎?」因爲再過幾年，我也到了強迫退休的年齡。退休後眞的就不能再做些利己利人的事嗎？西洋人的辦法，有的是寫回憶錄；有的是在自己未進入安老院之前，先到安老院去安慰安慰比自己更老的老人，或到醫院去探訪孤苦的病患。有些老人童心未泯，喜歡和孩子們唱唱跳跳，不妨到孤兒院去和他們天眞地歡樂一番。

年來讀江山姜異生先生所著「林下生涯」，頗覺得他罷官（他喜用「懸車」）後的生活，很可以爲許多人的表率。

我不願在這以八百字爲度的方塊內，來爲本書作詳細的介紹，讀者會說是標榜，或說是替書店作廣告，而事實上亦不可能。此書實際是民國五十八年元旦到六十四年十二月十八日的日記，用文言體，（許多主張白話文的朋友，到了寫信札和日記時，都習用簡潔的文言，尤其是拍電報。）但仍然是雅俗共賞，對年輕讀者，也不會感覺生澀，但對於已退休或將退休的公敎人員而言，這書必更會適合他們的口味。

作者不但不因退休而終日無所事事，反而從「我生一抹」起，整理舊稿，先出「累廬書簡」，繼出「累廬聲氣集」，去年又出此「林下生涯」，好像是枯枝逢春，生意盎然，層出不窮。

此書內容極爲豐富，除陰、晴、風、雨之外，讀書心得、閱報偶感、親朋往還、友好規箴、宴飲茶敍、散步參觀、祭奠祝賀、旅遊觀劇，無所不包，可謂多采多姿矣。作者今年已臻八十高壽，退休後，能自得其樂，未嘗稍閒，可見林下生涯，亦須各個人能自己排遣，他人實無能為力。

方豪、羅萬類諸先生等九十人贈壽頌

鄙人無似，浮沈半生，壽人率多隨聲附和，於己則素不敢言。鄉好懿親，靡弗諗知。今歲虛度八十，自分等閒，守默如昔。乃荷道義至交之眷顧，奮其熱忱，力謀所以壽予，因而意外獲各方故舊君子寵錫頌詞。一字一珠，情溢於墨。撰者書者，皆當代名家。聯署羣賢，計九十人。其後更有聞風而贈以詩聯者，錦牋奇文，光我蓬蓽。盛情厚誼，奚翅華袞金玉之比。謹錄於此志不忘，且以明示後昆，我躬不閱，而國家民族五千年文化風義之盛，有如是也，有如是也。

中華民國六十六年十月二十七日，實維夏正丁巳九月十五日，忻值江山姜先生異生八十覽揆之慶。秋英表節，大耋宜年，於舉世之滔滔，見一士之諤諤。剛方砭俗，清介持躬。用之則行，無忝金臺市駿之遇。仁者必壽，更徵渭水夢熊之祥。特假篇章，同申祝頌。其辭曰：

姜水炳靈，代揚芬烈，澤衍江山，載生邦傑。志厲鵬鶱，操侔玉潔，試舉平生，以彰有德。
民國新建，九域絲棼，義師北伐，直指燕雲。班生奮起，萬里從軍，飛書走檄，蔚矣其文。
嗣卸戎軒，入處機密，聯東諸侯，爲國宣力。謇諤陳言，如矢中的，簡在巖廊，嘉爾丕績。
禦倭居蜀，職預三銓，紅渠淥水，光映南泉。程功簿領，夕惕朝乾，樞垣載入，任重而專。
東海受降，釁起羣盜，誓挽陸沈，鴻基再造。蒐討舊章，鉤稽朝報，齒屆懸車，退從所好。
出其餘緒，發爲文章，詞傾三峽，紙貴洛陽。中興鳴盛，儗彼鳳凰，所向空濶，以翺以翔。
亦有逸妻，賢齊德曜，鴻廡相莊，鵾絃同調。入饌魚香，簪花筆妙，情好彌敦，豈輸年少。
慶臻大耋，景福雙膺，如山如阜，如岡如陵。如松之茂，如日之升，鶴觴共祝，有酒如澠。

陽新成惕軒敬譔　鄞縣董開章敬書

方　豪　王大任　王慕曾　王唯石　王　之　王縉達　王壽明　尤國藩
左曙萍　仲肇湘　江德曜　朱培垕　朱　溪　汪祖華　何仲簫　何　靖
吳大遒　吳敬基　吳中英　吳鑄人　余鍾驥　邵德潤　尙達仁　邱裕錦
林全豹　林智淹　周鼎珩　周光德　金克和　俞濱東　胡思艮　段劍岷
胡建磐　姚軔發　馬國琳　馬紀壯　唐振楚　原德汪　徐本生　高　明
涂光瀛　許卓山　許靜芝　許允鼇　張家銓　張建邦　張家柱　張迺藩
張望豪　張景鐘　曹翼遠　曹永湘　梅嶙高　陸士宗　陳貞彬　陳長賡

陳統桂　符滌泉　黃季陸　黃理通　黃翰章　黃文敏　傅緯武　舒梅生
賀楚強　楊　銳　楊振青　楊覺權　葛賡虞　虞克裕　董林森　葉甫葊
廖壽泉　趙榮長　熊公哲　熊望權　蔣堅忍　蔣孝佐　鄭彥棻　潘樹聲
劉詠堯　劉　垕　劉振強　劉宗烈　談龍濱　蔡大治　濮孟九　韓德純
蕭贊育　譚俊民　羅萬類同敬祝

附續加親友

毛子水　毛彥文　毛君強　毛振翔　毛壽仙　王　道　王澤湘　方樹炎
成惕軒　吳萬谷　杜振亞　李若南　宗海若　姜文奎　姜次烈　姜紹誠
姜紹誠　姜剛常　姜陽波　姜毅英　姜獻祥　徐　達　徐振昌　徐柏寰
徐　輝　鹿揚波　連文希　章錦楣　陳立夫　陳永烈　陳國鈞　陳　奮
張之單　梅汝璇　楊明祿　楊爾臧　熊　琛　劉子英　鄭純禮　諸葛詒

原德汪先生贈詩

農曆九月十五日，欣逢華誕，以吾兄胸懷淡泊，堅辭觴宴，除共同敬獻壽屏外，再以俚詩為祝。

拔地奇峯無限好，在山泉水本來清。
累廬聲氣通寰宇，皓月圓明慶長庚。

陳統桂先生贈詩

江山代有人才出，卓異如公老益強。
繡虎文章追李杜，換鵝書法邁鍾王。
清操志薄嶙峋節，矯健身堅熟鍊鋼。
滿腹經綸涵碧海，心無塵滓爍玄蒼。
匡時藎畫安邦策，處事偏多淑世方。
早煥聲華揚幕府，久孚令望在巖廊。
襟懷憂樂先天下，忼慨悲歌覽大荒。
隱釣磻溪干將相，臥薪鯤島繫炎黃。
秋花艷帶冰霜氣，綠蟻杯浮琥珀光。
鶴算籌添仁壽永，杖朝歲月慶无量。

虞克裕先生贈詩

江山異生八秩，友好九十人詞頌。謹集頌者徐本生、蔣堅忍、方豪、邵德潤、陳長賡、劉詠堯、羅萬類、許允鳌、馬紀壯、潘樹聲、曹翼遠、梅嶙高、諸公嘉名爲句以祝。

本生堅忍氣方豪，德潤長賡壽詠堯。
萬類允鳌欣紀壯，樹聲翼遠鶴嶙高。

王大任先生贈詩

客窗頻北望，旅泊憶南泉，
無限生中事，長懷長者賢。
同天存願力，浮海失英年，
祝嘏抒誠敬，賡歌不老篇。

劉詠堯先生贈詩

不將此識趨時媚，正信寒松耐後凋。

老子樂天修柱史，仲尼秉筆集芻蕘。
摒除慮念懷貞隱，獨立蒼茫辟衆囂。
疇昔論交知最切，他時頤讌計重招。

陳立夫先生贈詩

早參戎幕，艱險同經。
翊贊樞府，懋績蜚聲。
文章名世，風義平生。
庥延大耋，比翼遐齡。

王澤湘先生贈聯

太公立德望之極
虛懷爲河漢所歸

尚達仁先生贈題

矍鑠康強
天眞不老

丁巳九月欣逢
巽生老師八豑覽揆之慶，寫此敬頌岡陵。自慚塗鴉，幸祈我師笑納其誠。尚達仁拜書。

毛子水先生贈聯

文字因緣多喜樂
神仙歲月自融長

吳萬谷先生贈聯附言

巽生先生特立獨行，貞介絕俗，意量高邁，邈焉寡儔。丁巳冬，會於臺北萬順樓，談讌之餘，余構此聯博粲。承命書以疥壁，殊慚筆墨之未工也。即乞兩正。長沙吳萬谷。時同客臺灣廿八年矣。

超然萬里江山外
嶽立千秋宇宙中

李士昌先生「記一個我所敬仰的人」（見暢流六百七十三期六十七年二月十六日出版）

今年（六十六）十月廿五日光復節，對我來說，意義特別深遠。在這個大節日裏，我拜見了時賢江山巽生先生。先生於是日自臺北新莊偕夫人及女公子，南來高雄，遊覽佛光山，我就趁此良機得領敎之緣。

年來我曾先後拜讀先生大著，我生一抹、累廬書簡、累廬聲氣集，及最近出的林下生涯。這些書看過的人士，皆推崇備至，區區不敢妄贊一詞。不過以我膚見，說得出的好不盡好，唯有說不出的好才是眞正的好。因此我說先生文章之好，無以名狀。先生敎人爲文要做到眞、善、美。他的文章不論是談政治，談世道人心，談修身養性，在在令讀者起共鳴，增智慧。寫傳記類文章，自來推崇司馬遷是千古之雄，而先生亦可說今日的太史公。魏金先生信稱：「精讀具中數篇，（指我生一抹一書）則深以爲與太史公『究天人之際，通古今之變，成一家之言。』互相彷佛也。」我以爲這幾句話說得恰到好處。孔子所說的：有德者必有言。在先生的著述中，無一不合乎聖訓。這是先生的立言。

先生的「立德」呢，我雖無緣追隨其左右，不得耳濡目染，但就我知道的幾件小事，也可知其大概了。往歲，我以不見經傳的小子，向先生請敎一書的來歷，先生竟不憚煩，展轉向友人要索以贈。我致其信中遣詞不妥者，承其一一指正。高齡老人，對未識一面的陌生人，居然與而不吝，敎而不倦，鼓勵後生如此，待人以誠如此，今日那得見。更有甚者，我知先生交遊，多社會賢達、士林名師，或政府要人。而此次南來，竟不棄區區小子，款談多次，頗寓獎掖後進之意。當我往見時，他迎於門外，視我如貴賓，言談間又親我如骨肉。當其光臨寒舍，貺我珍品，其夫人又賜我小兒以厚禮，此寵愛之榮，終生難忘。孔子曰：「君子義以爲質，禮以行之，孫以出之，信以成之，君子哉。」我觀先生擧止，誠君子哉。

再者，在與先生多次款談中，有數事令予印象甚深。先生有一後輩念高中，因其來信錯寫一字，先生竟査十一種參考書，條擧以告之。該後輩敬佩嘆服無已，感先生爲學之求眞，教人不倦之愛心。這件事給我之啓示，何其深遠。

先生著書，絕非爲利，書商所奉潤筆之資，先生從不計較，有時却厚而取薄。因而識者都敬重其人，尊爲長者。由此看來，與當世俗士大異其趣。其高情逸致之淸德，當今有幾人能如此呢？

先生在最高幕府任事，黽黽勉勉，垂五十年，貢獻良多，正是對國家之立功。 國父說：做大事不做大官，可說先生是這句遺訓的實踐者。先生退而不休，著書立說，這大概是天意使其爲木鐸啊。

先生用世數十年間，因執筆過勞，至五十歲後改用左手，其書法之佳，更出人意表，識者無不嘆爲觀止。此非毅力恒心不爲功。仲肇湘先生曾稱：「讀其文、觀其字、不禁叫絕曰，如其人，如其人，彷彿若一風骨凜然，雙目炯炯者，於紙墨間呼之欲出。」（累廬聲氣集八十二頁）此指先生早年的作品，今日文與字更是「如其人」了。

先生雖已大耋，而體格仍健朗如壯歲，行動矯捷，精神奕奕，記憶力也強。其古稀夫人周素梅女士，亦目明耳聰，舉止輕盈，所學王書，在士林中頗享隆譽。我觀二位長者，乃高人逸士，德可風世。誠禱神佑，壽比南山。

我太欽敬這對時賢了，爰泚筆爲記。所憾淺陋辭拙，不克盡意。然仰止之誠，則深藏於中也。

李士昌六六、一一、一二、於高雄省立旗美高中。

附錄

總統　蔣公九秩正慶獻言

總統　蔣公當年八十大慶，予以帡幪下士，曾敬述仰止微忱，見賞於中央。文徵委員會主輯「蔣總統與中華民族同壽」專著中，精選當代巨公名流大文百篇有奇，竟采拙作壓軸，流光悠忽，今又恭逢九秩正慶矣。「暢流」當事，知予忝列北伐老兵，堅索有作。自惟朽邁，深慚腸枯。無以，且抒一二感懷以應之。

自我偉大總統　蔣公仙逝，屈指已三度春秋矣。匪黨竊據大陸，亦將卅載矣。伏見我黨政領導諸公，敬恭國喪而後，兢兢業業，惟遺囑是遵，興復是圖，自強建設，猛進無已，為舉世所矚目。尤以蔣院長秉忠臣孝子為懷，宵衣旰食，不辭吐哺握髮之勞，求民隱於僻陬，施惠政於全民，凡有血氣，孰不感動。

古人云，天下興亡，匹夫有責。故吾人居今而言報國，而言效忠　蔣公者，不在徒託空言，而貴身體力行。蓋　蔣公秉承　國父「知難行易」之遺教，擷取中庸「力行近乎仁」之說，從行中求知，從求知中寓行，而倡「力行哲學」，以闡揚革命之道。實爲中國人生哲學一大發明，亦爲學術上一大成就。挈其精義，爲即知即行焉，有始有終以行焉，邁向目標不斷而行焉。武侯所謂「鞠躬盡瘁，死而後已」，是典型也。

猥以不才，嘗沐　蔣公生前多年之薰陶矣。憶我政府渡海之初，　公於獻歲文告，特揭新、速、實、簡、四字以詔國人。時際陽九，垂教金言。體驗所得，此四字者，無異爲「力行哲學」作至精至當之註脚。新，言行之日新月異，蘄求創造也。速，言行之效率至上，力爭上游也。實，言行之脚踏實地，日進有功也。簡，言行之執簡御繁，壹志赴事也。而今天相中國，大憝既斃，其變其亂，方興未艾，正我興復救民，重整河山之會。所望舉國上下，服膺　蔣公「力行」之遺訓，仰止蔣院長繼志之偉抱，各在其位，各奮其力行，則　蔣公遺囑中所示「其精神與吾人長相左右」者，端在是矣。

奈自政府勵精圖治以來，時勢所趨，習尚宴安。浮靡之風，漸見滋蔓。當年志士，或忘在莒之境，玩愒消沈以待老。或懷樂不思蜀之心，遇事奢靡以自衒。此爲　蔣公生前所切戒而最痛心者。願我國人，趁此誕慶吉期，激發天良，力行自振，屏舊習，邁新生。以報我國家者，以慰我偉大總統　蔣公在天之靈。（本文載暢流六六五期六六年十月出版）

老年嘉會翦影

小引：是乃本年初夏事也。雖成明日黃花，而與會老者，悉爲當年獻身公敎之人物。今値敬老佳節前夕，特摩挲老眼，走筆追記其略，以告世之關心老人者，亦以應時耳。

緣起：中國社會福利協進會，於本年四月，擧辦老年夏令會於高雄之佛光山。該協進會創辦人，係今立委詹純鑑先生。顧名思義，其志業灼然。會衆三千，十九爲退休之中央地方公敎人員。年來疊有自強活動之擧，所以調劑老年人身心也。如本年夏令會，已屬第二屆。與會者九十四人，六十六歲以上者占半數，另有眷屬二十人。佛光山爲近年新闢勝地，宏建寺宇，蔚成叢林。寺門建「會名牌」如巨屛，橫書擘窠大字，曰「老年夏令會」，下方標明「中國社會福利協進會主辦佛光山宗務委員會協辦」。故以詹先生爲會長，該寺住持法師星雲上人副之，此本會概略也。

到會：會期五日，限四月十八日午後報到。予於是日晨趕至臺北車站，乘王冠公司大客車南下，同車四十餘人，內有樞府舊僚齊憲爲、張家柱、劉元、潘景韶、陸士宗、楊祚杰諸君，均與眷俱。會中幹事徐玉棠隨車照料。予坐首排，與戴豐慷、張民權聯座。戴初識，風趣熱忱。張舊交，強記健談。不期而遇，亦算有緣。七時半啓行，沿途曾作必要之小憩。午後五時正，抵達會場佛光山寺，計行程共九小時又半。

進館：山寺正面有大堂焉，可容千百人。建築雄華，門揭紅箋字條，曰朝山會館。入門左右旁，分設物品冷飲二櫃。其上方正中，設服務台。館之左端爲餐廳，設餐桌十餘席。右端卽議場所在也。登樓設客房若干間，套間住二人，統間設長榻二排，每排容六人。予配住統間「雲水43房」。其衾，其枕，精潔可愛。六時半晚餐，圓桌素食，七菜一湯，桌十人，菜鮮飯香，食之津津，如與盛宴然。館中關於服務諸端，皆由東方佛教學院及沙彌學園學生任之，誠懇感人。服務台旁，揭有籌募建設經費辦法，徵求「佛光山建設功德主」，每人每天一元，以三年爲期。予立卽以妻周素梅名義，登記參加爲功德主。所謂朝山會館，乃以接待朝山信徒及遠道遊客之用，四壁滿懸儆世詩，約十數絕，詞淺意深，錄其二於此，亦可作吾人座右銘也。詩曰：

人來謗我我何當，且忍三分也何妨。却爲兒孫榜樣計，只從柔處不從剛。

是非不必爭人我，彼此何須論短長。春日才看楊柳綠，秋風又見菊花黃。

座談：晚餐罷少憩，會友集議場座談，卽本屆夏令會之第一節目也。會長詹先生闡釋會名老年二字之涵義。謂吾人年齡，有生理心理之別。其老當益壯者，年老而人未老。反之，則年未老而人已老。參與本會諸君子，皆老當益壯人物，故名老年，而不名老人云。是名言，亦慧語也。會衆聞之，相與會心一笑。

山景：到會之第二日，四月十九日也。微明，獨起登山，縱覽全景。會館居正中，前闢廣坪，坪外建牌樓爲闕，額曰「不二門」。左爲研習佛學之黌舍，渠渠在望。門外指引牌標叢林大學。援引大佛巍然峙於前，高十有二丈。四周作山城狀，繚以女牆，牆頭及夾道，駢列同型佛千百數，高可齊肩，儼如戎行。大悲殿座於「不二門」右後方，其階前坡下，則爲學生食宿之所。殿貌莊嚴宏敞，中立觀音，法相慈祥。環壁構小型叢龕，亦供觀音，像高不盈尺，一龕一像，縱橫重疊，號稱萬佛。殿前柱聯文曰，「遍婆娑世界，千手千眼，化身無量數。遊十方國土，大慈大悲，度衆億恒沙。」殿中置香火樂捐箱，予捐二百元。另有大雄寶殿屏於會館之背，正在興建中，鋼骨泥體，輪郭粗具，規模之雄，不等尋常，他日告竣，將爲全山堂宇之冠。度其工程，恐非短期可觀成云。

聽道：今晨八時，副會長星雲上人，蒞會講人生十問。上人法容和藹豐腴，有似彌勒。自言長於文事，而拙於言詞。有徒弟若干隨侍，講時遇有段落處，輒由徒弟歌唱以詠之，歷二小時畢。所謂十問者，吾人對貧富、得失、罪孽、煩惱、忙閑、未來、生活、依靠、老病、生死將如何。援引佛法教理以爲解說。特別說明一切煩惱，皆由貪、瞋、痴而來，云云。實則一言以蔽之，所以釋十問之諸般說法，無非儒家克己復禮之道，重唯心而不重唯物而已。

攬勝：到會第三日，爲四月二十日，星期三。會定日程，本日攬勝墾丁公園。大車二輛，早出晚歸。此園之在今日，已成國家公園，名震中外，遊者日衆。十年前，予曾一跡是地，印象猶新。晨八時自會館往，中午抵達，餐於園中之北平飯店。店主係會中組長闞憲章之學生，招待分外親切。餐後，遊仙洞、一線天、垂榕谷、觀海樓等勝蹟。沿路花樹、標牌、新式建築，添勝不少。尤以初入門後千百步，夾道紅花，如張錦繡，艷色照人，目爲之眩。想石崇當年作錦步障之華美，不是過也。凡此種種，較十年前純然山林風光者，相去遠矣。二時半出園，逕往鵝鑾鼻悤悤一覽，即登歸途。暮色四合，乃回抵山中。

專題：第四日四月二十一日，星期四。晨有專題演講焉，主講人臺省社會處副處長詹騰孫。八時始，九時三刻畢。題爲「社會福利與老人福利」，對理論與實踐，縱則溯及遠古，橫則博及中西。有依據，有辦法，見解精闢扼要，非具優異才學者，不足以語此，所謂青年才俊，惟此差可當之。

同樂：專題演講日下午三時，舉行同樂會。高屏地方聞人，到者不少。節目以康樂活動爲主，會友之表演者，多爲本省人。最後摸彩助興，予得「會長獎」21型派克一枝。後以贈寄居高市友好李君之女公子。

尾聲：到會之第五日，四月二十二日也。上午訪問楠梓加工出口區，並參觀煉油、煉鋼、造船三廠。聽簡報，觀規模，國家工業建設之突飛猛進，非恒人意想所及。更非親歷目覩，不足以徵信。且一切技術，皆自力爲之。偉矣哉，今日我國人才之盛也。參觀事畢，遊澄清湖，憩於青年活動中心，以野餐果腹。十年來，予三度遊此，遊興索然。於晚後走訪友好李君永生。夜七時，回山宿焉。

禮佛：此散會離山日之事也。是日爲四月二十三日，星期六。昨夜以會友有提前離山者，人去樓空，予乃易室而寢，編號「雲水45房」，約十人。寢時宴然，頃刻入夢。及夢回，夜尚未闌，有鼾聲起自鄰榻，一強一弱，互相應和，久久不息，無法再夢，乃依枕假寐。未幾聞有起者，予亦隨起，時纔四時餘耳。及曙光漸明，鐘聲初動，急趨大悲殿，見僧尼及叢林大學學生可百人，著玄衫，單行成隊，自殿下安步魚貫登殿。另有先夕蒞臨朝山香客數十人，尾隨而入。時予亦羼其中，各就預置地上之蒲團前肅立。既定，由一前立法師領導唱讚誦詩，和以釘釘之聲，清脆悅耳。唱誦時，拜、跪、起、立，一惟節奏是依。歷半小時而畢。予非佛門弟子，今之隨緣禮拜，乃生平創舉也。

賦歸：此次嘉會，會友來自四方，而北部獨多。功德圓滿，紛紛賦歸，或取道公路，或取道火車，予則仍乘原車，改循山線行。早七時下山，正午抵臺中，停憩於公園路55號門前，餐後一時半開車，五時抵家，先後適六日耳。當今晨離山之頃，會長詹純鑑先生，副會長星雲上人送別門首。彼此雖暫聚，雖皆老年，終不免有依依之情。車將發矣，承會友戴豐慷爲予特攝一影。上人居中，予與詹先生左右立。同車張民權教授揚聲曰，「此三合影，乃四星高照」。或問四何來。曰，「上人是福，會長是祿，姜是壽而兼文曲者。」不假思索，脫口而出，斯眞才人之捷思，惜予愧不敢當耳。然此一影，則可永留紀念也。

留念：是役也，可資留念者，上述三人合影外，有「不二門」前與劉君元伉儷同影一，是其令郎育慧所攝。有朝山會館門外會名亘牌前，與張君民權同影一，則戴君豐慷攝。又澄清湖青年活動中心後以遠山爲背景獨影一，以中國造船廠承建45萬噸油輪爲背景獨影一，及鵝鑾鼻石碑前獨影一，亦戴君攝。墾丁之遊，則得影四，北平飯店前傘形大樹下獨影，觀海樓下獨影，遊客中心樓下藝術石刻前與曾君奏薰彭君耕合影，攝者齊君憲爲。另有與齊、彭二君三人同影，攝者爲曾君。予疏於藝事，凡有行旅，未嘗攜影機俱，而遊踪所迹，往往意外留鴻雪，亦人生良緣也。嘉會盛事，焉可不記。（本文刊於「暢流」六六七期六六年十一月出版）

談健康經驗——在姜氏宗親會席上講詞

鄙人老而不衰，向爲親友所樂道，且亦自信各部器官之堅強，確乎不同尋常。因來臺將三十年，漫長歲月，寒暑無犯。除齒牙偶有鑲補外，幾與醫藥絕緣。耳聰目明，行動矯捷，一如壯歲。所以能爾者，半由天賦，半由修養。

修養之道無他，在精神方面曰知足。莫爲非分事，莫思非分財，盡其在我，求其心安，心安便無憂。知足無憂則常樂，常樂是補身無上靈藥也。在生活方面曰有恒。此係指日常行動言，凡舉一事，必須持以堅毅，貫徹始終，然後成功可必。如一曝十寒，或中途而廢，則前功盡棄矣。

鄙人自民國九年始，無日無日記，廿一年始，無日不運動，廿八年始，無日不早行冷水浴。今之老而不衰，眞切體驗，有恒應居首功。

以上經驗之談，特以獻我宗親作參考，敬祝老少宗親同登壽域。（六六年雙十節）

中國社會福利事業協進會發起舉行退休人員書畫展覽啓（代作）

書畫藝術，所以涵養性靈，亦吾國固有文化精神之所寄。我公敎告老同仁，度林下歲月，寄情於此，而卓然有成者實繁有徒，玆擬假址中國佛敎會三樓，舉行第一屆集體展覽，公諸社會。一以示我同仁之退而不休，一以供同好觀摩，藉獲以文會友之益。俾對復興文化略效微勞。務望同仁君子，出其佳製，共襄盛舉。展期自三月二十八日始，四月六日止。適值黃花令節，暨 總統蔣公忌辰，亦所以示鄭重紀念之意也。（六六、三、十八。）

江山嘉湖小誌

江山，浙南之一等縣也。區鄉鎭二十有三，其名嘉湖者，土名新塘邊。塘則有之，湖則徒名而已。西毗連江西玉山縣境，東距予故里禮賢鄉十五里。民國五年，予十九歲，曾於暑間約學友三數，初遊是地。其近村名周塢，至好姜潁初原名方才，世居於此，聚族而居者數十家。二十一年多，時首都尙滯洛陽，予以留京閒散，遂回籍一行。應老友邀，結伴遊江西境內之西巖、雲巖諸勝，便道訪穎初之居，此予生第二度履嘉湖之境也。

右係就去年撰「豪舉記」時所遺之殘稿改寫而成，亦回憶中之一抹也。（六六、二、五、於新莊。）

左筆留痕引言

予非書家，而與管城子結不解緣。自涉世始，未嘗一日相違。以素性求善，字無定式，骨力如故，面目常殊。右臂不振，改習左腕，表之於字態者尤顯。斯雖小道，亦所以暴人生之一斑也。

予習左筆，去今三十年，時方知命，朝斯夕斯，歷四五寒暑，而後裕如。又十年，駸駸及於右，見者僉以為難。迄民國六十二年七十有六齡後，漸感運筆揮灑，不能如意。降及今春，每下愈況，四月間，閒中錄李白詩一箋，徒具風韻，筆力大遜。以視往蹟，固凡品也，後此竟求凡而不可得。今則一管在手，恍同舉重，運用指臂，木然失靈。不得已乃舍左而復從右，寫時賴兩手合力為之，成書之艱，非身歷不能道。阨於老境，徒喚奈何。

竊念循此以往，吾生左筆，勢成絕響，爰就歷年積牘中，選其可為一時表徵者，刊此殿焉。一以留陳迹，一以告夫阿好於吾之親友，屢承索書而無以報，非故示矜矜，勢有所不能，力有所不逮也。

江山異生六十六年冬至

四十三年之左筆

發言要旨

討論三聯制發言要點（四十三年春初於考試院）

一、是一種方法而非制度。凡事豫則立，謀定而後動，三載考績，

二、其正意義，在求行政效率之增進。創始於抗戰步入艱苦之時

三、近代工商管理之學，最重效率，即以最少代價，獲致最大成果。

四、抗戰前後，國家在自力更生大原則下，埋頭建設，因而行政中樞有增進（激勵）效率之倡導，惟斯時所謂效率，偏於工作成果，其意義[illegible]

五、目前所謂之效率，尚須具有革命性。故行政改作風，剷除惡習，皆在效率範疇之中。

六、聯即聯環之意，周而復始也。每一階段，皆有連環性。

七、實行要則，設計貴民主，執行重專制，考核尚科學、憑實證，忌感情。

八、年終檢討，一面考核，即一面設計。院三月一次，部二月一次，司處一月，科室半月。業務會報、處務會議，儘量以民主方式出之。

四十八年之左筆

致旅美陳立夫先生書

立兄尊鑒：昨偕靜芝出示兄之謝壽通啟，讀後不禁有感，賦而草此寸緘，聊當補壽。兄今歲六十大慶，吾聞祝兄壽詩文，報刊傳載，篇幅相屬，一時朝野英彥，紛紛簽名致祝者，以千百數。且聞其踴躍忻悅之情，視年來當事顯要之祝嘏者，或猶過之。兄息影海外，將逾十稔，各方所以表其慕思者如此，足徵人心所趨，自有衡量。蓋欲以壽兄者壽國焉耳。兄亦可以自豪而自慰矣。弟以山野寒士，謬蒙拂拭，得團迹於賢豪之林，垂三十載，此次華誕，原欲有以為賀，旋思庸蹇如弟，在如許賀者中，有不見多，無不見少，故遂默爾而止，區區之聊為小異，度能邀兄之曲諒也。府中自靜芝去後，由黃伯度氏承其乏，而謬采虛聲，調弟為之襄理文書事，舊業重理，忽忽歲餘，特以告慰故人。異生之遇事不苟，猶是當年也。專此，敬叩雙福。

弟姜超嶽手啟 四十八年十一月五日

五十五年之左筆

臣聞鑽燧吐火以續湯谷之晷揮翮生
風而縱飛廉之功是以物有微而毗著
事有績而助洪臣聞春風朝煦萬艾蒙
其溫秋霜宵墜芝蕙被其涼故威以齊
物爲肅德以普濟爲弘

江山姜超嶽寫於五五年春節前夕

五十七年之左筆

天之生賢人也大氐以剛直葆其本真其回枉
柔靡者常滑其自然之性而無以全其純固之
天即幸而苟延精理已銷恒軀僅存君子謂之
免焉而已國藩嘗采輯國朝諸儒言行本末若
孫夏峯顧亭林黃梨洲王而農梅勿菴之徒皆
碩德貞隱年登耄耋而皆秉剛直之性寸衷之
所執也萬夫非之而不可動也三光晦五岳震而不
可奪也故常全其至健之質也躋之大壽而神不衰也
不似世俗孱懦豎子依違濡忍偷為一切不可
久長者也　中華民國五十七年四月十日即
戊申三月十三日錄曾集壽陳仲鸞父母七十

六十六年之左筆

棄我去者昨日之日不可留亂我心者
今日之日多煩憂長風萬里送秋雁對此
可以酣高樓
蓬萊文章建安骨中間小謝又清
發俱懷逸興壯思飛欲上青天覽日月
抽刀斷水水更流舉杯銷愁愁更愁
人生在世不稱意明朝散髮弄扁舟

右李白宣州謝朓樓餞別校書叔雲
六六、四、七

右筆殘迹　民國三十一年日記殘葉

一二〇

廿一年東跋雜志

老家住客

祝聖康　龍游人

歐炳福　鄭姜夫婦均為不可多得之好人原籍慈谿

徐嘉民　鄭姜

費福祥　中華書局

江山相識者

何炳松　東南聯大校長

李培恩　之江校長

盛振為　和福弓執姜說笨

熊覺民　江山法院推事太倉人

丁　琮　公夏

鄭宗善　浙贛子弟校長

淩　因　猶見長子習醫

朱中圭　長沙人

李　禮　縱寶之壻湘人

劉文忠　小商人

鄭祖風　新章嫂之夫　石門鄭永亭

胡大銘　官溪人祝生清秀

鄭榮章　俊卿國士封翁

王鴻書　國士表姪

王恩籌　徐培根之司機　十八梯永興巷十三號潘樹如轉

徐恩平　徐氏長子

徐恩均　次子

徐天一　湘人慕迦之友

汪子展

毛澤普　別名有根（王大森之壻）

萍水相逢者

黃鎮中　關睢寧都人四十五歲　獨三十三旅之長

沈錢漢　定一無錫人黃埔三期　沈鴻英之子

楊志剛　昆山人

彭荷高　四川安岳

葉仲熙　藥商

唐昭鑫　政工

聲畫錄

江山異生

六七言

考畫錄

江山異生八一

聲畫錄前言

江山異生書於沐園六七、一二、二五、

此予民國六十七年所輯叢稿也。來台將三十年，與親故朋僚間互通聲氣之作，散見於歷歲拙著中者無慮千百數，大都以事類別，難見統系。本編則無論詩文短句，中有足資留念者，悉按先後銓次之。可作日記或自傳看，亦可作年譜看。別「與人」及「人與」為二篇，其他有關報刊及雜稿，則殿為附篇焉。凡所采輯片語隻字，莫非由衷情有不能自已者。因襲揚子法言「心聲」「心畫」之說，署曰聲畫錄。

當茲臘鼓聲起，深感遲暮，有花堪折直須折，爰刊之藉留泥爪，且以慰親故朋僚之相念云爾。

聲畫錄 目次

人與篇

與人篇

致王澤湘先生……三四

附篇

人與篇

俞濱東先生來簡

巽生先生：新正初六、奉讀「丁巳聲氣集」，何情之稠與禮之周耶？讀書人畢竟與世俗凡人不同，敬謝雅意。文集琳瑯滿目，美不勝收，封面聯語，氣魄之大，用字之巧，無以復加；尊夫人書法精美，勝于鬚眉，而　先生寫字，竟能左右開弓。他如詩詞函牘，無一不是佳作，甚至小弟問字，考據不厭其煩，雖一字之解，竟動用十一部字典，治學嚴謹，絲毫不苟，可謂舉世無出其右者。日記殘迹，鉅細無遺。凡此種切，皆足爲弟楷模，倘不以非材見棄？爲弟嚴師，得能隨時請教，則一生受益不淺矣。弟大兵一個，出生山野，懶於學問，回憶與先生共事，不算不久，因過去忙于工作，未獲拜師習文，不勝遺憾，如今年逾七十，縱有心向學？奈何記心與精力不許，徒呼負負。又觀　賢伉儷祝壽玉照，耄耋之年，猶若五十許人，其養生有道，老而不衰，非有德有養者，曷克至此？因而期頤上壽，自不待言，謹在此預祝。耑肅奉謝，並祝新春納福！萬事吉祥！弟 俞濱東拜謝。元月初六，夜。

老友王澤湘先生來簡

巽生兄嫂：得書，感於寄望之殷，夤夜修正奉還，蠅頭小字，多耗老友目力爲罪。

晚年難得幾回見，上次相左，坐失多少秘辛，可惜可惜。「丁巳聲氣集」出，民亦勞止，汔可小康。全部精力，應留以寫作「六十年前塵回憶錄」，黨、軍、政、俗、軼聞、勝事，當大可觀，揮灑維艱，願爲奮筆代勞也。

腰脚尚健，趣謁或在姑奶奶家晤談，且不預訂。耑復，並切囑協和節勞。湘叩。六七、一、七晨。

張齡先生來簡

異生吾兄左右：大壽闕禮，謹以聯補，權志歉疚。（聯句附後）舊日同寅，皤然俱老。儿逵薜荇，亦復難常，紀此因緣，藉留鴻雪。聲氣集已拜讀，雋永有味。耑此，敬頌春安。弟張齡載拜。六七、一、一三。

超情逸與看霞舉
嶽色江聲撼夢來

長老沈鵬先生來簡

異生老兄道席：自前年歲暮，途遇實踐堂畔，立談數語，別後倏已兩度新年。其間思慕之情，無時或釋。祇以行動維艱，又懶於握管，致未敬候賢伉儷起居，歉甚罪甚。農曆本月初五，晤吳煥文，詢悉尊況康泰，健步如常，聞之欣慰。昨蒙　賜贈「丁巳聲氣集」大作，略閱數篇覆書，苦於目眩容後細讀不惟字字珠璣，句句格言，而且標題留墨，筆力雄厚，文章書法，等量並茂。耄年如兒，尤日求精進，此種鍥而不捨之毅力精神，可爲青年作模楷，而傳後世矣。欽敬之餘，感謝無既。順頌雙福，並賀　春釐。弟沈鵬拜復。二、十四。

陳大剛教授來簡

異生先生賜鑒：晨讀　大著「累廬聲氣集」，發現四一面上談及嚴嘉寬先生「談退休」一文，「所建議者，平實可行」，不啻望美食而饞涎欲滴也。緣弟現正有意搜集有關「退休生活」之佳構，並擬約請知友撰寫此類大文，希在一二年內編印一本小書，俾對度退休生活者，有些許參考之價值，同時自己藉此「求怡情，習勞動」，亦可自得其樂也。茲特請　示數事，懇臺端有以教我：

一、此事是否值得去做？或有無其他更好做法？

二、如蒙 贊同，我 公能否 賜撰一篇，以光篇幅？（長短及時限均所不拘，將來謹以此書，聊表謝忱。）

三、以上談及「談退休」一文，能否複印惠贈一份？如有此類其他文章，並懇 賜示！ 謹此佈悃，並祝春祺。弟陳大剛手上。六七、二、九。

杜時闓先生來簡

異生學長尊鑒：年初奉讀「健康經驗談」，前日又蒙賜「丁巳聲氣集」，循環雒誦，啓示良多，衷懷銘感。聲氣集封面題箋，及六十六年之左筆，挺秀渾逸，揮毫自如，視前此各年之筆力，似皆有以過之。竊喜兄長之指恙已告痊可，迨展誦中篇與各友人書，則一再言運筆日退，作字日艱而日劣，是手指功能猶未完全恢復耶？念念！ 華誕之慶，義應登堂祝嘏，而弟竟未能及時趨前致敬，歉疚良深。容當踵門請罪。專肅，並頌儷祺。大嫂均此問候。杜時闓敬上。六十七年二月十四日。

劉宗烈教授來簡

巽生先生道席：昨午趨　府賀歲，承以萬谷、劍芬兩兄所作嵌　大名聯語見示，讀之妙趣盎然。弟頃思得一聯，惟不工巧，特錄呈左右，謹作　華誕岡陵之頌。敬祈粲正爲禱。顓此奉達，拜頌
春祺。弟劉宗烈拜啓。二月十六日。

超超玄著，春滿累廬，域中巽境江山秀。
嶽嶽丰神，人懷姜被，林下生涯歲月長。

戴銘允先生來簡

巽公師長賜鑒：久違　法範，孺念曷已。敬維　福體安康爲頌。日昨接奉賜寄「丁巳聲氣集」，拜讀一過，祇悉吾　師年來豪興不減，健筆如故，至深欣慰。丁巳集對立身、處世、讀書、作文，更多啓發，誠爲後生可作南針。至文字率眞，語句簡鍊，猶其餘事。銘允五十年前，忝列門牆，今日讀之，如晤一堂，愧未仰體　師意，多所建白爲疚耳。浙江月刊已由至友（雲和人浙大

畢業）藍君援辦，內容比較充實，甚望吾　師宏文，交其發表，藉增光彩，至所盼禱。丁巳集另冊，已轉送憲岐兄收，並囑道謝。敬候春福。順叩　師母安好。生戴銘允再拜。六七、一、二○。

新竹吳中英先生來簡

巽公夫人同賜鑒：上月廿八日　魯存先生八秩祝壽席中，奉宣告，始悉新刊「丁巳聲氣集」又正付梓，謂將於春節前問世，時距農曆元旦才十許日，果得如期出書，　公之治事，劍及履及，恒以最高效率出之，此又一例耳。此刊雖爲丁巳年中與親友聲氣之結集，不啻爲「累廬聲氣集」之續編，然中心固在慶祝　公八秩華誕之最佳紀錄，亦爲　公所出各集中必不可少之篇章，宜其受者視同拱璧。弟得贈三冊，足敷分貽子女永久珍存之需，感謝無旣！惟集面刊明爲「三民書局東大圖書公司印贈」，不知爲數若干？亦另有發售本否？世之景慕　公之道德文章者，其氣質胥屬不凡，爲不使彼等觖望，可否定爲今後凡購公之全集者，均得附贈一冊，或另定適當價目發售，顧劉經理振強有以玉成之。本月廿五日花谿舊友在臺北春節歡敘。弟因體力欠佳，（二十六日）又爲敝縣同鄉在臺北聯誼之期，弟居外縣，平日參加次數不多，此次被徵爲輪値召集人之一，不得不赴，故花谿之會，將告缺席，已另函章錦楣兄致歉矣。專上，敬頌儷福。弟中英敬上。內子同叩。六

七、二、二三。

舊友楊蕙心女士近來新竹訪晤，曾出示丁巳聲氣集展誦，楊女士與 公曾通書問，於 公之文章，久所心儀，已不待言，對 夫人之法書，亦敬佩無似，(伊於書道，亦有素養。) 倘有餘書，獲贈一册，感同身受。又及 。

老友周念行先生來簡

異生兄：「丁巳聲氣集」寄到之日，弟疽發背。次日，割治，注痲針，清醒後，急起披閱，倦即合眼，如是者旬日，出院而書閱竟。

書中多益智之語，難以枚舉。而難得一覽者，厥爲立夫先生之一聯，書法之高，今世罕與其匹。至於 兄之作品，見者都有「口碑」，洵爲傳世之作。海之內外，洋之東西，譽滿士林，文在人在， 兄不虛此生矣！

弟體氣日衰，便溺不禁，出門不便，每欲走訪，終愧未能。恒居致遠三路，此乃小女分期購置之屋，間或小住葫蘆里，此乃小兒之眷舍。前 兄過我，謂我有產者，我笑頷之，未加面釋，便此奉告。

我最羨　兄者，一有康強之老身，二有賢慧之妻室。大嫂四德俱尊，尤以書法之妙，當世難覯，吾宗有此淑媛，可自豪也。祝　儷祺。弟周念行。二月廿三日復。

嚴嘉寬先生來簡

巽生先生大鑒：承　贈「丁巳聲氣集」大著，謝謝。因手抖艱於用筆，遲遲作復爲歉！　先生丁巳八秩大壽，早有所聞，其所以未曾趨賀者，因古稀之年，堅辭親友祝壽，攜眷遠避東南，作半環之旅，歸寫「半環記」問世；其已送禮者，概被退還，我亦其中之一。此事雖已忽忽十年，而記憶猶新，故八秩大壽，未敢再事造次，免蹈前轍。　今閱「丁巳聲氣集」中，各方祝壽之詩、文、聯對及參加祝壽之同鄉名單，欣稔　先生八秩大壽，熱鬧非常，（編者按：並無此事實。）有出所料，未能參與其盛，亦憾亦歉！其所刊之詩、文、聯對，大多出自碩彥之手筆，語語深入，字字珠璣，爲一極具價値之紀念文獻，以之與丁巳來往之精闢書簡，編輯「丁巳聲氣集」問世，以饗讀者，以作永念，實具有深長之意義也。耑此，祇頌儷安！晚嚴嘉寬叩上。二、廿五。

楊蕙心女士來簡

巽公您好：奉惠賜尊著「丁巳聲氣集」，喜出望外。鑒於全卷往復信函，無一不是出自名士手筆，陣容如此，致使受者不敢動筆作覆。

兩年以還，迭次恭讀我公大著，作人處世，益我良多。遣詞造句，沒有說教，然而字裏行間，都是人生哲學，實爲當今一般暢銷書籍之所無。蕙心當仔細揣摩，俾作我 公信徒。

經中英先生介紹，文字幾次往還，可以洞見彼此在生活上無不固守傳統，迄未爲流俗之所改變。此在俗人或以爲吾輩寒酸。然而見仁見智，各有取捨之分也。

新竹吳先生中英，幾次表示，有暇，當攜蕙心前趨拜見。惜因羈於俗務，迄今尚緣悋一面也。奈何。

集中觀夫人書法，筆力渾厚，想來人如其字，字如其人，尤爲崇拜。今特檢奉小女劉玉瑩自選集一本，及蕙心拙文影印兩頁，不是投桃報李，而是班門弄斧，以博一粲也。專此致謝，並候儷安。夫人不另。後學楊蕙心拜上。六七、二、廿八。

俞濱東先生來簡

巽生先生有道：頃奉還雲，備荷獎飾，感愧實深。弟有眼無珠，不識泰山，設若當年就教 先生門下，弟雖駑鈍，何至今日不能執筆？來書雒誦再三，寥寥數行，莫不字字恰當，句句有力，讀後令人有迴腸盪氣、手不忍釋之感。自來酬應書簡，類多籠統恭維幾句即了，未有若　先生之深入瞭解，明察秋毫者。縱使會刊主事與編輯，亦難寫出如　先生之名言也。弟乃是無名小卒，一經先生品題，頓覺身價陡增，受寵若驚，何幸如也？俗謂學問淵博，一通百通，如先生者，可當之矣。弟擬將之複印幾份，作爲家人至好進修國文之用。專此誌謝，順叩潭第吉祥！萬事順適！弟兪濱東拜復。三月一日。

僑美方林君璧女士來簡

異生兄嫂：去冬曾寄上卡片賀年，未蒙賜覆，曾函詢汪祖華兄，其嫂夫人復函說汪兄病膽，住院割治，未提及兄，愈加懷念！昨忽收到郵傳「丁巳聲氣集」，方知吾兄去年八十大慶，却遺在遠秘而不告。璧雖遠在異國，但理應命小女方蕙登堂叩拜纔是。知　賢伉儷健好如常，無任欣慰！「丁巳聲氣集」環誦再三，羣公詩文讚譽，實至名歸，惟　兄臺克以當之。「丁巳儷影」，一對璧人，翩翩秀麗，不讓年少。問　賢伉儷幾生修到如此福慧，眞羨煞白首天涯飄泊獨活之人也！刊印後面之左筆書法，字字珠玉，勁練有加，莫嘆「臂在而不克善終其用」也。

立公墨寶，倘有便能否爲我代求一幅，以紀念少雲昔日追隨之一段因緣。尊著「我生一抹」，珍藏身邊，「林下生涯」未帶來（因行李過重），能否再賜一本，俾使朝夕拜讀！賢伉儷需要此問何物，務請函告，必當照辦不誤！兄執筆維艱，請 嫂夫人給我數行何如。也是藉此珍藏墨寶之道，過去吾 兄賜函，我一一珍藏如寶。專此，補祝八十雙慶，福壽綿長。君璧敬上。六七、三、二。

斯頌熙先生來簡

巽生鄉長賜鑒：本年春節團拜席上，見我 公精神健旺，一如往昔，足見修養之有素也。對諸師友來往信札，已拜讀一過，若面對其人，彼此勗勉，啓發人生之要義，曷勝珍賞。可以安身立命，可長壽宏道，誠退而不休之正道也。玆附奉近年拙作數篇，亦盡余奉獻社會人士，消遣時間之一法，尙祈有以指正爲幸。順頌時綏。斯頌熙拜復。六七、三、九。

張則堯先生來簡

巽生先生道鑒：月初承 邀宴於仁愛路令戚寓所，意厚味美，至以爲感。席間得聆立夫、振翔、杰人諸先生有關哲學文化之宏論，頗增進益。抗戰勝利後，中央合作金庫成立，弟曾追隨果夫先生有年，而於立夫先生則僅卅六年在任家喜事宴席上一度晉見，（憶渠為證婚人，弟為介紹人。）此次乃為第二次承受教益也。弟之服務中合庫，初非有何淵源，祇以在中正大學任教時，曾撰比較合作社法、合作金融要義、中國農業經濟問題等書。謬承果夫先生垂靑，遂召見派職，足徵渠之用人，固無畛域之分，憶當時晉謁之際，弟方逾而立之年，意氣甚豪，果夫先生殷殷以寡言力行相勗勉，迄今思之，仍深感愧。惠寄照片二幀，甚具紀念意義，謹當珍藏。耑此致謝，敬頌儷安。弟張則堯敬啓。六十七年三月卅日。

汪祖華先生來簡

異生尊兄道鑒：不晤教言，日月云邁，每懷左右，時深神往！承贈大著「林下生涯」一册，已仔細拜讀，「詩」「書」「文」旣具灼見，月旦人物，亦見肝膽。不立異以鳴高，不矯情以干譽。自尊而不自大，自謙而不自卑。其「立身」「處事」「治學」諸端，均足為世法。文筆之簡鍊明順，猶餘事耳！此書不特為「實用文」範本，亦為「公民」修養之最佳讀物，誠將如某君所云：「不僅能風行一時，更必能傳之久遠也」。無任敬佩！耑復申謝，敬頌健康！夫人前乞代致候。

教弟汪祖華拜上。三、卅。

陳立夫先生來簡

異生吾兄：手示奉悉。致友人函，論快樂各點，均爲生平經驗中體會所得者，若對俗人言，好比對牛彈琴耳。樂在自得，知足爲先，惟亦有例外，故弟爲人寫下列之句，「知足常樂，惟于學問則不然。」兄之所言得之于學問耳。專復，敬請雙安。弟陳立夫。四、十三。

臺南游岳震先生來簡

異公尊前：頃奉十七日諭示，暨附賜信稿，如親謦欬。猥荷嘉勉，尤深滋媿。吾 公冰雪清操，超然物外之襟懷，益深仰止之情。前示快樂眞諦，彌足珍賞。玆影印數份，另郵奉上。附來信稿原件，珍藏不時檢讀，另以印本奉還，以替存稿之用。另郵奉宣紙壹卷，毛筆叁支（毛筆置於宣紙中心），擬懇吾 公暨嬸嬸各賜書數語見貽，謹當座右之銘，索書之念已久，惟恐有增吾公暨嬸嬸勞累，不敢造次，此請無時間性，務請於閑暇與會時爲之，企盼企盼。肅此奉瀆，敬請雙福。晚岳震敬上。四、廿。

劉子英先生來簡

巽公先生賜鑒：四月廿七日手示，及附致游岳震先生函複印稿，均已奉悉。承示領袖當年對國事之垂訓，與夫先生闡釋快樂之涵義，切要暢達，無任傾佩。大筆雋永簡潔，直可上追韓柳，而書法之秀麗挺拔，尤不可多得。每捧賜書，不僅喜讀其文，而尤欣賞其字。故先生道德文章，年齡事功，固足稱尊長，而秉性嚴正，持身耿介，更堪爲末俗矜式。晚幼承庭訓，矢志自勵，黽勉所事，浮沈半生，鮮得艮師益友之督勉。自獲識先生以來，不棄愚庸，垂教殷殷，感德之情，匪可言宣。迺每奉大札對晚以兄相稱，洵令晚慚恧無地自容，務懇先生今後對英以晚輩後生相視。尤盼對書札之文字用語，及對作人作事之缺失，凡有鑒及，不吝多加指教，俾有寸進，則幸甚矣。肅此奉覆，禱請崇安。晚劉子英謹上。五、五。

馮尚衡先生來簡

巽公師長賜鑒：尊著「林下生涯之一鬱」、「丁巳聲氣集」兩册妥收。拜讀之餘，愈感師座之偉大。晚自五月間在夏令營初次見面，就從尊長之容顏態度言談中，早就令晚有所敬慕。今拜讀尊著後，足證吾　師之道德文章，立身處世，在在足爲世人之典範。尤其左右咸宜之優美書法，實在令人嚮往。師母之墨寶，亦爲今世罕見，眞是相得益彰。晚今得此兩書，如獲至寶，今後當遵循 師座之立身處世，期望有所領悟，方不辜負長者之厚望也。草此不恭，敬乞鑒諒。敬候福安。師母前請叱名候安。晚馮尙衡拜上。五、廿五。

僑美方林君璧女士來簡

異生兄嫂：前上燕函，計達左右，未蒙賜覆，想因握管維艱之故，如嫂夫人代覆數行以慰遠人，幸甚幸甚。兄臺去年八十大壽，璧以事前不知，失禮之至！近思自雲歿後，屢承眷顧，値玆大慶，豈能默爾無言。玆成七律一首，聊申祝禱萬壽無疆之意，文之陋拙非所計，望鑒其至誠，勿以班門弄斧視之也。客邊無中國紙筆，不恭之處，尙希原諒，並請不吝敎誨斧正至感！（自覺不妥之處甚多）專此，敬祝儷福。方林君璧拜上。六、三。

異生　八十雙慶

果然獨立異衆生，無意求名偏有名。
作傳行文追太史，搜書賭荈繼明誠。
揮毫左腕飛龍鳳，掬膽照人見性情。

刧後難忘承眷顧，祝君萬壽月華明。

方林君璧叩賀

顧景岳先生來簡

異生先生偉鑒：不期明潭夏令會旅次往返鄰座，得親 教益，開我茅塞，誠三生有緣之幸，辱承惠贈「林下生涯」及「丁巳聲氣集」均經拜讀，字字珠璣，精妙典雅，得廣見聞，快慰平生。尊者盛情，令人感佩。尊著「應用書簡」，早於五十八年書展購得，閱後獲益良多，可與秋水、雪鴻兩軒媲美，金玉良言，意賅言簡，爲一不可多得之佳構，仰慕已久。 先生風範，溫文儒雅，樂觀坦蕩，平實誠懇，仁厚矩謹，氣質高雅，卓然不羣。學養有素，古道熱腸，足爲一般後進表徵。既蒙不以凡夫俗子見棄，毋吝時賜教言，以匡不逮。耑此奉復，並申謝忱，祇頌夏安。後學仰止顧景岳拜上。六十七、六、廿二。

按顧君河南南召人，年六十餘，新近因病即世。予因參加社會福利協進會退休公教人員自強活動而相識。數度交援長談，知其從教有年，潔身自好，是一不可多得之誠樸君子也。特錄其遺簡於此，藉志因緣云。超六七、一二、一六。

胡起濤先生來簡

超公大鑒：契濶有年，時以爲念，日前歷史博物館邂逅之逢，雖言別匆匆，然深以重瞻風範爲快。承 贈大作「林下生涯」及「聲氣集」兩書，展讀之餘，覺 先生之清貞豁達，誠無愧超然萬里，嶽立兩間矣。走筆申謝，並表高山仰止之忱。耑覆，祇頌儷祺。胡晚起濤頓。六、二十七。

尊長熊毛彥文女士賜簡

異生：寄來四篇大著，感甚欣甚。我已仔細讀過了，每篇對于世道人心，都有警惕忠告，你眞是愛國愛人羣的有心人！

眞佩服你這樣炎熱的天氣，還能揮汗寫這樣的好文章，可是天氣究竟太熱，盼你在此炎夏多休養，少動筆，以保健康。四篇大著由郵璧還，希查收，匆匆，順祝撰祺。菊妹均此。毛彥文手啓。七、四。

吳中英先生來簡

異公賜鑒：奉 示於撰作聯語要義，析釋綦詳，並荷將所陳俚句加以筆削，不敢謂頓開茅塞，然啓蒙教育，庶幾近之。日前中央副刊主編孫如陵撰文，引近儒陳寅恪語，謂入學考試須考聯語，以覘考生國文程度。此在過去，聯語在所必學，藉此了知字詞之性能及其爲用，亦可謂我國之文法訓練，惜乎弟生當教育變革之際，遂失學習機會。近人擅此道者日少，偶有所作，非聯語，乃標語耳。弟前呈妄作，明知爲門外，特以馳想所及，隨與寫奉，意在博 公一粲。至所謂題言云云，亦屬胡謅，其中強調年邁處，蓋欲與剛健之法書相對比，以示其難能。實則 公在弟心目中，不僅絕無衰邁印象，並「老」之一念，亦未產生，總覺勁健奮勵，猶是當年。右腕復振，縱未持久，左腕足以代之，即或運作較遜，然讀 公法書，初無異狀，似此健者，千百人中，難得一見， 公亦宜自慰而自足。（前次手書，昨持赴市間，影印一份，謹以奉陳，每紙纔二元，價日益廉，好現象也。）敬頌儷安。弟 中英謹上。六七、七、六。

僑美方林君璧女士來簡

異生兄嫂大鑒：前上一函，並附祝壽 詩一律，敬請斧正，諒達左右，未蒙賜覆，甚以爲念！明知兄台執筆維艱，嫂夫人何吝賜我數行耶?!茲擬修改數字，抄如左：

果然獨立異衆生，無意求名偏有名。

作傳遺詞追太史，搜書賭莽傚明誠。
揮毫左腕飛龍鳳，肝膽照人真性情。
遙祝添籌翁不老，推敲仙侶永和鳴。

不妥之處，尚希教正為荷！邇來賢伉儷健康，想必勝常，望風懷想，不盡依依。專此，敬祝
儷佳！方林君璧拜上。七、六。

高　明先生來簡

異生老兄：方大嫂詩頗佳，惟首句「衆」字若易為「羣」字，次句「偏」字易為「更」字，則起句較諧協，下文讀去，更見流暢。起以拗句，則通篇難以氣順。妄議如此，恐唐突方大嫂矣。

「搜書賭莽繼明誠」，係用趙明誠李清照故事，事見李清照所撰金石錄後序。此文記明誠清照夫婦二人，大體言其好惡多同，在明誠守建業等郡時，「每獲一書，即共同校勘，整集籤題，得書畫彝鼎，亦摩玩舒卷，指摘疵病，……每飯罷，坐歸來堂，烹茶，指堆積書史，言某事在某書、某卷、第幾葉子、第幾行，以中否角勝負，為飲茶先後，中卽舉盃大笑，至茶傾覆懷中，不得飲而起」。所謂「搜書」「賭莽」者，蓋謂此耳。莽者茗也茶也。承　以此典下問，謹述所知

以對。鄙意，此句謂　賢伉儷之風雅絕俗，正同明誠淸照也。以兄「繼明誠」，卽以　大嫂擬淸照矣。專此布復，卽頌儷綏不一。原書隨璧，卽乞檢收。弟高明頓首。七、十五。

宗弟紹誠來簡

異生兄嫂尊前：猥以賤辰，蒙　摛詞爲壽，旣感且慚。自念塵勞碌碌，一無成就，浮生虛度七十年。憶當年流寓香江，違難相處，厚承關愛，感念不已。現國土未復，故園之榛莽未靖，豈敢言壽。今承　寵錫鴻文，摯情洋溢，彌足珍貴。將傳示後世，永爲瓌寶，而人因文傳，亦與有榮焉。專此復謝，敬候雙安。弟紹誠拜上。七、十六。

陳大剛教授來簡

異生先生大鑒：前承　惠贈「丁巳聲氣集」，以其方式別緻，意義深長，堪稱壽星贈送之最佳紀念禮品，曾作一短文加以介紹，投寄中華民國老人福利協進會「長靑」雜誌，頃已蒙其登出，特寄奉一册，請　惠予指教。

關於前擬籌編之「退休人語」一書，刻尚在多方邀稿之中。我　公文學泰斗，望重士林，且壽臻耄耋，萬方欽仰，玆再重申不情之請，敬懇　惠撰鴻文一篇，俾增光寵。長短不拘，時間不限，祇需內容有關退休或老年生活之經驗或卓見，局部全部，理論實際，均極歡迎。屢瀆　清神，至祈　鑒宥，肅此，敬頌崇安。後學陳大剛手上。六七、七、二〇。

僑美方林君璧女士來簡

異生兄嫂：日前奉大札，喜同天降。及展函捧讀，滿紙珠圓玉潤的左腕小楷字，但覺滿屋光輝，使人心曠神怡。老兄對拙作如此慎重其事的爲我請教文學鉅子高明先生，足見您做事之認眞，待人之誠懇，使您如此費神，謝謝！罪過！高公所改甚是，古人所謂一字師，眞有點鐵成金之效果。望老兄爲我向高公代致叩謝及欽佩之忱。今後倘肯多加教導，幸甚。欣聞　賢伉儷健好如常，歡喜無量！璧性好塗鴉，但不讀詩書，終嫌淺陋。投老寄跡天涯，回首前塵，諸多感慨。獨居無俚，惟有訴諸詞章，以舒懷抱，非敢云詩也！謬承讚譽，猥何敢當?!嫂夫人賢慧，而又「幾生修得才人婦」，數十年耳濡目染，其文采亦可想見。況書寫一手秀麗的蘭亭序，謂曰不文，其誰能信？老兄太客氣了！

展如兄伉儷，於七月初携帶二孫赴歐洲探女。乃婿英國人，將於八月初返美，已將大札如囑複印一份寄給他了！拙作已蒙其刊印在「華聲」矣。命綴以引言，另日當擬好奉上。

林治渭先生致老兄函中有云，「酬應無虛日……願王保玉體長享黃髮期」一節，璧有同感，尚望萬千珍重是幸!!

漢平時以姜伯伯爲念。兩週前來此，尚向乃姐講述姜伯言行二三事，足見其孺慕之忱。他在Yorktown 某公司任事，尚蒙上司賞識。乃婦已得音樂博士學位，兒輩對老母都還孝順，堪慰老友。但他們實在忙碌，我實在也不願打擾他們。這物質過度文明的國度，實非老人樂土。黃翰章先生所述兒女導遊之樂，初來的老人，都有此福份。仕久了，誰有許多時間與精神，於是「五子登科」的情況，即爲一班老人的寫照。總之，投老獨活，已乏生趣，況在此文化不同的國度，也因此，老友一字，勝似萬斛明珠矣！言不盡意，敬祝儷佳。林君璧叩上。六七、七、卅一。

楊蕙心女士來簡

姜先生您好。夫人好。承割愛惠寄第21期「長青」，讀完陳教授對「丁巳聲氣集」的介紹，更多了一番體驗，尤其引述　先生「談健康經驗」，抄錄原文，正如醫治衰老的不藥良方，再次重讀，獲益匪淺。理應廣泛推行，藉以減輕公保中心的醫藥負擔。蕙心擬卽影印全文，留作溫習，再將原書奉還。今天與章錦楣兄晤面，知　先生對同仁友誼，關切良深，盛情可感，先此馳謝。

早期曾與吳中英先生口頭約過，擬於假日相偕前趨拜謁，惜機會不多，未能如願，特此補述。專此，並請雙安。後學楊蕙心拜上。六七、八、十五。

楊蕙心女士來簡

姜老師：承以「福泰」早茶招宴，蕙心幸何如之。而與會人士，地不分南北，年不分長幼，無不感於　老師之誠與眞，由於賓主的眞誠交織，形成個感情網，因而大家談笑風生，了無拘束，在老師面前達成孺慕的「忘人忘我」。蕙心敬陪末座之下，心底浮起「參與福泰一席，勝讀古書十年」的滿足。特在醉酒飽德之後，書此聊申謝意。並候暑安。夫人不另。後學楊蕙心拜。六七、八、廿一。

陳大剛教授來簡

異生先生：奉上「中美兩國『退休生涯』之異同與管見」文稿，係我老長官（生產署副署長少將退役）陳公哲生（僑美）爲我所撰（我爲其抄繕）。因前爲我　公「丁巳聲氣集」所草簡介一文，亦曾寄其一份。玆得其航簡，內有數段，涉及我　公，特分抄如左。

「此文如能由　巽生先生等高手予以指點，則更能點鐵成金，是所望也，不敢請也。」

「讀寄來巽生先生所著之「林下生涯」，其文章、道德、思想都令弟傾佩萬分。聞他其他著作頗多，惜在海外，不能一一拜讀爲憾耳。」──頃已寄去「我生一抹」一冊。

「弟與巽生先生同年，讀兄函，則知他養生有道，比弟強健多矣。」

附稿請　核閱指敎，有瀆清神，並懇鑒宥。肅此，敬頌雙安。晚陳大剛敬上。六七、九、九。

季國昌先生來簡

巽公鈞覽：前讀　尊稿，致讀者游岳震書，論快樂一段，言近旨遠，涵義精闢，非具深切體驗者不能道隻字，是有關世道人心之作，無愧名世格言。晚擬標題「江山巽生之快樂觀」，書成條屏，拓印若干，分贈同好，殿以附言如次。

江山巽生吾浙名士也，姓姜名超嶽，出身苦學。迴翔廊廟，垂四十年，識者多目爲奇士。近與友論快樂涵義，字字精闢，可以砭世。不才佩仰之餘，敬錄其說，拓印多分，贈我知好，冀共勉而共樂焉。

如右所云，是否妥貼，恭請鈞示。晚季國昌謹上。六七、九、十三。

按右簡所云「江山異生之快樂觀」，季君見「中副」十二月二日「方塊」閒見思先生所引快樂觀之說，僅及「四無」「四自」，而缺「四有」，因將原文寄「中副」參考，「中副」於同月十四日將全文刊出（全文見下文陳大剛來簡），署名季俊民。

新交周熙先生來簡

嶽老道鑒：日昨 杖履追隨，獲承 塵教，俗塵袪去不少，今蒙 賜書三册，披閱數篇，便已覺逸氣襲人，沁人心脾，佩甚！稍俟數日，即當親詣 崇階，面承 教益。謹先奉復，拜請崇安。

後學周熙謹上。六七、十、廿七。

季國昌先生來簡

異公鈞覽：十月三十一日 諭示奉悉。尊作「快樂觀」，拓印五百份，分贈知好。見者俱謂：「內涵深遠，極合我國固有四維八德之道。」又謂：「此眞才子名士絕妙文筆。」云云。晚日前閱中國時報，亦有論快樂者，然細讀之下，其理論見解與吾 公比，眞有天壤之別。今奉寄印品二十份，日後有需再行奉呈。肅此，恭叩雙福。晚季國昌謹叩。十一、四。

陳大剛教授來簡

巽公鈞鑒：接奉 手示，欣悉 喬遷。承 惠大作「快樂」，讀來確甚「快樂」，爲使知友同享「快樂」，乃重抄複印分寄。除已得數友面告或電話，均同聲讚佩外，玆又接老友張教授樂陶（南通同鄉，中學同學。臺大退休後，轉中原專任。）來函，對 公尤爲崇敬。玆特遵囑轉陳，庶可大家共享「快樂」也。耑此，順頌雙安。晚陳大剛敬上。六七、十一、十七。

剛兄道鑒： 手示奉悉，拜誦 巽生長老大文，詞淺顯而意深長，情篤摯而理平實，憂時愛民，除弊興利，毋任欽遲，深具同感，相互激勵，廣通聲氣，際玆末世，裨益衆生。敬乞轉陳崇敬之忱，匆覆未宣一一，順頌誨安。弟張樂陶拜。六七、十一、十四。

附陳大剛教授標點之快樂觀

曠觀世俗，營營所徇者，莫非財富也，權勢也，錦衣玉食也，聲色犬馬也，皆以爲人生快樂之所寄也。實則，若而樂者，往往苦亦隨之，一表一裏，絲毫不爽；而眞正之樂，乃別有所在，竊嘗究其義矣。人生眞正之樂，惟無憂、無懼、無求、無負、自立、自強、自由、自足者，能得之，前「四無」，則關於精神方面者也：無憂，言生事之安；無懼，言持身之正；無求，言非分之不爲；無負，言取與之嚴謹。後「四自」，則關於行動方面者也：自立，言盡其在我；自強，言餘力助人；自由，言率意而行；自足，言知足，又能足。以上皆屬得之於身，所謂內在者是；其有得之於身外，而屬外在者，則有「四有」焉：一曰有貢獻，言對社會、國家，目睹所成也；二曰有榮譽，言令聞遠播，博大衆之敬仰也；三曰有知己，言聲氣同道之惺惺相惜也；四曰有傳人，言生平志業，得後繼之人也。上舉涵義，純屬鄙見，雖無與於學理，却爲半生體驗之結晶。深切自省，敢誇有得，於世俗取樂之說，不無可供借鏡者。

「老」友姜公異生，高齡八十有一，精力仍極充沛，其大作「林下生涯」等書，均頗獲時譽。懸車以來，尤喜結交文友。頃承惠寄上文，對「快樂」追求，頗具卓見。謹抄陳一份，以供雅賞。——原文係其友人季君以毛筆工書，篇幅頗大，且無標點，頗似一幅藝術作品。特予重抄，並試加標點，俾便閱讀，惟不知標得是否正確耳，請惠予賜敎。

劉子英先生來簡

異公先生賜鑒：昨奉 賜書，藉審 喬遷新居，彌殷忭賀。並承惠大作快樂觀，重讀 鴻文，益覺其文筆雋永，意義深長。翹企光儀，無任欽遲。晚正集中精力撰寫回憶錄，約廿萬言，已完成三分之二，再爲時二月卽可全部殺青，屆時當躬詣崇階，肅請指敎也。肅此奉謝，祇請儷安。晚劉子英謹上。十一、十七。

喬家才先生來簡

異生先生：季俊民先生拓印之「快樂觀」，誠治世之良藥也。能「四無」快樂自然而來，能「四自」「四有」，則快樂而外更快樂矣。我於此十二月中，對無懼一目，感慨實多。平生掙扎於死亡邊緣者，再而三，獨於最後一次，無懼而外，而憤怒矣！社會黑暗，挽救無術，何快樂之有？一歎！一笑！祝健康！喬家才謹上。六七、十一、十八。

高雄李士昌先生來簡

異公長者：前後賜兩函拜悉。近値期考，工作加忙，稽覆乞諒。季先生所錄公之快樂觀，的確

「字字精闢，可以砭世。」其中「令聞遠播博大衆之敬仰也」，微長者其誰與歸！所謂「令聞」者，一非權勢，二非財富，却博大衆內心之敬仰，尤難能而可貴！是乃晚與友朋言談間所常稱頌者也。

小姪女艾華入伍前三月不准外出，本月入伍屆滿，伊謂於臺北各路線熟悉後，再專誠拜見，蒙關愛，謝謝。肅此，叩頌儷福。晚李士昌敬拜。六七、十一、廿六。

僑港老友施兄來簡

異生兄道席：久疏箋候，思念彌殷，敬維賢伉儷起居安綏爲頌。

「林下生涯」多采多姿，內容豐富。至文筆之雋永猶餘事也。在昔名宦宣勤國事，退隱之後，樂志林泉，頤養閑暇，多有述作，大都身在江海，而心存魏闕。今古時代不同，林下生涯亦異其趣，所謂大隱何曾避朝市，高人不獨在山林。弟衰老日甚，所幸色身尚少病苦，聊以告慰。龍姪在鄉，水雅夫婦在美，想有竹報，便中賜示一二，以釋下系。次烈兄想安健，晤面時乞致候意爲禱。嫂夫人均此。弟庸僾。十二月十五日。荊妻附候。

府僚尚子達仁對於本篇之建議

我師道德文章，騰譽四方，有口皆碑，近年著述問世者，更是紙貴洛陽，尤能針砭末俗，裨益世道人心深矣！今年往來函札，生意以集中於「譚快樂」一文，如能得 師母妙筆代書，珂羅版影印，附以諸家函件，則必爲珍美難得之絕妙文集，愚見唐突，幸恕狂瞽。生達仁匆拜。五分鐘寫此面呈。十二、八。

林治渭先生贈聯

文章卓犖光簡冊

風骨崚嶒藐公侯

與人篇

致王澤湘先生

澤湘兄：年前惠翰早奉悉。恕我無事忙，裁復遲遲。上次專誠走拜，料量定可暢敍一番，而適値老兄內外「多事之秋」，如此巧合，不無緣數存焉。現距惠翰又半月，淸躬如何，尊嫂如何，令東道舊主如何，諸在念中，敬以一切無恙爲頌。

所獻茶酒二事，係寒舍「剩餘物資」，便中分餉少許，亦値得申謝耶。承示稍緩枉顧，不必不必。我等老矣，行動豈可造次。況此間車流日盛，有時濡滯中途進退不得，急煞人也。還望勿拘拘於習俗，來而必往也。

假使他日　兄有來北「流竄」機緣，則於事前通一電話，約晤於仁愛路小女之家，兩得其便。兄以爲如何。

附奉近稿三紙，與來賜覽而正之，神思不及，棄之可也。弟巽上。六七、一、五。

致王澤湘先生

澤湘兄雙好：向以拙稿求正，竟累　兄夤夜趕工，我心何安。所正者，自然高明可佩。根柢深厚之筆，畢竟不同凡響。如壽頌跋尾，添上數語，全文爲之生色。古人一字千金之說，殆此之謂歟。至其中字句變易增損，乃隨各人筆路習慣而異，固不必求其強同也。尊旨以爲然否。綜而言之，兄所教正各點，弟雖未盡接受，然均多得實益。言非眞誠，狗彘不食。弟異上。六七、一、一九。

示毛甥

君強清瑩賢伉儷覽之：原物送還，請聽我言，俗有「如釋重負」之諺，意謂無所負則樂，反之則苦。是以能無所負，乃人生最高境界。愚舅老矣，雖不能至，心嚮往之。賢伉儷暨兒女輩所以待我二老者，終生不忘。但望於區區鄙懷，曲予體亮，則所得之樂，更無涯涘。右筆能寫，喜不可言，特草此箋，聊當口白。匆此不一一。舅氏異字。六七、一、二九、淸夜。

復李君士昌

士昌如弟：前昨正擬寄不腆之物，女毛衣男襪各一與　賢伉儷備用，而廿八日來書至，殆亦心心相印之效歟。大稿私存紀念則可，公諸於世，難免標榜之嫌，「中副」決不採用，盼速函其退回爲妥。僕如編入書中，亦須再加審愼删改，標題更非重新調整不可。凡事求善，想賢弟所樂許也。僕觀賢弟歷次來信文字，日見進步，自是可喜。但格式方面，尙須多加注意。無論封套姓名地址之排列，文內抬頭署名之安置，貴有合理標準。因吾身旣爲人師，須事事可爲後生取則爲是。古有贈言之義，僕卽以此作新年賀禮何如。一笑。　惠寄名產，盛情至感。費事花錢，而又非必要之物，萬望後勿復爾。僕執筆日困，字蹟甚劣，希亮之。匆此，順頌雙福。姜超嶽手白。六六除夕。

復劉松壽先生

松壽兄：接十六日手書，論及孔墨楊朱及基督思想之異同，深入淺出，要言不煩。此非獨具慧識，擷精鉤玄者莫辦。亦足徵　兄年來攻治經典之有得，敬佩無任。若能敷陳其說，可成醒世論文，不審有意於此否。承惠鹿港名產，至感厚意，媿無以報。拙集成於倉卒，願聽教言，年邁字劣乞亮。匆此順頌雙福。弟　姜超嶽手啓。六七、二、一八。

復旅港施公孟先生

公孟雙好：八日示，昨始奉悉。弟近來作字之艱困，非外人所能想像。前曾寄　兄「林下生涯」

一册，迄無消息。所云臘日　惠函，亦未收到。莫非誤於洪喬，怪事怪事。丁巳集之作法與內容，願聽教言。爾我間一切尚誠，萬勿鄉愿。匆此不一。弟巽六七、二、一九，清晨。

致王澤湘先生

澤湘兄雙好：春節春節，倏爾又逝。今歲百政從新，流光容易，當甚於常，可預必也。

客秋雙十，兄賜弟札中，曾談及吾友曹翼遠。此次拙編丁巳集出，曹君得讀此札，對　兄評其「飄逸有餘，凝重稍輸」語，分外激賞。謂生平大病，即在於此，視爲天涯知音。喜慰之餘，咏詩以示嚶鳴。此君與弟相交久，才高能文，而惜墨如金，不輕寫作，今之得此可珍也。特檢寄原稿奉覽，兄將有以報之耶。匆此不盡。弟姜超嶽手啓。六七、二、一九，夜。

復俞濱東先生

濱東我兄足下：當年共難府中，各事其事，領敎緣希。比讀先後　惠書，乃知　足下亦一豐於情，篤於義，勇於任事之君子也。展閱貴邑紀念特刊，分門別類，規模燦然。其最令人矚目者，「老兵」出力獨多。從深層看，苟不得「老兵」，恐不成其紀念，亦不成其團體。　足下如此盡其在我，不特可告無媿，大足爲社會表率，豈止「可嘉」「可許」「可獎」而已哉。敬佩之餘，率筆奉慰。作字維艱，不能多談，草草不盡。字劣乞亮之。順頌潭福。並請恕遲答。弟 姜超嶽匆上。六七、二、二六，夜。

復吳中英先生談撰聯之道

中英兄：聯語一道，弟亦外行，縱知一二，皮毛而已。撰聯要義，在乎對對子。句對，字之平仄聲亦須對。故能詩者多優爲之。五言七言，詩聯平仄，完全相同。最重要者，上下聯用字，非關成語或十分必要外，不可相同。上聯末字，必用仄聲，下聯煞尾則必平聲。然此乃就通常規例言，若引用成語，或其他具有特殊意義之故實，則求語意眞切能對便可，一切平仄，皆不必拘。此非武斷臆說，有先儒名臣之遺作，可資印證者，不一而足。比讀來書云云，始知兄於此道之外行，更甚於弟，因憑皮毛之知以相聞。所 示二聯，其見贈者，詞句無法成對，舍去不談。自用一聯，頗有模樣，試爲調整之。「生平書外無長物，應世胸中有主張。」如此一改，雖無特色，却甚平穩。此類自用聯，通常以自書爲妥，丐人代筆，意義稍輸。弟 超恩復。六七、六、二六。

復陳立夫先生

立兄賜覽：接廿八日手敎，四日之約，承允屆時 光臨共敍，欣何如之。惟論及「無報」與「禮」之說，弟不能無言。多年來，竊常深切自省，涉世半生，道義故舊，所以遇我者良厚，終感負人者實多。於 兄一人尤然。而今日薄崦嵫，泯念有爲，趁與歡敍，意在共樂，能得心心相印，卽爲至高境界，亦爲無上享受，自無與於流俗往來之「禮」也。兄以爲然否。

敝友周君病症，正如 兄所料。彼聞 兄有靈方，極願一試，敬希見示爲感。又老友曹翼遠王澤湘，皆高才通人，近有一段文字因緣，二才相遇，各有妙作，印品數紙，寄 兄看看。匆此不盡。弟異上。六七、三、一，清夜。

復俞濱東先生

濱東志兄足下：鄙人疏才淺學，徒負虛聲。一昨尊覆至，閱之訝然。前函信筆直書，寥寥數行觀感語耳。如是之人，如是之文， 足下竟以爲可師可法耶。果承謬愛，倘許我不忮不求，不欺不妄，差敢自夸，他則實無所長也。

足下自謙老兵，而疊覩惠敎，意摯詞邕，文采斐然不凡，以視儼然文士，粗識之無而沾沾自喜者，邈乎遠矣。率布數語，聊申敬仰。艱於執筆，即止於此，不次。姜超嶽上。六七、三、三，燈下。

復楊蕙心女士論文

蕙心女士芳覽：鄙人白屋書生，學無師承，強顏操觚，祇暴心聲，不足言文學，更不足言著述。而前所惠教，竟謂願作信徒，猥何敢當。 貴女士書香世家，馳譽文壇，已非一日。年來令愛劉玉瑩小姐，又以家學淵源，卓然有成。母女二人，同爲作家，宋有蘇氏父子，今有劉門母女，後先輝映，亦倫常佳話也，曷勝歆羨。所示作品，羈於俗冗，近始瀏覽一二，筆路清新悅目，描述情境，細膩而活潑，的是文藝能手。尤以得意緣中「談情說愛」「幼吾幼」諸篇，有定見，有辦法，並於字裏行間，流露出作者仁慈、堅毅、忠厚、孝順、好善之德性，可敬可愛之至。有其母乃有其女，深佩 貴女士母教之成功。不知誰家鴻福，能得此淑女，一笑。至於論及文藝一道，鄙人別有看法，總括言之，眞正價值，貴在於人生有實益，消閒成分，能免則免。說來話長，艱於執筆，恕止於此。悤復不盡。姜超嶽手啓。六七、三、九。

致旅美老友孫慕迦先生通問

慕迦我兄：比晤 令坦霽虹，而知故人如故，喜慰可想。一別半生，念深似海，欲言千萬，無從說起，寄此小册，聊慰離情。我等老矣，重聚何日。天涯致意，不勝眷眷。順頌旅安。弟姜超嶽手啓。六七、三、一四。

附「一欝」「丁巳集」「花谿通信錄」各一册。

致臺南游君岳震論快樂涵義

岳震如弟足下：上月杪寄出「丁巳聲氣集」二册，諒早到達。前此行都快晤，餘歡猶存。僕以悠閒之身，得與嘉賓名館共餐，勝地偕遊，並新識 令友寧春、陳琳、程正鉞諸君子，天涯萍聚，幸何如之。所耿耿者，反主作賓，未盡地主之誼耳。

附來大稿，追記當日山遊憩談，至佩 足下之有心。其實原題爲「人生取樂之道」，而所談僅限於快樂之涵義。易言之，即何謂快樂。欲窮其詳，累牘難盡，茲姑挈要概述之。

曠觀世俗，營營所徇者，莫非財富也，權勢也，錦衣玉食也，聲色犬馬也，皆以爲人生快樂之所寄也。實則若而樂者，往往苦亦隨之，一表一裏，絲毫不爽。而眞正之樂，乃別有所在。竊嘗究其義矣，人生眞正之樂，惟無憂、無懼、無求、無負、自立、自強、自由、自足者能得之。前四「無」，則關於精神方面者也。無憂，言生事之安。無懼，言持身之正。無求，言非分之不爲。無負，言取與之嚴謹。後四「自」，則關於行動方面者也。自立，言盡其在我。自強，言餘力助人。自由，言率意而行。自足，言知足又能足。以上皆屬得之於身，所謂內在者是。其有得之於外而屬外在者，則有四「有」焉。一曰有貢獻，言對社會國家目睹所成也。二曰有榮譽，言令聞遠播，博大衆之敬仰也。三曰有知己，言聲氣同道之惺惺相惜也。四曰有傳人，言生平志業，得後繼之人也。

上舉涵義，純屬鄙見，雖無與於學理，却爲半生體驗之結晶，深切自省，敢誇有得。於世俗取樂之說，不無可供借鏡者。　足下既欲記之成文，則篇章作法，可倣拙著「林下生涯」（六三年三月廿日）中之「半日山遊記」一文。此文看似尋常，而極不尋常。細細玩味之，定可領悟其中道理，說來話長，容俟異日面傾可也。瑣瑣不盡，順候雙安。姜超嶽怱復。六七、四、九。

致游君岳震

岳震如弟足下：一昨手復已悉。僕前書字字體驗之言，今世俗子，未必能喻其眞諦。承影印分寄令友，足徵已得足下之共鳴，佩慰無任，還望不吝教言爲幸。

如原書尚在，請費神加印數份見惠何如。匆此，順頌雙安。姜超嶽。六七、四、一七。

致旅美鄭甥紹青

紹青如面：純禮歸來，藉悉爾在彼間實情。壹心家計，含苦茹辛，至念至念。

關於兒女事，爾應自足。不往上比，亦算難得。至其前途如何，鄙意亦不必當心。四人中，祇好孫較小外，皆已成年，對人生，對學問，皆具自主能力。爲父母者，能盡人事已足，須知人世間，禍福無門，得失無準，一切聽其自然，萬勿強求。因凡事之不在本身者，強求亦無益也。日前，我曾專誠請毛神父指示高見，彼對我意，十分贊同。結論如生計無虞，以安居祖國爲上策。云云。特以告爾作參考。

疊次寄來各色食品，想花費不少，每取食時，輒念及係爾在異域辛苦換來。望嗣後多事積蓄，對此勿花費太多，免增我不安也。

我去年生日經過，爾當聞知大概。而其間感人之事，不勝縷述。如年前出版「丁巳聲氣集」，千册印資，在萬數千元以上，書商堅決印贈，作爲壽禮，亦奇緣也。其他種種詳情，俟水雅到美後面罄。

我二老行動輕快如常，將來水雅行後，我二老自當隨時更番前往照料。況住處爲安全區，又益以居處附近有極可靠熱忱之鹿氏夫婦之關照，一切無虞，大可放心。

再者：爾去年帶歸黃勇先生讀「我生一抹」書後一篇，雅於今年二月始交我。讀其文，可知其人、其學、其識之不凡，猜想年事必在中歲以上。爾之好友，亦我海外之文字知音也。拙著果廬集再版時，必爲之編入書內。便晤時，盼代致敬爲要。令親延禩國愛伉儷託代候。

我作字退化，不能多寫，即止於此。巽六七、四、二五。

復劉子英先生談雨農事

子英兄：惠敎，並附致喬君家才複印稿，早奉悉，稽復爲歉。

捧讀兩篇，洋洋千百言，對故主，對良朋，對國家，一片忠藎赤忱，躍然紙上，敬佩無任。關於戴雨農之種種眞知灼見，瑰意琦行，其卓越睿智，固有足多，而得領袖之薰染則不可沒。依弟所知，姑述二事以爲證。

抗戰前二年，弟有友參與勵志社師長以上集會，退，私語弟曰「領袖訓詞中，曾有『倭侵我，固勢在必抗，但民族國家之眞正大敵，乃爲蘇俄而非倭。』云云。」領袖先見之明，有如是者，此一事也。

當年勝利後第一次中樞總理紀念週，例於國府大禮堂舉行。弟以備員幕府，躬與其列，親聆領袖訓詞之警句曰，「抗戰雖已勝利，而吾人須知今後是艱苦之開始，欲圖安樂，尙非其時。」云云。領袖預慮之深，有如是者，此又一事也。

戴氏親炙領袖久，耳濡目染，較爲密切，益以忠義之性，知遇之隆，凡所云爲，自有所本，自當迥異於尋常，是理所必然者也。今喬君激於公義，彰其史蹟，不遺餘力，古道古風，今何可得。兄勉其本大無畏精神，完成未了篇帙，鄙意亦從同。因乘勢則易爲，洎乎事過境遷，而欲免噬臍之悔難矣。專此，順頌雙安。弟姜超嶽手復。六七、四、二七。

復高雄李君士昌

士昌如弟足下：手復至，喜無量，一喜吾道不孤，拒受稿酬，以示重誼不在利。再喜懸念中人，壹是安吉。更喜所表之於文字者，有面目一新之感。士別三日，當刮目相看，殆斯之謂矣。惜乎尙欠檢點功夫，字形有誤。恙、作⿸疒恙，壇、作壜，盼查證之。

僕治手疾，一度奇效後，近在停頓狀態。畢竟積痼難療，祇有聽之。好在謝筆便無事，依然怡怡自得也。承念，謝謝。

此次來信，有一巧事：昨與老伴閒話，兩度提及「士昌何以無訊」，而今晨卽接手復，此非心心相印而何，特述之博一粲。

上次寄閱數稿，重在立身與修養，今附一稿，純爲論事。足下有高見，不妨隨便談談何如。不宣。超匆復。六七、四、六，燈下。

一七二

復喬家才先生

家才先生安善：手翰，暨附大著精忠傳正誤表，敬悉。出書伊始，而卽正誤如許，想見 先生用心之專，求善之切，對歷史之忠。戴氏地下有知，當亦深德故人之義重如山也。

辱示謂「竟遭打擊」云云，不知如何打擊，爲何打擊。莫非中有失實，或誤觸忌諱而見罪乎。不然則國家歷史人物，及其生前史蹟，豈任何人可得視爲專利品耶。況其間並無是非功罪之爭，我著我書，我有自由，何畏之有。比聞熟友劉君子英，曾函勸 先生，秉大無畏精神，完成未了篇帙，鄙意亦然。誠以事貴乘勢，錯過今朝，噬齊無及矣。再者：前惠「浩然集」，中多重要史料，如能加以精簡，亦可傳之作。前上拙函，係尋常酬答語，蒙爲編入，殊有附驥之感。藉便舉二誤以聞。「迥異」句誤「迴」，「厚荷謬讚」句誤漏「荷」。專此不一一。弟超匆復。六七、五、八。

復劉子英先生論文與書法

子英同志足下：僕之生平，壹表之於問世諸作，自惟庸庸，無可銜世。讀五日復書，滿簡讚語，對吾文質，若大有可則。過蒙見重，謙光誠足欽，僕何敢當。溯自論交以來，凡聞　足下口碑，輒喜吾道不孤，難兄難弟。處此薄俗，而倖免隕越，亦人生幸事。既荷謬愛，有生之年，共期互勉，固所願也。

論及寫作，從無師承，偶有發攄，率性外，可得而言者，區區獨見而已。情理眞切，求意之美也。詞句清新，求色之美也。氣調舒暢，求聲之美也。意美則感人，色美則易記，聲美則順誦。三者具，庶幾佳作。獨惜囿於才，懸此爲的，媿未至耳。

至言書法，中歲後改易左腕，勉可應世。奈暮境逼人，運筆日退，邇來尤甚。成行且不易，遑論美醜，其無足觀，可以想見。而　足下竟盛讚「秀麗挺拔」，不知從何說起。豈亦犯令先德嗜痂之癖耶。一笑。

關於友朋間稱謂一事，以兄稱人，結習已深，拙著「果廬聲氣集」中（見32頁），曾有詳說。彼此既同黨又同道，則此後卽以同志相稱何如。

喬君又有書至，重提及遭打擊事。特檢復稿寄足下一閱。不宣。超六七、五、八。

復旅美毛森先生

鴻猷我兄偉覽：上月中接七日惠簡，快如面覿，羈於俗冗，稽復爲歉。辱示佳況種種，歆羨萬分。兄以悠閒之身，安居安樂之地，益以兒女優異，各有所成，入則孝於親，出則用於世，使二老賢伉儷含飴弄孫，養花栽果，怡然自樂。如此鴻福，不知幾生修到，萬千中能有幾人。前奉小册，意在報賤狀而已，謂有史料價値，過蒙誇獎，猥何敢當。所云翦册中近影，寄小犬龍兒，至感關念我親人之德。玆另寄小照二幀，敬請費神酌情代寄。何如。

此間新元首將就職，到處一片祝賀氣象，令人振奮。誠禱天相中華，河山再造，我輩患難餘生，有歡晤國門之一日，則此生萬幸矣。匆復，順頌雙安。弟姜超嶽上。六七、五、一九，臺北。

復季君國昌

國昌鄉弟足下：昔呂蒙有言，「士別三日，當刮目相待」，吾於尊字亦云。觀所附二牋，其應人干者，無論正文款署，綽綽乎名家氣派。即有一二差失，亦瑕不掩瑜，無足爲病也。其巨幅條屛，字貌章法，皆甚可觀，微嫌筆生力弱，殊欠生動，再加工夫，此弊遂泯矣。要之足下筆姿不凡，能鍥而不舍，定有驚人之成就，勉之勉之。

僕作字日困，苦於不能罄所欲言，悵悵無已。忽此不一。超六七、五、三一，子夜。

復姜君一華

一華兄：先後寄示大作，近始拜讀，非故延也，時有所不許也。兄於易學、經義、性理，爛熟於胸，凡有闡說，典籍紛披，博則博矣，但表達方式，近乎漫談，往往令讀者不明眞意所在。老夫之直覺如是，率情一道，盼加察焉。檢奉近稿數首，可覘賤狀一斑。匆此不一。超六七、七、五。

致樹林光明寺住持釋達航法師

達航上人方丈：今在　貴寺首任住持晉山典禮席上，恭聆　諸大法師之說辭，藉悉　上人行誼，深合老氏所謂「生而不有」之道，無任欽仰。老氏又云，「既以爲人已愈有，既以與人已愈多。」謹爲上人誦之。檢奉拙著「林下生涯」一册，至祈不吝　教言。運筆失靈，字劣乞諒。順頌道安。姜超嶽手啓。六七、七、一六。

復僑美方林君璧女士

君璧尊嫂賜覽：疊蒙　惠教而無覆，我罪我罪。弟憚於求人，又不願隨意作敷衍事，素性天成，老而不變。久久未覆，端在乎斯，艱於執筆，尚非主因也。弟未學詩，能欣賞，而不究其所以然。　大作至，原擬待熟友品衡後，再行奉告。詎機緣不巧，難逢行家，遂爾稽延。及　新作續至，料想　尊嫂必不耐久候，乃專函請教文學鉅子高明先生，承其誠意函復，改正二字，讚謂佳作，於是大作之佳，得定評矣。此本月十五日事也。節鈔其原函如次。

異生老兄：

方大嫂詩頗佳。（統言兩作）惟首句「果然獨立異衆生」，衆字若易爲羣字，次句「無意求名偏有名」，偏字易爲更字，則起句較諧協，下文讀去，更見流暢。起以拗句，則通篇難以氣順。妄議如此，恐唐突方大嫂矣。

四句「搜書賭茗繼明誠」，係用趙明誠李清照故事，見李所撰金石錄後序。（中略）承以此典下問，謹述所知以對。此謂賢伉儷之風雅絕俗，正同明誠清照也。（下略）。

拜讀大作曁高函云云，自顧庸朽，猥何敢當。以言內子，亦祇一難得之賢妻而已，如　尊嫂者，能文能詩，比之清照，庶乎有當，內子則相去遠矣。要而言之，萬千盛情，永銘五中。至弟之艱於執筆，非不能寫，患在不速不足觀，尤患在退化之日顯，歲華逼人，莫可奈何。所幸四體健強如昔，是區區者，可以告慰故人也。漢平姪夫婦近況可好爲念。匆此奉覆，順頌健履。弟姜超嶽手啓。六七、七、一八，子夜臺北新莊。

再者，昨接「華聲」，有附註謂大作將刊出，鄙意最好綴以引言，如「丁巳集」中吳萬谷贈聯之所爲者，則更顯此詩之不凡矣。尊嫂以爲如何。便中代告展如兄，請諒我無復之苦衷。其實弟之寄丁巳集於遠友，其中有深意存焉。盼尊嫂將此簡複印一分寄展如兄一閱爲感。

復陳大剛教授

大剛先生閣下：鄙人自知聲聞過情，讀本月廿二日　惠書，竟有「文學泰斗」之譽，惶媿無似。鄙人於稱壽一事，力主祇限尊長，絕不可對自身，今則尤宜然。故前塵丁巳小集，原以志親故厚德，初無流俗紀壽之思。閣下居然撰文張之於「長青」名刊，標題曰「……是壽星贈送之最佳紀念品」云云，在鄙人固感榮幸，在　閣下不有謬愛之嫌乎。一笑。拜觀全文，對小集內容，非字字細讀，決不能作此周至之敍述。惟就事論事，閣下本意，重在表達之方式，而不重在本集之內容，故標題似以改如下式爲妥。「壽星紀壽之創格——介紹丁巳聲氣集」，尊旨以爲如何。承囑爲大著撰文，要視情感之如何昇華而定，目下不敢必也。匆復，恕作字維艱，不具。弟姜超嶽上。六七、七、二二，燈下。

謝劉子英先生珍饋

子英同志足下：辱惠方物，日昃遞到。是乃世兄孝敬其賢父母之珍品，超也何人，竟獲分享。固感足下謬愛之厚，更喜我輩後昆，能爲國家民族命脈所託之孝道，篤行不替也。特此申謝，又志喜。竹報筆便，盼代致意。令愛秀娟，出國深造，忽忽逾年，想不久未來，鴻福德門，又添一女博士矣，敬爲預賀！溽暑，千祈珍重！艱於書，匆匆不盡。姜超嶽。六七、七、二六。

復旅港施公孟先生

公孟兄嫂雙好：惠簡拜悉。敝夫婦叨福無恙。謝謝存念。此間大熱亦如港，所幸天賦頑軀，等閒度日，漫無異感。聞兄以未裝冷氣爲苦，此乃當年嬌生慣養之過也。反觀吾身，不覺悠然自矜而自得矣，一笑。

所示奉贈之拙著「林下生涯」，誤於洪喬，迄無消息。頗怪見告何遲，因近月時有熟友港臺來去，可託便帶也。此書雖非名山之作，而口碑盛傳，讀之輒能引人入勝。兄果有意一試，盼費一二包香烟錢，往彌頓道500號港明書店購之何如。鑒於前車，不得不爾，乞諒之。他日如有眞切之觀感見賜，當永留紀念，企予望之。

附印品四紙（壽誠弟七秩，與游友談論人生快樂，長青陳大剛文，復旅美方嫂書），藉報賤狀。艱於書，匆匆不盡。弟巽六七、七、三一。

復黃君祖增談養氣

祖增兄足下：手書拜悉。致顧君照片已轉去，勿念。

攝影一道，可陶冶性情，又可廣結人緣，爲平生多留鴻爪，其餘事耳。足下有此興趣，甚善甚善。

關於前昨車上座位事，謬荷厚愛，願貢直言。當日途程，僅僅數小時，位次稍差，原不值計較，即使求直，發之於理論足矣，形之於辭色，未免示人爲微末而動氣。試設身處地，以言風度，人將謂我何。今讀手書，有「凡事當忍讓爲先，學習養氣養量」之說，具見足下亦嚴於自省，勇於向善之君子也。可敬可佩。養量以養氣爲先，願共勉之。

關於社福會之各項活動事，所建議改進者，防患未然，先獲我心，好極。超六七、七、三一〇。

復王澤湘先生論文

湘兄：上月廿二手示敬悉。乞恕遲復。

老兄之「臨時打工」，成績「卡好」。對拙作建議「小瀉」，尤具卓見。弟無所長。而於三隅反之道，自信能得其妙。故凡　兄所舉示者，無論是否與孤懷相合，憑三反作用，綜可獲實益。觀兄所指正者，求簡、求雅、求古，誠然誠然。但簡之不得其道則傷文氣，讀之不鬯矣。雅之不得其道則傷原意，有違眞切之義矣。古之不得其道，則傷本色，非復作者之面目矣。弟非好辯而作此說，一言以蔽之，有作必求保我之本色而已。厚荷費神，永感於中。弟異六七、八、一〇。

我對吳公鼎昌之印象

鄙人之於吳公，論關係不算深，論領教機緣不算多，然對公爲人之風度，處事之魄力，見解之卓越，深感非常人所可及。且先言其見解。

當民國卅四年，公任國民政府文官長後不久，抗戰即告勝利，因之國府實行擴編，侍從室第三處官佐，調府者約卅人，大都承辦人事業務。鄙人則拜命爲府秘書，於是年十月初，率處中調府之薦級人員吳光韶、傅瑞華、吳敬基等八九人，到府晉謁文官長，經予一一介紹畢，公訓示「政治上之人事工作，不可拘拘囿於本機關之通常業務，尤其爲元首辦理人事，對一般社團之領導人物，應特加注意。如何調查，如何連繫，如何運用，頗值研究。因此等人物，影響社會之潛力至不可限」，云云。此乃言人所未言者也。又公之舊屬中，有吳椿其人，出身燕京大學，抗戰時曾任貴陽縣長有聲。公任文官長後，簡爲府秘書，旋調第五局副局長。與鄙人交深，違難海隅，共處經年，知其極蒙公之器重，曾傳以從政之心法。曰：「凡居領導之地位者，人言必須聽完，己言不可說完」。箇中道理，大可供吾人深思也。

次言其魄力。鄙人備員樞府，先後數十年，習知凡有興革，長幕僚者，例必一再請示而後行。公爲文官長時，據鄙人所知，勝利復員後，府中員工千百人，公家恩給毛料制服一襲。農曆春節，原規定放假一日，卅六年援上年特例，加放一日。此二事皆公所先斬後奏者。前一事乃得自主管之所告，後一事乃主管電話請示時，本人在場所親聞，其答語曰：「可先通報，容再面報主席」。此等氣魄，豈一般爲幕僚長者所可及乎。

再次言風度。第一任總統就職典禮，在國民大會大禮堂舉行。臺上人員，人人恭立，公獨雙手交於腹前，作休息姿態，神情悠然如常。某次　總統在府內前面大院行進時，若干主管及侍衞均尾隨，獨公在　總統左前方且談且行。此皆本人所目覩者，凡此舉止，不同尋常，故令人矚目。公逝於三十九年八月，時本人亦滯港。聞其症非急性者，如聽之，可延命若干時，刲治之，則非吉卽凶。公主刲治，家人有難色。公曰：「年逾花甲，凶亦何恨」。逕自簽署醫單以示決心，遂不起。此亦可見其爲人風度之不凡。

最後則言個人對公有不能忘懷者二事。以鄙人之無能，因公之命，曾於當年綢繆還都時，一度主持京方會計事宜。後得同官曹翼遠之函告，明知鄙人非此道中人，而強令爲之，乃別有苦心，此一事也。卅七年多，剿匪失利，首都告危。因公之命，假名考察金圓劵施行後政情，而入粤密商軍政當局，預爲遷都部署。值總統引退，人事日非，備嘗世味，尤不耐新貴之氣燄，遂見難而退，此一事也。

要而言之。鄙人於公，雖乏深切因緣，而當年初度聆教之印象，嘗記之於拙著我生一抹「同府」一目中，玆特迻錄於此，以作結語。文曰：「深感其人目光如炬，滿身是力，滿身是經驗，滿身是計謀，的乎非常人也」。六七、八、二一，於行都。

本文係應傳記文學，擬爲吳鼎昌氏出特刊而作。時在八月下旬，以久久未見刊出，除交「暢流」改題「略談一個近代非常人物——吳鼎昌」，於文首加敍略歷先行揭載外，並充本。

致老人福利協進會羅總幹事致敬

時審總幹事先生：鄙人自惟庸朽，年來正懍聲聞過情，比讀本期「長青」，竟蒙編者多所揄揚，惶媿交并。萬望執事諸公，勿逾分過愛，則有事追隨，可較安心也。幸甚幸甚。「長青」內容，治學說、文學、新聞、娛樂於一爐，所有文字，亦在水準以上，其精采殊越意想之外，是大有造於老人福利之前途者，諸公之功德遠矣。所憾執筆日艱，作字甚苦，不能多談，率書數行致敬，不宣。朽人姜超嶽匆啓。六七、九、一四。

致陳大剛教授告遷家

大剛先生：手示敬悉，謝謝。弟於上月中遷家溝子口，門牌木柵區試院路五巷二號。此爲友人曾君之曠宅，坐落考試院大門內左首林蔭大道末端。是陋室而有小園可供徘徊者。電話定本週五裝接，新碼九三四—三七五五。新莊原居處五守新村，將改建重新分配，大約明年此時已遷回矣。弟姜超嶽。六七、一一、七。

致佛光山釋星雲上人

星雲上人偉覽：超今滿懷歉忱，敬謹問　好。鄉者，上人北來傳道，適值超原住官舍，亟於改建，倉卒間綢繆遷家，因而蝟務煩人，不克一拜，遑論聽道。迨功德圓滿，法駕南旋，屢欲馳書奉候，則以作字日艱，見筆生畏而不果，失禮甚矣，還祈曲諒為幸。回憶客秋朝山，厚蒙禮遇，今猶耿耿，乃聞最高幕府有僚好少將高參尚達仁，資深參議王縉達諸君子，羣遊寶山，指客法師知其與超有舊而獲優遇，更仰　上人推愛德化之溥，敬之！敬之！又昨晤稔友彭畊居士，備述上人此次講道　國父館盛況，謂聽衆踴躍，前所罕覯。此足徵信徒之衆，與號召力之驚人。想當年太虛、弘一、虛雲諸大法師之雲遊四方，未必臻此境界也。循是而往，佛道復振，不卜可知，上人自此益遠矣。謹為預祝。彭居士並以上人講道紀錄，及演講選集三輯相遺，容當靜心盥誦，恭沐法誨也。另呈讀者所寫拙撰「快樂觀」一紙，翦報一角，敬求明教，不勝禱盼之至！南無阿彌陀佛。

再者，寶山中慈蓉、依慈、依覺三法師，叢林大學張教務長毅超、蕭總務長碧霞二居士諸執事，以上人之介而結相識緣，別來時在念中，敬懇便為道好。南無阿彌陀佛。朽人姜超嶽拜上。內人素梅囑筆叩安。六七、一二、七，臺北。

壽誠弟七秩

往者，俗尚多子，縉紳之家尤然。自予粗曉世務以來，所知吾江山前輩，生子八人，一一成長，而各有所樹立，惟故宗親遇吉公字子謙，最爲遐邇所樂道。倭禍已，匪亂作，公八子中，隨政府渡海者三人焉。長子紹謨，法學士，早歲投身革命，以揚聲黨政聞。三子紹誠，亦法學士，其爲人一如其名，服務公職，上下翕然。四子紹誠，商學士，從事銀行，展其所學，懋績昭昭，識者咸欽其能。予與三昆仲，歷歲過從，情同手足。於謨也則兄之，於誠於誠也則弟之。歡聚言笑，往往忘年，而誠弟居然亦屆七秩稀齡矣。

回憶當年予之流寓香江也，寄居青山道某公司二樓。誠弟孑身自大陸間道抵此，異鄉違難，同病相憐，遂邀與共處。斗室層榻，予讓其上，同起同臥。興會所至，輒倚枕長談，樂而忘倦，不知夜之將闌也。如是者亙數月，予嘗笑語誠弟，吾二人可謂奇緣，爾家雁行如許，以手足骨肉之親，自幼及長，曾嘗此親切生活之滋味者，恐無第二人。言猶在耳，屈指已三十年，其時彼此方壯，豪誕自憙，幾忘身世，今乃垂垂俱老矣。即如長嫂王愛月夫人之喪，誠弟所撰事略，歷述其少時渥受嫂氏提攜顧復之恩，一片摯情，流露行間，見者交口讚爲至文，似未幾何時，亦已九度春秋矣。人生如寄又如夢，朱顏皓首，直指顧閒事耳。

茲值誠弟生日之慶，無以爲賀，特追述一二故實於此，冀資侑觴外，且與乃兄乃弟共勉。吾人之有今日，應不忘先人積德，黨國恩情。量有餘力，行善貴及時。桑榆歲月，其逝如飛。有花堪折直須折，莫待無花空折枝。並望勝利還鄉，鄭重以示後昆，我輩違難生涯，致力報國外，於吾親吾屬，暨故國父老昆弟，文物河山，固未嘗一日忘之也。

中華民國六十有七年冬月穀旦，愚小兄四爲寫主異生譔。寫主室人周素梅書。

沐園記

沐園者，嶺南文士曾子定一之所有，而江山異生寄居其曠室後而名者也。名胡爲，又胡以沐名，異生則有說。

異生自少雅好手工，興之所之，輒與刀鋸材木爲伍，於日用器物之造作或修繕，見者莫辨其非出匠人手也。歲戊午，我政府渡海之三十年，異生所居官舍五守新村，奉命改建，刻期遷徙，倉卒間不獲適地，友人曾子慨然以其所居景美山下試院路之曠室相假，遂資棲止焉。室非華堂，而有院地十方有奇，此在尺土寸金之今日，實所難得。奈雜樹叢生，亂藤滋蔓，環室四壁，蟲豸縱橫，凡目所接，若處荒山草寮。因知曾子之無往而不自得，正與異生不謀而合。室距試院大厦，不過步武尺寸間，門外林蔭大道，則可供朝暮徘徊，亦勝地也。

異生既遷入，與山妻素梅，日事部署，各專責成。掃滌裝置諸事，素梅主之。環境改造，及門窗擱架整修添設，巽生主之。孜孜營營，匝月而安，內外煥然一新。曾子知巽生夫婦之酷愛精潔，與喜得院地也，奮其熱情，成人之美，拔樹夷土，芟草蒔花，經之營之，不遺餘力，昔似荒居，今成嘉園。又利用廢置磚石，砌築花臺，爲園景增色。臺之護土墩欄，敷以水泥，平、直、方、正，無讓專工。視所用器，撥者、壓者、方者、圓者，色色齊備。乃知其於水泥工藝，大有素養，是多能人也，不禁肅然，而又啞然。

世事眞巧極矣，巽生長於木工，曾子長於泥水工，而今共戶而處，又以所長合作而成斯園，因笑語曾子，一水一木，拼之成「沐」，沐之爲義，固在祛舊，實卽湯之盤銘求新之遺意，所足資吾人省惕者至深。則是園也，名之曰沐，豈非天成，亦誰曰不宜。曾子聞而韙之，遂榜其門曰沐園。作沐園記。江山巽生於景美山下。六七、一一、三〇。

致馬紀壯先生

伯謀秘書長我兄：客冬兩度歡敍，一別星霜。此番中樞少事更張，兄以槃槃大才，誕膺股肱之任，深爲國家得人慶。所望天相中華，河山再造，兄能留畫於凌烟，長垂青史，則朽邁如超者，忝居故人，亦與有榮焉。忻抃之餘，草此以聞。順頌勛安。弟姜超嶽手啓。六七、一二、二一。

弟年來執筆日困，指不聽命，字劣，乞亮之。附印品一紙，告近狀也。

謝虞克裕先生贈珍册

右民我兄：辱惠精裝珍册「右希堂詩畫稿」，昨自新莊轉至。讀後，深感 尊嫂遺畫，清氣、才氣、逸氣，兼而有之，巾幗中所罕覯。兄失此佳偶，無怪「滄海難量創痛心」也。册後配以我兄佳吟，紀事攄懷，風雅之遺，洵乎可傳。又當年拙撰「半環記」出，兄所贈七律，亦采錄無遺。椎魯鄙夫，竟得留名於不朽之作，榮幸何如。專此申謝，不具。弟 姜超嶽上。六七、一二、二五。

致僑加拿大黃翰章先生

翰章兄嫂雙好：別來先後惠柬均奉悉。恕執筆維艱，曠日未復，歉歉。桑榆歲月，眞如閃電。憶兄護侍九二高齡尊外姑及三嬸去國之日，弟趨機場送別，因差斯須而不及，恍惚猶昨，倐已逾歲矣。爾我兩家，叨天福庇，幸告無恙，須引以自慶，可得知足之樂。養生以無憂爲上，願與賢伉儷共勉。

世局劇變，匪夷所思。號稱領袖盟國，竟認賊作父，爲親痛仇快。橫逆頻臨，或致短視者之杞憂。弟則以爲塞翁失馬，禍福無門。試觀月來海內外同胞之種種愛國表現，可謂曠古所未見。使國人深切憬悟，國際間無道義可言，惟有自強，始能自救。興復契機，或卽肇端於斯乎。

承示近讀海外版（十二月三日）中副「方塊」所引拙文，謂分外親切云云，遊子心情，往往如是。引文作者「聞見思」，聞卽邵君德潤。其後不久，又刊出「江山異生之快樂觀」一文，署名季俊民，想係季君因方塊引文不全而投寄者。海外版當亦同刊，兄看過否。弟不求名而名自至，是眞所謂不虞之譽也。

秋暮祝壽一柬，末尾具名，闔府同署，至感厚情，敬謝敬謝。惟弟於生日一節，自來堅持違俗，親故所習知，兄獨牢記不忘，何其愛我之深耶。

「五守」改建，誤於執事者之築室道謀，一再遷延，致受物價之影響亙深，欲觀厥成，不知何時。

弟遷木柵已三月，言居處環境，實遠勝於新莊。比以一時興會，曾草成「沐園記」一文，見者皆謂不惡，今檢寄奉覽。此地之唯一可慮，地勢略窪，易遭水淹。所望天憐寒士，勿以豪雨相脅，則幸甚矣。

老來作字日退外，別無所苦。近正忙於出一小册，名曰「聲畫錄」。體制旨趣，同於「丁巳聲氣集」雖增額外支出，亦區區有花堪折直須折之意耳。容俟出書卽寄發。老太太前乞代敂夫婦叱名道候。專此，並頌府上百福。姜超嶽手啓。六七、一二、三〇。

附篇

黃勇先生讀「我生一抹」後致鄭君紹青書

紹青先生道席：承示「我生一抹」，細讀竟，深感著者乃一純粹儒者。胸中正氣凜然，富貴不淫，貧賤不移，威武不屈。是則是，非則非，書中比比，皆可舉例。此非善讀書，明事理，則不能養此浩然之氣，而磅礴乎文字之間也。至其文章峭拔，猶爲餘事。風簷展書讀，古道照顏色。茲值令嫒工作之便，特倩彼奉還延䙡處，倘祈見諒。敬謝高誼，便候近佳。弟黃勇謹啓。一九七七、七、五。

按右書係僑美吾甥鄭君紹青，於去歲自美轉來。作者何許人，予一無所聞，只從書中語氣，知其爲紹青之友。紹青當年去國時，曾攜去我書「我生一抹」作隨身艮伴。作者因此因緣，而得讀我書。觀其所云云，必爲年在中歲以上，涵濡詩書而有得之士，且非具卓識者不能道。是不凡人物，亦予之海外知音也。特錄以充本編。巽生識。六七、一

二、一五。

拜見鄉前輩姜公超嶽記

蔡奇偉

民國紀元六十有六年七月三日上午八時許，父親攜我及大弟至新莊拜見鄉先進姜公超嶽，父親敎我們喚姜爺爺。姜爺爺雖已臻耄耋之齡，然精神矍鑠，無老人態，而獎掖後進更不遺餘力，同鄉中有特出表現者，無論識與不識，每每給予鼓勵，恂恂長者之風，令人景仰。此次父親之所以帶我兄弟倆拜見姜爺爺，固然是希望我們能得識這位傑出同鄉前輩，一方面更希望能得有所敎誨，而可終身服膺之言。

至其居所，不免訝然。以姜爺爺半生名宦，而家居簡樸，出人意表，可見其操守之清廉。屋內窗明几淨，字畫幾幅，雅致迎人。姜爺爺在書房接待我們，所謂書房，實是書臥合用。姜爺爺首先自述少時苦學，至今雖稍有所成，然皆由自學而來。次述在五四運動時因讀新潮雜誌蔣夢麟「人生究竟爲什麼?」，而悟吾人立志，不可徒爲自身謀，應對國家社會有所貢獻，因此，遂有民國十四年棄高薪投黃埔，參加革命。後因奮力工作，而蒙長官賞識，竟於數年間由中尉升至上校，不久拜命爲樞府參事，其後又歷秘書、副局長等職。這段話給我一個啓示：人生立志最重要，要遠要高，既立志，更要以此爲終身奮鬥之目標，不能見異思遷，更不以一時之橫逆險阻而自毀其壯志，如此才能有所成。

姜爺爺又談到吾人作事應持之有恒，以其寫日記爲例，姜爺爺說，自民國九年起，除因手疾而中斷一年外，無一日間斷。又出示來臺後日記，皇皇數十巨册，不禁對姜爺爺的恒心毅力深表欽佩，而對自己的懶惰無恒感到羞愧。我雖然從小學三年級就開始寫日記，但升上國中後，就以功課繁重無暇寫日記爲藉詞，中斷迄今，而今目睹一前輩要人，歷漫長歲月，紛紜人事，竟能每天寫日記而不輟，豈能無愧？寫日記之好處，人所共喻，然能持久不斷者，恐千百不一見，蓋常人多無恒心也。故欲培養恒心，必自寫日記起，是以今之師長要其子弟寫日記，意在斯乎？我想姜爺爺文字精鍊，造語清新，固爲飽學所致，然多年寫日記，亦不能謂無關。

最後姜爺爺謂自己從不認爲自己好，文章也不以現況爲滿，此誠謙虛美德也。人家認爲自己好，才是眞好，人家認爲文章寫得好，才是眞寫得好，所以人家的讚美實無溢美，姜爺爺更是受之無愧。姜爺爺又說了些名人軼事以爲結束，臨行又送了我一本褚遂良書法集及陳立夫先生所撰之「從根救起」一册。

此行，使我想到古之長者諄諄訓誨後輩，無非冀其成立，而姜爺爺之平易近人，待人以誠，及姜奶奶的和靄可親，更給我深刻印象。孔子說：「君子不憂不懼」，姜爺爺可說是一個典型；古人見賢思齊，我的胸襟和文學修養何時可達姜爺爺的境界呢？大概惟有趁年少多讀古聖賢之書，法古聖賢之行，或許有志竟成吧。

拜見鄉前輩姜爺爺記

蔡奇光

父親常和我們兄弟提起同鄉中一位不平凡的長輩，他不論爲人處事，或是作學問，都有獨特的見解。如今已是八十高齡了，但對於獎掖後進，却是非常熱心，父親亦常受誨於他，因此在我心目中早就生出敬慕之情，希望有一天能得到姜爺爺的面誨。

七月三日父親帶領哥哥和我，一同前往新莊拜見姜爺爺。到了他的住所，心中不免感到驚訝。姜爺爺的住處，竟是一棟小小的房屋。屋內並沒有什麼裝飾，但却使人有一股簡樸的感覺。我們跟隨他到書房，首先映入眼簾的是一張床，床前擺著書桌，書櫃，幾張椅子，和一張小小的茶几，房中設置的簡單令人不敢相信，這就是一代飽學之士的姜爺爺住處。他告訴我們有關他的身世和畢生苦學的奮鬥史。他說：「我父親是位農夫，讀的書不多，自己也沒有受大學教育，一生只靠苦學而稍有成就。」他又說：「立志最重要的，必須盡到自己的力量，貢獻給社會，國家。要做到只問耕耘，不問收穫。做事情必須要有恆心，就以寫日記爲例，數十年如一日，從未間斷過。」他這種堅毅的恆心，實在是青年人的典範，值得大家學習，尤其是我做事素有虎頭蛇尾之毛病，聽了姜爺爺的話眞是羞愧萬分。今後應該徹底覺悟自省自勵。臨別時，贈送了幾本書給我們做爲紀念，也指出了書中重要部分，要我們熟讀。對於姜爺爺這種諄諄教誨的精神，眞令人感到敬佩。

在這一段時間的討教，使我對姜爺爺更加崇敬，也讓我體會到傳世名言「聽君一席話，勝讀十年書」的涵意。更讓我感到自我的渺小。希望日後能有更多的機會再向他討教更好的金玉良言。

一位年高德劭的長輩，如此平易近人，對我們如此慈祥和善的教誨，在今社會上，豈能找到第二位呢？

姜爺爺，名超嶽號江山異生，浙江省江山縣人，旅居臺北縣新莊鎮五守新村三十七號。

按右列二文，係上年鄉後進蔡君江有之子，奇偉奇光兄弟所撰。其時偉爲建國二年級（現肄業中央大學），光爲板橋海山國中二年級（現肄業師大附中）。在校皆以高材生稱。此二文除其中少數別字及一二用詞欠妥爲之改正外，全係本來面目。文理清順，章法結構，尤各極其妙，尋常大專學子，不是過也。當予客多編著「丁巳聲氣集」時，倉卒間未及編入，深感遺珠之憾，今特補刋於此。異六七、一二、一六。

陳大剛先生讀「丁巳聲氣集」書後

江山姜異生先生，余客歲新交之「老」友也。先生名超嶽，號異生，其爲人處事，確有

「異」乎常人之處：三十年前，先生以右手患顫，不良於執筆，改以左手書寫，堅苦磨練，終至左筆成績之佳，居然不亞右手，友好且常有求其左筆墨寶，珍藏以作紀念者，此其一；先生之於做壽，在人者從衆，在己者則非俟返回大陸，決不通融稱壽，此其二。客歲之冬，先生適居八十大慶，其知交友好聯署頌賀者，竟有九十人之多，嗣後更有許多聞風而贈以詩聯者。先生在堅持不做壽之不得已情況下，乃編印「丁巳聲氣集」分贈友好，以留紀念，並表謝忱。余以忝列交末，亦獲贈一册，深覺其方式別致，意義深長，爲余生平獲自壽星之最佳紀念品，且頗可供一般壽星欲贈送紀念品者之參考，爰特加簡介如左。

封面「丁巳聲氣集」五大字，爲先生以左手親題，氣勢雄偉，功力深厚。背景顯現色調較淡之「超然萬里江山外，嶽立千秋宇宙中」一賀聯，不但對仗工整，且嵌入先生大名「超嶽」二字，既屬雅觀，又甚別致。首頁爲書名，除中間爲與封面「丁巳聲氣集」相同之五字外，加上款「中華民國六十六年臘月」，及下款「江山異生於行都」。次頁爲先生自撰「丁巳聲氣集弁言」，略述編撰此册之大意，文詞簡練，語多謙遜。第三頁正面爲陳立夫先生題贈之賀聯，辭曰「大行不加，窮居不損；中道而立，無爲而成。」，乃集孟子盡心篇及中庸廿六章成句而成。反面爲其夫人周素梅女士所書「大陸陳跡弁言」全文之影印眞蹟，筆力強勁，若非出自女性之手筆者，蓋其人乃一書法名家也。以上爲正文前數頁之概要。

正文計七十面，共分上中下三篇。上篇爲先生於六十六年中得自友人之書函，共選登廿五封。余與先生通問之第一函，亦謬蒙列入，使余亦微有參與此書之親切感。中篇爲六十六年中先生答各友好之復函，計選登廿二封。下篇主要計分兩部份，一爲去年一年中，散見於報章雜誌上，對先生近年出版之大作，如林下生涯，我生一抹等書之評介文章，另一部份則爲許多名家如陳立夫、毛子水、方豪等諸位先生對先生八十大慶之賀詩與賀聯。

最後尚有一附錄：附印先生伉儷之近照及其全家福照片；民國四三、四八、五五、五七、六六各年份之左筆及民國三一年之右筆眞迹。凡此種種，均爲友好常常詢問或需索，而未能一一作答，似藉此以作一總答復者。更有最値一提者，卽爲先生「談健康經驗」一短文，寥寥三百餘字，對精神及身體兩種健康均極有參考之價値，特予抄錄於下：

鄙人老而不衰，向爲親友所樂道，且亦自信各部器官之堅強，確乎不同尋常。因來臺將三十年，漫長歲月，寒暑無犯。除齒牙偶有鑲補外，幾與醫藥絕緣。耳聰目明，行動矯捷，一如壯歲。所以能爾者，半由天賦，半由修養。

修養之道無他，在精神方面曰知足。莫爲非分事，莫思非分財，盡其在我，求其心安，心安便無憂。知足無憂則常樂，常樂是補身無上靈藥也。在生活方面曰有恒。此係指日常行動言，凡舉一事，必須持以堅毅，貫徹始終，然後成功可必。如一曝十寒，或中途而廢，則前功盡棄矣。鄙人自民國九年始，無日無日記，廿一年始，無日不運動，廿八年始，無日不早行冷水浴。今之老而不衰，眞切體驗，有恒應居首功。

其實，先生尙另有一有恒之特點，即「無信不留稿」，至少較重要之信，均留底稿。於此有二事可資明證：一爲先生所出版之各書，如「累廬聲氣集」，「實用書簡」，「應用書簡」等，均爲藉留底信稿而編成；另一爲本册中篇內有「復蔡家兩小弟」一函，答復所詢「年高德劭」之劭字，經詳查說文解字註、中華大字典、形音義綜合大字典等共十一種典籍後，綜合予以答復，信尾特別強調「此信未留底，看過後寄還爲要。」

前見報載某君爲其父慶祝八秩華誕，精選其父多年來得自友好之書信百餘封，編印爲「百家信」一册，分贈前往祝壽之賀客，作爲紀念。當時曾認其爲壽星贈送之最佳禮品，以視「丁巳聲氣集」，縱難說究竟誰勝一籌，至少可謂並駕齊驅矣。

（右文載「長青」雜誌第二十一期民國六十七年七月出版）

如何尋求快樂

聞見思

世間不快樂的人太多，都緣多數人只知自尋煩惱，不懂得如何尋求快樂。

英國哲學家羅素曾經寫過一本小書「快樂的追求」（The Pursuit of Happiness），分析人們何以終日愁眉不展，不知自尋快樂的癥結。他認爲快樂的享受是精神的，是否快樂，完全取決於自我精神能否得到滿足。由於物質慾望的滿足，並不能帶來精神的快樂。因之，我們必須用合理的方法去尋求快樂。不懂得尋求快樂的人，渾渾噩噩混過一生，固然不能體會人生樂趣；懂得自尋快樂的人，如果所用方法未盡合理，往往所找到的亦是痛苦，而非眞正的快樂。

如何才是合理的尋求快樂的方法，可謂言人人殊，甚至羅素寫完那本小書，也未說出個究竟。年前我曾爲此寫過一篇短文，指出「尋求快樂的先決條件，必須了解自己的能力與環境（包括一切客觀條件），判定尋求快樂的方法是否正確；如果方法可行，就要進而分析和認識生命的價值，衡量用如此方法尋求快樂是否合理。」前者的判定，是使你有「量力而爲」的自制，不致迷於妄念。而遭「癩蛤蟆想吃天鵝肉」之譏；後者的衡量，則可增加你的道德勇氣，內心毫無愧怍，奮力以赴的去追求。因爲方法難言，原則好講，如此說法不過指人以尋求的途徑，藉免入迷津而已。

近讀姜超嶽先生所撰「快樂觀」，對於如何尋求快樂，提出「四無」「四自」的說法。他說：「人生眞正之樂，惟無憂、無懼、無求、無負、自立、自強、自由、自足者，能得之。」「無憂言生事之安，無懼言持身之正，無求言非分之不爲，無負言取與之嚴謹。」「自立言盡其在我，自強言餘力助人，自由言率意而行，自足言知足又能足。」姜先生對快樂的看法，有如張翰當年，「人生貴適志耳」；但適志必須有生事無憂和知足又能足的物質條件，才能因秋風起而發蓴鱸之思。似此，又非常人之所能及。

其實，「知足常樂」爲我國積數千年經驗的名言，知足可說是尋求快樂的最合理方法。只要你認為好，並能滿足你一時精神享受的，就是快樂。如能不為妄念所迷，不為物慾所惑，則快樂可說當地即是，俯拾即得。「眼前隨分好光陰，誰道人生多不足？」為人能有邵堯夫先生隨分知足的襟懷，又有何處不是安樂窩，又有何時不能怡然自樂？

（右文刊中央日報副刊方塊欄中華民國六十七年十二月二日出版）

一篇頗值忻慰之童作

異生

本年暑期高中聯考作文題「燈」，識者咸讚謂清新而易於發揮。其時適值各中等學校期考已畢。予援往例分別通知親屬孫輩，及知交子弟具相當程度者，各照此題試作一篇，貯獎以待。後得卷六七，大體清順可觀。而以在復興初中二年級之幼外孫女鄭佳好最出色。童年思想，竟具不凡見解，殊為難得。特錄其文並附刊原卷眞蹟於此。一以志忻慰，一以勉此子之更上一層也。

燈

隨著時代的進步，燈的種類是越來越多了。從從前的植物油燈、煤油燈、煤汽燈，到現在的日光燈等，種類不下數十種。現時所常用的不論是那一種燈，它都是由一些塑膠、金屬，以及玻璃、鎢絲等所組成的。它的用途很廣，照明外可用來做裝飾等。所以我們不可小看了任何一種燈，因爲卽使是一個小小的燈泡，也都有它們的用處。

每當黑夜的來臨，燈就成爲人們不可缺少的伴侶，它可以照亮每一個晦暗的角落，使人們有著一種說不出的安全感。還記得不久前，報上登著美國紐約有史以來的大停電，使得美國的人民都人心惶惶的，一入夜就要開始擔心，不要遇上強盜、小偷才好。所以由此我們就可看出，「燈」——對我們是這樣的重要。

現在我們所處的這個時代，正是一個國際逆流衝擊的時代，但是我們不必怕，因爲我們有一位英明的領袖來領導我們，那就是蔣總統經國先生，就像是一盞黑夜中的明燈，使人們找到了正確的道路，使海上迷航的船隻，找到了正確的方向，使沙漠中迷途的旅人找到了他所應走的途徑。所以我們應該慶幸，慶幸有這樣英明的領袖來領導我們反攻復國，完成復興大業。

我們每個人的內心，就好比是一盞油燈，必須靠你自己去保持它的亮度，必須靠你自己去給它加添油量，讓它永不熄滅，發揮出你生命中的光輝。

批語

此文從燈的種類用途，說到關係吾人生活之重要，延伸到以今總統爲復興大業的燈。最後又將人的內心比作燈，是高人一等見解，公公高興極了，有賞有賞。六七、七、一〇。

成績

題目 燈

二年 班 姓名 鄭佳妤

隨著時代的進步，燈的種類是越來越多了，從前的油燈、菜油燈到現在的日光燈、裝飾燈等，種類不下數十種，現在所常用的不論是哪一種燈，它都是由一些塑膠、金屬以及玻璃、鎢絲等所組成的，它的用途也很廣，可用來做照明、裝飾等用途，所以我們不可小看了任何一種燈，因為即使是一個小小的燈泡，也都有它們的用處。

每當黑夜的來臨，燈就成為人們不可缺少的伴侶，它可以照亮每一個暗暗的角落，使人們有著一種說不出的安全感，還記得不久前報上登著美國紐約有史以來的大停電，使得美國的人民都人心惶惶的，一入夜就要開始擔心，說聞不要遇上強盜、小偷才好，所以由此我們就可看出，「燈」對我們是這樣的重要。

現在我們所處的這個時代，正是一個國際逆流衝擊的時代，但是我們不必怕，因為我們有一位英明的領袖來領導我們，那就是蔣總統經國先生。蔣總統就好像是一盞黑夜中的明燈，使人們找到了正確的道路，使海上迷航的船隻，找到了正確的航道，使迷途的沙漠旅人找到了他所應走的方向，所以我們應該慶幸，慶幸有這樣英明的領袖來領導我們反攻復國，創造復興大業。

我們每個人的內心，就好比是一盞油燈，必須靠你自己去保持它的亮度，必須靠你自己去給它加添油料，讓它永不熄滅，發揮出你生命中的光輝。

此文從燈的種類用途說到關係吾人生活之重要，延伸到以今總統為復興大業的燈，最後又將人的內心比作燈，是高人一等見解，公之高興極了，有賞之之

六七、七、

復興中學高年級作文稿紙

西会集

江山吴兴书 六八冬

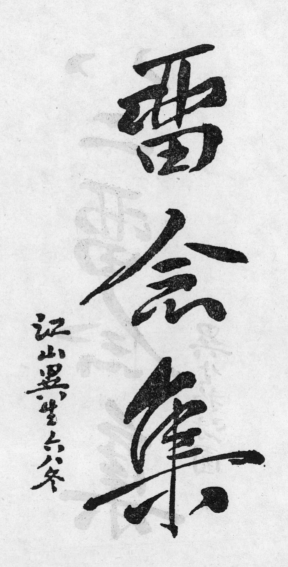

普會集

異生於沭園

留念集弁言

自民國六十五年歲次丙辰始，予獲道義支援，輒於歲終輯刊小冊分贈親友，藉告垂老而無恙。初為林下生涯之一鱗，即滄海叢刊中林下生涯一書之一斑也。明年，值虛度八十，則刊丁巳聲氣集。非以紀壽，聊志諸大君子謬愛於予之盛德耳。去年戊午，居處變遷，生事猶舊，乃出聲畫錄。就當年積牘，別其人與與人為二篇，有關者附焉。故事連三，三度於茲。歲聿其逝，星霜又易矣。或問比歲有作，今將何圖。自幸桑榆伏處，天錫康寧，遂就一年中來去書簡之深於情款者，混合銓次，編排而輯之。來者居前，去者列後。其雜碎之筆，以殿於末。采自刊物或其他文函之涉及本人者，則編為附錄。既刊，署曰留念集。綜觀疊刊內涵，不外聲應氣求之作。名雖異，而所以留區區之鴻雪，記同道之情誼則一。率意而為，禍棗覆瓿，不遑顧也。

己未冬江山異生於沐園　素梅繕

沐園者巽翁所闢之小圃也喜其花
木扶疏不染塵垢特書此以張之

沐雨羣花添秀色
園居五柳見高風

巽翁忘懷得失不慕榮利視淵明不
爲五斗折腰之節概何多讓焉
民國六十八年己未冬至弟成惕軒

留念集目錄

附錄

①吳任華先生讀沐園記書後

吾友曾子定一所居之荒齋，何幸得先生暫假棲止，更何幸得先生躬親修繕，從而引發曾子合力改造，內外煥然一新，並榜其門曰「沐園」，作記以誌原委及含義，行文不落古人蹊徑，眞氣沛然流轉，有手揮五絃，目送飛鴻之樂。惟記內第三段末句，似有未盡，不揣冒昧，妄爲增補「相顧而笑」一語，既可回應上文各司其事，且亦足以顯示彼此歡愉之情，盡在「啞然」中。質諸異生先生，以爲何如？新興吳任華於旭日樓。己未年元旦。

②陳大剛教授來簡讀聲畫錄後之感想

異公道鑒：春節期間，接奉　惠贈「聲畫錄」，良辰佳節，拜讀大作，倍增欣感。猶憶客歲我公八十初度所出之「丁巳聲氣集」，受者咸認爲壽星贈送之最佳禮品。今玆「聲畫錄」新作，除內容較上書更爲充實外，其體制與旨趣初無二致。不過參考揚子法言「心聲」、「心畫」之說，書名改爲「聲畫錄」，更具有文學與藝術之意味。夫以我公「老當益壯」之能力，與「精益求精」之精神，則今後每年將有更豐富、更精采之聲氣集或聲畫錄源源問世，殆可斷言，諒亦爲各位受者所衷心企盼者也。惟念我公以耄耋高齡，年年以如此珍貴之禮品「與人」，則受者自不應坐享「人與」，而亦應在「與人」方面，多所貢獻，互助合作，共同努力，以期將來有更豐碩之成果，或解決更重大之問題。此一觀念，事事處處，均可適用，固不僅以某一方面或某一事項爲然也。

拜讀「聲畫錄」，頗有所感，謹陳淺見，敬請指教，並伸謝忱。耑復，並祝雙安。弟陳大剛敬啓。六八、一、卅一。

③劉子英先生來簡

異公先生賜鑒：頃承　賜贈大著「聲畫錄」一册，拜讀　鴻文，恂恂長者，猶如春風化雨。蕪箋謬承采錄篇末，尤滋慚恧。近以撰寫「書劍飄零記」，曾購置蘇東坡全集，以資參考。觀其全部內容，舉凡詩詞、文賦、策論、書簡、內制、外制，以及友朋唱和之片語隻字，莫不錄入。一視先生文必留稿之精神，堪與先賢媲美。翹企　高風，無任欽遲。肅此奉謝，祇頌　崇安。並候夫人好。晚劉子英謹上。二、五。

④杜時閶學長來簡申論人生之快樂觀

異生學長賜鑒：年前荷寄「暢流」雜誌兩册，及季君楷書「江山異生之快樂觀」屏条一幀，遲遲未報，正深慚惶，而另一部創作「聲畫錄」又承頒至，盛情雅誼，感何如之！「暢流」分別刊出大作「四爲窩主近稿」及「沐園記」諸篇。獨特之見，意境甚高，率性之言，平近無比，而樂觀積極，匡時勵俗之精誠，溢於言表，無任欽佩！

所論快樂涵義，以無憂、無懼、無求、無負爲潔己之道；以自立、自強、自由、自足爲成己之方；表而出之，則在有貢獻、有榮譽、有知己、有傳人。提示快樂之指標，闡明人生之意義，洵屬淑世牖民之至理名言。

竊維「四無」與「四自」，堪稱智、仁、勇三者入德之門，而「四有」則庶幾爲立德、立功、立言之基業，意旨清新，發人深省，鼓勵尋求快樂之道，至矣盡矣！

惜常人不察，往往誤解快樂之眞諦，以致沉湎於酒肉徵逐之樂，聲色犬馬之樂，與夫斂財貨、營華建之樂。詎知玩人喪德，玩物喪志，腦滿腸肥，心神頹敗，徒增惱苦，樂於何有？

本文揭櫫「四無」、「四自」、及「四有」爲快樂之境界，不但出誤解快樂者於思想行爲之迷津，並進而引導其提高人格，服務人羣，以享受常樂與至樂，仁言利溥，嘉惠無窮！

迭蒙 惠賜大作，啓示良多，管窺之見，尚乞 裁察爲幸。專肅，並頌 儷祺。順祝 春釐。大嫂均此問候。弟 杜時闇敬上。二月五日。

⑤虞克裕老友來簡並贈聯

異生先生道席：辱承 惠贈「聲畫錄」遵已拜讀。由日常聲氣款曲之中，得抒經緯大道，極佩高瞻妙筆，求之近人，不多覯矣。日前郵呈「右希堂詩畫稿」册本，得 先生謬許評函，亦蒙刊出。弟及家人皆將永銘厚惠而不敢忘。又弟讀「聲畫錄」三十三頁，有「撰聯之道」，一時有感，謹就尊著爲題，試奉聯稿一則，尚乞加惠一如中英兄之同等優待，不吝賜予指正爲禱。肅此敬謝。順祝春福。儕小弟虞克裕謹上。六八、二、五。

聯稿附次

相得同聲，彷彿蘭亭集序。

自然如畫，殷勤鹿洞飛雲。

⑥施公猛老友自港來簡談佛道

異生吾兄道右：去月敬領所貺年畫，感謝感謝。「暢流」大文亦看到。又讀「沐園記」，悉鸞棲喬遷。弟先時十二月十六日所寄賀緘，未知能由五守新村轉到新居否。正擬修箋，又承賜「聲畫錄」。欣審故人精力，愈用愈旺，文章愈寫愈好，欽佩欽佩。

佛家重沐浴，園以「沐」名，佛所印可。經偈云，「我今灌沐諸如來，淨智莊嚴功德衆，五濁衆生令離垢，同證如來淨法身。」誦此同增善根福德。嫂夫人均此不另。元宵後一日，弟猛合十。內人附候。

⑦方承荷將軍來簡

異公尊長：弟半生戎馬，百戰餘生，不學無術，何幸如之，屢蒙垂愛，寵賜爲世所重之大作，如我生一抹、林下生涯、聲氣集、半環記、聲畫錄等，內容至情至性，樸誠率直，言人所不敢言，切中時弊，裨益世道人心至巨，尤其是有二語對青年朋友們說的：

「造福地方，即積德於身」。「效勞國家，即所以報親恩。」此乃弟正想勉勵在國外留學的兒女們最適當、最有激勵性的話。古人說：「一言九鼎」良有以也。欽敬之情，無以復加，草此不恭。敬祝大安。同鄉大嫂統此祝福！弟方承荷謹上。六十八年二月十六日於臺北市。

⑧黃翰章舊僚自加拿大來簡存問

異公夫人尊前：久違 杖履，（實際公不用杖，諒仍健步如昔，回憶在臺時晚氣喘緊追，一笑。）惟無時不在懷念。數度寄柬，未獲回函，知公病腕，於家書中得悉 公起居康泰為慰。公遷居木柵，仲老、萬谷均曾示及，但未詳門牌，新年祝福之柬，仍寄新莊原址，未知能獲邀覽否。頃接 惠寄「聲畫錄」，窮一日夜展讀，欲罷不能。 公之心聲心畫，盡融於我心園，頓令我心境舒暢無已。公之快樂觀，四無、四自、四有，均出自坦蕩胸懷，非學養有素，不克臻此。吾人若能得其眞髓之一，終身享受已無窮。古今中外立德立言，本非尋常，公其兼而有之。讀聲畫錄「與人篇」之末，致晚書併錄，與有榮焉。深感公愛我獨厚。此信係去歲十二月卅日寄發，迄今幾兩個月，尚未接到，豈為洪喬所誤。又去歲「丁巳聲氣集」亦未收到。如有存書，併乞 惠予補寄一冊。讀 公書，可與神會。追隨 左右卅餘載，對 公及夫人法書，非不欲也，以 公病腕，夫人事冗，不敢請耳。十二月卅日信件，文已讀矣，字亦必蒼勁耐讀，竟為洪喬所奪，天緣何慳，夫復何言。世局劇變，國際間道義無存，晚寄身海外，益有日暮鄉關在何處之感。兒女輩雖曲意承歡，仍難消我心頭塊壘。五守改建完成之日，或即我返臺長居之時。耑此，肅請雙茀。花溪同仁及諸友好便請道念。晚 黃翰章吳景雲同拜。六八、二、一八，夜。

⑨梁月春小姐自復興崗來簡

姜爺爺您好：自從二月四日到府上看望您及奶奶後，再加上回到軍校利用片段的時間，看了姜爺爺您送我的書，令我感觸頗深，受益非淺。尤其和您談話後，深深覺得自我充實不夠；雖然我是外文系，但身爲中國人，國文的根柢不好，是件很可恥的事。家父爲了我們語文程度，買了辭海、康熙字典，但很慚愧的我未能善加利用，而這次我下定決心，不能再讓工具書或是其他的好書，只是白紙上印上黑方塊字，對我毫無影響。於是我請妹妹把辭海寄來。

我想我應該停筆了，只是一直覺得用毛筆字來寫信，眞可謂「班門弄斧」，望爺爺奶奶見諒，並能給晚輩指點。大膽寫信，語無倫次，懇祈原諒。祝健康快樂。晚輩月春叩安。六十八年二月十八日。

⑩李士昌志弟自高雄來簡

巽公長者尊覽：久未奉信請安，然思念與日俱增。小姪艾華登府拜年，蒙賜名貴新版辭源，並勉其未來作名記者。她家書說：「姜爺爺如此勉勵我，既感激又慚愧。」晚與家兄同感五內，艾華何其幸也，得拜見長者及夫人。晚一家平安，請釋念。肅此，敬頌崇祺。晚李士昌叩上。六

八、二、十九。

⑪方嫂林君璧女士自美復簡（下有去簡）

異生兄嫂：昨拜讀三月廿四日大札，喜出望外，果然盛名聞於郵差，故去書不具詳址，而順利到達！欣聞令郎也有消息來，且其長外孫已十齡矣，可喜可賀。誠如所云「亦亂離中之快事也。」「來！乾一杯！」如聞其聲，如見其人！親切之至！記得當年少雲偶爾與　兄對飲白乾，佐以花生、松豆，暢談今古，樂也何極！即今回思，能不悵然!!

翻閱「聲畫錄」52頁，「致陳教授告遷家」書，果然寫有現居詳細住址，愧我疏忽，以致捨近求遠，稽遲裁答道謝！但不有疏忽，那能贏來如此迅速的親筆珠璣！哈哈！雲在時每譏我好強辯，積習難除，老兄幸勿見笑！嫂夫人暇時致我一書，藉留筆迹何如。幸勿笑我貪心，得隴又望蜀也！乍暖還寒天氣，望珍重萬千。專此，順祝儷福。方林君璧敬上。六八年四月二日。

⑫異生答林女士簡

君璧尊嫂：惠簡不具詳址，而順利到達，非關名高，是所謂誠之所之金石為開也。「沐園」一名之令人矚目，乃次爲者耳。其實拙作「聲畫錄」之刊，與不遺遠人，原以聞賤狀於知好，故特選致陳友一函，編入52頁，言居處綦詳。而　嫂竟舍近求遠，問沈又問汪，意者，一時有所専注而忽之耶。抑書葉短缺致然耶。承　示失落卅載兩愛兒，竹報平安，恭喜　故人鴻福！想少雲九原有知，喜慰更無量！世事眞巧，弟亦新近輾轉得小兒確息，斷訊十數年，仍安居故鄉，其長外孫已十齡矣。我輩處玆暮境，不先不後，同獲意外佳訊，親生骨肉，歷亘刼而無恙，雖團敍有待，而積年鬱結，一朝豁然，亦亂離中之快事也。來！乾一杯！平姪歸國，可見而不得見，事關緣數，往往如是，不足怪。祖華兄居木柵，距甚邇，春節曾偕夫人過訪，不多日前，並涖舍與老友歡敍，健康已復矣，勿念。展如兄曾先後寄「華聲」來，但彼此已數年未通隻字，其忙可想。弟夫婦叨福如常，可告慰。作字艱苦萬分，不能再寫，止於此，祝健！姜超嶽上。六八、三、二四，子夜。

⑬魏紹徵先生來簡

異公道鑒：拜識　荆韓後，暌違　教範，已數易寒暑。日前晤聚，得覩大旆，精神矍鑠，風采依然，非天賦特異，德性深厚，曷克臻此，實無任羡佩也。頃承　惠貺　大作三册，略加披覽，多爲警世針砭良言，嗣當詳爲拜讀，謹先奉蕪簡，敬表感謝之忱。耑上，敬請時安。愚後學魏紹徵拜。己未四月六日。

⑭劉松壽先生自員林覆簡（下有去簡）

巽公鈞鑒：四月十日敎諭暨傳記文學二本，均已拜收，謝謝。以地測三學生擬參加普考、特考，輔導其民法課，遲復乞恕。年歲增長，書寫越感困難。昔印尼泗水中華總會副會長楊世伯少珍，至八十五歲時，亦曾如此說。

恭讀 大作「我對吳公鼎昌之印象」，先述其眞言，次言其魄力；再次，言其風度。獨具隻眼，善於剪裁，言人之所未言也。古云：「仁者見仁，智者見智。」又云：「英雄惜英雄，好漢愛好漢。」可見 鈞座與吳鼎昌先生同屬風骨嶙峋，不同凡俗之流亞。憶自識荆，時蒙推屋烏之愛，加以敎導與獎掖，賜示方針，衷心至感。回思某歲一日，偕敝同學永烈兄晉謁，時已深夜，鈞座以古稀之齡，仍勤讀不已，眞後學楷模也。 鈞長任職中樞，官居一品，從事革命達五十年，却兩袖清風。聖賢風範，日夕心儀之，苦力有未逮耳。日前奉上習作「釣魚臺列嶼是我們中國的領土」一文，恭請 斧正。肅請鈞安。晚 劉松壽上。四月二十三日。

⑮異生致劉先生簡

松壽兄如握：抱歉之至，春初，辱 惠蜜餞珍品，並示尊況種種，以作字奇苦，屢欲裁復而未果，尚乞曲諒爲幸。弟今執筆，如舉千鈞。就作本箋論，費時費力之逾常，兄非目覩，或不之信，然而實情則千眞萬確也。所示刊布管子法律思想、中國民法總則中自然人各文，悉關學術思想，敬佩致力著述之勤，與潛心典籍之有得。返觀自身，深感老朽無能矣。附奉新近傳記文學二冊，弟已看過，貢兄消閒可也。匆此不一。姜超嶽。六八、四、一〇。

⑯林治渭先生自臺南來簡（下有答簡）

異翁長者有道：迭蒙惠寄書刊，拜領之下，每興感奮愧疚之心，高山仰止，其何能忘。

長者退居有年，仍以著述淑世，影響深大。近讀鄉先生陳香所輯楹聯古今談，內刊集李白詩一聯，聯曰：「說法動海嶽，述作凌江山」，千載詩仙，不啻專爲 長者詠也。北市酬應風尙，至今不衰，至懇善葆千金之軀，長爲天下寒士仰望，至禱至禱！

渭仍兼課，小補生活不足，課務紛繁，人事煙鬱，少親筆硯。所幸心疾平穩，堪以奉慰，臨書不盡依馳！肅此敬請 撰安。夫人前乞叱名請安。後學 林治渭謹啓。六八、四、二五。

⑰ 異生答林先生簡

治渭先生足下：人入晚年，能平善度日，便是幸福。前讀惠書，藉審佳況，欣慰欣慰。僕半生涉世，恒多奇緣，予告歲月，人事酬應，依然猶昔，社會不忘我，祇有盡心而爲之。屢勞錦注，深感厚愛之德，亦我生大幸也。至言偶有述作事，情非得已，謂以淑世，僕也何敢。承　示某書載有集李白詩一聯，「說法動海嶽，述作凌江山」云云，經足下加以巧釋，似眞爲僕而詠者，一笑。但其中凌字，究應從冫抑氵，不妨再推敲之。僕日內有事於南鯤鯓，爲期四日，屆時或可得間拜訪，專此奉告，不一一。姜超嶽。六八、五、二。

⑱ 李士昌志弟自高雄來簡

異公尊長：傳記文學第二零三期今拜領，尊文對吳鼎昌先生印象，昔已拜讀，今又讀之，足徵敎我之殷，愛我之深！

近月來，雖未奉信請安，然思念之情，無日無之，決非一般客套之辭也。惟生活平淡，上課、看作業，幾成制式，晚上亦需趕工，因住山下，電視與收音均不便。瑣碎工作雖不少尙單純，然不敢以此奉聞。小姪艾華三月下旬返高一趟。她說：「未去姜爺爺家不敢去，去後聽姜爺爺奶奶指教後又不想走了，與之同伴同學一直吵著要再去姜爺爺家。」又說：「姜爺爺奶奶眞好！」說話時，「眞」字音拖得稍長，說「好」字時嘴裏嚥ㄩ水。其父與我，看她說話的表情及語氣，似平生第一次看到親切的偉人。艾華年幼，亦純樸亦天眞，她還想天天看望姜爺爺和奶奶呢！知她敬愛　尊長如此，無寧說乃大德感其深且遠矣。肅此，並叩儷福。晚　李士昌拜上。四月廿五日。

⑲林治渭先生自臺南來簡

巽翁長者有道：頃由南新國中蔡老師交來　尊卡並轉述一是，彌佩　長者處事之周。　長者小駐南鯤鯓期中，晚　原擬造　謁，一虞影響有規律之團體活動，次則該地僻處一隅，早晚對外悉乏交通車可資利用，坐誤聆訓良機，寸心爲之不怡者累日。蔡老師追隨　杖履，爲時甚暫，而對　長者德範仁言，景仰不已，春風所被，士庶傾心，非私言也。前函所述李白集句聯，凌字似含有超越振奮之義，淩與凌通，原書凌字，似無不妥，仍乞賜教爲幸！鯤鯓香火雖盛，而喧囂可憎。曾文、珊瑚山色湖光，未諗一邀鑒賞否。又未諳有專文以誌遊屐否？念之。敬頌　撰安！後學　林治渭謹啓。五月十二日。

⑳蔡文姬小姐自臺南來簡 （下有答簡）

姜爺爺尊鑒：近況何如？諒玉體安康，諸事順遂，甚念。

因參加夏令會，得承教誨，以廣眼界，以滌俗慮，誠佛家所云機緣之事耳。

臨別所贈三書，敬加捧讀，多以爺爺與當代諸君子之往還函札爲經，却以書信之形式，道述「爲人處世，生活經驗」，信筆寫來，既無說理之枯澀，亦無浮泛之空話，令人有坐春風之感，洵所謂善於立言。工整圓柔的書法，尤爲末學所心儀，「雖不能至，心嚮往矣」。鈍根如我，僅以此數語，聊表心意。

所囑往訪林督學事，已遵辦，目前居住新營，閒暇得便，請移駕寒舍，毋任企待，並祈時賜雅言，以匡不逮。敬祝安康。晚 蔡文姬敬書。六八、五、一八。

㉑異生答蔡小姐簡

文姬小姐：南鯤鯓一別，倏逾兼旬，前此因參與老年夏令會而相識，的乎有緣。惠書早悉，稽復爲歉。林君處承代走候，謝謝。我書內容，無一而非生活實錄，其刊行於三民文庫及滄海叢刊者尤詳。大都關乎爲學治事處世之道。盼多讀多查辭書，保可獲實益。如能以心得見告，最爲歡迎。此次小姐所得我所轉贈之林主席贈品，不知合意否。論理，小姐似應函告其經過，藉申謝忱。幾時芳駕北來，盼過我一敍。舍下貼近考試院，入院便到。戴君豐慷所攝二人合影，諒已見過，是人生可紀念事也。另附小照三幀，擬以轉贈演奏者，請代轉何如。即頌節安。姜超嶽。六八、五、二九。

㉒陳美卿小姐自臺南來簡（下有答簡）

姜伯伯：您好，您寄來的書我已收到了，請勿念。記得當我收到您的書時，心裏非常高興，本想馬上覆信向姜伯伯您道謝，但因臨時有事，再加上騎摩托車不小心摔傷了，所以延誤至今才趕快提筆向姜伯伯您請安，與道歉。

姜伯伯這次我們有緣能在南鯤鯓相聚四天，眞該感謝中國福利事業協進會的安排，使我們有機會來爲國家的「功臣」服務，這是一件光榮、快樂的事，我將永難忘懷。並希望明年的夏令會能再爲大家服務。姜伯伯您贈送給我的獎品，我非常的喜歡，在此向姜伯伯您道謝。最後歡迎姜伯伯有時間到南部玩，我將盡地主之誼做嚮導。祝夏安。陳美卿敬上。六八、五、十八。

㉓異生答陳小姐簡

美卿小姐：來書已悉，恕遲復。

佛家說法，凡事有緣，此次南遊，得見諸老師之懃誠服務，至爲佩慰。前接來書知曾因騎車受傷，想已全愈。我書內容皆爲生活實錄，可作爲人處事參考。貴校有三民文庫及東大圖書公司滄海叢刊否，其中拙著計五種，行銷海內外有年，口碑不惡，小姐能多讀之，無害有益。且於文理方面，亦可求得進步也。他日有事來北，歡迎一敍。再前此我所轉贈蔡理事長之贈品毛毯，不知合意否。

又戴君豐慷所攝二人合影，想已見過，是亦人生可留念事也。即頌節安。姜超嶽。六八、五、二九。

㉔王蒲臣老友來簡（下有答簡）

異生兄：四月廿四日，接奉來信和大作「聲畫錄」，我因在那幾天新遷中和，對那新房子有一連串辦不完的事傷透腦筋。加之小兒結婚，有些事情，我也不能不管。因此沒有辦法靜下來拜讀大作，一直拖到現在總算把它看完了。誠如老兄復姜一華書中所云，「寄示大作，近始拜讀，非故延也，時有所不許也。」見大作第四十四頁想兄亦能見諒。

綜覽「人與篇」，可知你在一般朋友心目中，是一個有健康之老身，見第七頁周念行語退而不休，見十一頁斯頌熙語懂得快樂，見二五頁陳大剛語秉性嚴正，持身耿介，見十三頁劉子英語學養有素，古道熱腸，見十五頁顧景岳語清貞豁達，見十六頁胡起濤語做事認眞，待人誠懇，見二〇頁方林君璧語而且是一個愛國愛人羣的有心人。見十六頁熊毛彥文語至於你的文章，是傳世之作，現已譽滿士林，見七頁周念行語遣詞造句，沒有說教，字裏行間，都是人生哲學。見八頁楊蕙心語提到字，那是字字珠玉，勁鍊有加。見十頁方林君璧語雋永簡潔，直可上追韓柳，秀麗挺拔，不可多得。見十三頁劉子英語人生觀，是樂觀知足。見十二頁陳立夫語對你的印象，是溫文儒雅，樂觀坦蕩，平實誠懇，仁厚矩謹，氣質高雅，卓然不羣，足爲一般後進表徵。見十五頁顧景岳語清貞豁達，無愧超然萬里，嶽立兩間。見十五頁胡起濤語

再讀「與人篇」，對人確實做到知無不言。見三十頁示毛錫三十一頁復李士昌三十三頁復吳中英對自己，也說得實實在在見三十四頁復陳立夫論文論字，都有特別見解。見四十二頁復劉子英四十九頁復王澤湘對於人生，看得非常透澈。見五十四頁壽誠弟七秩養生以無憂爲上。見五十七頁復黃翰章眞是至理名言，我亦有此感覺。

讀了「聲畫錄」的人，如能細心揣摩體會，對你會有多一層的認識。在你身上確有許多供人取法的地方。你每次來信，信封都是舊封翻面的，並不是你買不起一個信封，而是廢物利用，足見你的儉約。儉約的人，其操守必佳。在現社會中，實在是難能可貴。友輩中找不出第二個人。

來信謂「老境逼人，體力雖未衰，而舉筆維艱，作字之苦，非身歷不能道，有時幾欲放聲大哭。」老耋之年，尙如此求進求美，不可多得，誠愧煞一般自暴自棄的青年人。其實你的字已經

很不錯了。最令人羨慕的是你的文章，與夫人的字，欲求之者衆，而得之殊不易也。

回國將近四月，雖然不常出門而無所事事，每天除了照顧老妻的生活外，幾乎沒有什麼多餘的時間。兒子兒媳們，頗欲盡孝，而老妻則意屬於我，我自己也覺得由我照顧，比較放心，青年人到底不了解老年人的心理。

拉拉雜雜的寫了兩大張，不免有些嚕嘛，希見諒，再談。敬祝安康。嫂夫人均此問好。弟蒲臣手上。六八、六、一五，夜半。

㉕異生答王蒲臣簡

蒲臣兄：尊嫂宿疾，猶依然耶，念念。前昨惠書，在兄信手拈來，洋洋近千言，摯情厚誼，流露行間。尤以賴一目之視，作於深夜勞忙之餘，更非敬事好善者不能爲。凡所云云，庸朽如弟，誠愧不敢當，而謬愛之德，則永銘於中，蒲臣眞我友也。敬之仰之。

年來讀兄關於雨農之撰述，一言一行，有憑有據，想見當年追隨其工作之盡心，造次顛沛，於微末細節，亦不肯放過，乃得有今日之成就。吾嘗謂從事傳雨農者衆矣，而能與人眞實感如大作者，恐不多覯。雨農地下有知，當以得兄爲之後自慰也。

至言利用廢紙作信封一節，因自幼刻苦，惜物成性，不盡其用，終覺暴殄。儉約乃次焉耳。

其實弟於用錢之道，惟求其當，在所不惜，徒事儉約，未免視錢如命矣。異生不屑為。未識蒲臣心目中之異生果如何。匆此不盡。弟異生於沐園。六八、六、二六。

㉖王蒲臣老友來簡

異生兄：六月二六日大函奉悉。封面誠蓋欠資印章，但未取費。內人宿疾依然，未見退步，已感滿足，年老久病，而欲求痊，恐不易也。承 注謝謝！

弟讀 大作「聲畫錄」後，雖覺吾兄係一值得欽佩之人物，但一時不能具體說出其可欽可佩之處，弟尚如此，他人可知，故不憚煩，將其逐條寫出，俾人有一深刻之印象，僅為此，無他意也，而 兄竟將其複印，認為可作吾人身教看，無乃太過乎？

至 兄之用錢，深得其道，不當用者，雖一文不予，當用者即一擲千金，亦毫無吝色，自非一般視錢如命者可比。前書所言稍有語病，請勿見怪！專復順頌 儷安！弟王蒲臣手上。六八、六、二八。

㉗楊蕙心女士來簡

姜老師：拜別迄已數月，祇因羈於俗務，迄未前趨問安，新正拙擬「初臨沐園」，昨日始奉刊出，不知吾師可收此刊？今特將該社贈予之册奉上，請賜指正。

蕙心雖少拜見，然而心儀已深，蓋六十七年十二月十二日以及十四日兩天中央副刊，分別由聞見思及季俊民兩先生在方塊中寫出「如何尋求快樂」及「江山異生之快樂觀」，蕙心一一剪下，放在玻璃版下朝夕晤對，做爲養生之座右銘；另有一篇較長文章，大致與聞季兩先生採用題材相同。無不以老師爲寫作題目之偶像，因爲文章較長，留下整幅，惜不知疊在何處？心以爲從六十七年起，應爲姜老師年。心並將聞季兩小文影印分寄給幾個好友。

再吳中英先生好久沒來臺北，前聞正洽辦探親之舉，惟不知進行如何？專書馳候。並請

教安。師母安好。後學楊蕙心拜。六、十七。

㉘陳大剛教授來簡

異公尊鑒：久未 請教，亦未 聆教，正切馳念，日昨偶見七〇五期「暢流」，得讀 貴友楊蕙心女史大作「初臨沐園」，文中談及之各事，十九亦爲我親身之體驗。且我對此「德馨」之「沐園」，不僅拜讀過 大作「沐園記」，並曾有數度之「光臨」，更曾在此有叨擾郁厨之光寵；然以我才疏筆拙，愧不能如楊女士之能寫出如此細膩動人之好文章也。特予複印奉告，不知能博「先睹爲快」否？楊文中談及「三新」佳話。我住居新店，亦勉可謂叨在「新」末。

我 公前與楊女士論文，曾謂「眞正價值，貴在於人生有實益，消閒成分，能免則免」，的是「高」見。我則以爲有益或有用有趣，能兼而有之，雖嫌稍「次」，已頗不惡；祇怕有趣無用，甚至無用無趣，或竟無趣有害，則更等而下之，一無可取矣。

近數月來，我公如有大作，至祈 惠我數篇，以供研學，更冀作爲精神之鼓勵也。耑此，敬頌雙安。弟 陳大剛敬上。六八、七、四。

㉙黃正傑先生自臺中來簡（下有去簡）

異生先生長者：昨自南部公畢返會，捧奉七、一復示，及賜大著四册，如獲至寶，自當妥爲珍藏，朝夕拜讀。

展視所贈新著，「人與篇」「與人篇」分列，較之「實用書簡」改進多多。鄙意如能將兩者倂列，一問一答，對照方便，豈非更妙。

先生平日來往書簡，無一不是出自名士手筆，實有編輯問世必要，以饗讀者。惟編印時還請依照上項方式排列，區區拙見，敬請 參採！

長者來函中夾有復蒲臣先生函影本及其油印來簡，不敢久留，特先奉上，並此致謝。虔叩儷祉。晚 黃正傑謹啓。六八、七、九。

㉚異生致黃先生簡

正傑先生閣下：接讀曹秘書長轉來華翰，欣審　閣下亦吾道中人，恕運筆維艱，簡答如次。

一、垂詢兩拙作，非賣品，出書已十餘年。其內容早經分別編入增訂版「我生一抹」，及「累廬聲氣集」中矣。

二、鄙人行世各書，計三民文庫中「我生一抹」、「實用書簡」、「應用書簡」三本。滄海叢刊中「累廬聲氣集」、「林下生涯」二本。（東大圖書公司出版三民書局之化身）

三、先後所刊非賣品，除「大陸陳迹」、「半環記」外，近年續出「林下生涯之一臠」、「丁巳聲氣集」、「聲畫錄」三小册，皆為與親故同道通聲氣之作。茲檢寄一分奉贈。其中「大陸陳迹」手邊無存書，容向熟友處尋找，有則補寄。因此中多名筆，可珍也。

四、鄙人椎魯，而率性尙實。凡對　謬愛拙作者，輒拜為天涯知己。祇求直言指教，敬謝藻飾奬譽。匆復不具。姜超嶽。六八、七、一、子夜。

㉛劉宗烈教授來簡並贈聯

異生先生道席：久闕晤，維　與居佳勝為頌。弟暑中稍閒，曾作聯句多副，頃思得嵌有　尊名號一聯，特彔寄　左右，藉博　一粲。即請　惠予郢政爲禱。順頌　儷綏。弟劉宗烈拜啓。七目十四日。

超然物外，得江山靈秀所鍾，其人斯異。

嶽峙寰中，秉天地綱常以立，大德曰生。

附年初所擬題沐園聯並請　指正

沐受春風，任一抹浮生，放眼時儘多聲畫。

園留好景，欣日涉成趣，會心處無限江山。

㉜方嫂林君璧女士自美來簡

異生兄嫂：七月初，去紐約次女何家，小住三周，昨天歸來，見案頭有兄臺賜件。舒函披箋，竟是立公及嫂夫人手書條幅各一。一時但覺光輝盈室，滿眼珠璣。海外得此厚貺，欣喜之情，實非筆墨所能形容於萬一。剛健清逸，秀麗挺拔，不足以形容兩幅字之美麗。憶昔不揣冒昧，向兄臺代求立公墨寶，私心不敢望其必有也。今竟遠隔重洋，從天而降，自顧淺陋，何幸致此。請敘兄臺，我應如何表示謝意。立公之念舊賜予，嫂夫人踐約的法書，字字珠璣，均將珍之寶之，永銘五中。使蓬蓽生輝，猶其餘事。兄臺做事認眞，熱心古道，更使我感激無已。

閱附來「王蒲臣先生來簡」的第二段，有如綵線串珠，將諸君子嘉言連成一串，璧也不文，讀老兄之語，竟以魚目混珠，忝穿線上，幸何如之。辱書未附一語，而隆情厚意，盡在不言中矣。謝謝，萬千謝謝。

沈展如兄，在休士頓赤手空拳，獨力創辦「華聲」月報，宣揚黨義及中華文化，對當地華僑，有震聾立懦之作用，於今已三年餘矣。其忠貞與不懈精神，實令人佩服，此亦花谿同仁之光也。順告。敬祝　儷福。方林君璧敬上。六八、七、二四。

㉝溫麟老友贈聯並題

異生尊兄，戰時承敎左右，垂老復相聚臺瀛，奉讀聲畫諸集，是出諸至誠而爲大仁者。佩佩。賀璞颭風後頁此，爲賢伉儷壽，並爲沐園花木慶也。弟溫麟頓。

異不苟同，道德文章，巍爲世望。
生有何歡，人饑己溺，樂於助成。

㉞黃正傑先生自臺中來簡

異生長者賜鑒：前（四）日上班見案頭郵件，挺秀渾厚之字跡，知為　長者所賜，亦必為　大著「陳迹」無疑，多年渴求者，一旦得之，快慰與感激之情，豈言詞所能喻。一書之微，原不足大驚小怪，然長者於親友中尋找得之，以贈一非親非故素昧生平之陌生人，則太出人意外，太令人感動，令人心折。

晚讀書無多，更不善文，苦思多日及搜遍大著中之「人與篇」等書行，竟未出現恰切而稱心之句以奉　先生。孔子云：「蕩蕩乎，民無能名焉」斯之謂乎？

專肅申謝，乞　恕復遲！虔叩　撰安。晚黃正傑敬復。八月八日。

㉟濮孟九老友來簡

異生兄：上次花溪同仁四十年紀念謁墓之舉，弟原已登記參加。但忽然記起上次謁墓時，爬了不少山坡路。現在已今非昔比，平時走路，已感吃力。爬坡已力不從心。萬一跌了一跤，可能就此魂飛天外。使同行者掃興，亦決非　果公在泉下所樂聞者。因之欲行復止，只得放棄了此一心願。雖未躬逢其盛，呆在家中仍嚮往不已。徒呼負負。立夫先生今年八十大慶，不知吾兄作何表示。如有辦理集體祝嘏，如若致送壽屏、壽序等舉，可否讓弟列名驥尾。立公壽辰，弟必須有所表示，又苦於不知如何表示。尚望吾兄有以教我。最後兩次之花溪同仁集會，弟均以故未能參加。而失却兩次與吾兄把晤之機會，實爲最大之抱憾。

頃悉花溪同仁之結合，業告結束，不禁令人黯然傷神，惋惜不止。不過弟意每年新正佳日，還是可以來一次敍餐會。老同事有機會敍敍談談，還是深具意味。如蒙同意，待至明年，如人事方面，没有什麽大變動，弟還是可以承辦此事。想想看花溪同仁來臺時有七十八人之多，到現在爲止，已先去了二十三位，幾乎占了三分之一。浮生如夢，能不感慨系之。我輩八十老翁，無論處於何種狀況之下，仍無法避免來日無多的現實問題。餘生者之友情，殊足珍貴。書不盡意。專此敬頌康樂。嫂夫人均此不另。弟孟九手上。八月十四日。

㊱楊蕙心女士來簡

異公鈞鑒：昨奉惠示，並附復陳大剛先生函稿，談及蕙心不成熟作品「書香」，雕蟲小技，竟蒙陳先生青睞，剪貼整齊，以奉公閱。陳先生對拙文如此重視，頗有「一經品題便作佳士」之感。不過蕙心有自知之明，決不敢以僥倖所得謬獎而自滿，今後更當追隨 左右而研習。在感謝陳先生厚意之餘，「飲水思源」，豈能忘記 公之熱心提攜之功耶。

每次奉讀 公之惠函，無異一劑興奮劑。蓋 公之堅忍不拔之力行，足爲後學之矜式，雖尋常書箋，無不視同墨寶，什襲庋藏。今日之函，並談及「中華文化之永恒價值」以及它的「重點」，意義深遠，特影印三份，其一寄新竹吳中英先生，另兩份分寄國外兩小女。不僅把 公之道德學業遠颺海外，亦使小女對吾中華文化書法、固有道德…，得潛移默化之功而不忘本也。專此函謝，並請 教安。夫人不另。後學 楊蕙心拜。九月八日晨。

㊲戴銘允學弟來簡

異公師座：日前晉謁 崇階，親履「沐園」，更承 教誨，幸何如之，並悉沐園圍欄花臺，乃至一草一木，均出吾 公親製栽植，具徵八二高齡，猶能執斧操鋤，龍馬如昔，不勝雀喜。猶憶民國十三、四年間，生僅十二、三歲，就讀省立八師附小，吾 公講課，語意清晰堅定，鏗鏘有力。今聞謦欬，彷彿如之。民國十四年，吾 公應黃埔軍校秘書毛思誠先生之召赴粵，學校舉行歡送大會，記憶猶新。睽違卅年，吾 公迴翔廊廟，抱樸自守，清譽四颺。不意又在復興基地重逢，白頭天寶，彌足欣慰。以吾公之矍鑠精神，定可獲見大陸之重光。屆時當約當年伙伴，共爲

吾　公壽也。敬佈心臆，伏維　垂察，幸甚。敬頌　雙安。生戴銘允敬叩。九月廿二日。

㊳方嫂自美來簡

異生兄嫂賜覽：賢伉儷八月十三日各一書收到多日，拙函謬承過譽，愧不敢當，但願老兄不吝斧正，隨時指教，幸甚幸甚！所奉洋參，聊表微忱，何足掛齒。近因時常奔走於幾家兒女之間，生活不定，久疏函候，但　尊況却無時不在念也。比維起居順遂，健康勝常，爲祝爲頌。

閱報知立公八十雙壽，展覽他及陳夫人書畫，盛況空前！海外聞此，不勝興奮，殊以重洋阻隔，未克登堂祝賀及拜覽爲憾！

今夏偕何曾二女兩家，同遊紐約州著名之五指湖，胡謅歪詩數首，另紙錄下，敬請　老兄勞神斧正，不勝感謝之至！專此敬祝　雙安。君璧敬上。十月四日，中秋前夕。

祖華兄嫂可常晤面？晤時代爲道憶爲感！

末首第七句本是「可憐故國兒時月」，自覺轉承之間不夠緊湊，故將「故國」兩字改作「共賞」。請教！

㊴吳中英舊僚自新竹來簡訃告喪子（下有答簡）

巽公賜鑒：海外驚傳惡耗，心肝爲之碎裂！初猶疑其夢幻，力自解慰，繼則爲減哀戚，默不聲言，強事抑忍，日以淚洗面，已逾月矣。然命蹇如斯，終不能無一語以聞知於 衆親長。今由順華泣撰「喪明之痛」一文，刊載十月五日中央日報中央副刊，卽此以文代訃，他無追悼舉措，亦敬辭賻贈。（小兒昔年婚時亦守不收禮原則）倘蒙親長憫此不幸，長留其印象於追懷中，共發英年早逝之歎惋，則所願已足，幸 垂鑒焉！再者：今日午前接蕙心女士函，謂 公有意蒞竹臨問，當卽匆匆發呈一限時信，專在阻 公此行，今再重申前請，但得獲暇 示我數行，喻以今日處變之道，卽心感萬千。 呈巽公夫人。吳中英呂順華 抆淚敬啓。中華民國六十八年十月八日。

㊵巽生答吳中英唁喪子

吾友常熟吳君中英，有愛兒名建，素稱跨竈。留美工讀，成數學博士。年來正用其所學，爲彼邦陶鑄後起，蜚聲士林。不謂天阨斯人，於今秋八月，以車禍喪生，得年才三十六耳。噩耗傳來，中英與其夫人呂順華女士遭此劇變，其情境之悲慘，不言可喻。竟強事抑忍，默不聲張。已逾月矣，夫人乃以「喪明之痛」一文，布之於十月五日之「中副」，聊代訃告。血淚文章，凡讀之者，靡弗爲之感動。此予唁簡中云云之由來也。

中英兄：恨天阨我，手在而作字日見艱困。頃奉限時書，情不自禁，胡亂草復數行，一吐我所欲白者。邇來正時以中英何以久曠音訊爲念，五日晨，展閱「中副」，瞥見「喪明之痛」下「順華」字樣，爲之一驚，莫非中英愛兒有惡耗。旋念或同名之巧，不然，不至一無所聞。急急讀下，讀至第四段「父親替你取個單名『建』字，……」乃知確爲中英家之不幸。遂以萬分痛惜心情，一口氣讀畢，且讀且嘆，且嘆且拭淚。最後敍及處置骨灰，「我們不要把他埋葬，把他留在家中，可以天天親親他，摸摸他，看看他，喊喊他。」等語，當時讀之，淚如雨下，久久不止。此眞天壤間眞正至情至性之愛之文也。如此忠厚父母之愛兒，如此有才有德可敬可愛之青年，竟死於非命，天道尙可問耶。 賢伉儷遭此劇變，自屬情所難堪。弟忝居老友，所可奉慰者，祇有一切認命，命中註定，無可奈何也。又處無可奈何時，作退一步想，世間遭遇之不如我者，不知幾何。前數日，確欲往竹拜候，適值有意外公務，須至出月再說。所望 賢伉儷爲玉體珍重，不一一。弟異上。六十八年十月八日，子夜。

㊶劉華炅將軍復簡（下有去簡）

異生先生賜鑒：日前在 府上多蒙指教，並賜大著，本應早日函謝，以每册用心展讀，致稽延時日。昨日接到曾小姐轉下 大函，益增愧歉。

一星期前，承曾定一先生夫人及其女公子昭武小姐盛情款宴，復蒙 先生賜以美酒品嘗！感懷無似。雖僅片刻傾談，先生道德文章，精神風度，以及養心養身之道，至爲景仰敬佩。更以當時拜讀尊夫人爲先生書繕「大陸陳迹」弁言，書法端雅，筆力遒勁。後學惕然若驚。常思當代文化教育界，若將尊夫人書法展示於歷史博物館，或其他教育場合，於中國文化發揚，極有裨益，今後學子亦獲啓發良多矣。尊著「林下生涯一臠」「丁巳聲氣集」「聲畫錄」「我生一抹」均已逐節拜讀。「我生一抹」讀之者再，篇篇引人入勝，精采雋永，不僅爲傳記文學，傳之於世，亦富珍貴歷史價值。先生由苦讀而畢生輔佐中樞，爲人處世，皆以誠懇謙虛爲懷，歷經危亂，均有獨到見解。所學、所用、所見、所聞，均足以傳世。拙見所陳，都係肺腑之言，深祈 先生不以愚魯見棄，時予指教爲禱。

日昨由內子託曾小姐轉請先生夫人及曾先生夫人曾小姐於光復節遊覽榮星花園，幸蒙惠允，以上午遊覽最好，空氣新鮮，遊人較爲稀少，而午後則反是也。務祈先生夫人及曾府各位於是日上午九時左右涖臨。後學及內子準時恭候。專此奉復，敬頌雙安。後學劉華晃敬上。十月九日。

㊷異生致劉將軍簡

華晃將軍
寶慧夫人儷覽：恕我衰手作字，不能如意。鄉在舍下沐園留影，昨由曾家轉來。光線取景，恰到好處。影中賓主七人，歡愉滿容。襯以花木爲伴，益表投合之樂。萍聚初識，一如故交，固喜彼此有緣，更欽　雅人雅懷，影機隨身，乃得留此珍迹也。所塵拙著小册，野人率性之作，深慚鄙俚，敬乞賢伉儷，直言教之。盼切，禱切。專此順頌　雙安。姜超嶽拜啓。內子囑筆問候。六十八年十月四日。

㊸張樂陶教授自美來簡（下有答簡）

異公道長尊鑒：匆匆離臺，不敢驚擾，未克拜辭，艮深歉疚。得小兒家書，知我　公眷念艮殷，賜電頒示垂詢慰藉，　長者關愛，至感盛情。此次遠行，本非意願，加之內子車禍受傷未癒，衷心惶惶，匪可言宣。所幸沿途順利，平安抵達，兒輩克盡孝道，奉侍週到，稍解內心苦悶。少憩，即安排內子體檢與療治，腦、內臟、骨骼，未遭損害，僅頭、臂、背、腿，各處皮肉之傷，乃不幸中之大幸。現已逐漸復原，敬乞　釋懷。居所在芝城西南區森林叢中，環境寧靜幽雅，隔窗古木參天，鬱鬱蒼蒼，晨曦晚霞，鳥語花香，宜於療傷養病。兒孫輩白天上班上學，早出晚歸，後學則伴老妻讀書閱報，以消永晝。我　公所　賜　大著增訂版「我生一抹」，自臺抵美迄未離手，輪流反覆誦讀，相互談論，研討心得。讀縱論時弊處，則掩卷喟嘆。讀痛快淋漓處，則拍案叫絕。暮鼓晨鐘，發人猛省。孤臣孽子，苦口婆心，感人之深，實非筆墨所能形容。深感我公事事以身作則，處處與人爲善，表裏一，言行一，對黨對國，至忠至誠，對人對事，至仁至義。嫉惡如仇，從善如流。憂國之心，先見之明，證諸今日，得失分明，尤令人深刻沈痛不已。在臺時，曾與于大成先生（華視空中教學國學教師現任中央大學中國文學系主任）電話聯繫，介紹我 公學德勛望，並言及我 公傾慕之意，相約定期陪同造謁我 公，藉聆 教益。嗣以內子車禍，匆促成行，未果，至以爲憾。此間已入深秋，嫩寒侵人，紅葉遍野，益增遊子歸思。天涯冷落，海外孤寂，倘得我 公不棄，時錫南針，敎示點化，則如久旱之望甘霖，載拜 企求。臨潁神馳，未宣一一。耑此奉達，敬頌儷祺。夫人統此致敬。後學張樂陶拜上。民國六十八年十月九日，國慶前夕。內子附筆。兒輩叩安。

㊹異生答張教授簡

樂陶先生：此函中慰問諸語，原應陳於 儷駕啓行之日，一誤於作字加困，一誤於俗冗煩人，日不暇給，致再再稽延，伏乞 曲諒。辱 惠十三日夜倚裝所作手翰，翌午拜悉。當時駭然，又肅然。所以駭然者，弟於尊夫人，雖僅匆匆二度相晤，其雍容嫻靜之態，印象頁深。何物蠢漢，大道駛車，竟爾莽撞，而肇此禍耶。所幸天相吉人，重傷而未及要害，敬爲 賢伉儷祝福。所以肅然者，先生驚魂甫定之餘，以海外知孝兒女之敦促，匆匆摒擋 儷駕作遠行，竟在行前百忙中，倚裝而艸長書，以聞所阿好如弟者。情誼之摯，蔑以加矣。自顧庸朽，不知何修而得此。

鄉以拙著奉獻，意在求教，淺人之作，原無足觀。乃荷謬愛，居然挾以俱行，並蒙　賢伉儷輪流反覆誦讀，研討心得，實增我媿。清夜自省，生無所長，差堪告人者，率性尚誠，始終不渝。以一毫無憑藉之草茅寒士，浮沈塵世，而能幸免隕越，端賴此耳。所望嗣後直道相見，屏絕客氣爲禱。

別來倏逾半月，默計郵程，此函得達　左右，料在雙十前後。久別兒女，海外相聚，歡愉可想。就療養言，天倫之樂，勝於藥石。　尊夫人復健之速，定在意中。他日歸來，弟或已遷新居，當薄治飲饌，恭請　儷駕移玉一敍，互慶彼此老而康寧也。匆此，順頌　雙福。弟姜超嶽上。六十八年九月二十六日。

㊺吳中英舊僚自新竹來簡（下有答簡）

異公賜鑒：奉讀八日午夜所作　手書，所以慰撫啓示者，至切至深，感泣漣漣，弟今日列爲　公朋輩中之可憐者，又不免累　公精神上增一新負，皆始念所不及，今後遇心志灰敗，當時時展誦所賜書，以取得力量。日前偶於電視中得見國慶盛典，萬千男女受檢者，莫不意氣奮發，鬥志昂揚，因念此芸芸人衆，卅年前我輩初蒞本土時，尚無影蹤，彼皆三十年來所新生，今漸成爲國家社會之中堅，夫來者來，去者去，或先至或後到，或先至後去，或後至先歸，人事本無常，時光誠快速，無常駐之理，亦無常駐之人，更三十年，又將另一場面。惟有作如是觀，庶免太執着耳。人生除好父母、好妻室、好兒女、好親戚外，又當有良師益友賢長官爲聲援，始無寂寞之感，弟幸得　公爲長久之支柱，願時時有以教我，　賜書遵　囑影印一份附奉乞　收。敬祝雙安。夫人均此。賜書當影印寄海外媳處，使知長者關愛之深。中英拜上。六十八年十月十五。內子同叩。

㊻巽生答吳中英簡

中英兄：十五日手復敬悉。前書艸艸，不及多談，今且賡述一二。弟來臺三十年，因遇驚心事而一時大量流淚者，初有九年前見至交翰章暴病之咯血，嗣爲四年前突聞廣播　先總統在雷雨中崩逝。此次卽讀「中副」魯嫂順華大作「喪明之痛」也。文長數千言，無字無淚，無字無血，除非鐵石心腸，讀之未有不洒同情之淚者。敍及兄處此劇變之種種，眞是天生一對，同爲最有至情至性之人。無怪能成此世間罕見至情至性之作。李密陳情，昌黎祭十二郎，永叔表瀧岡，何以過此。弟常謂人事無所謂得失，亦無所謂禍福。平生體驗，得之於此者，往往失之於彼。失之於彼者，往往得之於此。諺有云，禍兮福所伏，福兮禍所倚。故究極言之，得亦失，失亦得也。賢伉儷當年不得此愛兒，今日何來此失。今不失此愛兒，又何能得此感人至文。而且得失之價值，亦無定準。其輕其重，泰山鴻毛，視人之意況而異。兄慧心慧覺，當無待弟之喋喋辭費。讀所示「無常駐之理，無常駐之人。」云云，能作如是觀，則兄對於人生之憬悟深矣。以此奉慰賢伉儷，或可更得拋磚引玉之效乎。望之望之。

再者；前書所告「意外公務」，係拜命爲本年中央特考之典試委員。弟不忮不求，老而不渝。今之有此，乃得自道義故舊主動之推轂。曾閱考卷數日，昨已畢事。擬於出月赴竹一行。復稍遲，乞諒。執筆日困，不一一。弟姜超嶽。六十八年十月二十二日。

㊼楊蕙心女士來簡

姜老師您好。接奉致吳先生信函影印本，措詞之懇切、關懷，流露無遺。師之慰問，遠勝一般泛泛之詞，更可體會其一言中肯，力抵萬鈞，此種攻心爲上之筆法，必收成功之效果。「薑是老的辣」！吳先生有摯友關懷勸慰，勝過十位百位朋友，平生得一知已，在人生旅程上，可以無憾也矣。

影印之二末端，得悉吾　師榮膺本年中央特考典試委員，以　師之德高望碩、秉公無私，玉尺量才，適得其選。相信今年與考人士，在　師之公正照顧之下，必得人盡其才，亦吉星高照大幸運也。

再小女劉玉瑩「只是人千里」今天刊出於中副，童言稚語，引起蕙心老淚縱橫，已去函勉其堅強上進，併以報告。此請 教安。 夫人統此。後學楊蕙心拜上。十月廿七日。

所示附件，已一一影印在手，暇則當韓文讀，而其結構，較之列舉之李、韓、歐各家，其對友誼之至情至性，又一創舉，難得之至，蕙心幸而得之。

㊽陳大剛教授來簡

巽公尊鑒：大函敬悉，承示各文，篇篇精采，均值一讀再讀，乃至反復研讀，尤其我公兩篇唁稿，與「喪明之痛」配合閱覽，更是以至情至性之至文，描寫感人肺腑之慘事，我雖與其無一面之雅，亦竟爲之同情長嘆也。

「四異」一稿，文固不佳，內容則頗不平常。但以其可適合之階層與層面，欠多欠廣，仍須找得性質相當之刊物，始易刊登，否則難免扞格不入。總之，要在純客觀之情況下，獲得應有之結果，始覺更有意義也。耑復。順請 儷安。弟陳大剛敬上。六十八年十月廿七。

㊾吳中英舊僚復簡（下有去簡）

巽公賜鑒：握別且已十日，上週即擬修書候安，皆爲他事所躭延，乃十二日先奉 手示，並惠下新竹姜㫒仁先生函，謂昔年於臺大探望子女時曾有一面緣。弟日久健忘，彷彿有其事，弟址容上街順道投一名刺告之，固不敢望其前來訪晤也。本月四日　公突然駕至，實出望外。時內子正持聖經包往參敎中聚會。弟啓園門送之，即此霎那間　公之座車適至，雖事前約定，亦難如是巧遇。倘內子稍早出行，或　公稍緩莅至，則弟奔走其間，別有一番慌忙。今倖得獲免，惟臨時採購，怱治餐事，簡慢殊甚，還祈　見原。是日承與作半日談，凡人生交遊、治學、親情、保健、食飲諸事，多所涉及，莫不詞旨深切，而傾談對象，祇弟等二人，蓋前此所未有，亦云幸矣。益知　公之生平有謹愿之一面，亦有豪放之一面，有儉約之一面，亦有慷慨之一面，有嚴正之一面，亦有慈和之一面，有平凡之一面，亦有非凡之一面。持身如此，確乎難能，宜其爲朋輩所推崇，僚屬所服膺。弟等領會之餘，謹當勉力學習。是日　公返程時，因順道訪友，堅辭雇車，弟等隨送，並至市中稍作瀏覽，繼又在路局待車許久，前後步程亦不短，竟日未休息，不免勞累，雖有陽波君隨侍，弟等稍可放心，然遠道見訪，總覺不安。是日復承賜贈食品，弟等無以回敬，臨時於此間一最具規模之食品店選購特產新竹餅若干奉贈。誠以臺省地區非廣，交通發達，各地售品略同，已無地方特產，而新竹餅猶留些許特色。　公曾舉述一脆脆而不甚甜之食品，店中人一時不能意識爲何品，弟等循思，得毋與臺中市太陽堂出品之太陽餅相類似？他日得見　夫人當再就詢，以明究竟，便購奉也。餘不一一。敬祝　儷安。夫人均此。弟中英敬上。六十八年十一月十五日。內子同叩。

(50) 異生致吳中英簡

中英兄嫂好：頃接敝鄉友來函，謂與賢伉儷有一段因緣。函中探問尊址，要否示之，或稍緩再說。附上其原函，可知內情，閱後不必存。吾等此次把晤一番，在弟心理上，有如釋重負之感。足徵精神生活，貴能攄洩鬱結，是養生之至道也。願與兄嫂共勉之，不具。弟異上。六十八年十一月九日。

(51) 劉垕先生來簡並贈聯（下有去簡）

異公道右：囑件匆匆寫就，謹以奉呈。久稽雅命，尤祈恕其無狀為幸！肅頌道祉。不一。晚劉垕敬上。六十八年十一月十八日。

異公前輩粲正

有筆真超絕

其人如嶽尊

己未立冬劉垕敬書

㊷ 異生致劉先生簡

厚予兄勛席：鄉所口示　惠贈聯句，寥寥十字，貼切自然，的乎不凡之作。奈屢允箋書相惠，而訊息杳然。欲以留念，眞蹟是珍，老夫望眼幾穿矣。不信兄惜墨如金，至盼抽片刻暇晷，用便箋一揮而與之，何如。匆此，佇候德音。順頌　近好。弟姜超嶽六十八年十月一日。

㊸ 楊銳舊僚復簡攄洩摯情（下有去簡）

異公鈞鑒：上週末辱承我　公偕夫人駕臨寒舍，暢敍歡談之餘，私心正慶。不意隔日吾　公竟不顧勞神耗時，輾轉換車，退回銳所奉送之菲薄禮物，而銳又以假日全家外出未遇。此情此景，眞令人啼笑皆非，莫可名狀。事後追思，越想越氣，愈感愈傷，豈止惆悵而已。因此感受，銳在氣憤之中與吾　公電話交談，言不擇詞，語極粗暴，幸吾　公知我愛我，故能恕我，並以緩和語氣，以笑聲代替責備。但正因爲如此，益使銳愧罪交集，悔無置身之地矣。

昨奉吾　公手書云：「你愈生氣，愈見你的摯情，亦愈覺得可愛、可敬與可感。」又云：「我把你和其他至親友好甚至自家女兒，同樣看待。」銳生而有幸，有如此至情至聖至賢；亦親亦師亦友之長官，擇善固執，鍥而不舍，四十年如一日，尚復何憾！又復何言？竊維吾　公年逾八旬，雖平時修養有道，然個人精力有限，社交應酬，瑣屑情事，不必過於介意重視，多所操勞，致傷心神。譬如此次退禮，徒勞往返，實不值得，反使人有矯枉過正之感。吾　公既認銳為自家子弟，自當以長輩之尊，恰如其份，何又如此謙虛矯情過度，豈非過猶不及乎？銳承恩受業於吾　公將近四十載，自重慶而南京而至臺灣，客食於吾　公者，曷止百數十次，如若原物退回，我將何以反芻多年口福，全璧歸趙？

總之，時代在進步，社會在變遷，價值觀念與道德標準，亦隨潮流而更易，吾　公明達，盍不改變作風而堅持己見哉？叨屬部下，用敢直陳，臨頴感慨，惶悚交集，不知所云。罪甚！罪甚！尚祈　寬恕！專肅，敬叩　鈞安。夫人同此致意。舊屬楊銳敬上。十一月十九日。於大湖山莊。

來臺三十年未提毛筆，平時辦公都用原子筆及鋼筆。此函文、筆均不成體統。尚祈　賜教為感。銳又及。

㊹ 異生致楊銳簡

兌之兄：您愈生氣，愈見您的摯情，亦愈覺得您的可愛可敬與可感。但請　恕我此次為自身求全之念太切，把　您和其他至親好友，甚至自家女兒，同樣看待，致惹　您平白生氣，我罪我罪，莫怪莫怪。俗對骨肉親情間，有「打是疼罵是愛」之諺，今於 您的生氣，我亦作如是觀。肺腑之言，信否由您。我生有幸，常叨諸多親故逾格之謬愛，眞不知幾生修到，思之忻然又慚然。專此，順候 雙安。姜超嶽。六十八年十一月十二日，子夜。

⑤⑤ 異生答楊銳論恕道

兌之兄雙好：憶十年前，鄙人與老友毛萬里書，中有「人世間凡可求而致者不足貴，不可求而致者無價。無價至寶也，異生雖寒士，自視則甚富。但非擁厚財，而乃多無價之至寶……」云云。（見拙著「林下生涯」五八年二月三日日記）今得兌之之至情書，加以三十年來破題兒之毛筆字，是亦至寶也。異生何幸，無價至寶，頻頻而來，舉目斯世，富能我抗者誰乎。

承敎矯情過度之言，祇見其迹，而不原其心，兌之過矣。我此次所以堅決辭餽者，一在吾行吾素，老而不渝。一在篤行恕道，毋使餽者難以爲繼。試想：明年、後年、又後年，則如何。爾我因靖獻而結緣垂四十載。我之爲人，以兌之之明達，焉有不諗者，何獨懜懜於此，殆眞所謂蔽生於愛者耶。

前日電話中之氣話，天日在上，我聞而大喜大樂，絕無半絲半毫芥蒂，因此乃天壤間最可寶貴之赤子之心之眞態也。所歉然者，一怒一樂，一失一得，兩兩相形，兌之輸矣。抑又有相慰者，經此一役，可得磨鍊經驗。凡突變之來，貴能沈著，徒憑血氣，往往僨事。史載黃石公之折辱張良，其意可深長思矣。然則兌之之遇異生，亦未始非得也，一笑。

此次手書，連篇累牘，幾盡五箋，文也、情也、字也、體統也，統統有獎。天下事無巧不成書，先一日中英亦有函至，一片摯情，可與兌之媲美，附奉複印一份。當年故人，多以至情相待，我死無憾矣。艱於作書，即止於此，不宣。六十八年十一月二十日。

㊿何芝園老友來簡並贈聯

異生學長：春間承邀到沐園餐敘，至為興奮，因已讀過大作「沐園記」，心切嚮往，當偕內子準時到達。一進門便見小院花木扶疏，頗有幽雅之感！可知園不在大，有花則成。及入客室，又見四壁滿懸名達先進所撰書之聯對，均屬高手上乘，令人景仰不已！餐畢承 囑亦寫一副，以作紀念！因思相交一周甲，乃人生不易多得之緣遇，情不可却，允之。及歸，細想 兄一生為人，極多超人之處，以家境清寒，而能自立自強，奮發向上，且有剛毅不屈之個性，誠非常人所能企及，此乃 兄成功之重要因素也。立即得句「異乎凡人，所作所為，出類拔萃」，「生來秉性，又剛又毅，特立獨行」，似乎尚能寫出 兄之所以為兄者。旋即赴書店費了二百八十元購來紙聯一副，振筆直書，及成，越看越不滿意，始終不敢獻醜，乃置之高閣。承 兄再三催索，不得已又購一副，再寫，仍覺不成。繼思以吾人如此深厚之交誼，好壞在所不計，遂將兩副一併奉上，請　兄選擇，可用則用，不可，則置之紙堆中可也。匆此，順頌　儷祉。並乞　教言！弟芝園敬上。十一月廿一日。

又附爲純禮兄所擬之不成聯對之標語聯於後，務請予以指正，否則太不夠交情也。又及。

「純眞爲人生活自然愉快開朗」「禮讓處事前途定必坦蕩光明」

㊼復鄉友吳君維梅通問

維梅兄好：當年同舟共濟，基埠一別，遂不復見，人生聚散，若有定數。上月先後惠書，藉悉佳況，曷勝忻慰。猥以朽邁，謬荷垂念，至感厚誼。叨天之庇，頑軀未衰，老伴亦健。拙著各書，見重士林，文字因緣，徧及海外。故雖懸車十年，而生活情趣，依然猶昔。是則差可告慰於故人者。別久念殷，幾時北來，盼枉駕相顧，好藉家常飲嚼，互敍離情也。郵奉新出「聲畫錄」二冊，請以一冊轉汝川，此中可覘近狀。又自傳初版「我生一抹」一冊，與近代史有關。另有完本，由三民書局印行，已三版以上矣。邇來作字維艱，不能多寫，恕不一一。姜超嶽。六十八年二月五日。

㊿58 復張樂陶教授（附題字）

樂陶先生：賜書備荷 獎飾，惶媿莫名。所屬題畫事，實無時去懷。祇以運筆奇艱，力不從心，徒喚奈何。但一日未報，終感有負 賢者。玆特強鼓勇氣，試寫艸樣塵覽，如此文字與格式，究竟可用否。敬盼直言相示，萬勿客氣。專此順頌 道安。朽弟姜超嶽手啓。六十八年二月十六日。

眉壽無疆

南通張樂陶教授劬學而耽雅，自臺大退職後，以所藏白頭翁名畫，廣徵當代名家通人之題跋，謬采虛聲，竟及椎魯，乃妄題如右，祝 賢者伉儷之壽與畫中靈鳥而俱永。江山異生。六十八年春。

59 致旅美鄉好毛延禖鄭國愛伉儷

延禖國愛兄好：客秋水雅歸來，藉審 佳況，辱 惠方物，今猶珍藏，睹物思人，至感 賢伉儷不遺在遠之盛情也。別後叨福無恙。所苦者運筆日退，作字維艱，昔之任意揮灑，祇有付諸夢想矣。

因而懿親至友間，非萬分必要，難得一通音問，於　賢伉儷亦不例外。此次趁月孫西行之便，勉草此箋問好。附奉名茶二小瓶，可供留念。近著一冊，可哂賤狀。內有談快樂者，頗引有心人之注意。願聽雅教。一別數年，世事多變。桑榆歲月，貴在自足而自樂，　賢伉儷以為如何。匆此不盡。姜超嶽六十八年二月廿一日木柵沐園。

⑥⓪致張樂陶教授

樂陶先生有道：天下不如意事，十常八九。茲為踐前約，出　尊箋試之，因刻意求好，而適得其反。此故由於執筆日退，力不從心。益以箋之吸水性奇強，觸墨即乾，極不利於小字。一筆一蘸，勉強成書，木然無生氣。以之充數，眞有佛頭著糞之感。本欲棄之，而為踐約故，祇得厚顏繳卷，請作廢紙看可也。告罪告罪，惶恐惶恐。專此，順頌　雙福。杇弟姜超嶽手啓。六十八年二月二十四日。

⑥①致陳先生

立兄尊覽：今晨孔會拜別後，途中沈思，所約周末，兄一日而二宴，非珍重之道，且時在夜間，

終不如白晝之便。現決改為青年節中午為佳，地點不變。（館前路聚豐園）方、成、羅、蕭、劉、諸至好皆必至。專此，順叩
雙安。弟 異上。六八年三月二四日。

紹誠所求墨寶希望得一小聯（長二尺寬五寸）

⑥2 再致陳先生

立兄尊覽：賜復敬悉。敍期之改，已徧告諸友，餐館房號，亦已約定矣。前此與毛振翔神父同行者乃查良鑑，非其兄良釗也。

所示北伐初期之一段秘辛，其時因兄一言，而影響以後局勢之轉變者至深至鉅。遠識史家，必及見於此。今表出之，萬分必要。

附奉有關毛神父對國事之意見剪報一箋，弟讀後深感國家使節，如得此人，豈不甚好，兄以為是否。弟 異上。六八年三月廿五日。

⑥3 致王蒲臣老友通問

蒲臣我兄：別來無恙。弟以居處改建，遷家木柵，忽忽半載。大駕歸訊，近始聞悉。辱 惠喜

束，昨已轉到。故人鴻福，羣郎秀發，一一成家立業，令人歆羨，屆時如無俗務羈縻，定當趨賀。時不我與，老境逼人，體力雖未衰，而舉筆維艱，作字之苦，非身歷不能道，有時幾欲放聲大哭。兄初到美時所賜函所以未復，即爲此耳。甚歉。附塵小品「聲畫錄」一册，盼得暇覽而教之。筆力不能再寫，即頌　雙安。弟 超匆上。六八年四月廿三日。

(64) 致羅時審蕭冠濤二先生

時審冠濤先生偉覽：先後惠寄「長青」，一一拜讀，文字內容與編法，逐期逐見精采，具徵執事諸公對會務之奮勵求進，不遺餘力，敬仰曷既。鄙人自著籍本會以來，「長青」刊上，時加揄揚，深慙庸朽，猥何敢當。竊思編者種種褒語，必係得自兩公之謬愛，天涯隆遇，幸何如之。實告兩公，鄙人出身寒門，衣食是謀，未嘗學問，浮湛半生，莫非機遇，別無所長。差堪自夸者，不欺不妄，求眞求實而已。偶有塗抹，祇暴心聲，不足言文學，更不足言述作。本期「長青」中「會友生活鱗爪」，對鄙人竟有「學殖」「才氣」之說，藻飾過甚，殊令受者無地自容。萬望嗣後勿爾，免增不安。至言客冬新出「聲畫錄」小册，所輯作品，係以六十七年度爲主。扉頁題字及「前言」，皆有提示，編者謂「將其三十年來……」云云與實際不符。果如所云，決非小册也。一笑。此事無關宏恉，因筆便一提，亦區區求眞求實之微意也。作字日苦，未盡之意，容後面罄。順叩道安。姜超嶽。六八年五月一五日，子夜。

⑮致劉子英先生讚其大著之特色

子英同志足下：鄉荷不棄，屬爲大著序耑，愧無以報，耿耿於懷。今書出而先惠，至感厚意。改名「芾石憶舊」，其含意勝於原稱「書劍飄零」者多多，甚善甚善。書到時，適有所累，近始拜讀。聞 足下此書，著手於客秋，洋洋二十萬言，不匝歲而竟成，其捷才篤力可知。縱覽全篇，私則記家世、鄉里、風土、人物，及生平持身用世之詳。公則述運會盛衰之迹。固可垂示後昆，有裨於史家之采證者亦非尠。尤以追念往事種種，對國家、對故主，忠義之氣，流露於字裏行間，足爲當今惟利是徇，不知恩義爲何物者當頭棒喝。又書中「軍統局精神」一目，文長近三萬言，約占全書七之一。所陳事蹟，純爲戴雨農之勛烈。書爲自傳而傳人，具見念舊情摯，不能自巳，佩也何如。戴與弟同學同鄉，吾鄉人士爲其部屬者，奚止少數，而如足下頌揚之鄭重，尚未之見。戴氏地下有知，豈不曰「子英誠吾徒也，賢於吾鄉人遠矣」。一笑。至弟十八九年前所撰戴氏傳，承采自最初刊於「中國一周」之原文，一字不遺。猥以庸蹇，深感附驥之榮矣。肅此申謝。因艱於執筆，餘容面談，順頌撰安。姜超嶽手啓。六八年七月一日沐園。

⑯致陳先生

立兄好：比讀本月孔孟月刊「科學與倫理」大作，深感於世道人心而言，乃功德無量之文，亦卽有心人必讀之文。闡揚古來聖哲大道，精要曉鬯，獨具卓見。末後建議電視云云，尤爲人同此心，心同此理藥石之言，非懷救世宏願之仁智長者不能道。鄙意如此醒世大文，似應布諸「中副」，俾可多獲廣大讀者之共鳴，則其功效當溥於「孔孟」萬萬也。不識尊旨以爲何如。又原標題可否改爲「談當前救世艮藥」，似較有刺激性，率直一言，不自知有當否。指不聽命，遂止於此。弟 異匆上。六八年七月六日。

⑰致陳大剛教授

大剛先生：心心相印之道，不可思議。辱　惠手敎並刊物，今午遞到。料想昨所寄奉之近稿，今亦可達。是彼此相念，或在同一時刻也。「長靑」遊記，「中外」經驗，一一拜讀，文筆流利，層次秩然。敍事翔實而帶風趣，綽綽乎作家風範，可佩可佩。所述傷病往歷，屢遭生死災難，而終告無恙，且健碩逾常，亦人生奇蹟，可遇而不可求也。敬祝後福綿綿。運筆太難，不能再寫。超。六八年七月六日。

⑥⑧復鄉好張傳璥教授論書簡之編旨

傳璥我兄：辱書，對於拙著及生平，過蒙謬獎，感愧同深。嗣當益加奮勉，藉副雅望。前出「實用」「應用」二書簡，原應書商之再再懇求而刊。不謂行銷之廣，殊越意外。博雅如兄，亦曾在名校，采為教本，尤感榮幸。厚荷不棄，明示「內容稍嫌瑣屑，應去蕪存眞」云云，行家法眼，誠然誠然。往歲，間亦聞同調之論。然而歷次重版，所以悉仍其舊者，一以此書屬性，本在求實用，而不在文學。一以仁智之見，事所難免，強求其同，不可能也。區區愚見，尚祈 賢者諒之，匆復不盡。弟姜超嶽敬上。六八年七月九日。

⑥⑨諭龍兒

龍仙兩兒如面：上月接閤家照後，我之心情，不言可喻。歲月無情，年來作字日困，欲言千萬，筆不聽命，今姑長話短說，我與娘娘，相依為命，叨天之福，老而未衰。加以水雅一家大小之善事尊長，使我二老一是無虞。兒可勿念。所望兒等自身珍重，大小平安度日，吾願足矣。流光如駛，一別逾三十年，對我家諸親戚至好，無時不在念中。兒可略述實情，以慰我乎。切盼切盼。

以後通訊，在美紹青轉，在港施伯伯轉。爸爸娘娘字。六八年八月十三日。

⑩致方嫂林女士謝珍貺

璧嫂賜覽：辱貺道地洋參十四支，前晨由一自稱鄭太太俞女士者轉至。如許珍品，寄自天外，情義之重，奚止萬鈞，感之至者不言感矣。

上月尊簡，月初拜悉。信手拈來，文情兩至，嗣後如有能力續刊聲畫，此其上選也。還望不斷惠教，裕我稿源，光我簡册，而且不花半文，豈不甚好。一笑。

立公才識物望，中外同仰。年來乞書者衆，已成當代名家。今嫂獲其眞蹟，自屬可寶，惟不可與內子並論。因內子所作，勉具帖意而已，不足登大雅之堂也。

歲月迫人，弟作字日退，當年如飛，今則如爬。復以虛聲未歇，文札之役，往往而有，欲攄所思，筆不聽命，痛苦難言。所幸頑軀無恙，行動猶昔，內子亦尚堪任勞，是則可告慰我故人者。不能再寫，順頌康寧。巽生。六八、八、十三。沐園。

⑪致羅時審先生

時審先生：前承 囑撰文紀念老人佳節，至感盛意。惟鄭重思量，實無法報 命。因自來有作，悉秉乎情，勉事敷衍，難期可觀。益以手邊用書，爲防風季遭淹，已束諸高閣。鄰友層樓徒索枯腸，終歎巧婦難爲無米之炊。實逼處此，祇乞　賢者曲諒矣。出月新竹之行，弟願追隨，需費若干，示知即繳。盼盼。弟姜超嶽六八、八、二六。

㉒致陳大剛教授

大剛先生閣下：鄉者，先後辱　惠瑤函，以俗冗羈纒，又苦於作字日艱，致裁答遲遲，歉也何如。拜讀　諸大作，不僅「有理、有用、有趣」，且示人老而有濟世之志。三有外，復加一「有」，視夫世之幸處順境，徒事頤養，自甘老廢者，相去遠矣。尤足稱者，所示報刊楊女士「書香」一文，未排整篇，行列參差，竟細加剪貼，美觀悅目。固足徵處事之細心，亦覘精力之充沛，青年學子，不是過也。又承　示高明先生近在實踐堂講「中華文化之永恒價值」，謂其講綱中所揭四個重點：

一、中華文化生命之悠久，舉世無匹。

二、中華文化氣象之宏濶，舉世無匹。

三、中華文化內容之豐富，舉世無匹。

四、中華文化精神之高卓，舉世無匹。

簡明扼要，形式美，內容更美，云云。弟有同感。按高爲弟之好友，往歲爲拙著「累廬書簡」撰序，嘗以「振奇士」見許。今見　閣下對高之讚美，弟亦與有榮焉。其實依弟所知，高在今日，確乎可謂讀書種子，其學殖之淵博，非吾人所能想象。黎明書局近曾刊行「高明文輯」，閣下不妨找來一看，方信我言之不虛也。率復，順頌 秋安。弟 姜超嶽上。六八、九、二。沐園。

⑦③致鄉好王縉達君讚其寫作之佳

縉達兄：中元節手交大作「共匪竊據大陸及其統戰陰謀」打字稿一帖，前夜雨窗讀竟，不覺肅然。是作雖非長編巨著，而我國家近五十餘年來變亂盛衰，與共匪禍國殃民，及無義友邦惡意誤我之迹，粗備於是。娓娓道來，窮源究委，有根有據。在文字組織言，條分縷析，不蔓不枝。在近代史料言，一句一字，皆眞實經緯，亦可謂重要文獻。當世人士，値得一讀，如有意揭諸刊物，則標題似應補綴「之經緯」三字，俾題義較完整，未識 兄以爲如何。我等相處數十年，祇聞 兄長於法理，而知擅此寫作能力，則自今始也。來日方長，還祈勉旃。執筆日退，不盡欲言。順頌 勛安。 姜超嶽。六八、九、一一。

⑦④賀陳先生壽

立兄賜覽：詩云，「天錫公純嘏」，恭逢 大耋，國家之福。弟 忝居 愛末，忻賀微忱，自異於常，表以文字，不足爲 兄重。乞 恕山野作風，質實是尙。謹具久置不壞之食品數事，備 兄日用之需。意在祝福，莫作流俗壽禮看也。專此，敬頌 雙福。弟 姜超嶽上。六八、九、一八。

⑮致陳大剛教授談快樂

大剛先生：爲述異生之異，不憚煩而一再易稿，大勞清神，所以惠我者誠深，而我之所以感愧者尤深。論文章吾無間然矣。辱 示近作「退休樂」一文，讀後自顧，亦覺陶陶然大樂。先生誠善與人同樂之君子也。佩佩。但究極言之，樂來樂去，壹惟健康是依。不有健康，萬般皆空。故吾人垂老而猶壯，是人生莫大幸福，能時作此想，則爲樂無藝，先生以爲然否。至文中所揭「時間富翁」「十目一行」「迷你百家信」諸子題，清新奇趣，引人入勝，是慧人慧心之慧語。願借箸代籌，此類佳作，曷不投諸行銷較廣之刊物，能多得讀者之共樂，豈不更好。不宣。弟 超匆上。六八、一〇、九。

⑯復李士昌志弟

士昌如弟：嘉貺瑤函，先後收悉。鄙人素不稱壽，君何情重也。惟故事年年，徒增花費，又近繁縟。今與 君約，倘荷天庇，幸登九秩，河山當已重光。屆時 君我兩家大小，共集都門，盡情歡敍一番何如。令姪女艾華，曾於上月八日偕學友梁月春小姐過舍，留晚餐長談，我夫婦甚愛其天眞伶俐也。我年邁，別無所苦，祇作字日困，指不聽命。好在室人有時可代筆，我仍悠然自得耳。匆此，順候雙安。超手啓。六八、一〇、廿四。臺北木柵沐園。

附複印近稿二紙可在此中略覘賤狀一斑也。

(77) 致旅美方嫂

君璧尊嫂粧次：每接佳吟，拜讀以後，且佩且慰。詩爲一種最藝術、最精鍊、最能感人之語言，非有天才不能爲，爲亦無足觀。所示諸大作，抒情描景，信手拈來，皆成妙品。曾定一亦如是云云。時下能手比比，而巾幗中人，却未之見，尊嫂可謂今之李清照矣。所以佩者在此。洪範五福之說，鄙見康寧爲第一。嫂以垂老之年，託迹異域，而能探幽攬勝，發之吟咏，想見兒孫怡情，神思激發，非享康寧之福者，焉能致此。少雲地下有知，當亦以老伴無恙爲樂。所以慰者在此。弟從未學詩，於古今名作，祇能欣賞，而不喻其所以然。常對人言，予衡量詩之好壞，以是否易解爲準。詩而不易解，不足取。故就弟之眼光看，大作是好詩也。惟 尊嫂屢囑教正，因聲律之學，一應茫然，眞不知從何說起。求之老手，或則深於世故，難望的評。或則忙其所忙，情有不便。如往日高氏之所爲，乃情面攸關，應屬例外。然此等事，亦只可偶而不可常，且一般老人，多避意外用心，易地而處則同然。尊嫂明達，當能亮之。鄙見雜誌報刊，是詩文最好去處，不知尊嫂有意於此否。至最近賜簡，談及某詩可否發表一節，弟以爲隨緣可也。簡末有「如不指教，則表示不收這個女弟子……」，椎魯如弟，而得李清照爲弟子，豈非天下奇聞，哈哈，哈哈。一年容易，又臨歲暮。弟以作字不便，曠候久，輒勞存問。叨天之福，敝夫婦忙碌度日，而老身依舊，幸勿念。生活詳情，仍刊有小册奉聞，請少待。專此，順頌新年百福。異弟上。六八、一二、二〇。沐園。

⑱復僑港老友施公孟

公孟如握：十一日示拜悉。歲聿其逝，闕焉無聞，竟達卒歲，此爲分袂三十年來所未有。一在疏慵，一在作字之日困，當年如飛，今則如爬，因見筆而生畏，遂致親故通問，可曠曠之。兄所猜撰著、酬應、探親諸端，祇是想當然耳。長話短說，叨天之福，一是依然。欲知其詳，請少待，容當以新刊小册相餉，册名「留念集」，近正在蒐輯中也。弟原擬告一段落，即與兄通問，而手札竟先至，是亦心靈感應之徵。故人如親人，又如情人，殆卽我等之謂歟。一笑。吾人頹齡衰象，乃理所必然。但浩然之氣，可以意念撐持之。弟尚痴想俟回大陸後，率兒孫作爲一番也。另有佳訊奉告，公家代建新居。大約明年初夏可以遷入。有堂有室，非復如前起居外一無迴旋地之窘。賢伉儷如東來觀光，歡迎下榻，免費招待。我夫婦以康寧為財富，不虞匱乏也。怱復不盡，

順頌　雙健。巽弟上。六八、一二、一九。

⑲ 致僑加拿大舊僚黃翰章

翰章兄：本年內三度接惠簡，春初賀歲，次示讀「聲畫錄」後感懷，秋間祝壽，在遠不遺，仰見厚我之情。巽生為天壤間最能知足自樂之人，年來別無所苦，祇作字日退，萬分惱人。非不能寫，寫而成字維艱，且必於夜深人靜時，始能勉強為之。一書之成，如舉重千百鈞也。

「聲畫錄」中所錄去年年尾覆兄函，當時具稿付刊，原擬刊後另行繕發，終以作字不便，一延再延而未果。兄之未獲此函，洪喬無辜，莫錯怪也。

弟遷木柵曾寓，瞬逾年餘，居停對敝夫婦之體貼，可謂人間奇緣。益以環境幽靜，交通日便，眞有「樂不思蜀」之感。一笑。

「五守」改建，工程順利，聞府友言，明年五月，定可遷入。知　兄篤於故國喬木之思，不知他日仍能與德為鄰否，望之望之。

花谿結緣四十年紀念，謁墓敍餐，一如故事。劉蕭兩公均同到。弟以人事漸見寥落，曾提議

作一了結，而衆意戀戀，乃仍請錦楣兄繼續服務，知念特告。

府中僚長自伯謀接任後，一反曩昔鉅公「予智自雄」之作風，僚屬有與接者，咸沐親切之感。是佳訊也，同仁與有榮焉。

中英喪子之訃，兄當已早悉。弟曾專誠赴竹致唁，其間並有往來書札三數通，皆爲出自至情之作，檢奉一二，兄試讀之，我等交誼之深，豈尋常所可比擬耶。

此次高雄暴力事件，又激起海內外一番愛國行動，使國人對少數野心分子喪心病狂之陰謀，加深一層認識與厭惡，因禍而得福，世事往往如此。最值得大書特書者，事發後二日，名政論家丁中江先生，在臺視「時事評論」節目中，以悲壯之態度，成仁之決心，向觀衆鄭重宣誓，如再有暴動，願爲吳鳳第二，冀能感格暴徒，化戾氣爲祥和。語極沈痛，字字扣人心弦。除非鐵石心腸，未有不落淚者。予當即向螢幕影象，肅立致敬。不禁自語曰，是即天地間之正氣，亦即孟子所謂浩然之氣也。此舉影響人心之深、之廣、之遠，不可以道里計。偉矣哉，丁先生不朽矣。

別來嫂況，時於令親忠華兄處獲悉一二。令岳母遐齡猶健，是人瑞也，可賀可賀。兄所欲得內子之字，一俟得閒當有以報，勿念。

附奉印稿數紙，可從中覘賤況之一斑。歲暮矣，感於有歉然於故人之事，力謀了之，因瑣瑣奉陳如右。順頌

潭福。異復於沐園。內子素梅代繕六八、一二、一七。

⑳ 張樂陶教授自美來簡（下有復簡）

異公長老夫人尊前：萬里暌違，江山重阻。翹首雲天，高山仰止。歲暮天寒，風雪瀰漫。客異邦，逢佳節，看夷人，樂瘋狂。益增懷國思鄉之情。春暖花開，返臺聆教。謹此遙祝一元復始，萬象更新。福體康泰，諸緣順遂。後學張樂陶淩濬盦拜賀。

㉑ 異生復張教授簡

樂陶先生夫人道席：別來無日不在念中。自接國慶前夕惠書後，更無日不思一陳款款，終以累於俗冗，與艱於執筆而未果，歉仄良深，

旬前令友大剛教授，寄示 先生致其最近一簡，敬悉賢伉儷佳況外，兼及一再屬在臺世兄作民，搜購拙著多本寄美，作爲酬應親故邀宴喜慶禮物之用。並將前復蕪簡精裱裝框，以張諸室。如此榮寵，如此厚愛，猥何敢當，眞不知何以爲報。

又知 先生濟世爲懷，垂老頤養，猶動輒不忘敎育，以區區言行之合一，有言及不才者，居然讚爲「活的課本」，在 先生實施「機會敎育」，誠當爾爾，在弟以山野寒士，何足當此。

近又接賀歲華柬，滿載心聲，含情萬鍾，仰見賢伉儷垂愛之深切。我生何幸，老而得至

交，可慰可感極矣。

頃聞大剛教授亦將出國，知好離散，不免悵然。彼之謬愛於弟，一如先生。近又以弟爲題材，撰一長文，曰「我有這樣的一個朋友」，就其所聞、所見、所接、所歷，條述人、行、書、文之異，是難得力作。將在「暢流」披露。彼此以文字而結交，交而相知之深，大不同於泛泛。此非佛氏所謂緣者歟。古有「白頭如新傾蓋如故」之說，即斯之謂矣。

弟今年又有類似「聲畫錄」之作，名「留念集」，已告殺青。弟向所欲陳款款者，可於集中覘其概，一俟出書，當儘先寄求教。草草布臆，順祝 儷健，新年百福。 朽弟 姜超嶽六八、一二、六，沐園。

㉜ 方嫂林君璧女士自美來簡

異生兄嫂：日昨捧接來書，開緘披箋，但覺珠玉流輝，霞光滿室。誰信此紙是出於八十老翁之手筆。兄台近年屢嘆手腕作祟，寫字維艱，而竟爲我寫五百餘言字字工整之長書，非見重之深，何克致此。捧讀欣賞再三，不覺感極而泣。少雲地下有知，亦必深感老友之厚愛深情也。

來書，已配上好鏡框懸掛，日夕相對，快慰何如。每次欣賞，總覺您氣體目力，不讓年少，殊足欣慰。說到 尊作，珠玉只是喻其外在之美麗光澤，而內涵之靈秀，及柔中帶勁之精神，則豈止珠玉之圓潤所足以形容哉。欽佩之至。賢伉儷先後所賜墨寶，使蓬蓽生輝，見者無不讚不絕口，忝爲好友，與有榮焉。

兄台屬以李清照相譽，淺陋如我，何敢仰望宋代大詞家。慚愧慚愧，汗顏不已。六九年已臨，我們又都長了一歲。望彼此珍重。以期「相見歡」，形骸相似。專此叩謝，並祝年禧。君璧敬上。一月四日。

⑧③林女士再來簡附贈詩

異生兄嫂：昨上蕪函，發後意猶未盡，又成十一韻五言長歌，錄如後，尚希教正。

珠璣五百字，寄意辱遙遺。展紙靈光出，翁書眞曰奇。
均勻由努力，神采乃天資。柔奪芝蘭秀，健如松柏姿。
文章洛紙貴，風義世人咨。海內多桃李，閨中愛硯池。
楷書式鳳舞，媲美有齊眉。浪迹辭家國，常懷獨活悲。
高情勞病腕，慰勉見仁慈。清照吾豈敢，深慚毛與皮。
捧函惟感泣，何以報吾師。歲暮天寒甚，珍重王羲之。

君璧未是艸，己未冬仲

⑧④林治渭先生自新營來簡（下有答簡）

異翁長者有道：久未修函叩安，罪甚！去歲行憲日，曾上賀卡，未識得達否？前在「長青」刊物中，獲讀溫麟先生撰贈長者一聯，原作係流水格，不講求對仗。渭一時興會，妄續下聯，聊表一片禱祝之忱，不計工拙也。聯曰：

異不苟同，道德文章，巍爲世望。

生徵永壽 生多奇遇，事功志業，慶有人傳。

渭服藥如舊、兼課如舊、布衣蔬食亦如舊。小犬弘吾，甫進國中，成績平平，請釋錦注。長者何日遷返新莊，地址變更時，乞以告！敬頌撰安！後學林治渭謹肅。一月九日。

⑧⑤異生答林先生簡

治渭先生：接九日掛號函詢及賀卡，頓悟此番度歲，僕有一事大爲失計。自來賀卡之至，無不有復，而今則否，非敢失禮，實以作字日困，見筆而生畏，縱有室人捉刀，而目覩其朝夕累於中饋，心有不忍。又以鑒於類似「聲畫錄」之書將出，爲求省事，擬俟出書卽以代復。不謂竟緣是致勞諸親故之錦注，且有開歲後複惠賀卡者，其用意一如先生，抱歉良深。承示前讀「長靑」所載我老友溫君之贈聯，因一時興會，另續下聯。原爲才氣之作，一經妙續，書氣躍然。對仗工整，猶其餘事。第舉「事功志業」云云，庸朽如僕，從何說起。盛意極感，誇獎不敢當。又大函談及尊況，疊謂「如舊」者三，亦算幸獲五福中之康寧。吾人晚年平居，能康寧便佳，謹爲　府上祝福。寄居沐園，忽忽十五月。初夏時節，可遷返新莊。文旆北來，歡迎下榻。至言新書，名「留念集」，先陳一臠，請嘗試之。專復，不一一。姜超嶽。六九、一、一二，沐園。

⑻⑹ 黨命自述溯當年

我中國國民黨建黨八十五周年紀念，奉黨小組通知，本人黨齡在五十年以上，須自述往日勛績，以便彙報上級，乃述其略焉。

超嶽庸才耳。自民國十四年投效黃埔以來，迄五十八年以樞府參事退休止，半生歲月，壹志貢其心力，求無負於黨國。始終以爲言勞尙不無可述，言勛則媿不敢。乃荷政府之恩遇，嘗先後四度奉頒勛章矣。曰三等景星，卅四年國慶所頒也。曰忠勤，三十五年元旦所頒也。曰勝利，同年還都日所頒也。曰三等卿雲，奠都南京二十周年紀念所頒也。此項卿雲勛章，依照成文規定，必須授過景星者，得之甚不易。故二十年間，予乃第十七人耳。至言勞乎，茲姑舉其最。

一、民國十五年隨軍北伐，橐筆元戎左右，跋涉千里則有之。

二、十七年至十九年，先後主持「北平」「武漢」行營機要，而不誤戎機則有之。

三、抗戰期間，供職委座幕下，建立全國人事登記之體系與規模則有之。

四、民國卅年前後，主持侍三處特別黨部之「指導小組」三年，創立優異成績，得上級之嘉獎則有之。其時組員，先後有濮孟九、羅時實、梅嶙高、孫慕迦、萬君默、仲肇湘、鄧翔海、黃鐘、吳鑄人、何仲簫、方少雲、左曙萍、侯豨劍等。

五、卅八年政府南遷，予以秘書、及第一局副局長名義，主持其事，幸無失誤則有之。

六、四十四年起，先後協助總統府副秘書長許靜芝、黃伯度，主持研究發展工作，及核閱文書則有之。

以上經歷，及授勛故事，當年舊僚，無不諗知。官檔有存案外，並散見於三民書局東大圖書公司刊行有年之拙著各書中，不具述。姜超嶽六八年冬於臺北。

⑻⑺沐園居漫筆

一、元旦回首　三、人生良緣　五、衆志成城　七、五三志感

二、佛道俗化　四、靈感得聯　六、洋客過訪　八、自強活動

九、滿載而歸　十一、光復節日　十三、聞譽加勉　十五、德式舞蹈
十、公證結婚　十二、中國功夫　十四、四異之作　十六、舊作拾遺

一、元旦回首

今爲我中華民國開國六十八年之元旦也。晨起，偶聞戶外有「恭喜」聲，潛在意識，又高一齡。屈指去年十月中，自新莊遷居現址沐園，（請參閱附錄沐園記）忽忽二月有半。客台度歲，今爲第二十九度。初度值民國紀元四十年，時寄居臺北中山北路八條通鄭子純禮之家。是年終，遷溝子口考試院眷舍，於是在此度歲，自四十一年始，竟連逹十三度。洎五十三年七月，乃遷新莊五守新村，此爲總統府新建宿舍，以爲從此可待勝利還鄉矣。不謂定居十有四年後，因住地改建公寓，限期他遷，匆促間而又重回二十七年前，客中第二度度歲之舊地，眞不可思議。人生行止之靡定，往往如此。

二、佛道俗化

六十八年開歲後，報章喧載，佛門星雲大法師，將於元月十日晚，假國父紀念館舉行「佛教梵唄音樂會」，是自強愛國義演也。及期，予於午後四時，造松江路「佛光山別院」，欲訪法師一敍。未值，乃以五百元購一音樂會榮譽券而出。六時半入場，由「別院」執事黃鳳蘭小姐爲導，在後台晤星雲，略事寒暄卽告別。予坐七排五號，正與臺上所供阿彌陀佛相對，可謂勝緣。音樂告終，星雲出台開示，揭櫫四義：

一、對國家要做「不請之友」，語出維摩經，意謂愛國要自動自發。

二、對自身要「不忘初心」，語出華嚴經，意謂發願做某事，要始終以之。

三、「不變隨緣」，語出大乘起信論，意謂對社會大原則必堅守，在不違原則下可以隨緣。

四、「不背信義」，語出阿含經，意謂對朋友須重信義。

所舉四義，深入淺出，應時恰當，是入世之至論，亦佛道之俗化也。靜焉自省，吾行吾素，與此不謀而合，私心良慰。

三、人生良緣

居停曾君之女公子昭武學士，慧而好學，執教北市一女中，頗有聲。於春節後三日，偕其師大學友曾明霞女士，蒞舍拜年。談及治學，兩人盛道對予傾佩之忱。昭武更坦然述其家庭環境，因予遷此同戶而處後，大有變易。見於生活習慣者，朝氣生矣。見於父母之爲人者，歡樂增矣，云云。彼此相處才逾三月，居然獲此不虞之譽，亦可謂人生之良緣也已。

四、靈感得聯

新遷居處之起名「沐園」，嘗撰文記之，見者異口同聲，許爲妙趣。因住處院落，原爲荒地，自予遷入後，與居停曾君合力整治，乃成嘉園。予喜木作，曾君擅泥水工，一水一木，拼之成「沐」，此園名之所由來也。顧數月以來，欲配以嵌有園名之聯句稱之，而屢思不得。三月八日夜，自友家歡宴歸，忽於途中得之。句曰，「惟道義是沐，賴同心成園」。上聯言與居停之相交，下聯言成園之所自，雖字面工整有差，而表出個中因緣，則尙貼切自然也。

五、衆志成城

中美斷交後，國人憤激之情，震撼寰宇。及聞鄧匪訪美，更激起愛國熱潮，有排山倒海之勢。當鄧匪之入境也，我僑美人士，風發雲湧，示威於匪所跡之地，令人可歌可泣者，累牘難書。觀元月三十日之夜，「中視」利用人造衞星，轉播美國各地華僑對鄧匪訪美示威之實況。男女老少，以千百計，執旗幟、逐隊伍、呼號於寒風雨雪之中，聲嘶力竭，而仍奮進不已，激昂之情，直可動天地，泣鬼神，一時滿眼熱淚，不禁奪眶而出。尤有値得一記者，在千百呼號愛國僑胞中，竟見予姻孫毛君強之子玉麟博士焉。其影象顯出時，正在張口瞋目力呼口號也。按此等愛國運動，純係出自每一僑胞之至誠，不期然而然。古云，「衆志成城」，我國家有此民氣，何患無興復之日。

六、洋客過訪

一日晨，有洋客傅熳德其人，攜錄音機造門相訪。華語十分流利，自言籍西德，爲「法蘭克福哥德」大學碩士，現爲博士班研究生。來華已年餘，專事搜集傳記文學之著作，因曾讀予之「我生一抹」，而知予之生平，特來請教有關自傳諸問題。對談移時，予就其所詢者，簡答如次：

一、對於當代人物之傳記，其散見於報刊者，擇要讀之，整部著作，未嘗問津。

二、此類作品，以誠樸眞切能感人者爲貴，浮辭誇言，對人、對己、對社會，是一種浪費。

三、予之自傳，在渡海以前者，純憑記憶。因生平所有，盡付刼灰，片紙無存。其關時、地、人名等，明確無誤則記之，疑則從略。渡海以後，一惟「日記」是據，言之有物，絕無虛誕。故讀者恒以「有眞實感」見許。

四、自傳與回憶錄，在內容性質言，實二而一者。但就篇章結構言，前者必須有一定之組織，後者則可任意漫談也。

五、自傳意義，端在淑世，垂範後昆，其次焉耳。否則有不如無。

六、予所以用文言者，因此種文體，言簡意賅，以之著作，篇幅既縮，讀省時，藏節地。以視村言俚語，動輒若干萬言者，截然異趣。且其語法含義，沿襲數千年而不變。故此種文體，可謂我中華獨有不限時空之統一語言也。

臨別，出示其所購之「我生一抹」，一望而知乃初刊本，恐係廉價品。笑語予曰，初讀此文，十分吃力，今已大體能解云。予因以添有陳立夫序增訂本贈之，稱謝而去。時二月十四日也。

七、五三志感

五月三日，星期四，爲「五三慘案」紀念，又稱「濟南慘案」，去今五十一週年矣。予以親歷其役，每逢此日，輒憶當年。是年爲民國十七年，寧漢分裂後又合作重振北伐之第二年，亦爲予投身革命行列之第四年也。時予甫過而立，追隨陳先生立夫，廁身我革命領袖總司令　蔣公幕下，掌理機要。先生爲主管，予爲中校秘書。北伐軍於四月開始攻擊，五月一日克濟南。予於二日深夜，自泰安入濟城，進駐張宗昌遺下之督軍署。喘息甫定，聞近城有槍砲聲，而慘案作矣。時天尙未明也。亭午，奉命率屬員吳國權攜密電本二巨篋，先往黨家莊，距城僅二十里，因大軍塞途，繞道山行，垂暮始達，則津浦線上一小站耳。稍後，隨從總司令人員，及各路將領，均齊集於此。幸站上備有鐵甲列車，即以列車爲發號施令之地，將南撤大軍，重新部署，一面組設行營，任朱培德爲主任，由楊杰代理。（時朱爲第五路總指揮楊爲第一集團軍總參謀長）五月中旬，停車兗州，予於軍事倥偬中，拜命主持行營機要，隨軍間道北進。自是率領所屬官兵三十餘人，犯暑行軍，輾轉魯西汶上、東平、東阿一帶風沙泥濘之中，歷時二十餘日，而抵冀南。於是由德州而北平，而武漢，先後逾二年。其間朝夕埋首文電治理外，並奉命以代表之身，馳驅南北，周旋於疆吏行伍之間。歷溯往事，盡成陳迹，俯仰滄桑，深滋感慨。默想茫茫人海中，當年親歷其役者尙存幾人。存而能於今日憶其役者幾人。憶其役而能表以文字者幾人。興念及此不禁怡然自足而自得矣。

八、自强活動

中國社會福利協進會創立以來，年有「夏令會」之舉，所定節目，不外觀風、問俗、座談人生，實亦民間自強活動之一。與會者，十九爲公教退休人員，本年已第五屆矣。會期四日，假台南南鯤身代天府爲會址。會友百餘，十九爲老者。於五月三日，乘大車取道高速公路南下。八時啓程，歷七小時而抵代天府。此爲一規模宏偉之道教寺廟也。亭台園池花木之部署，別成世界。朝香遠客，成羣而至。年來已成觀光勝地。客館環列，可容千百人。予與會友戴豐慷、彭畊、宋祥雲、曾奏薰、丘一介，共住201室。次日，聽代天府執事述沿革與展望。繼座談養生之道。午後，慰問烏脚病院病人，殘足木坐，視之惻然。第三日，遊覽烏山頭風景後，參觀曾文水庫，乘汽艇容與庫中，水波不興，恍如當年泛舟玄武湖或西湖者。値水位低落，碼頭距岸，台階二百八十餘級，不乏視爲畏途者，予則上下行若無事，同行皆盛讚難得。當在水庫管理局憩息時，曾與副局長施善堡，及同行方青儒，合攝一影。因方施二君有舊也。歸程過「成功啤酒廠」，又入一觀。執事以酒招待，聞有盡四瓶者，殆具別腸之人歟。第四日，同樂會後，繼以地主之餞別宴而畢。此本屆退休公教人員自強活動之概略也。

九、滿載而歸

予參與本屆退休人員夏令會既歸，或問成果，予曰，一無所得，滿載而歸。前語、言老調重彈也。後語、言博「大方」之美譽也。緣會中有同樂會之舉，例於最後一日行之。同樂會實卽留別會也。當事鄭重其事，廣邀當地士紳、學校師生，屆時參與。會有唱遊、表演，及摸彩諸節目。居中策畫指揮者，由當地國中敎師任之，中有女性二。及摸彩開始，以事前有「巨獎」之傳說，頗引衆矚目。不謂首摸「巨獎」，卽爲予所得，乃省主席林洋港所贈之超級牀單也。竊忖獎値不過千百元，此次與會本旨，不在乎獎，隨卽交會長詹公，轉贈一較長之蔡姓女敎師，遂於掌聲中授之。俄而有後至之工會理事長蔡登龍贈純毛毯一床，奉會長裁定，特以贈予。予亦隨以轉贈另一陳姓女敎師。因而滿堂掌聲，歡情洋溢，蔚爲同樂之高潮焉。相習會友，以予今日之所爲，歷屆所未見，故多讚予此種「大方作風」，極具意義云。

十、公證結婚

所謂公證結婚，十年前，府中僚好陳長賡學士，與當地淑女徐智慧之婚，予嘗觀禮於法院矣。法官主持之下，儀式莊嚴肅穆，記憶猶新。今逢外孫女佳期，（七月二十七日）欣然以隆重心情前往，而所見大異於昔。同證新人十有一對，家屬戚友，紛然雜沓。各將有關手續完成後，羣集禮堂內，新人排列成行，由法官登講台唱名發給證書，新人集體相對三鞠躬，卽畢事，費時不過刻許耳。草率敷衍，遠越吾人意想之外。溯往昔之莊嚴肅穆，有如隔世。最可怪者，所有當事男女，皆著便衣，若無其事。法院員司，穿插其間，應對辭色，毫無喜氣，風氣如此，恬不爲怪。所謂人生大事，所謂禮義之邦，從何說起。外孫女鄭佳月，其婿吳長風，皆學士也。

十一、光復節日

秋高氣爽，値臺灣光復三十四周年紀念。佳節逢辰，踪迹所之，一片熙攘和樂之象。遙念大陸同胞，眞夢想所不及也。日將中，予偕室人菊，作臺北之行，應新交劉華冕先生、盧寶慧女士伉儷前昨柬約，至其龍江路寓所餐敍後，共遊榮星花園。沐園居停曾君定一伉儷，暨其女昭武學士俱。主人早聞菊長齋，餐時葷素嘉肴，陳席殆滿，情意之厚，迥殊泛泛。劉、鄂之安陸人，昔嘗揚聲軍中。盧、籍漢川，則爲名校「北一女」良師。而對予夫婦言談間，皆由衷致敬意。萍聚之緣，竟博深情，亦人生異數哉。其寓密邇榮星，跨越民權大道，卽臨園門。旣入，漫步周覽，攝影留念而出。憶昔初遊，頗病其不能引人入勝，徒具嘉木茂草之雅，而缺山水亭台繁花之美。屈指可十載，景物依舊，觀之索然，此經營人一大敗筆也。

十二、中國功夫

中華綜藝團揚名海外，欲一觀其技藝者有日矣。不期而於光復節夜，「台視」殿後節目中見之。男女青年數十人，演出舞蹈、魔術、氣功、特技，歷時百餘分。所演技藝，精湛出衆。時夜已深，予本將息，以其引人入勝，欲罷不能。遂至終了。舞蹈中有做自國劇之武功者，縱身飛躍，金斗連連，身輕似燕。十數人穿插騰舞，目爲之眩。舞獅一幕，獅象造形，別出心裁。耳目口舌，能張翕作態，肢身整體，如實有其物，不類人裝。一動一靜，一惟樂器聲之輕、重、徐、疾而異。兩獅嬉戲相狎，或就地翻滾，或表倦欲眠，維妙維肖，若呼之欲出，眞向所未睹者。他如氣功特技諸幕，匠心獨運，亦多神妙不可思議。是乃眞正之中國功夫。吾人平昔所見外來技藝，未必有勝於此。誰謂我中華兒女，不足頡頏洋人耶。

十三、聞譽加勉

予平生庸庸，而多承故舊之謬愛，遇緣則獎譽頻加，由來舊矣。此在彼此深交，乃屬恒情，而輾轉傳說，尋常相善，亦時有之。今夏某夕，「暢流」社長劇慶德先生，招飲於臺北長安西路金華年酒樓。同飲者，虞克裕、成惕軒、皆稔友。魏紹徵、胡希汾、早相知名而初面。胡政大出身，曾任中央財委會主秘，有聲於中央。魏鄂籍，能文健談，當今青年名才俊魏鏞之尊翁也。寒暄甫畢，卽爲予言，其故同鄉至交前武昌市長楊錦昱及其夫人國代劉靜君伉儷，生前對予平昔行誼，讚譽備至。云云。戰時，楊與予同爲先總統幕僚，尋常寅誼耳，而能譽予於所交。且傳自其至交之口，此足徵楊劉伉儷爲人之尚正義，亦爲交遊中最可信之獎譽也。予生何幸，而常逢此良緣，今後吾益知勉矣。

十四、四異之作

名工程學者，南通陳大剛教授，退休閒居，喜與翰墨爲伍。流行名刊，時載其妙文，記趣濟世，兼而有之。近寄示一稿，「我有這樣的一個朋友」，乃以不才爲題材，就其所知、所聞、所見、所體驗者，一一表出予之「人異」「行異」「書異」「文異」，約四千言，又可名曰「四異之作」。娓娓道來，除其本人感受之記實外，無一而非擷自拙著各書中，所述往履之故實，與夫平昔深契諸公對予臧否之成說。彼此以文字而論交，不過三年，相知之深，一如故舊，可知其有心，更證其對予問世諸書，精讀無遺，亦予生交遊中之奇緣也。所慙區區徵異，乃原於率性而然，勉以自樂，無裨世教。而謬邀同道君子，另眼相看，誠爲人生幸事，然而抱慚深矣。

十五、德式舞蹈

北市財神大酒店十五樓，設自助餐餐廳焉。歲己未之冬，有來自西德之「德國民族團」，在此表演舞蹈。餐廳經理亦西德籍，華名四書五經，與我國名神父毛振翔友善。神父因於某夕邀往一觀，先舉餐，將畢開演。演者女三、少艾，男六、已中年，有蓄短髭者。先後三場，每場約刻許。跳舞爲主，歌唱爲輔。男著皮質短褲，裝束似運動員。舞時多以手重拍腿、股、肩、足、臂各部作巨響。踏地亦甚力。並隔時有一人發狂吼，以示段落。動作快速整齊，節拍與樂聲甚配合。但觀者所感受，似其民族之進化落後於我，故所表於動作者，粗獷之氣，咄咄逼人。謂其新奇有力則可，言乎美感，不足取也。今陪予在場同餐同觀者，有吾女水雅，鄉好王子緒達。

十六、舊作拾遺

予上年所出「聲畫錄」，原名「耄齡道義錄」。稿既具，將付梓矣，忽念箇中之表於文字者，無非揚子法言所謂心之聲，心之畫。夫心、乃誠之所自出者也。出之以誠，何與於齡，何與於道義，不若逕名「聲畫」之爲愈。乃別說其所以，以置於前，抽出原作「弁言」而置之。頃以清理積稿，復睹舊作，雖寥寥數行，而情致朗然，若有依依難舍者，不能遊心物外，豈無敝帚千金之情，爲志陳迹，亟迻錄於此。

耄齡道義錄弁言（此爲六十七年所輯「聲畫錄」原名「耄齡道義錄」之弁言，書名既更，此稿遂廢。）

不佞七十懸車，瞬逾十稔。懿親遊好，過從依舊。中以文字因緣，新知神交，源源而來，書問往還，遠及天涯。或致慕望，或表共鳴，短則片簡，長則累牘。心聲交流，彼此忘年。箇中人物，莫非君子，道義是遵，砥礪相尙，際茲薄俗，可以淑世。因選其尤而輯之，題曰「耄齡道義錄」，亦區區藉留鴻爪之意云爾。六七、一二、一六稿。

⑻祝暢流雜誌創刊三十周年志慶

如日之昇如月之恆

定期刊物之有雜志，近代事也。當予少年時之「學生」，青年時之「教育」，及五四運動前後之「東方」、「新青年」、「新潮」、「解放與改造」諸雜志，皆嘗爲其忠實之讀者，惟爲時不過三數年一二年而已。中歲來臺，以迄垂老，獨與「暢流」締深緣。回首初識，在民國四十年之四月。以偶然機緣，得讀其中溥儒「論吳鳳事」一短文，人奇、事奇、文更奇，其簡括周至，與格調之奇古，尤非鴻博之才不能爲。以一通俗刊物，而能選用此文，想見主編人之識力，亦可徵刊物之水準。於是「暢流」二字，乃深印於心，數十年來，得緣必讀。自十五年前，由冀中名士劇先生慶德主事後，求新求進，於其所負專業使命時加闡揚外，廣徵學人髦士之作，頻放異采，益爲世重。前程未艾，不卜可知。因思往昔同類刊物中，不乏名噪一時紙貴洛陽者，而以人世之變易，往往不數年而斬。求如「暢流」之綿延歲月，如許如許，實寥若晨星，亦盛事也。玆逢創刊卅周年志慶，承主事者之雅屬，不能無言，因略述彼此締緣之故實，並擷如右詩句以爲祝。江山姜超嶽己未冬臺北沐園。

附錄

讀「江山異生快樂觀」書後

本文錄自「自由談」第三十卷十一期民國六八年十一月出版　陳大剛

「老」友姜公異生，耄耋高齡，精力充沛如壯年。其名著「我生一抹」、「累廬書簡」等書，問世以來，頗獲時譽。近年新作如「累廬聲氣集」、「林下生涯」等，口碑尤盛。生平喜結交文友，余雖愧不能文，幸亦忝列交末，時有請益。頃承其惠寄「快樂觀」一文，讀來果然「快樂」；且因之而深有感悟；「快樂」追求，其道多端，要在如何認清目標、積極奮進與努力以求之。因草此文，以證吾說，並請高明指正，獲致共鳴而同樂耳。

承姜公所贈之文，係其友季君俊民以毛筆工書，寫於約一尺高、三尺寬之橫條屏上。原文及跋如左：

江山異生之快樂觀

曠觀世俗，營營所徇者，莫非財富也，權勢也，錦衣玉食也，聲色犬馬也，皆以爲人生快樂之所寄也。實則，若而樂者，往往苦亦隨之，一表一裏，絲毫不爽；而眞正之樂，乃別有所在，竊嘗究其義矣。人生眞正之樂，惟無憂、無懼、無求、無負，自立、自強、自由、自足者，能得之。前「四無」，則關於精神方面者也；無憂，言生事之安；無懼，言持身之正；無求，言非分之不爲；無負，言取與之嚴謹。後「四自」，則關於行動方面者也：自立，言盡其在我；自強，言餘力助人；自由，言率意而行；自足，言知足，又能足。以上皆屬得之於身，所謂內在者是；其有得之於身外，而屬外在者，則有「四有」焉：一曰有貢獻，言對社會、國家，目睹所成也；二曰有榮譽，言令聞遠播，博大衆之敬仰也；三曰有知己，言聲氣同道之惺惺相惜也；四曰有傳人，言生平志業，得後繼之人也。上舉涵義，純屬鄙見，雖無與於學理，却爲半生體驗之結晶。深切自省，敢誇有得，於世俗取樂之說，不無可供借鏡者。

跋文

江山異生，吾浙名士也。姓姜名超嶽，出身苦學，迴翔廊廟，垂四十年，識者多目爲奇士。近與友論快樂涵義，字字精闢，可以砭世。不才佩仰之餘，敬錄其說，拓印多分，贈我知好，冀共勉而共樂焉。

常山季俊民六十七年秋臺北

季君此書，十分工整，示其敬事之誠，以之分贈友好，頗有與人爲善之意，如此，則凡拜讀者衷心之「快樂」，當可想而知也。

余對此文涵義，認爲大可壽世，乃予以重抄，並揣研文意，試加標點，且亦複印多份，分贈我的友好，藉以「共勉共樂」。友好見者，無不讚美，尤其老友張敎授樂陶專函復我，對異公大文，特別推崇。函云：「手示奉悉。拜誦異生長老大文，詞淺顯而意深長，情篤摯而理平實。憂時愛民。除弊興利，毋任欽遲，深具同感。相互激勵，廣通聲氣，際玆末世，裨益衆生，敬乞轉陳崇敬之忱。匆復未宣一一。」文詞練達，書法流暢，讀來有錦上添花，益增「快樂」之感。

上項樂趣，僅係張兄專函告我，原文作者理應分享，乃即以一短函致姜云：「前承惠寄大作『快樂觀』，讀來確感『快樂』；爲使友好共享此樂，曾予重抄、標點，複印分贈。除已得多人面告或電話，均同聲讚佩外，頃又得老友張敎授樂陶來函，對公尤爲崇敬。玆特遵囑將原函轉陳，以供雅賞，庶可大家共享『快樂』也。」

眞正「快樂」之所在，誠如姜公大文中所述：內在的，要具精神方面之「四無」——無憂、無懼、無求、無負，及行動方面之「四自」——自立、自強、自由、自足；外在方面的要具「四有」——有貢獻、有榮譽、有知己、有傳人。惟姜公學有根柢，德有崇基，翊贊中樞，勳業彪炳，以其修養功深，嘉言詔世，具見道德文章，感人至深。惜乎目下新潮泛濫，斯文漸衰，能讀其文而不能作其文，能明其義而不能力行其意者衆矣。因此姜公之作，雖爲一「快樂觀」，亦爲一「人生觀」，更爲當前復興文化聲中一篇「社敎大觀」。孔子云：「知之者，不如好之者，好之者，不如樂之者」，如能讀姜公之文，而知樂其所樂，行其所行，方符「吾師道也」之意。余之所以不慚文拙，樂于轉印送閱，撰文傳誦，而使我友好同樂者，意在斯乎，意在斯乎。

拜會本會顧問姜超嶽先生記

本文載六八年八月「長青」

中國老年福利會長青雜誌編輯　魏德端

筆者年來因爲協助蕭副總幹事，辦理本會長青會刊的編務，得有機緣拜讀各位先進、學者、會友的好文章，增廣不少見識，獲益良多。記得去年夏間，當本刊集稿的時候，蕭兄交來陳大剛教授的「讀丁巳聲氣集書後」一篇，並商量決定在廿一期發表。筆者從陳教授的大文，始知有姜異生先生其人，且由蕭兄的談話中，獲悉姜先生的爲學處世，不禁油然生歆慕之念，嗣又聞先生自行蒞會申請加入爲本會會員，益使筆者覺得先生眞是有心人也。於是稍稍翻閱先生的著作，對他遂有進一步的了解。其後又承惠將「沐園記」交長青廿五期刊出，同時收到季俊民先生楷書的「江山異生之快樂觀」，乃予影印作爲該期弁頁，公諸會友，尤其可貴的，是先生對「長青」特別關懷，對於內容曾數度提出卓見，是以最近本刊能夠比前較爲改進，都是受先生的賜與。因此，筆者對姜先生的印象更深，以其確有異於他人之處，彌殷嚮往。

玆承羅總幹事的安排，先以電話與先生約定於本年八月十日上午九時，由蕭副總幹事和筆者共同專誠造謁。

姜先生現住木柵考試院後面的沐園，環境淸靜，遠隔囂塵，這可由「沐園記」中所描述的領略其全貌，對此幽居，雖然沒有栽竹，筆者却想起唐人「看竹何須問主人」的詩句，在此可以改爲「無竹仍能識主人」。入其室，則客廳兼書房，甚爲雅潔，壁間懸掛着幾副對聯，其一是陳立夫先生的「大行不加，窮居不損；中道而立，無爲而成」，其二是毛子水先生的「文字因緣多喜樂；神仙歲月自融長」。其三是吳萬谷先生的「超然萬里江山外；嶽立千秋宇宙中」。都是贈送者親自撰句並書的。在通往飯廳的門上，乃先生所撰的「惟道義是沐；賴同心成園。」一聯，詞意恰切，且是他以毛筆自書的拳大的字，骨力遒勁，有山陰筆意，先生笑對我們說：「近來執筆困難，恐怕以後無法再寫這樣的字了」。言下顯出無可奈何的神氣。他又告訴我們：總統府第一局副局長劉垕先生有一贈聯，文曰：「有筆眞超絕；其人如嶽尊。」嶽下綴以尊字，妙極。其實，先生所藏的友人的贈字贈畫很多，因爲現在所暫住的屋子較小，無法一一懸掛，而由這些字句之中，已可覘見大家對先生的評價是如何的高了。

我們能夠在此雅室共坐，彌覺心曠神怡，眞是：「到君居處便開顏」了。

聽說，先生平常是「時然後言」的人，如非其地、非其人，很少說話。這一次大概因蕭副總幹事在座的關係，承蒙先生滔滔不絕地暢所欲言，並且將他一部份的日記給我們看，每頁毛筆細書，記載日常生活，交往人物，鉅細靡遺，有條不紊。由此足見先生是多麼精細，生活的是多麼的有規律，而且並表現了「事無不可對人言」的坦蕩胸襟，光明磊落。

我們看到先生所看過的長青第廿七期，凡認爲有問題的，則用毛筆加以注明。我們感謝他對本刊的熱忱，而此種毫不憚煩的精神，尤深欽佩。

關於先生的著作，我們雖未全部拜讀，但嘗一臠而知全鼎，見片爪可想眞龍，別的不說，單舉「總統 蔣公八十壽序」、「箴老友多作留去思之事」、「快樂觀」、「沐園記」……等篇，已概見其閎中肆外，不同凡響，實際上先生的文章，本修辭立其誠的宗旨，言之必有物，含意卓越，字精句鍊，不重華腴，風骨遒然，乃有裨世道人心載道之作。誠如成惕軒先生在「林下生涯」的序文中所說的：「先生是一個至情至性的人，素工文辭，但不輕言著述，然偶有所見，發而爲文，又必言人所不敢言，獨抒胸懷，切中時弊。」八閩已故耆宿陳天錫先生的「箴老友多作留去思之事」一信，說是：「天壤間不可無此文，交朋友中不可無先生之一友。」（見畏廬聲氣集三二四頁）其所以令人如此推重，並非無故，難怪有許多景慕先生的人，尊之爲師，但先生却謙遜不遑，殆遵孔子所云「人之患在好爲人師」之訓，實則，先生言足爲世法，行足爲人欽，年高德劭，自可有教無類，春風廣煦，以其學養，沾匄後學，也是發揚固有文化的一端。

先生是一位言行一致的長者，從不諱言苦學出身，深惡鄉愿，愛聽眞話，不說假話，擇善固執。凡是讀過他各種著作的人，都欽佩他篤志於天下興亡有責之義，守正不阿，而又能從容中道，與人爲善，剛柔得其平衡。其與交者，則無不親而敬之。

最近我們讀先生的快樂觀，深佩其「人生眞正之樂，惟無憂、無懼、無求、無負；自立、自強、自由、自足者，能得之。」的卓見。其「知足爲富，無辱爲貴，不求爲高，友情爲寶」的體驗，亦可作爲我們的座右銘。他的解釋是：「富無止境，知足則爲富矣。貴者未必無辱，無辱則爲貴矣。惟知求人之惠我者最可鄙，無求則爲高矣。世之不可求而得者曰寶，眞摯友誼，不以富貴貧賤而異其情，得之則爲寶矣」。故以之爲「在應世心情恃以爲快樂之源泉也。」

由上所述，我們對於先生之爲學、做事、處世、克己當能知其一二，總覺得他誠篤樸厚，善善惡惡，自奉儉約，豪於施與，不立異爲高，而異自見，不以名爲衒，而名自至。先生眞是老人的光輝。本會得此會友，因敦聘爲顧問，也是本會的光榮。在這裏應特別提出的，未見先生者，或以爲他是道貌岸然難得親近的人，其實他是卽之也溫，一親謦欬，便會感到我們所接近的是渾金璞玉的人品，而有光風霽月的襟懷。

初臨沐園

本文錄自「暢流」第五十九卷第九期六八年六月十六日出版

楊蕙心

「沐園」，是友人姜超嶽先生之寓所。由於姜先生年長，筆者稱他姜公。姜公浙江江山人氏，別號「江山異生」。戚友輩多稱之「異公」。

姜公原住新莊，因住屋改建，遷居景美山下其老友曾君之曠室。賓主二方協力同心，經過一番經營，頓使曠室荒園，面貌一新。這段經過，筆者讀過姜公「沐園記」，知之甚詳。

筆者得識姜公，原是基於文字。五十三年起，筆者開始向「晨光雜誌」投稿，偶爾在同一期內接觸到「姜超嶽」先生大名。從文筆中景仰其爲人，崇拜其德業。所惜者生性拘謹，緣慳一面耳。

筆者常投稿的「晨光」，因故停辦後，改向「暢流」問津。五十九年某期暢流，刊有姜公的一篇大作，「贈吳子中英」，筆觸流露一片眞摯，內容敍述戰時在南溫泉，共事時一段史話。筆者讀後一陣驚喜，他筆下的「吳中英」大名，就是筆者當年的領導人。此公在民國三十年時，以上校職位，應「中央組織部」徵召，來任「副處長」。原是借重長才，改善舊有工作。筆者接受吳公領導有年，相知甚深，一時興起「以文引文」之念，援筆寫篇「半師半友吳先生」，文稿亦在「暢流」刊出。筆者時與吳公同一室辦公，當他見到拙文，又取出姜公大作，特別珍惜這份友誼筆墨，於是從中介紹，使筆者得以文字而向姜公請教。姜公當時居住「新莊」，吳公眷舍遠在「新竹」，巧的是筆者住居「新店」，如此三「新」與共，「豈非日新又新……」構成友誼中難得的一段佳話。

自從與姜公通信，每次翻閱舊存書刊，留意「晨光」所載姜公文章，有則按址寄去，而姜公每有新著，也會一一贈予。在去年冬月，先後邂逅同仁章錦楣、陳淩海兩兄，承告：「姜先生已遷來木柵」。既知姜公近在咫尺，理應趨訪致候，無如日爲俗務羈絆，惟有徒呼負負也。

今年農曆元月初三，奉到姜公寄贈新著「聲畫錄」，細心披閱，覺其內容，無一字不是洋溢著濃厚友情。錄分三篇，首爲「人與篇」，次爲「與人篇」，末爲「附篇」。讀所輯衆多信札，件件都是出自時賢碩彥，例外的竟發現還有筆者姓名。

在「與人篇」內，有題「與楊蕙心女士論文」，內涵原是對小女劉玉瑩所著「得意緣」之謬獎。並特別提出其中「談情說愛」與「幼吾幼」兩篇，充滿人間的仁慈、堅毅、忠厚、孝順之值得圈點，強調之後繼以總論「文藝眞正價値，貴在於人生有實益……」云云，深以公之讜言，應爲後學之所遵循。

迨春節已屆「上元」，上午八時，急於前往拜節，附帶面申謝意。下車進考試院大門後，向左轉彎，見路邊一曲溪流，溪流上架座水泥小橋，跨橋而下一步，抬眼就是「沐園」。如此的小橋、溪水、人家，眞是何等的詩情畫意。使我聯想起姜公在丁巳年出過一本「聲氣集」，而這次以「聲畫」名錄，確乎別饒情趣。

生活進步到工業社會，放眼四看，無處不是層樓高聳，它不僅鐵門深鎖，即窗外還要加道鐵欄杆……，訪客未及入門，先要衡量來人是好是歹。而今「沐園」則門雖設而常開，仍然存在着一幅傳統的鄉土作風，那身爲安樂溫馨「沐園」之主的姜公，眞幸福人也。

走進沐園，見一老園丁正從事鋤土工作，我試問：此園是姜公寓所嗎。他不考慮的答「不錯，請進」。這時姜公聞聲出迎，並互道「恭禧」。經姜公介紹，所見鋤土園丁，乃是「沐園」的原主人曾君，亦文士也。

入室後，格局雖小，却幽雅宜人，明窗淨几外，配以高低大小的書橱、書架，散放著書香氣息。落座清談，夫人款以茶點。姜公健談，而語句爽直中肯，有裨於進德修業者甚鉅。當話題轉入生活環境時，姜公說：「人我之間，莫非緣份。曾君之曠室，因我來居而成今日之『沐園』，緣也。君因我居此而履此園，亦緣也」。筆者歸後，遂寫此「初臨沐園」，以志姜公所說的「緣」，並附錄「沐園記」於此。本文原文較詳，近經筆者楊女士，刪改如右。異生識。六八、十二、五。

沐園記

沐園者，嶺南文士曾子定一之所有，而江山異生寄居其曠室後而名者也。名胡為，又胡以沐名，異生則有說。

異生自少雅好手工，興之所之，輒與刀鋸材木為伍，於日用器物之造作或修繕，見者莫辨其非出匠人手也。歲戊午，我政府渡海之三十年，異生所居官舍五守新村，奉命改建，剋期遷徙，倉卒間不獲適地，友人曾子慨然以其所居景美山下試院路之曠室相假，遂賫棲止焉。室非華堂，而有院地十方有奇，此在尺土寸金之今日，實所難得。奈雜樹叢生，亂藤滋蔓，環室四壁，蟲豸縱橫，凡目所接，若處荒山草寮。因知曾子之無往而不自得，正與異生不謀而合。室距試院大廈，不過步武尺寸間，門外林蔭大道，則可供朝暮徘徊，亦勝地也。

異生既遷入，與山妻素梅，日事部署，各專責成。掃滌裝置諸事，素梅主之。環境改造，及門窗擱架整修添設，異生主之。孜孜營營，匝月而安，內外煥然一新。曾子知異生夫婦酷愛精潔，與喜得院地也，奮其熱情，成人之美，拔樹夷土，芟草蒔花，經之營之，不遺餘力，昔似荒居，今成嘉園。又利用廢置磚石，砌築花臺，爲園景增色。臺之護土墩欄，敷以水泥，平、直、方、正，無讓專工。視所用器，撥者、壓者、方者、圓者，色色齊備。乃知其於水泥工藝，大有素養，是多能人也，不禁肅然，而又啞然。

世事眞巧極矣，異生長於木工，曾子長於泥水工，而今共戶而處，又以所長合作而成斯園，因笑語曾子，一水一木，拼之成「沐」，沐之爲義，固在祛舊，實卽湯之盤銘求新之遺意，所足資吾人省惕者至深。則是園也，名之曰沐，豈非天成，亦誰曰不宜。曾子聞而韙之，遂榜其門曰沐園。作沐園記。江山異生於景美山下。六七、十一、三十。

越洋來鴻

張樂陶

〔異生附言〕此乃旅美學人張樂陶教授，致其至交陳大剛先生之近札也。札中鄭重請陳先生複印以示予，並於札尾加「又及」，請陳先生致聲於予者。受而讀之，深有庸俚隆遇之感。

大剛教授我兄道鑒：奉十月十七日手示，及十一月八日「自由談」刊載大作「讀江山異生快樂觀書後」一文，如親謦欬，如見故人，快慰奚似。知來美一切手續辦理完畢，正積極整裝中。

雖抵美後，仍天各一方，不易把晤，但總覺得同樣作客，同在一地。這種心理上自我慰藉，彼此諒有同感。每至夜深人靜，心潮起伏，思前想後，我輩生不逢辰，命途多舛，垂老猶不能安居自己國土。因而日記中嘗有「一生亡命一萬里，四海爲家四十年」之嘆。展誦大作，頓覺心平氣和。巽老參透哲理，歷經世變，方能道此。而我兄加以闡釋，謂「快樂觀」卽「人生觀」，更深一層，更爲精闢。

前曾兩次囑臺北小兒作民，搜購巽老大作多本，寄來後，作爲親友學生邀宴、結婚、生子、遷居等酬應禮物，受者皆讚稱別緻、脫俗、隆情、有意義、有價值，云云。讀後，更是一片讚聲，多謂「好文章，太少見。」「政府用此人，政府了不起。」「國家如此人，太少了。」我之所以這樣做，並無他意，是相機實施機會敎育，請不要笑我三句話不離本行。巽老文章，坦誠豪邁，浩氣淋漓，以文載道，以身作則，在在與人爲善。太動人，太感人，讀者易受潛移默化之功，是活的敎育課本。弟獨出心裁，大膽嘗試，得內子全力支持，將巽老大作，權充禮品，佈施敎化，我認爲最名貴。巽老聞知，諒不我責也。便中煩代陳明，以窺其高見。

今年芝城天氣特殊，半月前曾飄過一次小雪。近來又溫暖如初秋，麗日普照，天高氣爽。寓居所在，是一森林高級住宅區，多見樹木少見人，更不見同胞。偶爾兒輩駕車到中國城，吃中國飯，看中國電影，滿街黑髮、黃膚、黑眼人，幾忘託迹異域，心情爽然。可惜廣東話不能懂，不能說，匆祝聖誕快樂新年如意。弟張樂陶拜。六八年十一月廿一日。

異老九月廿六日賜函，臺北寒舍小兒作民轉寄來美，文情並茂，字跡蒼勁古樸，奉爲至寶。已精裱製框，懸掛臥室，如親異老。此吾意外一大收穫。我兄抵美，可共賞。

異老近況如何，念極。又及。

我有這樣的一個朋友

本文錄自暢流七一九期
六十九年元月十六出版

陳大剛

我這個朋友，耄耋高齡，舉止氣概如壯年。其平生種種，多采多姿，確有異乎常人者。余本素昧平生，以偶然機緣，幸得相交，稱之曰「異老」。爲時雖僅三載，因書函之往返，言笑之交接，及其友好所讚，耳濡目染，印象深刻，深覺其「人異」、其「行異」、其「書異」、其「文異」，請概述其四異焉。

一曰人異：異老廻翔廊廟垂四十年，而與交接，從不覺其有如一般官場人物之官氣。在他心目中，社會一般人，只有賢不肖之別，而無貴賤高下之分。高齡八十有二，嚴寒天氣，而仍每晨實行冷水澡，臥具則以木爲枕，鋪板爲床。言其居處，在京則名「累廬」。按「累」字之由來，乃取其名異生的「異」字之上半，與夫人素梅「素」字之下半，拼合而成。字形字義，均別有逸趣。在臺灣則名其居室曰「四爲窩」，所撰「四爲窩記」，言其室之陋，有如禽畜棲止之巢欄，僅供起居，別無鋪張。其所以名「四爲」者，略曰「富無定準，知足則爲富矣。凡事致貶吾身者曰辱，無辱則爲貴矣。世之求人惠我以爲常者最可鄙，不求則爲高矣。眞摯友誼，原自至心與道義，得之即爲寶矣。」

異老之於得失，嘗謂「世間無所謂得失，得即失，失即得，得亦失，失亦得也。」含意深長，頗富哲理。

異老對於友好，至爲熱忱，例如對朋友作品，若有所見，率直陳詞，毫無隱諱。誠如自己所說，「從不阿好，更不虛美。」受之者不但不以爲怪，反而衷心銘感。

異老又自謂「秉性山野，直情逕行，不慣矯飾，不喜隨俗，處世然，爲文亦然。皆率性而爲，心何思，口何言，筆何書。」

異老之爲人，在其友朋心目中，則又如何？

立委仲肇湘氏，在其爲異老序「畀盧聲氣集」文中，有極誠摯之推許：「異生畢生自修力學，篤志於天下興亡，匹夫有責之義。律己極爲嚴格，治事極爲認眞，公私極爲分明，而對人則先之以恕，立論則持之以平，望之儼然，即之也溫。故凡與先生交者，無不親而敬之。」又謂：異老「常責人所當爲，而不強人所難能。」

我國文壇鉅子高明敎授，爲異老之好友，在其序異老「畀盧書簡」之大作中，稱許異老爲「今之振奇士」。「服官數十年，未嘗染官場之習氣，爲文數十年，未嘗染文壇之習氣；此其所以爲『江山異生』也。」

三〇〇

鄂籍故名士鄧翔海先生稱異老「率眞性情，勵眞修養」；考試院秘書長曹翼遠先生讚異老「其和彌寡，其曲彌高。」；均足表出異老不同於人之所在。

總之，異老爲人，從不諱言出身卑微，更不自認有才有學，而獨來獨往，敬事而信，節儉有守，始終如一。或有誤認其爲高傲者，實則，異老乃一名實相符之人也。

二曰行異：異老平生不贊成做壽，高齡雖已過八十，於做壽之舉，迄仍抱持一堅定之主張：在人者從衆，在己者則非俟返回大陸，決不通融。前年秋，八十初度，其知交友好百數十人致贈壽序、詩聯等，皆名家傑作。異老在堅持不做壽之不得已情況下，乃編印「丁巳聲氣集」一册，分贈友好，以留紀念，並表謝忱。余深佩其方式別緻，內容充實，意義深長，曾撰寫一篇短文，加以介紹，在中華民國老人福利協進會會刊「長青雜誌」上發表。客歲異老八十一矣，又編印「聲畫錄」一册，寄贈親友，藉通聲氣，以資互勉，並以留念。此册主要內容，爲精選本年內友好中來信數十封，編爲「人與篇」，另選去信數十封，編爲「與人篇」，又將多種有關資料，列爲「附篇」。受贈友好，其有關本人者，固深覺親切，倍感快慰；即其他讀者，對册內諸位老年之文人雅士，在函內所談論之各種問題，應亦有相當之興趣與參考之價值也。

異老論強身之道，謂半由天賦，半由修養。「修養之道無他，在精神方面曰知足，莫爲非分事，莫思非分財，盡其在我，求其心安，心安便無憂。知足無憂則常樂，常樂是補身無上靈藥也。在生活方面曰有恆。此係指日常行動言，凡舉一事，必須持以堅毅、貫澈始終，然後成功可必。如一曝十寒，或中道而廢，則前功盡棄矣。今之老而不衰，眞切體驗，有恒應居首功。」

其實，異老尙有一項有恒心，有意義之工作，卽無信不留稿，同時對友朋來信，亦多予保存。此由異老所出版各種著作中，可以得其明證也。

三曰書異：書異者，謂其書法之異乎常人也。陳立夫先生稱異老之字，「有似畫梅，一筆不苟，挺勁而堅貞。」唯距今三十年前，異老曾以右手患顫，改習左筆，朝斯夕斯，艱苦磨鍊，歷數十年而不稍懈，終能揮灑如前，友朋中且多求其墨寶，以作紀念者。

近年以來，據謂漸感運筆日困，不得已，乃舍左而復從右，寫時且須賴兩手合力爲之，成書之艱難，非身歷不能道，但其現在成績之挺秀，似仍非一般人所能及。

異老右左筆書法，均頗可觀，尤其右顫卽練左，左衰則復右，且均於艱難困苦之中獲致不凡之成果，此種剛毅精神，實爲常人所難能。

事有更巧合者：異老夫人周素梅女士之書，亦極爲優異，觀其所書大小字，與異老可謂並駕齊驅，相得益彰，眞可稱當代中之雙璧，亦頗足爲異老之「異書」，增色不少也。

四曰文異：異老爲文，清新明暢，不同流俗，嘗自謂「有情有理卽有文，至情至理卽至文」，故其文均言之有物，言之有理，且均語出至誠，絕不作無病之呻吟，或虛飾之述作。陳立夫先生爲異老「我生一抹」作序，有云：「凡所記述，無一無物，亦無物不可徵信，是卽『眞』之所在也。益以樸實純潔之文字，條分縷析之章法，引人入勝，如飲醇醴，是卽『善』之所在也。一再增訂，補其闕漏，正其俗誤，援諸『充實之爲美』之義，是卽『美』之所在也。眞矣，善矣，美矣，一書而三者具，誠如潔亮無華之鑽石，人人見而愛之矣。」由此亦可見陳先生對異老之文，評價之高矣。

考試委員成惕軒先生，在其爲異老「林下生涯」一書所作代序中，認爲其文字「情必純眞，事必信實，義必正大，語必簡明」，可謂對異老「異文」極誠摯之批評。

名教授高明先生謂異老之文，「磊磊落落，自成一家，淵淵懿懿，自成高格，面目，則異生之面目也，精神，則異生之精神也。」高教授爲我國文壇鉅子，其對異老之文，能作如此崇高之推許，則異老之文之爲「異」，從可知矣。

異老名著「我生一抹」、「累廬書簡」等書，問世以來，行銷海內外，頗獲時譽；近年新作，如「累廬聲氣集」、「林下生涯」等，口碑尤盛。如有欲知異老之詳，與眞知異老之所異者，對此等著作，不妨找來一閱，當可補以上粗略介紹之不足也。

快樂的退休者

本文錄自宇宙光68期
民國六九年一月出版

陳佩璇專訪

提起退休，難免令人想到終日閒散，無所事事的老人；退休後是否就說明此人已不再有用？難道不能再做些益人利人之事嗎？

位於木柵考試院後，環境清幽、遠隔囂塵的「沐園」，其主人姜超嶽先生，曾任國民政府總統府參事秘書副局長，十年前以七十之齡告老，雖已臻耄耋之年，舉止氣概仍如壯年，不論身體或精神都極康健。

姜先生雖曰退休，但仍日日忙碌，有所活動。因其爲人誠篤眞摯，學養俱佳，甚得親友、後輩之敬仰，前往就教者甚多。先生最近更以八十二高齡，榮任中央銀行行員特考典試委員。其於七十告老以來，眞可謂退而不休，每日仍繼續爲自己興趣而工作，爲親朋好友而奔波，誠乃退休人員中極其特殊者。

先生平生廉節自持，不求名，不求利，視富貴如浮雲。自謂苦學出身，不以讀書人自居，而所交往中，甚多當代名師碩學；不自認能文，而其著作，無一不是佳構，如——我生一抹、累廬書簡、林下生涯、累廬聲氣集等。凡讀過的人，無一不受其文所感動。

先生夫人周素梅女士之書法，亦極爲優異，所書大小字，與先生可謂並駕齊驅，相得益彰，眞可稱當代之雙璧。

先生以二十八英年投身黃埔軍校任書記，歷任北伐軍總司令部秘書，行營機要科長，國民政府參事秘書，侍從室組長，總統府秘書，文書局副局長等等要職。

每日清晨，先生必做勞動——種花、灑掃、清潔屋宇內外，並做運動——跑步、做體操；每日更以冷水沐浴，寒暑無間，數十年如一日。

尤其值得一提的是，先生每日必以毛筆細書日記，詳載日常生活，交往人事，鉅細靡遺。三十年前先生因右手患顫，不良於執筆，於是苦練左手書寫，終至左筆練就，其書法依然比美右筆之挺秀渾逸、揮毫自如，常有友好索求左筆墨寶，珍藏以作紀念。

先生號江山異生，前年所撰「江山異生之快樂觀」曾由友人拓印多分，廣贈友好；作家聞見思先生亦曾於中央副刊專欄中介紹。

現特摘其要者以饗讀者：「人生眞正之快樂，惟無憂、無懼、無求、無負、自立、自強、自由、自足者，能得之，前『四無』，則關於精神方面者也；無憂，言生事之安；無懼，言持身之正；無求，言非分之不爲；無負，言取與之嚴謹。後『四自』，則關於行動方面者也；自立，言盡其在我；自強，言餘力助人；自由，言率意而行；自足，言知足又能足。以上皆屬得之於身，所謂內在者是；其有得之於身外，而屬外在者，則有『四有』焉：一曰有貢獻，言對社會國家，目睹所成也；二曰有榮譽，言令聞遠播，博大衆之敬仰也；三曰有知己，言聲氣同道之惺惺相惜也；四曰有傳人，言生平志業，得後繼之人也。」

先生所持快樂觀，見解獨到，頗能助人尋獲快樂之眞諦。張鞏先生曾撰不老歌，其中有「天天忙，永不老」的名言，姜先生年事雖高，却能自持快樂觀，保持身體、精神暢快，生意盎然；每日在生活上妥爲安排，勤讀勤學，屢思有益於人，故其能自得其樂，而成爲快樂的退休者。

感於再生二十三歲而作

中華民國六十八年十二月十八日作於介壽館

葉甯蓀

二十三年前的今天，是余終身難忘的紀念日子，也可以說是余再生之日。首須感謝吾浙鄉長姜公異生所賜與，——救余之命之大恩大德。謹以至誠，向公表達感恩之意。

民國四十五年十二月十八日，天氣陰沉，氣溫偏低，晨十時左右，余正埋首疾書，見姜公異生臨，延別室坐談。公以友人由美寄贈鑲牙金絲，現需款，擬變賣，須錄牌名以估之，因不識打字小姐，公威亦未晤，囑余為介。余陪公繞鄰室訪打字小姐，遇　黃公伯度，公與之寒暄而去，余遂反座，未及案前，見有粉末狀物由上落下，仰首，見天花平頂裂，大聲喊叫速後退，未及秒，巨響一聲，門窗震動，巨形平頂水泥塊落於余案，全新之案面裂而為二，其時鄰座廖公壽泉，聞余喊聲，急起欲逃，而水泥塊已落，其案邊之櫃亦被擊中，傷痕累累。其力之強，可以想見。伯公及附近同人均聞聲而來，　岳公亦親臨慰問察勘。同聲感嘆，均謂余之命長。余驚魂未定，即電公曰：「公救我一命」。公不解，余陳明原委，公曰：「剛離汝處，聞巨響，疑為重物落地」。語畢，公即臨視，嘆曰：「汝如就坐，不死必殘」。後公在所著「我生一抹」書中「機遇」條內，記述甚詳，評曰：「觀墜泥之堅且厚，必死無疑。其生其死，間不容髮，縱無氣數，而機遇之巧，真不可思議矣」。

余辦公之大樓，於二次大戰時，受盟軍轟炸，光復後，草草修復。室內天花板，以浪形鐵板，外敷水泥石灰，外表平滑，年久，鐵板銹蝕，水泥石灰之附着力消失，加上每年粉刷，水泥石灰逐次加厚，負荷日增，既失附着能力，自必脫落。脫裂面積廣達數公尺之譜，厚度及寸，斷面鋒利，如公不至，余必伏首疾書，正中頭頂，必死無疑。而倖免於難，可謂「機遇」矣。公時若遇公戚，或識打字小姐，均不過余，即或過余，絕非此時，蓋人之過余，須繞數室故也，再溯公之友，贈之物，公之需款而急求脫，凡此諸端，機遇之巧，眞不可思議矣。

余識公已二十五年矣，同室而處，亦十五年之久。四十三年秋，余入樞府，隸公手下，整理國民政府舊檔，四十五年秋，公調研究發展工作，余亦調派擔任處理某項特定業務，卷帙盈箱，日夜從公。上述「機遇」，即此時也。四十六年底，余奉命隨侍黃副秘書長伯公工作，公所主之研究發展業務，亦爲　伯公所領導，嗣轉隨　伯公工作。余與公隔窗同室，迄五十八年初公退休前，朝夕請訓，獲益良多。余今之操持，受公之感召者良深。公爲人耿直，處事負責，待人以誠，凡事求敎，必坦誠以敎之。憶四十五年間，余因送審案，銓敍部核發之送審通知書，不知何人將余核定之級加以塗改，降低一級，因當時受設階停年之限制，一級之差而影響至大，此顯係有人惡意中傷。然主其事者既不追究，反迫使銓敍部就塗改者予以認定，初爲部方主管單位所拒，經主其事者面求銓敍部部長設法彌縫，其計始逞。此不獨破壞國家銓審制度，且涉及僞造文書之罪嫌，若輩目無法紀，胡作非爲，使余憤恨塡胸，頓萌退志，並擬作多方申訴，以維法紀，自忖必能獲勝，蓋此項通知書，有關機關亦有存檔，部案亦可查證。如是，若輩必遭批評和應負法律責任。基於愼重將事，遂就教於公，公以守正聞名，得彼之示，必無後慮。當余陳明己見時，公心情沉重，默然不語，其意就事論，若輩確屬無理，自難怪余之憤恨，就情論，若輩均爲公之舊友，如同意余見，必引起若干後果。既不能不論公理，復不能不兼顧私誼，眞所謂左右爲難也。俄頃，公以低沉而懇切之音調曰：「世事凡涉及己者，自視之極大，而別人視之則極小」。公言畢，余深體公之語意深長，頗具哲理。立卽表示作罷，不再追究。公聞言，莞爾慰之。余此後雖停原級苦守三年，亦泰然處之。而公之箴言，二十餘年來，無時或釋，時加惕勵。凡遇人有受委屈而相告者，並以此言而慰之，頗收效用。由此足證公修養道德之感人。

公年已八十有二，體健步捷，耳聰目明，退休後，以寫作爲樂，迄今已出版「我生一抹」、「累廬書簡」、「累廬聲氣集」、「林下生涯」等書，語多平實，頗爲廣大讀者所喜愛，論及公之著作，憶起一段往事，公「林下生涯」一書，係集退休後之日記，諸凡交友論事，一一記述，內有多處述及同好餐聚，列其名，余忝附末席，並道出多次由邵公容之支付餐費。邵公讀該書後，忽作不滿狀，余詢何故？邵曰：「我每次都付飯錢，葉某均白吃，但書中祇記我付錢，而無其他述及，惟葉某却有多處專文報導，豈非不平乎？」相與大笑。此雖一時之戲言，亦舊事之可記者也。

公日前過余曰：「近作『留念集』一書，卽將付梓，囑余書數語」，余既不能文，亦何敢文，日昨公復電催，忽憶起剛逢十二月十八日，為余再生二十三歲之神聖日子，追懷往事，草草筆之，以應公之雅囑，兼報公之大德於萬一。

別京集

江山巽生 六九冬

我行我素

吳生八三

卷首小引

予以幸獲道義支援，於歲尾輯刊小書，分貽親友，迄今四度矣。名稱雖殊，究其內涵、編法与重點，略有差異外，一言以蔽之，留念而已。自去歲起，名「留念集」，後原擬後此沿襲而下，不再更易。今值五度輯刊，或議「留念」二字，微嫌粗俗。予乃取吾行吾素之義，署曰「行素集」，內涵一仍其舊，而尚真、尚情，則加重焉。誠以人世間惟真為最美，惟情為最真，其偽者非情也。一作之取否，不問作者誰何，一以真與情是尚。故雖村言俚語、片簡隻字，不忍棄也。編法則襲自前歲之「聲画錄」，別「與人」「人與」為二篇，其他掇存，則附錄焉。

江山異生

六十九年十二月於行都 素梅繕

行素集 目次

卷首小引

與人篇

人與篇

附錄

與人篇

謝劉松壽先生時有嘉惠

松壽兄足下：恕我衰手作字，殊無足觀。九日手示拜悉。除夕前惠簡，並方物酥糖一裹，均先後奉到，以運筆維艱，致稽延未聞，甚歉。糖脆而香，名不虛傳，邁年衰牙，嚼之津津然。思 足下歲有嘉惠，時興飲和飽德之感。敬謝敬謝。

最近拙作中所提及陳張兩教授，一則彰我「四異」，一則譽我為「活的課本」。如此謬愛，可謂人生奇緣。即如此次手示云云，亦不無謬愛之嫌。其實僕乃一頑強不變者，其他皆聲聞過情之訛傳也。不能再談，即頌教安。姜超嶽六九、三、一二。

附供參考者一、舊時所謂「一品大員」，相當於今之特任官。

二、「淑世」「叔世」二義不同。前者利世，後者末世。

復陳先生陳情

立兄：接賜書已有日，乞 恕衰手作字之艱，奉覆遲遲。辱 示「弟最平易……直呼其名可也。」諸語，頓憶五十四年前，呼 兄先生之由來。當年黃埔僚好，皆以同志相稱，自初度與兄通問，讀 手敎「不可傲岸自高」之箴，及煞尾「交淺言深，古人所戒，吾言止於此，」云云，不禁肅然。私念聖人無常師，即心焉師 兄，改稱 先生，貌則以畏友相視，乃成友而師者。五十餘年來，書札往反，雖稱兄道弟，而口頭則始終如一。此次拙著目錄中，於 兄獨舉姓而不名，是沿襲口頭之舊貫而然，其含敬意，自在不言中。尤須補述者，弟一生務實，厠身社會，凡迹近誇衒之行徑，能免則免。 兄爲人誠平易，而今國尊大老，中外同仰。弟以一介庸鄙，幸叨愛末，清夜自維，終感僭越，不欲輕易舉出大名，意良在是。承 命「直呼其名可也」，豈敢豈敢。

論及出書，弟近年年終輯刊諸作，無非生活實錄，幸藉良緣，以對親故報無恙，志道義，留鴻雪而已。不在牟利，尤不在傳世。與一般碩學通人所謂著述者異趣。如 兄行世有年之唯生論、人理學、四書道貫等巨著，是名山事業，在在關乎世道，關乎學術，關乎文化，乃眞出書也，而 兄竟謂擬效弟所爲，令弟惶媿無地矣。

兄又謂近正思索某種論文之創見，深信不久又可得見一鳴驚人之偉論，使人耳目爲之一新。發聾振聵，此其時矣，翹企待之。

鄉所奉獻家常微物，弟始終以爲不答謝比答謝更好。奈何兄不以異生相待耶。

再者，弟此次「留念集」書出，老友翰叔，以爲書名不祥。弟有牛性，於習俗忌諱，素不在意。竊思其說而驗，則弟以一窮小子而得今日，尙何憾。說而不驗，則吾行吾素，此類忌諱，於我何有哉。兄以為然否。夜靜神足，瑣瑣道來，博　兄一粲，字劣，乞亮之。敬頌雙福。弟異上六九、三、二一。燈下。

復喬家才先生戴傳以原文為準

家才先生好：承寄示尊鈔二十年前拙作戴雨農傳，已遵命細校一過。硃筆所標，係依最初揭載於「中國一周」之原文為準。因近年黨史會出版之革命先烈先賢史蹟諸書，關於戴氏者，均一律采用拙作原文。為求前後一致起見，故於其後改者不取。另附「浙江月刊」前年所刊同文二紙，備供校對之用。弟作字日退，不能多及，即頌雙福。弟姜超嶽六九、三、二四。

復旅美毛　森先生

鴻猷兄：一別三十年，人世滄桑，不堪回首，吾輩老而無恙，亦算叨天之福。尤以　兄頤養樂土，蘭桂騰芳，如此蔗境，萬千中有幾，歆羨歆羨。客冬手示，今春賀柬，均先後奉悉。比接振翔神父轉示兄致其近簡，又提及有關於弟者，以區區鄉訊之傳遞，屢勞清神，感念無旣。我兒媳所念念諸事，請就所知代答之，幸甚。（下略）

再者，弟於年前曾出小書一冊，書名留念集，曾於二月付郵寄　兄，書中云云，可覘賤狀，收到後盼不吝教言。專復。順頌近好。弟姜超嶽。六九、四、七。

復旅港老友論安身

庸兄如晤：接十一日手示，承 教各節，敬謹拜嘉。辱以卜老相商，弟設身處地，長話短說。縱使兒女發迹異域，孝心不匱，而吾人安身終老，亦以祖國爲宜。此間社區建設，擴及山村，生事交通，齊頭並進，喜靜、求鬧，惟君所欲。非如當年，顧此失彼矣。兄幾時定計，如有需於弟者，請明白開示，自當視力所及，爲故人盡綿薄。至言手之不能寫字，乃神經作祟，無關筆之爲毛與非毛也。匆此不次。朽弟異上。六九、四、一五、臺北沐園。

致港友會先生

昭俊世兄足下：天賜良緣，因友 令叔得識 足下，使與天外骨肉通聲息，足下之惠我者可謂厚矣。感念感念。我在新莊之新居，不日將遷入，有餘室專待嘉賓，如 台駕再度東來，請逕莅止爲幸。附簡請 費神代轉，以後小兒來信，節示大意即可，原信免轉，此可較爲安全也。專此奉陳，順頌敎安。姜超嶽六九、五、二〇。

謝姚平先生贈聯

雲山先生閣下：猥以朽邁，因山妻亦湘人，得與閣下忝有半同鄉之誼。向承 令友陳大剛教授為媒介，辱惠尊著，並賜特製聯語。椽筆之作，詞旨淵雅，甘拜下風，佩佩。奉塵拙輯小書二册，淺人鴻爪，不足言著述。願高明有以教之。老來作字日苦，遲復乞諒，匆此不次。姜超嶽。六九、五、二一。

致故人馬紀壯先生

伯謀秘書長我兄鈞右：月初惠書，敬悉。鄉也，超以犬馬之勞，厚荷政府恩遇，三十餘年前，曾先後奉頒三等景星、卿雲勛章在案。比聞府僚見告，現行修正勛章條例，規定另給副章，三等以上，同用大綬。並可申請追頒云云。超愧庸俗，未能游心物外，爰作申請之舉。竊揣修正本旨，當在表義，然自問孤介，無意衒鬻，祇以留念已爾。如何佇候卓裁。衰手作字，筆不聽命，乞亮故人邁朽之塗鴉也。肅叩崇安。朽弟姜超嶽。六九、七、三〇。

邀約花溪舊雨小敍

鑄人、化公、肇湘、大任、孟九、雪岩、伯謀、曙萍、克和、敬基、夢熊、同仁諸公均鑒：上年七月十八之夕，我等應鑄人兄邀，歡敍於其甥館，超曾於席次宣告「純喫飯」之約，屆時徒手而來，不受任何嘉惠，想 諸公當猶憶及。超素無虛言，息壤在彼，踐約是行。茲定於本月十八日星期一晚六時半，敬請 駕臨新莊五守新村寒舍一敍。室人親手作羹湯，雖無珍饈，却饒旨酒。故人相聚，不醉毋歸，良緣難得，萬懇勿却，佇候 賜覆，千萬千萬。衰手塗鴉，莫笑故人邁朽也。匆此不一。姜超嶽上。六九、八、一〇。

謝楊祚杰先生贈聯

祚杰先生閣下：一昨尊嫂手交華翰，敬悉。歷歲獻醜各小册，居然承 賢者之重視，榮幸榮幸。辱 賜所撰「異哉斯人，慎言律己。生乎今世，特立獨行。」一聯，大旨與故舊知好之所期許者，不謀而合。超何幸，老而復得賢者之獎勉，猥以椎魯，實不敢當。而 盛情之加，可感極矣。謝謝。惟自揣生平，持己接物，壹是務實。 閣下此作，論對仗之工整與自然，無愧老手。

衡以區區行實，去眞切似尙有閒。因我之敢言，根乎秉性，義之所之，漫無顧忌，雖巍巍人物，亦藐然視之。往事歷歷，口碑猶存。「愼言」實非素養也。至於「律己」云云，誓心則然，深愧未至。而於「克己」一道，則顛沛造次，差能始終以之。故上聯愼字如易以敢，律字易以克，其爲義眞切多矣。不知賢者以爲如何。意在務實，非敢云正也。乞恕戇直，順安承教。匆此，順頌雙安。弟 姜超嶽敬上。六九、八、二〇。

致臺南林治渭先生告遷家事

治渭先生如握：喜雨之餘，涼爽宜人，敬謹問好。弟 遷回新莊，忽忽二月。以意外俗冗之煩，致稽延奉告，殊覺歉然。連月亢旱，人苦酷暑，府上大小可好爲念。弟 今日新居，大異於昔。老夫二人，竟有四房一廳一餐間，廚厠壁櫃，不在話下。 臺駕北來，可供高人下榻。弟 素喜隨便，莫作尋常作客看也。近來書寫日困日劣，乞亮之。匆此不一。弟 姜超嶽上。六九、八、三〇。

致老人福利會羅蕭兩總幹事

時審 冠壽 先生偉覽：寄塵老友劉宗烈教授所贈佳作一束，備「長青」補白何如。超來新莊，部署甫定，忽又二月，不勝逝川流光之感。此次遷居，備荷諸親故逾情厚愛，紛饋多珍。日用器物，一應煥然外，享樂陳設，亦不後人。莫之爲而爲，莫之致而致。鄉安陋室，今成華堂。自惟庸朽，且臨遲暮，而頻獲異數之遇，竊喜古風不替，世道人心大有可爲也。尤以本會　特賜精鏤名聯法書之石瓶，可以傳家，可以名世。第對聯句「胸蟠子美千間厦，氣壓元龍百尺樓，」云云，愧不敢當耳。又當日驕陽似火，竟承　兩公紆駕親賚，更令受者耿耿難忘。俗冗煩人，申謝遲遲，惟　賢者亮之。

再者，鄙人自六十五年起，年出小書一册，分贈知好，原以通聲氣，志因緣，留鴻雪，絕無半絲半毫做壽意。奈讀「長青」三三期中陳大剛先生「談做壽方式」一文，上下語氣，居然認定我年來出書爲做壽，未免大違事實。敬乞轉知編者得閒爲我澄清一下，甚感甚感。

又本會近寄本人郵件，沿用舊址，今始轉到。爲免遲誤，盼寄新莊五守新村七巷三號二樓。匆此，順頌秋安。年邁字劣，請勿見笑。弟姜超嶽上。六九、九、七。

復陳先生陳事

立兄尊覽：前昨華誕，弟正有所羈，玆補祝眉壽無疆。上月杪賜書，早奉悉，乞恕稽復。擲下再度寫與徐君毓麟之墨寶已拜領，上次所代求者，因遷居遺失，而重勞大筆，我罪我罪。但此次法書，筆勢用墨，兩勝於前，所選「三光」（珍惜過去之光榮，創造未來之光明，發揮現在之光輝，有此三光，人生之意義乃顯。）之語，更具深意，在受者言，多一周折是幸事，一笑。

弟遷新居，瞬逾二月，誠如 兄言，搬家一番，欲求凡百定妥之不易。益以人情來往，誼所難免，因而碌碌營營，日不暇給。近乃漸感容與，任意所之。顧舉目陳設，一反寒素，朝夕起居，恍惚作客。親故道義之加，誠足風世，於我心終不免耿耿耳。擬俟秋暮天涼，當薄治家常飲饌，並邀約三五友好，恭請兄嫂紆駕賞光，一睹今日異生之居處也。

辱示大作「人理學」已付梓，謂將在「再序」中，提及弟校核事。附驥之榮，求之不得。第有不可不愼重者。前承命校核時，適値弟綢繆搬家，當鄭重聲明，僅僅純校猶可，核則不敢。後乃在凌亂斗室中，斷斷續續爲之。言校且恐未周，遑論乎核，此其一。兄爲名世之人，書爲名世之作，如弟鄙倍無學，而名列名世之人之作，豈非白圭之玷，此其二。假情假意，素所不屑，言出肺腑，還請察之。

所附尊稿「世界和平之眞理應從漢學中求之」，弟讀後深感語語砭世，見人所未見，言人所未言，是眞暮鼓晨鐘之作。不知此次國際漢學會議與會諸君子，有動於中否。又不知當世人物，能如兄者幾人。尤令弟驚異者，兄以大耋高齡，行文時，於中外古今聖哲之眞理名言，何以信手拈來，俯拾卽是。此種博聞彊記工夫，可謂匪夷所思，反觀自身，眞慚朽邁矣。一時興會，率此以聞。順叩雙安。異弟上。六九、九、九。燈下。

箴嘉義莊君

某某先生：久未晤，想平安。聞　尊況有困，不審近來如何。鄙人平生樂與人爲善，知　先生賢伉儷讀書明理，願進數言，以盡我心。人生途上，遭遇困阨，原所難免，惟能忠厚存心，不忘恩，不負義，堅毅奮鬥，因果相循，自有否極泰來之日。姑就負債一事而論，眞有困難，應對對方，作明白交待，或延期，或分期，或其他可行辦法，當能得人之同情，而人亦不至逼人太甚。今　先生一味躲避，置之不理，未免自毀人格，且又不近人情。如某君者，其僅有微款，莫非心血得來，而亦生命線之所在。　先生如此做法，試捫良心，安乎否乎。易地而處，則如何。諺有云，惟善人能受盡言，能得善報。謹佇候　先生片言之復。不宣。姜超嶽啓。六九、九、一七。

復高雄李君

士昌如弟：接來書，藉悉　令姪素芝深造於華岡，甚好甚好。不知與在復興岡之乃姊艾華時相晤否。盼致意其姊妹，得閒聯袂來舍盤桓半天一日，我夫婦萬分歡迎也。我於生日，自來等閒視之。弟如不提，幾忘之矣。確期詳拙著我生一抹，弟所舉之廿七有誤。我執筆日困，不能多寫，寄上「長青」一册，印稿數箋，當可作近狀看。匆此，順頌教安，大小都好。姜超嶽。六九、一○、二六。燈下新莊。

三二六

致高雄李君

士昌如弟：我此次南行，累　弟耗時費事，平添一意外擔負，終感歉歉。　弟待人熱情，誠可敬佩，但處世作事，貴求其當，譬如行文，運用字句，可省則省，徒多無益。如此次高市相晤，果眞知我之爲人，則當日到時一晤便可，因團體生活，個人行動，不能不受拘束。卽以嘉惠而論，一之爲甚，再則過矣。況其物非輕易可攜可斂藏者，弟試設想之，是乎否乎。率直之言，可供三思。　國父誕辰前三日，我曾函邀令姪艾華素芝姊妹，及其同窗梁月春小姐過我度假，旋接電話，適値是日有事，改期再來。盼弟去函告其可隨時過我歡敍也。

我倆旅次留影，陳敎授已寄來，今寄弟一幀留念。陳名大剛，爲工程名家，此間名刊，時載其大作，十九經驗之談，是一好學好善，老而不忘濟世之古道君子也。盼去函申謝。其通訊處臺北新店檳榔路七二巷六號三樓。順候雙安。超六九、一一、一四。燈下。

致聞見思先生

德潤兄：昨日有客，中副大作「強者的時代」一文，今夜始得拜讀。以精闢卓見，發聖哲奧義，可以振人心，勵末俗，是眞載道傑作。非強者不能爲。老夫讀後，興奮萬分。原欲多抒所感，奈苦於手在而艱於書，祇有勉貢一語曰：作者德潤，強哉矯。朽人巽生手啓。六九、一一、二四。燈下。

致旅美張教授樂陶先生

樂陶先生閣下：三月惠書，洋洋千言，字字摯情，而迄今始奉復者，一誤於作字之日困，再累於俗冗之煩人。又値新居既成，注力於遷家諸務，遂爾稽延許久，恕罪恕罪。一別匝歲矣，年事愈高，流光逝川之感愈深。半載前曾承　令友大剛兄寄示閣下致彼長簡，絮絮話舊，脈脈感人。尤不遺在遠，念及庸朽，至佩賢者之多情。又藉知大剛兄前與　閣下書，有「兄以得交巽公爲榮……」之語，庸朽如弟，竟謬邀賢者之謬愛，亦可謂人生奇緣，不知何以爲報。憶歲首賜柬，曾示春暖返旆意，今乃姍姍其行，當係伉儷二老，沉浸於天倫之樂而流連。違難歲月，享此鴻福，萬千中有幾。敬祝兩老康強逢吉，快樂無疆。

大剛兄歸來後，時有過從，此間名刊，屢見其大作。林下歲月，能寄情於此，是自得自樂之道，亦養生妙方也。弟生性原亦相近，奈見阨造物，不令雙手善盡其用，成書之艱，非身歷不能道。所幸頑軀未衰，行動如常，差堪告慰。惟以居處搬遷，竟勞忙數月，　閣下前所過訪之「沐園」，乃友人所假居，今則為自置之公寓，公家代造，規模可觀。高五樓，弟居其二。堂室朗列，容與適人。益以謬叨親故逾情之嘉惠，器物陳設，一應煥然。往為寒門，今成殷戶，他日閣下言歸，大可廣招雅侶，過我盤桓半天一日也。

屈指時序，又臨冬暮，省覽存牘，仍有可留念者，如無周折，擬於出月後，從事剔選，續循往例輯而刊之，以貽我知好。甚望　閣下惠予珠玉之作，俾光篇幅也。弟書至此，忽想及另有一事須補述之。前承賜賢伉儷共讀拙著「我生一抹」之玉照，神情、背景、取光，三極其妙。我書何幸，而榮獲名師之愛不忍釋耶。最巧者，不先不後，老友王君蒲臣亦寄示一影，與玉照大致相同，但彼為一人，書則「留念集」耳。獨惜此二照因搬家凌亂，不知失落何所，思之悵然。

此次增額民意代表之補選，舉國上下，羣策羣力，冀能達理想之成功，縱仍有不肖分子陰謀搗亂，而人心不死，終必邪不敵正，徒見其自絕於國人而已。

作字太苦，不能多寫，遂止於此。順頌雙安。朽人姜超嶽。六九、一一、二九、臺北。

邀約陳先生一敘

立兄賜覽：前所奉約 尊兄嫂紆駕一觀異生之新居，屈指逾月矣。恕弟務實成性，凡發一願，一日未踐，一日難安。往時然，老來尤甚。秋去冬又臨，至望及早 賜予償願之期也。月內二個週末，廿二與廿九之中午，可得暇否，請任擇其一，或另示日期亦可。肅此順頌雙安。弟超上。六九、一一、一六。

復陳教授大剛先生

大剛先生閣下：十九日手翰至，立感歉仄萬分。因一歲來，歷荷 敎言，均以艱於執筆，祇偶爾藉電話致聲外，未嘗奉隻字於左右。今則不能不勉作率復矣。所示朱玖瑩先生墨寶中「一切勢事」句之「勢」字，看下文「本爲精神食糧」云云，顯爲「藝」字之誤。查各種字書，「藝」本作「埶」，或作「蓺」，以「勢」爲「藝」，尚未之見。朱先生爲通人，亦書家，此必爲其一時不經意之筆誤。或其明知之，而以 閣下亦通人，聽之無妨，恐塗改有傷行列之美觀也。尊意以爲然否。

辱惠秋間同遊南部留影二幀，可作紀念。尤以在高市某功夫館所攝表演氣功「鈔票切牙筷」一幀，最具意義。因影象顯示，演者一聲叱喝，剛舉票作勢，未及筷而已先斷，其破綻畢露。在刹那間而得此影，眞乃千載一時之機遇。設使當時以拍立得機攝之，將令演者啼笑皆非。該館以發揚國粹爲號召，規模雄偉，陳設堂皇，復得顯要人物之題贈，固儼然一可信賴類似企業之機構也。而察其執事之招待、說詞、表演、以及臨了之兜售藥品，其不同於一般江湖客之所爲者幾希。世態萬象，觀此可概其餘矣。

上月寄示已載刊物諸大作，自命題、章法、造句，悉在水準以上，綽綽乎作家手筆，邁年而力求精進，佩仰無旣。亦足徵學工程之頭腦，畢竟不同於凡夫。一笑。至所屢索之拙稿，弟已編入新輯小書「行素集」內，面世有期，恕不另奉。

再者，令友張樂陶教授，自客秋赴美後，亦數數惠教，情意懇切，感人良深。弟均以艱於執筆，近始萌念作復，乃稿旣具，不克即時謄繕，稽延至今，不得已，索性同編新書內，他日即以書當簡，儘先寄出。好在所復者，祇道積愫，無關時效，當邀賢者之垂諒。閣下通問有便，盼代致意何如。瑣瑣道來，已逾千言，強勉爲之，眞苦煞我也。爲申歉忱，不得不爾。專此，順頌雙福，並祝　新年快樂。朽弟姜超嶽上。六九多至。

人與篇

方林君璧女士來簡

異生兄嫂：拙作又改如上，（略）還是如您所說「興來賜覽而正之，神思不及，棄之可也。」外孫女呂方在旁看我寫此紙，她說：「奶奶！您用墨筆寫信給　姜公公及姜婆婆，不怕班門弄斧耶。」看看自己的春蚓秋蛇，孩子天眞言出由衷。慚愧之餘，附錄以博一粲。此上，敬祝春節快樂。君璧敬上。一、廿一。

老友王蒲臣兄來簡

異生兄：讀「暢流」第七一九期陳大剛先生大作「我有這樣的一個朋友」，把異生之所以異，說得明明白白，等於爲異生作一註解，這是一篇好文章，值得一讀。

六十年前我爲亡室寫了一篇「悼亡文」，希望老兄爲我改一改，勞神處銘感無已！

下月我和內人又要去美國了，不知有沒有可以爲　老兄效勞的地方？請示！

再談，敬祝儷福！弟　蒲臣上。六九、一、廿二。

劉子英先生自加拿大來簡

巽公先生賜鑒：前在美遞上蕪緘，計達　垂察，恭維我　公伉儷玉體健康爲祝。晚於本月五日來多倫多，一切叨　庇平安，請釋　遠念。多市爲加拿大第一大都市，人口兩百餘萬，佔全國總人口十分之一。華僑據稱有十萬人，多爲粵籍，中國城（卽唐人街）中國餐館及商店林立，遨遊其間，恍若置身臺北街頭。此間已降雪數次，氣溫爲攝氏零下五至十度。聞名遐邇之尼加拉瓜大瀑布，距市區有一小時半車程，對岸卽美國之水牛城，巨流頃入河谷，水石相激，猶如萬馬奔騰，護堤欄杆，因雨雪結成堅冰，河谷內樹木岩石，爲厚冰所掩好似朵朵山峯。岸上樹木，盡成白色珊瑚，蔚爲奇觀。雖氣候嚴寒，但遊人扶老携幼，絡繹於途。前在達拉斯曾遊覽動物園，如一丈長之鱷魚，四、五尺長之蜥蜴，紅黑黃相間及純黃色之毒蛇，狀似野猪，尾如火雞，頭如象鼻，舌似松針之食蟻獸。各種猿猴，大者如巨犬，小者如老鼠，眞大開眼界不少也。肅此奉聞，祇請

崇安，並候　尊夫人好。晚劉子英敬上。一、廿八。

周祥先生來簡

巽公鈞鑒：正懷念間，忽奉手示，附贈　大著「留念集」，謹領珍藏拜讀。我　公連年均有佳章

刊行，足徵寶刀未老，異秉天才，而使後生敬佩，裨益進修，豈僅「留念」而已哉！專肅申謝，恭叩崇安，並祝新春儷福！晚周詳敬上。六九、二、一三。

藍蒡洲先生來簡

異生先生有道：昨宵奇冷，適奉 寵頒「留念集」，燈前快誦，不覺溫馨過子，曷勝感拜。先生至情至性，言不沾鄙妄，交無分笠冠，道誼往還，雖片語寸楮，悉見珍留，更進而輯之，以付梓版，懇摯獨到，人誰能及，所謂久而彌敬，所謂如飲醇醪，視晏子之於人，人之於公瑾者，毋乃類是乎。

晚於抗戰期間，忝主戰區軍官訓練團政工，每自區屬輪調中級軍官集訓，日對熱血沸騰滿懷忠憤青年，不但必勝之心益爲堅奮，而敬愛英賢，深覺可友可師，胸中略無階級之念，爰嘗自撰「肝膽結交天下士」七字，以資砥礪。勝利後，轉職地方行政，曾倩王壯爲先生以此七字爲治小章一方，從未以之示人，今殆三十有餘年矣。邇者，屢讀 鴻篇，心嚮往之，敢不自揣譾陋，印奉是章一模，以獻左右，亦肝膽之所趨耳。 先生得毋譏爲悖謬而莞爾之歟。謹復，並申謝悃，敬頌春釐。恭祝 夫人百福，定一兄同此候好。藍蒡洲拜上。六九、二、一五、於天母。

陳教授大剛先生自美來簡

巽公尊鑒：久未通訊，時深系念！前上一函，諒邀　鑒及。抵美迄今，瞬將兩月，一切仍不能完全適應，尤其語言、文字，閱讀雖尚可應付，聽、說則頗感困難。蓋以英文根柢，原即不甚堅實，而又多年甚少實用；現在更因年齡關係，即使奮勉學習，亦覺不易為力。好在並不打算在此久住，稍緩時日，決即返臺，預想前途，好景在望，此一段異邦生活，囫圇吞棗，結舌聱牙，反又以為有趣矣。

關於「我有這樣的一個朋友」一文，日前臺北舍下已剪寄來美。因張樂陶兄迭曾垂詢，特即複印寄去，請其批評指教。玆得其惠復，對我　公備極推崇，實至名歸，理所當然；但對弟愈分謬許，必將貽笑大方，萬分愧不敢當。特亦錄奉我　公一閱，請即當作彼此關注之消息可也。

張函略云：「暢流所刊大作〝我有這樣的一個朋友〞，行文如流水，一氣呵成，四巽將巽老活現紙上。以我素極崇仰巽老者，閉目沈思，巽公顯現目前，如親謦欬，如親其人。我兄之文，亦一巽也。有其人，有此文，相得益彰，人以文傳，文以人傳，傳世之人，傳世之文，冥思中車停抵寧兒家矣。」(因其在車上接讀弟函)。耑此，敬頌雙安！弟　陳大剛敬上。六九、二、一五。

虞克裕先生來簡

異生先生道席：辱蒙 惠贈「留念集」敬謝，並慶天錫康強，妙筆生花，闡釋眞知，裨益芸芸大衆，仰慕莫名。但望年年拜讀鴻文，藉沾敎化，俾減俗氣。

尊集讀後，悉花溪園拜結束，殊感神傷。中英兄痛愛子悟及人生，發人深省，而 先生名言：「得亦失，失亦得也」，更屬精微妙諦。感念所及，覺「花溪」友情，猶宜愛重。惟定時飲宴，近於奉應故事，尙希 杏黃旗指揮方向也。肅此，順頌儷茀。僭小弟 虞克裕敬上。六九、二、廿三。

老友羅萬類先生來簡

異生老兄道席：承 賜贈 大作留念集全册，於春節期間捧讀至再，聯想昔人（禮記）所謂儒以多文爲富之語，於 兄頗爲恰合。自大陸陳迹、我生一抹、半環記、聲畫錄、累廬書簡，源源汨汨，細水長流，如江上之淸風，山間之明月，取之不盡，用之不竭，此 兄之所以爲富也。全集千金不能易一字，弟 提出之鄉（嚮）字，亦爲 兄釋係古用，則珠璣滿幅，尙有何話可說。至於留念以書名贈送同好，則累見當代要人，贈人玉照，常以留念書之。足徵吉祥如意，留作紀念，年年相贈，積累歲月，愈見 盛意之長遠矣。竚候今歲紅梅重放時，再讀 大作，兄當不斥為貪得無厭也，一笑。專此道謝，敬頌著祺。弟 羅萬類敬上。二、廿五。

吳中英先生自新竹來簡

異公
夫人同賜鑒：不通音問，瞬已數月。然旦暮馳想，固生活中之常事也。近接敝戚朱溪暨蕙心女士先後來函，具道 夫人除夕日於廚室仆地受傷事，為之系念無似。所幸傷在肌膚，筋骨無恙，惟祈 安心靜養，虔祝早日康復。弟恒念家庭中日常餐飲諸事，自採購、洗切、烹煮，以至收拾、清理、手續繁多，實為主婦之重負，宜得家人之感懷。讀 公文集暨友人往還書簡，頗有記述接待宴飲之事，此乃公等情誼殷厚，而 夫人又雅擅烹調，故以接待親朋為樂事，親朋亦以得飫夫人躬親料理為榮寵。然人之體力，究隨年齡之增長成反比，高年而親操烹煑以餉客，未免支付太鉅，而受者亦心所難安。弟妄擬二俚句曰：「主婦七十不家宴，主翁八十不答訪。」遇客至留飯，或改以市售熟肴佐餐，或以蛋糕、點心、水煠雞卵、暨好立克、阿華田等，杯飲相餉，（客之能飲者，不妨有酒，即 公致友人書中所稱「乾一杯」也。）總以省事節勞為度。主人或與客同此食用，或竟保持其原有飲食習慣，似此賓主同席，邊食邊談，樂也融融，與享受豐盛之款待，實無二致，惟在主與客觀念之有變耳。循是擴展，兼及其他所當變更適應之道，概可稱爲「老年人的新生活」。敬盼　公與　夫人謬采而倡行之。「留念集」新刊，已接奉，正細讀中。如有餘本，擬懇再賜一册，俾寄海外媳處珍存。弟原擬元宵後來北一行，玆以治康（卽朱溪）屆時南下，參加中樞自強旅行，擬延後再定。耑上，敬頌儷福，並祝　夫人痊安。弟中英拜上。內子同叩。二、二七。

此函書竟，適奉花谿同仁春節年會之信，弟與內子均因情緒未復，畏見諸友，此次擬免參加，務乞　諒恕，又及。

喬家才先生來簡

異生先生賜鑒：赴榮總探望次烈先生之次日，奉到賜寄之留念集，因而憶及江山八旬以上諸友好，毛簡先生已遠離人世，念行、次烈先生先後住院，獨先生身心健康，健如壯年，令人欣慕，竭誠祝賀也。

昔撰雨農先生生平故事，對青少年時期，所知甚少，苦無資料。後拜讀尊著我生一抹，記載豐富，如獲至寶，欣喜若狂。而依靠雨農先生之諸君子曾無一言以宣揚雨農先生之宏功偉績，却斤斤於尊著中「救囚」「遺行」，糾纏不已，以爲對雨農先生忠實，謬矣！

雨農先生功在黨國，不為人所知，且多誤解，故十餘年來，盡己之所知，撰為文字，以告知世人，既不要稿費，亦不求人相助，盡己之心而已。而江山諸君子，又利用當權之利，予我以打擊，能不令人感歎耶！我已遷來新店，將赴沐園恭候起居也！敬祝雙安！後學喬家才謹上。六九、二、廿七。

張敎授則堯先生來簡

異生先生大鑒：奉讀　大作「留念集」，文、情、理三者兼備，愛不忍釋。春節假期中，已細閱兩遍，曷勝敬佩。留美散文作家思果先生，退休後，撰有「林下筆話」文集，所作亦頗多可讀之文。然較大作「林下生涯」，則遜一籌。茲奉上一冊，暇時或亦可資消遣也。匆匆不一，敬頌大祺。弟張則堯敬啓。六九、三、三。

李士昌志弟來簡

異公尊長：今又拜領暢流兩冊，謝謝。

尊著「如日之升如月之恒」這篇文字，晚已剪下，以便珍藏。字入眼中，令人有說不出的妙境。

同仁看了，大家嘖嘖稱「好」，知爲左筆，更是稱「奇」。同說：「高山仰止」，「高山仰止」。

前信請敎女史志弟之義。辱敎，晚不敢忘。肅此拜謝，並頌儷福。晚李士昌敬拜。三、五。

林光灝先生來簡

異生先生有道：辱承 惠贈大作「留念集」，至感荷。前年曾讀「實用」、「應用」及「我生一抹」諸書，爲心儀者久之。試院路距此不遠，當踵候也。耑此，敬頌春釐。弟林光灝拜上。三、八。

劉松壽先生來簡

異公鈞鑒：除夕前奉上一信，忽忽兼旬。蒙賜暢流雜誌一冊，拜領，謝謝。其中 大作沐園居漫筆，亦已恭讀。五三志感一則，是「五三慘案」之第一手史料，晚視之如珍寶。倘能再加詳敍，讀史之人，必更喜出望外。

公證結婚一則，「新人排列成行，由法官登講臺唱名發給證書，新人集體相對三鞠躬，卽畢事，草率敷衍，費時不過刻許耳。」時人之患，端在草率敷衍，眞是一針見血。

陳大剛教授「四異之作」，誠有感而發。憶晚自民國五十二年識荆以還，深感　公人異於俗人。當未相識時，由敝同學陳專員永烈兄，轉託謀一枝棲，即蒙俯允。足見　公愛護後學，無分親疏，且能以君子之心度人，此豈叔世常人所能為、所肯為耶。陳教授譽我　公為四異，洵有卓見之人也。肅此申謝，恭請鈞安。晚劉松壽上。六九、三、九。

陳先生來簡

異生吾兄：「留念集」大作已拜讀，目錄中來往函件都有名姓，獨弟之名缺焉，是否因客氣而不列，其實弟最平易，　兄為半世紀老友之一，直呼其名可也。弟原擬效法吾　兄多出些書，終以坐不定而未果，下半年又被邀參加國際漢學會議（此名稱實在不安），正準備發表一篇論文，其內容又非有創見不可，故正在思索中。　嫂夫人親製之菜數種，樣樣都好，鹹淡適中，嚐之者均讚美不置，謝謝！謝謝！弟若還禮，將受　兄責，故揀一二種舍間常備之物，聊伸答謝之意而已。專肅敬請雙安。弟陳立夫敬啓。內子同上。三、十。

丘將軍一介先生來簡

異公賜鑒：客歲五月三日，初識於中國社福協會舉辦之夏令會於南鯤身，返北後，先後於天廚餐廳、臺視錄影、老人協會旅遊等，屢蒙敎益，感佩曷已！及承惠寄書三册，閱讀僅半，某日因事至社福會，遇會友戴豐慷、彭畊、宋祥雲、趙彩章、許啓桂、另有商人二人，由宋君作東，并邀　公於天厨餐廳，嚐北方點心，適與　公鄰座。曰：書看完後，須寫點心得意見，不要好的，要撿壞的。返舍後發覺，不免吃驚。因日前黃同學由美返臺來舍，走時將書攜去，當卽索還，殊竟不告而返美去矣。其後去函追討，復謂：「該書太好，臺地可覓得，不寄返矣。」此事曾向彭先生表明，并祈代請巽公恕罪。（中略）

各種著作，祇有點的散佈，尚乏面的普及。卽有亦係贈與，而欲購置無門，深爲遺憾。茲謹作不情之請；誠懇彙整各册，酌訂書價，俾利購置，而廣流傳，則功德無涯矣。

介椎魯無文，錯字別字甚多。復以眼、手、書寫不便，函由小女代筆，諸祈有諒。肅此，順頌道安，并候夫人好。愚後學丘一介敬上。六九、三、一六。

張敎授樂陶先生自美來簡

巽公長者夫人賜鑒：浪跡番邦，瞬已半載，思念之情，與時俱增。年初拜奉　手敎，深情厚愛，愧感交集。旋以寧兒來芝迎飛賓州費城居住，歡度春節，致稽延裁覆，歉咎良深。

此間中國同胞較多，交往頻繁，年飯春酒，往來酬酢，一如國內。風景不殊，舉目有河山之巽，倍增秋蓬飛絮之感。頃接臺北寒舍轉來 尊著「留念集」，友情洋溢，道義充沛，如親謦欬。小兒作民更以 巽公爺爺另賜一册，感爲無上光榮，家書稟告，小夫妻並肩共讀，奉爲至寶，崇仰 高風，欣喜無似。謹一併拜謝。

惠示中有「彼此以文字而結交，交而相知之深，大不同於泛泛。」之語，自慚形穢，惶愧實深。蓋人之相知，貴在知心，思想觀念，能融洽交通，言行風範，得潛移默化，雖關山遙阻，重洋遠隔，仍是心起共鳴，靈生震撼，仰慕之忱，不受時空之限制也。

「我生一抹」爲客中唯一好伴，百讀不厭。如良師益友，形影相隨。是眞故事，是好文章，是活教材，是信史料，實是傳世不朽之作。

陳大剛兄來美將三月，居所相距頗遠，弗克晤面，書札往還，屢屢互談我 巽公之異，彼此均以能識 巽公，復得 巽公垂青爲榮，爲大樂。

青年學人于大成敎授，現任國立中央大學中國文學系主任，常住中壢，出國前，曾談介我公之道德文章功勛等，本相約陪同趨謁聆 敎，後以內子車禍匆匆出國，未克如願，深以爲憾，俟返臺容再圖之。

半年來，無論居芝居費，週末假日，摒除遊樂，外出訪友。尤以「臺大」、「中原」諸校校友，兒輩駕車相隨，晤談閒聊，輒以國內進步實況，國際處境艱困，匪共統戰陰謀，暴力叛亂眞相爲重點。多方鼓勵各盡天職，激發愛國情操，出自私誼宿交，反應佳良，頗多能具體表現，深引以爲慰。

美國政府，欺善怕惡，凌友媚敵，失去國際信任，就阿富汗、伊朗、印、巴等事件，已嚐苦果滋味。種瓜得瓜，害已害人，未來大難，不堪設想。前途茫茫，不知伊於胡底，言念及此，不寒而慄。我 公睿智異常人，當有以教我也。

附奉近影一幀，藉悉故人無恙，體神健旺如故，心中如常侍 賢者左右也。謹此奉達。敬頌儷苐。並祝潭第廸吉。後學張樂陶拜上。內子張凌瀞盦附筆。晚輩叩安。六九、三、十六。

劉教授宗烈先生來簡

異生先生道右：日前趨 府賀歲，得以把晤鬯譚，至爲欣幸。茲將弟近年撰贈 左右之聯語，（共四聯）彙錄寄上，並弁數言。敬希粲政爲禱。順頌道綏。弟劉宗烈拜啓。二、廿三。

謹案劉先生所撰四聯，編入附錄。

老友王蒲臣兄來簡談讀「留念集」之心得

異生兄：大著留念集拜讀已久，迄始裁答，不知是忙是懶，抑或兩者兼有，歉甚歉甚。

留集中最爲弟所欣賞者，爲：

人入晚年，能平善度日，便是幸福。（見十二頁答林治渭君簡）

我輩八十老翁，無論處於何種狀況之下，仍無法避免來日無多的現實問題。餘生者之友情，殊足珍貴。（見二十七頁濮孟九君語）

夫來者來，去者去，或先至，或後到，或先至後去，或後至先歸，人事本無常，時光誠快速，無常駐之理，亦無常駐之人。更三十年，又將另一場面，……人生除好父母、好妻室、好兒女、好親戚外，又當有良師益友、賢長官爲聲援，始無寂寞之感。（見三十六頁吳中英君語）

人事無所謂得失，亦無所謂禍福。平生體驗，得之於此者，往往失之於彼，失之於彼者，往往得之於此。諺有云，禍兮福所伏，福兮禍所依，故究極言之，得亦失，失亦得也。（見三十七頁答吳中英君簡）

精神生活，貴能攄洩鬱結，是養生之至道也。（見四十一頁致吳中英君簡）

人世間凡可求而致者不足貴，不可求而致者無價，無價至寶也。（見四十四頁答楊銳君簡）

凡突變之來，貴能沉着，徒憑血氣，往往僨事。（見四十五頁答楊銳君簡）

樂來樂去，壹惟健康是依，不有健康，萬般皆空。故吾人垂老而猶壯，是人生莫大幸福，能時作此想，則爲樂無藝。（見五十八頁致陳大剛君簡）

我夫婦以康寧爲財富，不虞匱乏也。（見六十一頁復施公孟君簡）

吾人晚年平居，能康寧便佳。（見六十七頁復林治渭君簡）

以上各條，曾摘錄之後讀之，並以轉告好友，對於養生處世，頗有裨益也。

大著最爲友輩所稱道者爲快樂觀，若能請大嫂重繕複印，分贈親友，不特可於文中獲知如何追求快樂之目標，且可欣賞　大嫂之書法也。不知　尊意以爲如何。匆此，順頌儷福。弟王蒲臣手上。六九、三、廿九青年節。

原德汪先生贈聯　附跋

沐道中外任涵泳

園友古今時往來

曩在國民政府暨總統府服務半生的老友中，以杖朝之年，而猶能行健不息，莊敬自強，勤學日進，尙友古今者，惟江山異生今之沐園主人。余與先生自抗戰迄今，相交時久，相知較深，其在累廬如是，沐園如是，五守新村如是，造次顚沛都如是，「江山易改，本性難移。」本性者、本心也。孟子所謂「仁義禮智根於心」，陸象山所謂「滿心而發，充塞宇宙。」聯語未盡，幷請教正。龍門原德汪庚申三月敬書。

花谿舊雨黃翰章自加拿大來簡

異公夫人儷鑒：久違蘭階，且疏音候，每憶謦欬，如坐春風。晚何許人也，讀 尊著留念集中，啗故人中英兒喪子書，獲 公旅臺「三哭」之一，並荷 夫人法書，讀之不禁感涕，久久不能去懷。昔賢有獲一知已，死而無恨之說，深獲吾心。甚願得其眞蹟，裱懸吾室，俾期朝夕相對，治我心情。並傳之兒曹，以垂久遠。晚心臟血壓，兩不正常，（日必服藥，已十餘載，幸未惡化，此間六十五歲以上老人，醫藥費全免，保險費亦由政府負擔）其餘尚稱順適。方夫人「五子登科」，友人某君「兒女奉之若王，却少一「、」，均係居海外老人所苦。身受所感，晚尚能裝聾作啞，行動則在我，力求心理平衡，與兒孫相聚，仍從犧牲著眼，不作做「老太爺」想，樂在其中矣。內子因事返臺，特奉此書，敬候儷安。晚黃翰章拜上。六九、四、二一。

劉劍寒先生來簡

異生先生賜鑒：日前列席議會備詢返臺後，展誦贈書，既感且慚。復以連日爲感冒所侵，四肢疲軟，咳嗽頻頻，致稽裁答，益增歉疚。尚乞 諒宥。 先生道德文章，夙所欽仰。 尊著字字珠璣，句句金玉，擲地有聲，足以廉頑立懦，裨益世道人心，實非淺鮮，自當銘諸座右，以爲今後應對處事之南針。憶後學自四十五年辭却中興校務以還，濫竽公教界念餘載，一事無成，兩鬢已斑，春初奉調主持本臺臺務，益覺汲深綆短，力有未逮。蓋本臺負有雙重任務，戰時主播民防，平時宣導市政，且為日夜二十四小時播音，不容有絲毫怠忽，固辭不獲，惟有黽勉以赴，盡其在我而已。 先生愛我，還祈時賜箴規，督之敎之，以免隕越，無任企禱。謹先函謝，容當耑程拜謁，面聆 敎益也。耑肅，並頌道安。 夫人前併此請候。後學劉劍寒拜上。四、八。

附本臺節目表乙，敬請試聽指敎。

陳敎授大剛先生來簡

異公尊鑒：本月十五日曾轉上張樂陶兄由美來簡，屈計時日，諒蒙鑒及。今又得敝友 姚平先生來函，附寄其大作「回雁軒詩文初稿」一册，及嵌名趣聯兩首，囑轉贈我 公，藉申仰慕，玆特將姚函複印，一併寄奉，則來龍去脈，當更可一目了然也。

月初造 府請 敎，曾蒙 示近致 立公等兩位先生之大函，措辭優美，寓意深刻，如有複本，請 賜贈一份，以解文飢，而供研習，實所感盼！專此，敬頌雙安！後學弟 陳大剛敬啓。六九、四、一八。

旅港老友施孟庸來簡

巽生足下：去臘惠書，新春豪賜新刊，先後敬領，謝謝。欣聞龍姪又有竹報，眞大歡喜，如此一喬家書，轉展託人寄遞，用心之苦可知。聞 兄不久可喬遷新屋，使我輩寄人籬下之難胞艷羨不已。年前在國外子女，曾提到我倆老移民問題，自知個性不容易與洋人社會相適應，故此事作爲罷論。又聞老年人在外國之苦境，更不敢不加顧慮。正在徬徨無措之際，有人建議不如回祖國定居，玆弟先與 兄商討，請有以教我爲幸。屢聞左筆寫字之艱苦，爲之惻然。鄙意與至好通問，鉛筆鋼筆，取其易於揮寫，不必用毛筆。又字體歪斜潦草均可不計，只求讀者稍可辨認卽可。所謂至親無文，尊意以爲如何。敬問 儷綏。弟庸叟叩首。四、十一。

聞翰章兄在加拿大便示其地址。

花谿舊雨陳君自美來簡

巽公賜鑒：臺北別後，瞬將一年，在未來的歲月裏，心神徬徨，不知何去何從。來美與故鄉通信後，得知八十九歲的高堂老母猶健在，朝夕在倚閭盼我歸去。

我現在的居處，距紹青祇有三分鐘車程，因此，我和紹青時常見面。今(12)日又與他相逢，他告訴我說，「婆婆踤了一跤，踤傷了腿。」！吾　公又如此高齡，雖然福體康健，但自己身旁應需人照顧，我意爲了適應環境，吾公和婆婆最好暫居「水雅」家，可以隨時有親人在旁侍奉。婆婆是位全世界最賢德、最偉大的女性，人人讚仰，人人佩服，吾公就是不欲自己去麻煩水雅，可是要爲婆婆設想，她老人家如今踤傷，隨時需要週全的照顧，包括衣食住行。望吾公不要太堅持，女兒家等於自己家，待婆婆腿傷復原後，再遷回好了。

奮終身視　公爲父、爲師，在臺時未能稍盡孝心，引爲羞恨，如今遠離教誨，更不知何日再能叩見　慈顏，至情至性，能不愴然。我現在住的地方，爲一山坡，可以遠眺洛杉磯全城景色，夜間燈光輝煌，燦爛耀目，美不勝收。我已領到「綠卡」，將來可能長居此地，因美國對於「老人福利」，非常重視，舉凡老人住宅，老人餐，醫藥保險，福利金等，祇要年滿六十五歲，衣食住行，樣樣都有保障，我的身份是六十七歲，既已取得永久居留權（綠卡），則一切老人福利，實質上的生活應無問題。而女兒琳雲至孝，老夫妻晚年的生活，自可無憂了。懷念吾公，特修書概略稟聞，敬盼吾公福體保重，並時賜敎誨！恭祝　鈞安。婆婆前請安，水雅處代爲問候。舊屬陳奮叩啓。一九八〇、四、十二、於美西加州洛杉磯。

梁月春女士來簡

姜爺爺您好：按理收到您寄來的書，晚輩應立即回信謝謝您。但是這一陣子學校事情特別忙，而回姜爺爺的信不敢馬虎，故一拖再拖，昨天期末考剛結束，今天立即回信，望爺爺不見怪。爺爺把我寫給您的信，登在留念集中，眞令我覺得不好意思，但心裏却有高興的心情流露，這給晚輩很大的鼓勵。

當晚輩在國防醫學院受暑訓時，利用閒暇替爺爺打了一條圍巾，但一直都沒寄去府上，而艾華告訴我用寄的不禮貌，故不敢膽大爲之。但又苦於抽不出時間，故一拖再拖至今還沒寄。最近讀英文，深深苦於翻譯困難，英文句意很明白，但要翻成很流暢的國文就好難，這完全是我國文程度太差的結果。晚輩眞誠希望爺爺能指點迷津，要如何提起興趣進而多加研究文學，深深感謝。祝

愉快！晚輩月春叩安。六八、四、一三。

姚平先生贈聯

超塵拔俗仰高懷，言論不標新立異。

嶽峙淵渟徵雅量，襟抱在國計民生。

又

沐浴在清風明月。
園林無利鎖名韁。

附致陳大剛教授函

大剛教授吾兄道席：吾　兄遊美歸來，未能把盞洗塵，忽承　枉駕相過，招待簡慢，至深歉疚。承　賜姜異公「留念集」，言近旨遠，感人至深。讀至深夜，竟忘睡眠。偶成二聯，藉申仰慕之忱。連同郵寄拙著「回雁軒詩文初稿」一册，並乞　代轉異公爲幸。弟自去年退休，現在銘傳商專任教，學殖膚淺，不敢有所述作，近撰「離騷研究」，專爲送審之用，一俟排印完成，當送請郢政也。距離非遙，敬乞隨時　賜教。忽此敬頌
道綏。弟姚平謹啓。四、十五。

張民權先生來簡

異老：日昨晤及鄭純禮兄伉儷，正以　府上已否遷回新莊爲念。今接大緘，始知仍駐沐園。承

寄留念集，翻開首頁，驀然見著片紙，教我實話實說。雖寥寥數語，而意義無限深長！可惜游夏不能贊一辭，雖欲作啓予之商而不可得，歉憾何如！從成惕軒先生：「沐雨羣花……」；「園居五柳……」；劉宗烈教授：「沐受春風……」；「園留好景……」諸聯，使我聯想起抗戰前南京累廬「舍人」（借用為同居之義）鄧艮材老先生之：「累葉功名高耿氏；廬山面目見匡君。」一聯，固都可資留念，究不如大作：「惟道義是沐；賴同心成園。」兩語之切合與渾成耳。信口說來，請勿以狂妄見責為幸！專此復謝！並祝福。弟 張民權。六九、四、一七。

劉子英先生自加拿大來簡

異公先生賜鑒：美加兩遞蕪箋，諒達察閱，近接毛君強兄來函，藉悉 福躬康泰，莫名欣頌。正擬修書問候，忽奉 惠賜大著「留念集」一册，循廻誦讀，無任欽遲。我 公以耄耋之年，好學不倦之精神，誠令晚輩汗顏靡已。拙作芾石憶舊，承 公指教良多，克以早日脫稿問世。謬荷奬飾，慚感交幷。多倫多為加國第一大都市，除人口逾兩百萬，市中心區巨厦林立，但面積廣濶，綠地至夥。際玆春暖花開，到處風景宜人。其恬靜安謐，及環境整潔情況，較諸紐約之複雜凌亂，實不可同日而語也。晚因子女堅留，擬於七月間返臺。來加匆逾四月，除星期假日由兒輩驅車導遊外，其餘時間，均閉戶讀書，因此間多倫多大學附設之東亞圖書館，庋藏中文書籍甚富，隨時可以借閱。現正閱讀通鑑，俾對我中華文化有更多瞭解，並聊以補曩昔學殖就荒之咎。夙承關垂愛護，敢佈區區，幸乞俯察。肅此申謝，祇請崇安。並候 尊夫人好。晚 劉子英敬上。五、十四。

石仁寵徐淑芬伉儷自美來簡

異生先生賜鑒：光陰荏苒，來美已將二載。臨行時，承蒙機場送行，並賜累廬聲氣集，與我生一抹二書。拜讀之下，深覺文筆精采，樸實潔純。 先生由苦讀而成就，至爲敬佩。憶昔時先父徐志澄公對 先生之讚譽實相吻合。

日前又接惠贈留念集一本，得知 先生已遷居木柵沐園，親自整治門庭，栽植花木，內外煥然一新。詩情畫意之寓所，居高品之主人，誠爲佳話。

我倆來美初住小女家，十個月後，始自行居住。房屋庭院大小，與天母家相似。我倆自己勞動整理庭院，加種花木，早起打網球或羽毛球，每週一、三、五上午去成人學校學英語，主日聚會禮拜。假日兩女兒亦常邀出遊，所以生活過得平靜而愉快。惟身處異邦，心懷祖國。即將回臺，屆時趨府拜候。 夫人前代致候，敬請儷安。晚 石仁寵徐淑芬敬上。六九、五、廿。

族姪史隆自基隆來簡

異生叔嬸尊鑒：饋賜「聲畫錄」等書四冊，均拜領拜讀。「林卜生涯」此間書店未見出售，近經小女就近在臺北購到，現已展讀過半。

茲遣小女子玲，偕婿林明揆晉謁請安。奉上茶葉一盒，懇請　哂納。小女及婿住臺北市景興路一二一號四樓，電話九三二八八四九，平日工作之餘及星期假日，多有餘暇。叔嬸家居如有粗重雜務，懇召渠等操作，定當樂於服勞也。

日來天氣寒暖不定，懇請諸多珍攝，專肅奉達，恭請崇安。姪史隆謹上。六九、六、四。

季國昌先生來簡

異公鄉長尊覽：月前叩訪，辱　賜屏東特產，及美酒款待，謹謝，謹謝。最近與諸友敍談時，曾多次言及吾　公鉅著「林下生涯」，書內所載「四爲窩記」文中，「知足爲富、無辱爲貴、不求爲高、友情爲寶」四語，有關修心養性，處世作人之至道，誠爲名世格言。勸晚書成條屏，拓印若干，分贈同好作爲座右銘。晚恐負諸知好崇仰我公之盛情，特試擬式樣及跋言，奉陳察閱，是否妥貼，恭請鈞示。肅此，叩頌雙福。附呈：式樣一份。晚季國昌謹叩。六、五。

袁亮先生來簡

巽公道鑒：花蓮別後，忽已匝月。承　賜「留念集」一册，涉獵之後，對　公之處世爲人，得獲更深一層認識，以補夏令會中同室數日之不足，欣敬之餘，謹此致謝。弟攝影技術欠佳，雖經參加老人會攝影組研習，但仍少進益。殊未料獲得如此珍貴之囘贈。是「留念集」不但爲吾　公之留念，亦使弟得留一最佳之紀念也。專此，奉復。並祝時祺。弟袁亮敬上。六九、六、十。

徐汝誠先生來簡

巽生先生道鑒：日昨於毛府喜筵中得晤　尊顏，至以爲慰！惟以爲時匆匆，未暢聆教益爲憾耳。頃承賜寄　大著四本，慢慢細讀，因吾兄所有著述，不僅有益學問，且足以修養身心也。肅此恭謝，敬候暑安！　夫人均此問好。弟徐汝誠敬上。七、廿八。

林治渭先生來簡

巽翁長者有道：未行函候者匝歲矣，怠惰之罪，又何敢辭。乃荷　長者手示遠及，意緒纏綿，仰見仁者之心，如冬日、如時雨，寸草枯木，無不遍受其澤，感何可言。新居寬敞，自是當軸惠政，以彰有德。遙想推窗納月，舉首望雲，長者於著述之餘，亦可少得樓居雅趣。來示筆跡，稍異於前，而氣魄嵯峨，尤顯剛勁挺拔之致，獲此寸縑，當永寶之。此間多湖泊，亢旱期中，飲用水不虞匱乏，闔家叨庇粗好，請釋錦注。他日有便，擬挈幼兒弘吾造府，瞻仰 姜爺爺德範，並聆寶訓，爲渠日後做人應世南針，其見許乎。肅此敬頌 鈞安！ 夫人前乞代請安。後學 林治渭謹啓。九、一。

楊祚杰先生贈聯 附跋

異哉斯人，愼言律己；

生乎今世，特立獨行。

承 惠賜 尊著我生一抹、半環記諸册，靡不拜讀，獨缺「聲畫錄」，未免有遺珠之憾。素仰 先生之道範，堪爲後輩之楷模，爰拈十六字爲聯，藉抒景慕之忱，幸勿載之篇帙，免致佛頂着糞也。楊祚杰敬上。

楊祚杰先生來簡

巽公先生道席：前呈十六字聯，略抒景慕之忱，頃奉 手教，辱蒙 改正，感極！佩極！素仰 先生生活起居，待人接物，異乎常人，立言不狂而中肯，發論不頗而持平，此愚之所謂「愼言」也。先生處世，寧可克己以助人，絕不損人而利己，此愚之所謂「律己」也。故與 先生之「敢言」、「克己」，似相合而不悖。 先生曷許我爲知言與知己否？自揣謭陋。仍乞 不吝賜誨是幸！肅復，並頌敎安。後學楊祚杰拜上。六九、九、七。

老人福利會羅時審蕭冠濤二先生來簡

嶽公賜鑒：捧誦 大示，敬聆一是，蒙 介劉教授宗烈「一束傳記化聯語」，文情並茂，自當遵囑在長青第三十五期藝文欄發表，以光篇幅，我 公喬遷，有喜當賀，本會爲表誠忱，奉上石瓶，不腆之物，寧足掛齒，特選「胸蟠子美千間廈；氣壓元龍百尺樓」一聯慶祝，仰維 德望，洵足當之；而高懷謙抑，更令人欽佩不已。至於長青第三十三期陳大剛教授「略談做壽的方式」一文，有關我 公出書紀壽之處，經轉知編者在三十五期「編者的話」中予以澄清，諸承 垂照，無任感荷。耑此奉復，祇請崇安。　夫人閫福。晚蕭冠濤、羅時審同拜上。六九、九、九。

老友濮孟九兄來簡

異生兄：捧奉手書，承寵召賜「純喫飯」，還有勞　嫂夫人親自掌廚，已不禁饞涎欲滴。加上老友咸集，晤言一室之內，豈不快哉，機不可失，豈肯交臂失之。屆時自當趨陪末座。函中又有「徒手而來，不受任何嘉惠」之句，豈不更成了「純施捨」了，不過弟想帶幾瓶酒來，聊助雅興，這不能算是嘉惠囉！

惟是弟本患重聽，老來更甚，又以義齒裝不好，講話口齒不清，吃東西亦不甚方便，已無往昔之談笑風生縱酒放歌之豪興，原已不適於酬酢等場合。席間惟有呆坐一旁，看似裝聾作啞模樣。失態之處，實出無奈，尚祈曲諒。

九自幼體弱多病，中年還患過肺結核極度失眠等症，本該短命，居然能活到八十餘高齡，已大出自己意料之外。老態龍鍾，又算得什麼，豈能與吾　兄之老而彌健所可相提並論。專此奉復，順頌康健快樂。　嫂夫人均此。弟孟九手上。九、十二。

原德汪先生來簡

異生兄長：欣逢華誕，敬祝　崧壽。前上拙詩，意有未盡，特爲詮釋：

「拔地奇峯無限好」才性超異也。
「在山泉水本來清」林下生涯也。
「累廬聲氣通環宇」以文會友也。
「皓月圓明映長庚」星月交輝也。

敬祝月長明，星長明。福無量，壽無量。原德汪拜祝。九、十五。

林雪娥女士來簡

超嶽先生尊前：遙望山斗，倍切神往。日前承蒙　先生代向　立夫先生推介，得獲　立夫先生親賜墨寶，感奮之情，匪可言宣。光德先生屢次提及　先生高風亮節，益增仰慕。　先生大作如「我生一抹」「林下生涯」「累廬聲氣集」「應用書簡」「實用書簡」……等，均曾拜讀，所記所述所論，莫不有裨世道人心，晚與外子共相受益。特肅寸稟，藉申謝忱。肅此，敬叩崇安。

再晚林雪娥謹上。六九、十、十八。

外子廖介松與晚師大同班，現在和平國中任教，特囑恭候。

劉松壽先生來簡

巽公鈞鑒：久未函候，未諳 公何時可遷回五守新村。尚祈不吝賜示。晚在員農仍教公民、民法兩科。惟畢業班要求於課餘義務指導其國文與民法，藉便參加普考。暇則替中國國學雜誌，幼獅月刊，國魂月刊，闡光雜誌，六桂雙月刊，員林農工青年季刊寫稿，故少函候，尚請曲恕。

教育廳曾將晚之事蹟刊於杏壇芬芳錄，此皆我 公潛移默化之功也。晚自識荆，深佩 公從事革命數十年，位列中樞，至今仍兩袖清風。年逾古稀，仍夜讀至三更，廉潔作風，好學精神，在在均足為後學典範。若全國公務員均能如此，國家早臻富強之域矣。岳武穆說：「文官不愛錢，武將不怕死，天下太平矣。」確屬的論。因風寄意。肅請 鈞安。晚劉松壽上。六九、十、卅一。

陳先生來簡

異生吾兄：臺中歸來，奉讀十一月十五日　手書，敬悉一是。以往數星期。因大小兒澤安返國，親友賜宴，輒連同被邀，繼之家姊及姊丈回臺，並偕其子媳同來，因之又有一連串應酬，致稽遲作答為歉。茲擬遵命擇定十一月廿九日中午十二時三〇分趨　府應邀，惟仍盼以極簡單之方式為之，免嫂夫人過勞，則幸甚矣。國父誕辰之講詞中，有不少點為弟所創見，均曾在其他講詞中講及。惟中央文武百官則無機會聽過，此番承　總統之命，得有機會作此報告而已。弟之目的，在國內為增強人民之自信，在大陸則煽動人民之離心，一舉兩得，故試為之耳。辱承過獎，殊不敢當。專此，敬頌儷福。弟陳立夫。十一、十八。

附錄

你看過傳記化的聯語嗎？

本文錄自暢流七三七期
六十九年十月十六日出版

劉宗烈

〔編者附言〕贈人聯語，嵌名號里籍，乃吾人所習見。今作者將對方之居處、家世、行實、文編等一一搜入聯中，別饒妙趣。是聯語之傳記化者，亦創格也。亟為布之，以供同好。字側特加標識處，即對方之名號行實等也。又對方江山人，超嶽其名，號異生，京寓曰累廬，有名著我生一抹、林下生涯、聲畫錄等行於世。年來一度遷居景美山下友好曠宅，起名沐園，曾撰妙文記之云。

江山姜公異生，宗邦豪傑士，當代振奇人。懸車樞府，養性林泉，移居木柵，卜鄰棘垣，經營小院，題名沐園。涉足成趣，矯首遐觀，平泉花木，陸地神仙，有琴書樂，無車馬喧。煙霞為癖，金石同堅，存湖海氣，結翰墨緣，康彊逢吉，美意延年。交善人者，喜入芝蘭之室。作高談者，歡遊桃李之園。心嚮往之，樂莫大焉。余不敏，平生雅慕　公之績學風義，比年以來，曾先後贈以四聯，或嵌公之名號，或系列公之籍貫，亦有以公之著作、寓居、名稱分列其間者。茲併錄於後，用志景念。歲次庚申新正吉日，金壇劉宗烈書於新店寓廬。

一

超超玄箸，春滿累廬，域中異境江山秀。
嶽嶽丰神，人懷姜被，林下生涯歲月長。

二

超然物外，得江山靈秀所鍾，其人斯異。
嶽峙寰中，秉天地綱常以立，大德曰生。

三

沐受春風，任一抹浮生，放眼時，儘多聲畫。
園留好景，欣日涉成趣，會心處，無限江山。

四

超懷無累，嶽麓結廬，異鄉卽是故鄉，沐雨櫛風開異境。
江流有聲，山光入畫，生趣兼饒意趣，園居林隱樂生涯。

贈老友江山異生

（本文錄自浙江月刊七十年一月六日出版）

何志浩

余與江山異生訂交於北伐軍元戎幕下，迄今五十餘年，歷經變亂，聚散靡定。渡海後，余任總統府參軍時，異生則任參事，從公之餘，時聆教益。自退職後，轉任華岡教授，僕僕道路，遂爾疏濶。第由故舊言談中，或書刊文字中，知異生之持志日堅，守道日篤，為文益精，養生益進，溫溫恭人，謙謙君子，識者咸讚為大德大年之耆老矣。

顧余於異生則另有一種看法：迴翔廊廟垂四十年，而無官場搭架子之陋習；讀「沐園記」，改造環境，自主工程，讀「快樂觀」，自抒獨見，與乎「果廬」之命名，「聲畫」之實錄，在在率真，無一般自命文士、墨客、理學儒家之腐氣酸氣；不以書名，而寫字見其個性，立夫先生稱其有似畫梅，挺勁堅貞，了無俗氣；洎中歲，右臂患戰，改習左書，亦能揮灑有致，可見其剛氣內斂，非常人所能及；年逾八秩，猶日孜孜於自己興趣之工作，絕不倚老賣老，亦不老氣橫秋，益見其豪情不減當年，精神愈用愈出云。

近承貽「聲畫錄」、「八二留念集」諸書，凡有關世道人心，以及發揚中華文化處，知無不言，言必有中，此皆由於正氣充於內，勁氣表於外，故無往而不自得，遇事皆能從心，自然合矩中道。余年少異生六歲，勵志養氣，亦得虛名，然多少有不及處，願學以自勉，爰貢數言於此，祝故人長健，福無量，壽無疆。象山何志浩。六十九年青年節。

珍珠般的感謝

呂順華

〔附言〕歲五月，聞府中僚好言，近有揚予之行誼於報章者。究之，則吾友吳中英德配，呂順華夫人所撰「珍珠般的感謝」一文也。載中央日報五月二十三日之副刊。作者以沈痛心情，歷敍其自去歲八月突遭喪子之痛後，所受各方給予慰唁之實情，藉申志德之忱。文長半萬餘言，淚痕斑斑，是至情之作。其中所云，「有一位年逾八秩的老長官」，卽指予當年厠身委座幕下任組長事也。雖未表出名氏，識者閱之，便默會於心。此文之可貴卽在乎此。玆截其所敍關於予個人者錄於次。

江山異生。六九、一二、一二

特別令人難以忘懷的是親長們的關愛，有一位年逾八秩的老長官，抗戰期間，是外子服務單位的主管，建兒也是他從小看着長大的，且頗多讚賞。多年來，他右腕病顫，不能握管，每有寫作，都代之以左手。這一次，他驚悉我家遭逢劇變，衷心激動，一時忘其所以，仍以右手揮毫，在一股感情潛力的支配下，竟奇蹟似地完成了一封令人感泣的長函。繼書信之後，他又不顧衆人的勸阻，僕僕風塵，遠涖新竹探視我們，爲的是要確切瞭解，體質一向荏弱的我們，在這樣一個狠重的打擊下，如何在肩負那痛苦的壓力。雖然，我們也已是七十以上的人了，但在他的心目中，歲月的脚步依然停留在四十年以前，八年抗戰生活，經歷了多少艱難困苦的日子，那時候，靠着他對僚屬的愛護、照顧，和指導，大伙兒在翼護下都平安地渡過。之後，這種責任感已習慣地留存在他心中，牢固得再也無法能更改，這次，他若不是親自來確定了我們肯接受他的勸導，他是不會心安的。

以一位素不喜多言的耄耋長者，在這一天裏，他費盡唇舌，費盡精神，爲我們說了成籮成筐的話，臨別時，還是不放心，又再度向我諄諄叮嚀：「壽、夭、富、貴、貧、賤，授之於天，這雖然是個落伍的觀念，相信它，却可以減輕你太過哀傷的心情。」他又說：「如果你眞的勝不過自己，你唯有多利用筆墨來發抒，寫出來，寄給我，使悲痛有個出處。」長者慈父般的心懷深深感動了我們，他苦心孤詣的以撫，以慰，以誨，研製成一味治傷良方，切切地希望我們能在節哀順變的心理下渡過這場風暴，我們將不使他失望。

老年交友之「別格」──以「信」會友

本文錄自暢流七三七期 六十九年十月十六日出版

陳大剛

一、良好的開始

中央日報副刊某次之方塊，作者評介「林下生涯」一書，余因正度退休生活，亟欲購來一讀。第以方塊作者，或爲避免推銷之嫌，對該書出版處所及定價等，概未提及，致使我購書之願，未能立即實現。旋於三民書局無意間發現此書，乃即購回一册，逐頁欣覽。著者姜異生（超嶽）先生，以日記體裁，記述其退休後之生活，文筆簡潔洗鍊，內容多采多姿，尤其以八十高齡，仍能處處本主動、積極精神，不求名利，專找事做，實足爲一般已退休及將退休人員之示範，言教、身教可謂兼而有之矣。深致仰慕敬佩之餘，頓起通函攀交之意，故此「林下生涯」一書，對我與姜先生之「建交」，實乃一「良好的開始」也。

二、勇敢的去信

六十六年十一月十三日，鼓勇去信，有所請教，原函如下：

異生先生大鑒：日來拜讀　大作「林下生涯」，文字簡鍊，內容精闢，極感欽佩。因之，今日又購得尊著「我生一抹」、「實用書簡」及「應用書簡」三書，以備繼續研賞。惟我對任何新書，有先讀序文及詳閱目錄之習慣，發現「我生一抹」目次第五頁最後一行「柒、行都雜志」與第六頁第一行「一三四・陰魂……一二七」應相互對調，方與書中內容相符。此雖係一小小「誤植」，絕非若何重大錯誤，但因台端既在書中所附勘誤表末，有歡迎「指正」之雅意，乃不揣冒昧，特函指出，俾將來再版時，可加以改正。——出書而期其盡善盡美，絕無缺點，無論內容上或形式上，以我個人之經驗，實少可能。——希此芻蕘之提供，能不以唐突見怪也。耑此，敬頌大安。

讀者陳大剛敬啓。

三、熱忱的復函

六十六年十一月十五日，即去信後之第三日，即得復函，熱忱洋溢，情詞懇切，照錄如下：

大剛先生閣下：未展陳啓，先申謝悃。承　示書中之誤，見人所未見，即見而即以告作者，藉知閣下讀書之精細，與對人對事之熱忱。感佩，感佩。且於拙作各書，謬加偏愛，是文字知己，亦同道君子也。還望不棄庸朽，多多賜教，則幸甚矣。匆此，順頌秋安。姜超嶽拜復。六六、一一、一五。新莊。

四、大膽的請教

余自六十四年元旦起，開始度退休生活，雖在數校每週兼課數小時，得以稍解寂寞，仍深感此餘年生活之如何安排，實爲一値得提出談論之問題。因擬廣爲搜集談論此一問題之佳構，編一「退休人語」或「退休者言」之類小書，藉供退休者參考。並可分享作者之樂趣。同時認爲年高德劭、體健學精，具有豐富之人生經驗如姜先生者，實爲最適當之請教對象。乃於六十七年二月九日以下函向其討教：

異生先生賜鑒：晨讀大著「累廬聲氣集」，發現四一頁上談及嚴嘉寬先生「談退休」一文，「所建議者，平實可行」，不啻望美食而饞涎欲滴也。緣弟現正有意搜集有關「退休生活」之佳構，並擬約請知友撰寫大文，希在一二年內編印一本小書，俾對度退休生活者，有些許參考之價值，同時自已藉此「求怡情，習勞動」，亦可自得其樂也。茲特請　示數事，懇　台端有以　教我：

一、此事是否值得去做？或有無其他更好做法？

二、如蒙　贊同，我　公能否　賜撰一篇，以光篇幅？（長短及時限均所不拘，將來謹以此書，聊表謝忱。）

三、以上談及「談退休」一文，能否複印惠賜一份？（如原文不在手邊，即請　免印，並勿介意。）如有此類其他文章，並懇　賜示。謹此佈悃，並祝　春祺。弟陳大剛手上。六七、二、九。

上函去後，迭蒙　賜寄有關退休資料多次，並承轉介其知友嚴嘉寬先生直接寄來大作「我對退休生活的想法」一文之複印本，均頗有參考價值。惟於編撰「退休人語」一事，則未蒙直接提及，或以茲事體大，難置可否，或以尚須考慮，亦未可知也。

五、「創格」的壽集

六十七年二月，蒙贈「丁巳聲氣集」一册。以其形式內容，均頗可喜愛，且意義深長，更足資取法，乃草一短文加以簡介，投登老人會長青雜誌，並寄贈姜先生一册，請其指教。旋奉惠復，蒙提示高見數則。茲將往返二函，分別列下，一以見彼此交往情況之一斑，且亦不無可供參考之處也。

異生先生大鑒：前承惠贈「丁巳聲氣集」，以其方式別緻，意義深長，堪稱壽星贈送之最佳紀念禮品，曾作短文加以介紹，投寄中華民國老人福利協進會長青雜誌，頃已蒙其登出，特寄奉一册，請惠予指教。

關於前擬籌編之「退休人語」一書，刻尚在多方邀稿之中。我公文學泰斗，望重士林，且壽臻耄耋，萬方欽仰，茲再重申不情之請，敬懇　惠撰鴻文一篇，俾增光寵。長短不拘，時間不限，祇需內容有關退休或老年生活之經驗或卓見。局部全部，理論實際，均極歡迎。屢瀆　清神，至祈　鑒有。肅此佈悃，並頌崇安。六七、七、二〇。

大剛先生閣下：鄙人自知聲聞過情。讀本月二十日　惠書，竟有「文學泰斗」之譽，惶媿無似。鄙人於稱壽一事，力主祇限尊長，絕不可對自身，今則尤宜然。故前塵丁巳小集，原以志親故厚德，初無流俗紀壽之思。閣下居然撰文張之於「長青」名刊，標題曰「……是壽星贈送之最佳紀念品」云云，在鄙人固感榮幸，在　閣下不有謬愛之嫌乎？一笑。拜讀全文，對小集內容，非字字細讀，決不能作此周至之敍述。戔戔小集，遽能邀通人之賞識，至感榮幸。惟就事論事，閣下本意，重在表達之方式，而不重在本集之內容，故標題似以改如下式為妥：「壽星紀壽之創格——介紹丁巳聲氣集」，尊旨以為何如？承囑為大著撰文，要視情感之如何昇華而定，目前不敢必也。匆復，恕作字維艱，不具。弟　姜超嶽上。六七、七、二二燈下。

六、誠摯的掖助

姜先生每次惠函，常提供有關資料或可參考近作，以供觀摩。茲選取其與知友劉君談論寫作及書法等之函稿一件，抄列於下，以見一斑。

子英同志足下：僕之生平，壹表之於問世諸作，自惟庸庸，無可銜世。讀五日復書，滿簡讚語，對吾文質，若大有可則。過蒙見重，謙光誠足欽，僕何敢當。溯自論交以來，凡聞　足下口碑，輒喜吾道不孤，難兄難弟。處此薄俗，而倖免隕越，亦人生幸事。既荷謬愛，有生之年，共期互勉，固所願也。

論及寫作，從無師承，偶有發攄，率性外，可得而言者，區區獨見而已。情理眞切，求意之美也。詞句清新，求色之美也。氣調舒暢，求聲之美也。意美則感人，色美則易記，聲美則順誦。三者具，庶幾佳作。獨惜囿於才，懸此爲的，媿未至耳。

至言書法，中歲後改易左腕，勉可應世。奈暮境迫人，運筆日退，邇來尤甚。成行且不易，遑論美醜，其無足觀，可以想見。而足下竟盛讚「秀麗挺拔」，不知從何說起。豈亦犯 令先德嗜痂之癖耶。一笑。

關於友朋間稱謂一事，以兄稱人，結習已深，拙著「累廬聲氣集」（見三二頁）中，曾有詳說。彼此既同黨，又同道，則此後卽以同志相稱何如。

喬君又有書至，重提及遭打擊事，特檢復稿寄 足下一閱。不宣。超六七、五、八。

七、感愧的高攀

姜先生高齡八十有二（六十八年），適長我十歲，其文學之高明，以視學機械的我，更望塵莫及，尤以其堅忍不拔、始終不懈之精神：如右手患顫，改用左書，終使其成績之佳，不亞右手；每晨行冷水浴，至今數十年，仍寒暑不改；書函必留底稿，終能出版有關書簡的名著多種，且均頗獲時譽；更能於退休後仍每天記日記，且有「林下生涯」一書之問世。凡此種種，均遠非我所能及，故我得與其交往，誠屬高攀，絕非過謙。然而姜先生仍以熱忱、愉快之心情，處處鼓勵、掖助之不暇，詢一反三，習以爲常，一如長輩之提攜後進，其難能可貴，值得敬佩，卽在於此，此我之所以視為「感愧的高攀」也。

八、快樂的基礎

垂暮之年，若仍能作各種快樂之尋求，誠人生莫大之幸事。然而「樂來樂去，壹惟健康是賴，不有健康，萬般皆空。」此姜先生與我通函時所提出之警句，誠非虛語。凡我老人，一切的一切，應以保持健康為首要。其實，即使年輕人士，又何嘗不然。如果老年人而無起碼程度之健康，則生活即少情趣可言，甚至生命尚有些問題，其他一切，更必無從談起矣。故曰「快樂的基礎」在健康。欲尋求快樂，首應著重健康。

敬題老友劉宗烈兄惠贈佳聯（聯文見上文）

不佞太公之後，世居閩浙孔道之江山縣。譜名時傑，弱冠用世，自名超嶽，別號異生。當年京寓，榜曰累廬，台居官舍，號四為窩。邇歲一度假棲友所，則起名沐園。凡所表者，俱涵深意，相習友好，多樂道之。

予出身寒門，涉世半生，未嘗學問，偶有塗抹，祇以應世，或自留鴻爪，不足言著述，而以意外因緣，竟僭竊文名。二十年來行於世者，有大陸陳迹、我生一抹、累廬書簡、累廬聲氣集、聲畫錄等。展轉口碑，尚堪自慰。

吾友金壇劉先生宗烈，績學能文，素以詩詞鳴。固當代文壇名家也。不棄庸朽，屢賜聯語，對區區名號、里籍、家世、居處、作品、行實、鄙懷等，巧為一一嵌入聯中，熨貼自然，饒有妙趣，是聯語之傳記化者。亦創格也。人以文傳，豈僅榮寵之感。為彰情誼，特揭諸刊物，以供同好。恐讀者於其涵義有不了了者，特綴數行於此。江山異生六九夏沐園。

錄長青雜誌35期36期有關異生者

一、35期〔編者的話〕：本刊33期登載陳大剛教授「略談做壽方式」一文，其中述及本會顧問姜超嶽先生出書紀壽一節。茲由姜顧問致函羅總幹事，以「自六十五年起，年出小書一冊，分贈知好，原以與親故通聲氣、志因緣、留鴻雪，絕無半絲半毫做壽意。……」編者承羅總幹事與蕭副總幹事轉知，姜顧問本人非俟返大陸，決不通融稱壽，其出書贈友，與做壽絕不相涉。深恐讀者或有錯會陳教授大文之意，特為鄭重向大家澄清，敬祈　亮察。

二、36期〔來鴻去雁〕：會友陳大剛先生致羅總幹事蕭副總幹事函，「[illegible]昨承異老邀約，在其新寓宴敘，適與貴友尚先生達仁聯座。談及我　兄，備致推讚，以叨在交末，亦與有榮焉。長青35期中，載吾兄「編者的話」，對異老不做壽之澄清，簡要得體，殊堪敬佩。茲奉拙作「老年交友之別格—以信會友」一稿，備長青補白之用，當更可明弟對異老之尊崇，亦可藉知所謂「不做壽」之「紀壽」之由來也。

異生題山水畫框贈沐園園主

沐園者，嶺南曾君定一之所有，舊爲克難公舍，而以園名，則自江山異生寄居於此始。二年前，異生居處重建，急謀遷地，曾君慨然假予餘室，同戶共處。旣而合力整飾，內外一新。異生突憑靈感，命名曰沐園。復爲文記其所以。於是榜於門，題於壁，見者靡弗矚目焉。歲月悠忽，閱年有八月，異生告遷矣，知曾君依依於景象之不再，乃斥長物以貽之。用者、觀者、各若干，本畫框亦其一耳。雖非珍品，可以永志艮友庇蔭之德也。江山異生敬題。六九年季夏。

異生讀書偶拾

近讀新出「暢流」七四二期，載「挑三撿四話人生」一文，作者友人陳大剛教授。係將古今談論人生與「三」「四」兩字有關之事項綴輯成篇。饒逸趣而富哲理，是妙人妙作。其中關於「三」字者，列「三立」「三光」等十四則，關於「四」字者，列「四德」「四相」等十二則。此十二則中，採於拙著各書者占其四。自惟庸言庸行，居然謬邀賢者之賞識，殆亦異數歟。爰爲節錄原文如次。略申見愛之情。

四爲—老友姜公異生，曾有「四爲窩記」之作，稱「知足爲富，無辱爲貴，不求爲高，友情爲寶。」—懸的相當之高，難以期之人人，此其所以爲異生也。以下續列之三則，亦爲異老所倡導。

四無—無憂、無懼、無求、無負，謂之「四無」。「無憂，言生事之安；無懼，言持身之正；無求，言非份之不爲；無負，言取與之嚴謹」；均關於精神方面者也。

四自—自立、自強、自由、自足，謂之「四自」。「自立，言盡其在我；自強，言餘力助人；自由，言率意而行；自足，言知足，又能足」，均關於行動方面者也。

四有—「一曰有貢獻，言對社會國家，目覩所成也；二曰有榮譽，言令聞遠播，博大衆之敬仰也；三曰有知己，言聲氣同道之惺惺相惜也；四曰有傳人，言生平志業，得後繼之人也。」

福樂篇

江山異生七十之冬

樂只君子福履
將之

晚翠樓主
江山異生題

巽公長者，拜讀
尊作晚翠樓記，成惕老評閱原
稾，極欽 兩老相互商畧文字，
彼此謙挹，君子盛德，大臣為
多士楷模，後學佩服傾倒之
至，原件謹奉還，率瀆數語，敬
博 長者一粲。
晚尚達仁拜 九廿六

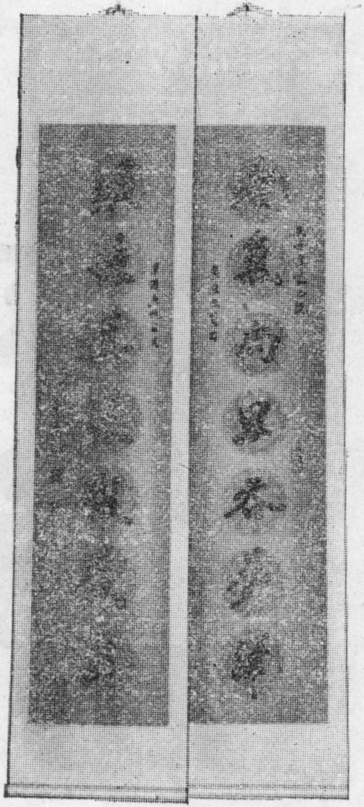

福樂篇小引

本篇為予新出之拙作，即近年所刊小書之姊妹篇也。內容不贅，獨說其所以名。

予以稀齡告老，去今十有三春矣。總友知予名雖閒居，而日不暇給，一如當年。談及退休，輒舉予為式。或問何道之由，予曰：一言以蔽之，厥惟福樂是賴。願之社會，於人於事，盡其在我，則吾心泰然矣。起居生事，多勞多動，寒暑無間，則吾體堅實矣。益以物外存心，遵孔門在得之戒，利人是尚，泯腐儒獨善之思，窮愁不興，災祲不至，於是福集而樂生矣。既福且樂，人生復何求乎，故以福樂名吾篇，願與讀者共勉之。

晚翠樓主江山畏生 七十年冬 李梅繕

福樂篇 目次

小引

甲輯（來復者）

乙輯（受人者）

丙輯（與人者）

甲輯（來復者）

①端木璋先生自臺南后壁來簡之一（下有復）

巽公先生道鑑：去歲十二月初，始由三民書局得以拜讀大著「林下生涯」一書，繼乃購其「文庫」本兩「書簡」及「一抹」三書，上旬又三購「聲氣集」。五書均以紅筆標圈一遍。因而得悉：尚有「陳迹」與「結緣」兩編，書屬非賣品。所願如分贈未罄，存有餘書，則乞賜一、二，得以遍讀此名山之作，傳世之編，則大幸矣！

至蒙此人者，籍隸福州，以白墨爲生四十年。弱冠即開始誤人子弟，在東夷乞降之明年，浮海來臺，賡操素業，濫竽省中國文教席又三十年。數年前退休，乃始以讀書自娛。現住校中教職宿舍，寒家只有愚夫婦二人，獨女已出閣數年，隨婿在臺北永和。因素昧平生，故不得不自陳來歷賤狀于左右，以供參酌。專肅，敬請 崇安。後學端木璋手上。七十年二月一日。

②巽生復

端木先生閣下：公寓住戶百十數，適値閽人生手，致 惠書橫遭擱壓，今始拜悉。淺人拙作，竟承遍購細讀，幸獲同道，更喜有緣。人事巧合，不可思議，寒門實情，差倫 貴府。知 閣下亦道義君子，恕不多贅，特檢奉非賣品小書五册，老來生涯，粗具於是。所有拙作，悉本乎情，不審 閣下肯示以最眞摯最無世故之觀感乎。諍友讜言，古人所尙，直道無諱，是所望於 賢者。承所索「陳迹」「結緣」二書，確有可取，一則多名公學人之眞蹟，一則事關抗戰之史料，惟面世前者二十年，後者十餘年，手邊已無存書，請稍寬時日，當有以報。他日 大駕北來，歡迎枉顧。住地與此間名校恆毅中學毗連，甚易訪也。再者，鄙人作字甚苦，此箋可說在掙扎狀態中爲之。不情之請，閱後可擲還否。匆此，順頌 道安。朽人姜超嶽上。七〇、二、二〇。

③端木先生來簡之二

巽公師長道席：二十二日援奉二十日 复示，誨言肫篤，法書樸質，仰玆 典範，捧誦再四。璋也何人？嘻，敎匠小子！猥蒙過奬，汗愧無似！

名山「陳迹」念載失讀，環境是囿，孤陋自慚！難得告休折節向學，數年來爲自修故，憑書目得見大作「林下」爲名，冀藉 嘉懿以自律，遂成爲一倒讀先生五著之讀者。謹陳實情，幸長者 垂察焉。

「陳跡」、「結緣」之價值，正如 先生所云：在于名賢之手跡，與珍貴之史實。儻能授予書局行世，使此珍本更廣流傳，而求道者問津有路，豈不懿歟？

廿四日復收到「聲畫」、「留念」、「行素」等五書，並獲贈　師母法書三道，其中「留念弁言」尤勝，洵難得也。五書拜讀自當有待。今先遵囑將華箋影印奉上，以釋　廑念。深恐手繕筆誤，亦遵　先生尚眞貴實之敎。（中略）

猥蒙　寵召，五內銘感。北上之日，當率 室人專誠趨叩　程階，親聆　開導。

所懇長者今後有敎，敬請直斥賤名，並以「弟」相呼，于義實安。念余生也晚，竟少十餘齡，所冀能忝列姜門，則幸矣！肅此，敬叩　儷福。後學生端木璋百拜再上。二月廿七日。

拙荆附筆敬向師母請安。附呈影印華箋一通，統祈　察收。

④端木先生來簡之三（下有復）

異公老先生道席：「聲畫」等五書，已略事圈讀一遍。

數日前復蒙　先生賜寄「陳迹」、「花溪」舊書，搜尋有費　仁神，謝謝！得涀　先生當年右腕手跡，戰時史事及巴蜀地理知識，甚喜！（中略）

在留念集末「附錄」中拜讀　大作沐園記，知大旨在末段，似尚未加發揮，頗擬潤色以申先生之說。而前文則于文氣、文力方面亦有所致力，除申說「沐」義外，力求簡潔，文句有省無增，或者能獲先生之心歟！或者能有「孺子可敎也」。恕他日爲　先生效力。肅此，敬叩　鐸安。

附呈獻聯一首。(此略另詳下文)晚生 端木璋百拜上。三、一七。

⑤異生復

端木先生足下:惠聯題款,竟見稱「夫子大人」,恍惚時光倒流,猶是當年執敎之身。靜焉以思,猥何敢承。然亦何幸而邀稀齡通人之謬愛,一至於此。君子之交,貴在以誠,爾我兄弟相倫,豈不甚好。疊荷手書,盛情洋溢,恕我老朽,執筆日困,有作,必待夜深人靜,試習百十字後,始勉能成行。因而尋常來信,難得一復。復矣,往往長話短說,達意而止。此則務請多多曲諒也。拙作各書,既蒙徧讀,至懇以所得最深刻之印象相示,數行可,三言兩語可,不必成篇。如有嚴酷之批評,尤爲感德。再者,前書曾有北來枉顧之約,務望屆時先通電話,免臨時相左而撲空也。又附近稿一紙,中有欲以相聞者,爲省事計,故取此辦法。匆此,順頌雙安。姜超嶽七〇、三、二二。

⑥端木先生來簡之四附贈聯(下有復)

姜夫子大人座右:寒士四寶都無,竟以藍水代墨,謄正呈聯。前用詞及聲調諸多錯失,懇代撕棄入篗，勿留爲請。走短視六十年，現已達一千一百度，兩眼茫茫，六號字已不能閱讀。親繕爲表敬意，非敢獻醜也。肅此，虔叩　崇安。附呈謄正一聯。走端木璋拜上。四、九。

江山姜夫子大人鐸座：

樞參、帥幕著賢勞，采動四座頒；憂抱長民，蜀郡花谿稱太老。

瓊傳、瑤牋播遠邇，聲氣三鯤廣；樂觀淑世，江山姜水有人師。

辛酉仲春望日私淑弟子端木璋拜撰、盥書於臺鯤，時年七十有一。

⑦異生復

端木先生：九日大函，並法書墨寶，謝謝。一聯之作，費神如許，具見好善而敬事，不勝感佩。上月廿二日寸緘，未蒙提及，得毋有洪喬之誤，敬聞不一。朽人　姜超嶽上。七〇、四、一〇夜。

⑧致端木先生

端木先生雙好：乞恕衰手作字，莫笑塗鴉。本年開春後，以意外因緣，二閱月閒，四接手教，中有力作佳聯外，更欣聞不棄愚陋，欲於拙撰「沐園記」一文、有所申說。此乃鄙人求之不得者，喜吾生之有幸，逢同道於天涯，奈企盼迄今，而音息杳然，老去望眼幾穿矣。不審　先生可惠示數行否。附塵近稿三紙，希賜函爲幸。匆此不具。朽人江山異生七十年十月二日燈下。

⑨趙長明先生自郵政總局來簡之一

姜公超嶽先生尊鑒：恕晚冒昧上書，晚曾購讀尊著三書，一讀再讀，回味無窮，先生文章固無論矣，使晚獲益良多者乃做人之道也。

晚揚州人也，拜讀尊著「我生一抹」一書時，甚佩王班長正福其人之忠義事蹟，惟文中「江北人」一詞，實不爲我蘇北人士所樂聞，可否於再版時改爲「蘇北人」，蓋晚亦愛鄉之人也。

又、文中提及之「大陸陳迹」一書，因無處購買，是否可贈送一册供晚閱讀，倘無多餘，可否借閱，閱畢定當璧還也，此乃晚不情之請，晚亦率直之人，不喜客套也。

晚於六十七年秋間，讀報時剪下一短文，係李俊民先生所撰之「江山異生之快樂觀」，晚已將此剪報，保存於剪貼簿中矣。

晚係郵政人員，現借調「七十年郵展會」任外文秘書之職，通信處如封面，辦公室電話爲七〇一〇一四四。佇候佳音。耑此肅叩　崇安。晚趙長明拜上。七十年三月十六日。

⑩趙先生來簡之二（下有復）

姜公超嶽先生尊鑒：承 公惠贈「行素集」及「留念集」，晚一口氣讀畢，復購得 公著之「林下生涯」及「累廬聲氣集」，均係一口氣讀畢後，然後再讀，三讀……，誠堪永讀，眞所謂百讀不厭也。

今將 公之爲人略述如後：

一、重道義，願助人而不求人助。

二、念舊、愛鄉，對鄉後進雖不識亦願獎助之。（晚認爲凡能愛鄉之人必能愛國。）

三、對於可發一嘆之人，除沁水賈氏外，從未透露當事人之姓名，具見 公心存忠厚，與人爲善。

四、見溫文有禮之青年，則勉勵有加，且願結忘年交。

五、對有情義之省籍青年則譽揚之，且以子侄視之。

六、對福將則指名道姓，無視其權位。（蘇北有「會說漣水、泗陽話，就把皮條兒掛！」之諺，所謂皮條兒乃武裝帶也，此乃形容某福將發跡後，其鄉人攀附之衆也。）

七、絕不願麻煩別人。

八、乍見不爲小人所喜，久處不爲君子所厭。（套用古人語）。

九、古道熱腸，對有心疾者無理之舉動，不與計較，反同情之，慰藉之。

十、對僕傭、司機、士兵等卑微之人，凡具有忠義事蹟者則津津樂道，絕無官氣。

以上十點，乃晚粗淺看法，雖不中亦不遠矣。

晚亟欲親聆聲欬，惟晚係信耶穌者，每週一、三、五晚間有空，請公指定一日，晚當專程拜候也。肅叩　崇安。晚趙長明拜上。七十年四月廿一日。

⑪異生復

長明先生足下：頃接　手敎，對僕之爲人，竟舉朗朗十則，可謂囊括無遺。尤以劈頭所舉「願助人而不求人助」，及第七則「絕不願痲煩別人」等語，如見肺肝，眞如僕之自道。非聰明睿智之才不能言。亦以見平昔作事讀書之心細。彼此雖素昧生平，無異多年知己。我生何幸，老而復得同道如　足下者爲友，眞可謂人生之良緣也矣。承示有意　枉顧，衷腸歡迎。爲求主客兩便，請以周日或周末下午爲期。萬一　足下利於晚後，亦未始不可。總須以電話先約，準定時刻，免相左徒勞也。尤有言者，綜觀先後手敎，無一廢話，且饒情致。恕我直心，足下謂我書百讀不厭，莫非受拙作之影響，然乎否乎，敢問一聲。又末尾「聲欬」之「聲」，係謦之誤，盼一查。僕作字艱苦萬狀，匆此不次。朽人 姜超嶽手復。七〇年四月廿三日子夜。

⑫趙先生來簡之三

姜公超嶽先生尊鑒：上週六晚 專程拜謁，承 公欣然接見，並暢談二時許，晚 獲益良多，復蒙賜書五冊，晚 拜領之餘，如獲至寶。晚 有幸得見異人如 公者，誠不虛此行。謹將初次印象筆陳如左：

公有正義感、有威勢、有俠義精神而無官氣，晚 認爲陳奮先生所言最爲中肯。

茲不揣冒昧，隨函奉上晚 創作及譯作之影本共六篇（其中二篇合訂成一冊），請 公指正，晚 文中提及之鄧縣長即鄧翔海氏。又、黃縣長家駒，是否爲公花谿同僚，請於便中示知。公運筆不便，如有指示，請電告即可。

公對劉斐那廝，是否略知一、二，若然，俟晚 下次拜謁時，再行賜告可也。耑此，肅叩 崇安。夫人前請代請安。晚 趙長明拜上。七十年四月廿八日。

⑬趙先生來簡之四

姜公超嶽先生尊鑒：昨日奉上一函，並附晚之拙文影本數篇，以供塵覽。晚雖有班門弄斧之嫌，尚望公以野人獻曝視之。

晚對　公之觀感，前上數書後，仍感意猶未竟，今再奉告一二：公與晚交談時，正氣逼人，威勢懾人，侃侃而談，毫無倦容，而風趣橫生，又使人如坐春風矣。隨函奉上當年作文三篇，批改者係劉宗烈教授，　公如有所感，則請加批，然後擲返，因係原件，晚擬保存，蓋欲敝帚自珍也。

今告　公一揷曲，即晚當日返家後，內子見晚狀至愉快，乃脫口而出：「你乾脆拜姜老先生做乾老子算了！」晚則報以「哈哈哈！」望　公以揷曲視之。肅叩　崇安。夫人前請代請安。晚趙長明拜上。七十年四月廿九日。

⑭趙先生來簡之五

姜公超嶽先生尊鑒：昨日上午承　公邀飲於鑽石樓，盛情可感，復於席間得識陳教授大剛、陳專門委員長賡、葉參事甫蓀、王參議縉達、及彭䎘先生諸君子，過去在　公鴻文中見其名，今則親見其人，晚快何如之。令嫒鄭夫人端莊賢淑，落落大方，誠名門閨秀也。

隨函奉上眼鏡紙一盒，此乃晚擬作爲小禮物而於出門時遺忘者，素悉　公喜實用之物，晚忖該物頗爲實用，乃自笑野人獻芹，望　公哂納，此種眼鏡紙係晚於六十八年仲夏赴美研習郵政時購歸者，將匣面之橢圓形虛線部分撕去，即可取用也。肅叩　崇安。晚趙長明拜上。七十年五月十一日。

⑮趙先生來簡之六（下有復）

姜公超嶽先生尊鑒：邇來天氣燠熱難當，想　公玉體康健如恆，爲賀爲祝。

晚今有一不情之請，可否就晚之名爲晚起一號，以電話示之可也，不必專函惠覆。

今晚又將　公之各集全部飽覽一過，係以「倒讀」方式爲之，愈讀愈有味，愈讀愈想讀，晚所言絕無誇張之處，公必以爲然也。晚家中電話爲七〇七七六九八。肅叩　崇安。夫人前請代請安。晚趙長明拜上。七十年六月十九日

⑯異生復

長明先生：白天電告所試擬「式健」二字，不審 尊意何如。因揣大名，似涵自強不息之義。言自強當以易之天行健爲極則，故取健字。式者、法也、用也、則也。所示作品，清新可喜，更求精進之道，不難成作家，謹爲預祝。原件容當奉還，匆此不一。姜超嶽七十年六月廿一日夜。

⑰陳先生來簡之一

異生吾兄：「國父之道德言論輯錄」一稿，敬煩吾兄作一次校核。其標題用「道德言論」，抑用「道德思想」，請兄作最後決定。如兄能撰一序言，不勝榮幸感激之至。校畢擬請三民書局出版，請 兄接洽之。專此，敬請近安。弟 陳立夫七〇、一、廿九。

⑱陳先生來簡之二（下有復）

異生吾兄：已排之首章稿，經已詳校，並增一段，因以往弟以「誠」、「仁」、「中」、「行」四者爲道統，今加一「公」字，以成其五故也。

五守新編序，（按此書現已改名實用文纂）此一題目，較前「五合一」爲勝，僅爲兄增「承其」二字，與文法稍合而已。專復，並請　雙安。弟陳立夫三、廿五。

⑲異生敬復陳先生

立兄：一昨快遞賜示，敬悉。經　兄詳校之首章，已送去照排。其中有關道統之說，新增「公」字一段，好極好極。惟弟事後沉思，就道統內涵言，誠、仁、中、行之終極目標，不離乎公，而國父畢生所致力者，亦無一非公。故道統之道，「公」其首要也。因而此段文字，於道統序次，似應重新調整之，尊旨以爲然否。

前日相見匆匆，不及盡言，茲補述數事：

一、書名曰「國父道德言論類輯」，擬即作定案。尊旨以爲如何。

二、此書承劉君盛意，已編入東大圖書公司之「滄海叢刊」，爲求格式之畫一，眉批從略，文中必要字句，改以黑體字，可較爲醒目，此點敬請原諒。

三、本書全稿計三百葉，爲防意外，分批交排。目錄及首章稿已收回，第二章四十八葉正在排字中。

四、尊稿全部，弟涉獵以後，深感此項著述，視　兄歷歲傳世之作，光采照人者，似乎有閒。率性而道，乞亮戇直。午夜草此，因作字甚困，恕不另繕。順頌　鈞安。朽弟巽上。七〇、三、二六、午夜。

⑳陳先生來簡之三

巽生吾兄：「國父道德言論類輯」之作，其主旨爲使國人知曉　國父重視道德，尤其發明之人類進化原則——互助，亦以「仁義道德」爲用也，當今社會道德淪喪之時，藉　國父之聲望以作警世，蓋有不得已之苦衷也，請費神校閱，其有不妥之處，亦請放手斧正爲禱。專此，敬請道安。陳立夫四、十。

㉑巽生敬致陳先生

立兄賜覽：曩在府中，曾有因評僚友（此人已故）陳某詩文「不發表比發表更好」一語，而見罪之故事。原出善意，竟得惡果，耿耿於懷者垂三十年。乞恕頑性不改，對　兄此次交辦尊稿，似亦作如是觀。作字日困，不能多寫，周末面談。朽弟巽上。四月十日。

㉒陳先生來簡之四

異生吾兄：昨承面示　尊見，今日始拜讀尊函，毋任感謝。弟非如陳某之好名而非發表此篇著作不可，因而錯怪吾兄者。蓋弟曾分別世界三種主要文化之異同，而謂三民主義文化「重人並重德」，資本主義文化「重財而輕德」，共產主義文化「重物而輕人」。彼二者之所輕者，正為吾人之所重，而為證明上述之言，乃有「四書道貫」、「人理學」、「孟子之政治思想」等書之著作。由於　國父之思想，有因襲吾國固有之道統者，遂有集　國父有關道德之言論而編輯之，其用意簡明，初不太重視本人之文章，祇求凡　國父言論之涉及道德者，均搜集之而已。兄認為此著一無是處，不發表比發表好，此弟之所以不能了解者也。至謂此著發表，將有損及弟之名譽一節，則非弟所應計及者也。開始時其書名為「輯錄」，今改為「闡說」，蓋尊重　兄之意也。如　兄認為並無「闡說」，則改回「輯錄」亦可。弟祇求文字上無錯誤，故請兄費神校訂，望　兄勿想得太深，僅告人曰：「立夫兄希望將　國父有關道德言論輯錄之，俾知　國父固極重視道德耳，如此可已」。專復，敬頌　雙安。弟陳立夫四、十九。

㉓陳先生來簡之五（下有復）

異生吾兄：細閱一過，知經吾兄之仔細校核，決無大錯，惟終覺缺少一序，因而信筆寫成一文以充之，請兄全權修正增入爲禱。

原稿中如有太差而可不列入者，請删之，弟信　兄必有理由也。專肅敬請　雙安。弟　陳立夫

五、廿六。

㉔異生敬復陳先生

立兄尊覽：讀廿六日　手示，一則曰「知經吾兄之仔細校核決無大錯」，再則曰「信兄必有理由也」，云云，惶汗迸出。實告　尊兄，稿中關於闡說文字，確曾一一拜讀，所引成文，則艸艸涉獵，漫不經心，惟偶見顯有舛誤者，逕爲正之而已。手民之誤，初校歸印刷商，復校由三民指定專人負責。弟於其間僅僅對於文字之連串及編排體制，略參些許鄙見，爾餘媿無貢獻可言，有負雅命，正感內疚，而　兄竟以「仔細校核」相讚，又謂「有理由可信」，如之何不令弟惶汗迸出也。

自序一稿，將道德淵源、內涵、功用，抉摘窈微，表而出之，既以彰我先民之聖哲，亦以見

本書作者之苦心，浮屠合尖，其斯之謂乎。因 兄信手急就，難免有欠周至，斗膽略施竄點，容另繕塵核。賤手痼疾，承洪君五度診治，曾見微效，而今依然如故，頑人頑痼，此生恐無望矣。所幸室人痛腰，大爲有效，特以告慰，並謝 關懷介醫之德。弟作此箋，艱苦萬狀，乞 恕不情，請將原箋交品石兄轉我留念。順頌 雙安。朽弟 異上。七〇、五、二八、燈下。

㉕陳先生來簡之六

異生吾兄：手書甫奉，弟正在感冒中，故即提筆作答如下：

自序一氣呵成，未加修飾，請兄不吝斧正是盼。

洪君僅爲 兄診治五次，恐不夠，七年之病求三年之艾，不可性急，多治幾次，看看如何，因不久洪君將從軍也。

屬寫字已寫好，交品石兄轉致矣。弟每兩年出國一行，是爲 先總統所允許者，今已近三年矣，故下星期六不復相晤，一切拜托，能早日出版，則企盼之至也。專復，敬請 雙安。弟 陳立夫五、卅。

㉖陳先生來簡之七

巽生吾兄：人應有親疏之分，弟由美國回來，親友送來不少禮品，因而分送給常常見面的老友，這是極自然極平凡的事，品石、仲麐等都受了。獨吾兄爲此竟不來見，弟眞不懂兄作何看法！難道受了弟之小禮品，有傷　兄之廉行乎。這眞是親疏不分了！又如兄欲弟寫字，弟認爲自己字寫得不好，不過　兄既不認我的字不太壞，慨然允之，是弟不視　兄爲普通朋友，故不揣冒昧而書之也，又如「國父道德言論類輯」，請　兄校核，亦非視　兄爲外人而作此請耳！敬請　雙安。

立夫十、八。

㉗陳先生來簡之八（下有復）

巽生吾兄：「國父道德言論類輯」一書，承兄之助得以出版，不知如何言謝，如　兄需要若干冊以贈友朋，告知後當卽寄奉也。立夫。

㉘巽生敬復陳先生

立兄雙好：賜物拜領，適逢出客，參與盛會，得用之至。弟特套用　尊示中「不知如何言謝」句以報，一笑。此次 大著出書，弟僅於體製方面略效微勞，實無足掛齒，而 尊示云云，其言重幾與最初責序於弟「不勝榮幸感激」之語，如出一轍。自惟庸朽，夫何敢當。弟不慣假情假意，試設身處地，感想何如。其實經此一役，而益見三民劉君之重道義，則爲意外收穫。版式校對，逾格鄭重其事，故成果大有可觀，此則可告慰我兄者也。弟右手宿疾，經洪君診治十數次無效而罷。此生將與筆墨絕緣，思之黯然。再 兄出國前，弟爲戴彭二友代求墨寶，萬懇得便大筆一揮與之，至盼至感。匆此不具。弟 異上。七十、十、七。

㉙陳大剛先生來簡之一

異公尊鑒：久未聆教，忽奉 華函，反復研誦，快何如之，多謝多謝！

月初刊於暢流一篇拙作——「挑三撿四話人生」，諒蒙 鑒及，補綴之作，拼拼湊湊，不成體系，聊以排時遣興而已。文中引用 大作「四爲窩記」中之四爲，及「快樂觀」中之四無、四自、四有諸款，借光增色不少。否則，恐祇有「三」可挑，無「四」可撿，可能眞成爲「不三不四」之作矣。因草此函，敬表謝忱！更盼不吝指教，俾供改進。

我 公擬出之雅集，定名「行素」，別緻高雅，迥異尋常，內容精實，尤可預卜，先睹爲快，企余望之！耑復，敬頌 雙安！弟 陳大剛敬復。七十、一、十一。

㉚陳大剛先生來簡之二

巽公尊鑒：奉囑贈姚平兄「行素集」一册，當卽遵辦。

昨接張樂陶兄長函，首段卽謂：「巽老精神體力健旺，文思奮發不懈，德操日新又新，是政府耆勳，是國家人瑞，是今世異人。弟習懶成癖，久疏通候，祈代致敬候之忱」。惟對我公大作「行素集」，未曾提及，恐仍在途中，尚未收到，否則，精神「飽啖」之餘，必將暢論一番也。耑此轉陳，順頌　雙安。附陳近照一張，請　惠存，並指敎。弟陳大剛敬上。七十、二、廿四。

㉛致陳大剛先生

大剛先生：元月十一日函拜悉。大作「話人生」一文，雖爲尋常小品之作，而涵義不凡，値得重刊。首段精簡，當然較勝，弟固自來雅好以少勝多也。小書之出，姚君處承代致贈謝謝。屬再寄五本，遵於本日加倍擕置三民門市部，留待尊便自取。如再有所需，隨時通知爲盼。

上月廿四日所示令友樂陶先生讚弟爲耆勛、人瑞、異人諸語，萬不敢承。淸夜自惟，幕府半世，犬馬之勞，「勛」乎何有。耄齡食息，徒慚偷生，寧足稱「瑞」。至言率性之「異」，祇求自了，無裨於世。謬愛過甚，惶媿無似。請代致意，巽生至感其盛情，而渴望能獲箴勉之德音也。此次所擬贈小書，聞已由其台寓寄去，知念特聞。再者，前承垂詢史博館自撰立意新、對仗工之春聯，上款書於下聯，下款書於上聯，有無根據一節，依鄙見推測，此必一時失察誤寫，不然無此必要也。先生以為然否。匆復不盡。朽弟 巽上。七十年三月十三日。

㉜陳大剛先生來簡之三

巽公尊鑒：頃得張樂陶兄由美來信，其中有一段有關我 公，並囑「便中乞代問好致敬」，其實，所談亦為我之心聲，故樂為代轉，尤樂為速轉。信云：「巽老者，人瑞也，異人也，千百中不得一。秉賦既異於常人，修持學養又有獨到處，如竹、如荷、如松柏，是以壽而康，老而彌堅，是異人也，亦人瑞也」。如蒙惠示指敎，尤願隨時代為轉美，使彼此均得互相關顧之喜樂也。附陳拙作「新加坡之『四化』」，順請 賜閱示敎為感！耑此佈悃，敬頌 雙安！弟 陳大剛手上。七十、八、十一。

㉝致陳大剛先生

大剛兄：上周某日，弟自外歸，知有 賜電，立即探訊何所見敎，而電梗未通。旋思或無要事，遂亦置之。今日閒居，特草此箋作面談。弟老而爲勞人，俗冗之煩，匪夷所思。積日累歲，營營僕僕，不知何爲，自覺可笑。年來困於作字，交遊中書問往還，對 兄與 令友樂陶教授，歉疚獨深。厚荷兩君子之過愛，歲序遞往，隨時垂念，隨事有示，弟則闕焉無報，祇偶爾乞靈電話一談，實媿不情之至。尤其樂陶教授，屢讚弟爲人瑞爲異人外，又益以如竹如荷，如松柏之頌，椎魯如弟，夫何敢當。竊嘗自揣，許以堅壯頑人猶可，他則一無足稱也。承先後示各刊物大作，或以趣勝，或以理勝，或以識慮勝。寓人生或經世之道於小品文中，是利人利己之作，以視尋常專供消閒者大異其趣。至言文字，自識 兄後，可謂日新月異，前後判若兩人。命題結構，妙趣橫生。如上月「新加坡之四化」一文，以鳥瞰方法，描述其地景觀，可謂囊括無遺，若論報導文學，此上選也。言至此，忽憶及當年 先總統八秩大慶，弟奉命恭撰壽序，即用鳥瞰法爲之，其所以受人重視者，殆即在是。總而言之，兄能以寫作爲樂，乃頤養至道，敬祝人文同壽。令友樂陶教授伉儷，弟亦時在念中，便代致意，月內當馳函候好也。附印稿一箋，別來賤狀，可於此覘其概。匆此，順頌雙安。朽弟 巽上。七十、九、七燈下。

㉞邵德潤先生來簡（下有復） 附晚翠樓記

拜讀「晚翠樓記」，如讀明人小品，敬佩敬佩。前人謂李義山之詩如枇杷晚翠，吾 師以之名

樓，兼取其「晚晴」詩意，誠可謂高明之極。謹爲箋註一二，以供俯酌云耳。謹陳

巽師垂察。受業德潤引首百拜。七十、十、十二。

一、知之「舊」矣，似可易爲「審」字。

二、官舍似太誇張，似仍稱宿舍或寓廬爲妥。

三、「而」云窩者，而字似可去。（以下文有「而」字）。

四、「見者矚目焉」。「見」與「矚目」重複，似可改爲「見者以爲奇」。

五、而園名未替，縈廻前塵……「園名未替」四字可去，以所言爲廬、爲窩、爲園，共有三處也。

六、高齋，俗語，似可逕稱齋。「或問齋將何名？」語較簡潔而有親切感。

七、「少須」似可改爲「會」，「會當有以告」。

八、凡新居初入，似可改爲「新居初遷」，較簡潔。

九、「士林中談及退休」，其下似可增「之善處」三字。

十、「人事之煩，殊逾意外」二句似宜刪。或將「人事」改「酬應」。

十一、「親故」之上「道義」二字，似含有褒此卽貶彼之義，以刪去爲宜。

十二、「故處此桑榆……」句，擬建議改寫爲：「李義山詩『天意憐幽草，人間重晚晴』。不期處此桑榆歲月，而有枇杷晚翠之樂，差堪自慰。遂以晚翠名吾樓」。

十三、樓所在地曰中港路……似宜加入新莊大地名，擬改爲「樓在新莊中港路……」。

十四、「駢」二幢成列，既言成列，「駢」字似可刪。

十五、幾三倍，似可刪「三」字。

十六、「置身其間，如生盛世」四句，似與全文體裁不類，擬改為「嘉木濃蔭，讀書自遣，友古觀今，洵可樂也。」

晚翠樓記

曩予京居有累廬，號累廬主人，親故知之舊矣。來臺而後，寄迹新莊官舍十餘載，世會艱虞，深悟知足爲富，無辱爲貴，不求爲高，友情爲寶之道，因名所居曰「四爲窩」。而云窩者，紀室之陋而安之也。前歲，官舍改建高樓，遷居景美山下，假棲友所，喜其地之清幽，則榜「沐園」於門，以表義清新，見者矚目焉。今雖事過境遷，而園名未替。縈廻前塵，廬也，窩也，園也，其名皆有所自，其事皆記之拙文公於世。謬承知好之欣賞，恒有資爲談助者。

自客夏遷回舊地後，氣象煥然，迥異於昔。或問高齋將何名。予曰，會當有以告。新居初入，於戶庭之粉飾，器物之供張，孜孜營營，顧亦勞止。部署既蕆，容與自憙，俯仰平生，感於稀齡告老，倏踰十有三春。當年懔朋輩閑愁難遣之說，亦嘗鰓鰓是慮。迨身歷其境，吾行吾素，一應依然，幾忘初衣之未遂。於是口碑輾轉，士林中談及退休，輒舉予爲式，且有發之翰墨，揚於報刊者。益以拙作諸書，行銷日廣，不虞之譽，不時而至。文字因緣，視昔猶盛。人事之煩，殊逾意外。名雖閒居，而日不暇給。幸老身頑健，肆應裕如。家室生事，賴政府之恩遇，親故之關愛，亦無虞匱乏。故處此桑榆歲月，固未敢自誇晚霞滿天，然昔賢枇杷晚翠之喻，差堪引爲自慰。遂以「晚翠」名吾樓。

樓所在地，曰中港路五守新村，高五層，層二戶，合十戶爲一幢，駢二幢成列，對列成巷，予居七巷三號二樓。四房而二廳，寬於舊建幾三倍。嘉木環蔭，塵囂不入，置身其間，如生盛世。飲水懷源，敢忘國家膏澤之渥耶。是爲記。異稿七〇、八、二七。

㉟異生復

德潤兄雙好：惠簡對拙稿如此費神，可感之至。所示各點，亦可佩之至。默數生平友好，能如兄者有幾。前歲卽世之北伐伙伴王澤湘，差近似之。承示「親故之上，道義二字，含有褒此卽貶彼之義」，眞是特等邏輯頭腦，虧你想得出。其餘各點，亦非老於此道者不能道。無怪年來方塊之作，篇篇有獨見也。玆再塵一稿，至盼一如前稿之指正。惟於老夫生平一切求眞求實之精神，須特加致意。凡有所作，悉以此爲的。就寫作論，力求葆我本色，絕不爲文章而文章。故有時明知爲土、爲俗、爲複，亦土之俗之複之，視義法蔑如也。運筆奇艱，不能多談。字劣乞亮。最後謝謝昨惠多珍。巽匆復。七十、十、十三清夜。

㊱尚達仁先生來簡

巽公老師：承賜示邵德潤先生讀　尊作晚翠樓記之箋註，邵先生博學多能，文壇名宿，著作等身，如生鄙陋不學，於辭章之道，實同盲瞽，何敢望其項背。茲謹遵命條陳拙見如後，幸恕小子之妄：

一、邵箋之二、八、九、十、十一、十四各條，意似可采。

二、二段「自客夏遷回舊地後……顧亦勞止。」似迂曲而辭費，如能簡以三數語表之，氣勢則與其下文貫串，益見完足矣。

三、「嘉木環蔭……如生盛世。」可否簡爲「嘉木環蔭，幽靜宜人。」生與邵意似皆對「置身其間，如生盛世」八字，若有所「隔」。（幸恕識小！）

又：十五年來，吾師每有著述，多授生先讀，是言教也；更承詢及芻蕘，以知問於不知，以能問於不能，感師謙光盛德，是身教也；啓發良深，受益至厚，生得私淑吾師，而辱蒙以爲可教，實爲勝緣。惟於師之文章，從未若邵讀「晚翠樓記」箋註之繁夥，良以學養識力不逮，但凡所白，皆出衷誠，其純其眞，信如邵也。幸祈垂詧。生尙達仁再拜。七十年十月廿二日。

㊲異生復

達仁兄：來書謂十五年來，受我言教身敎云云，論情誼，如此說法，實不合分際，且有「足恭」之嫌。倘改說「坦懷相見，不欺不罔」，則道著我心。如去歲僑美張樂陶教授，譽我爲「活的課本」，我固樂於自承也。至對拙稿「晚翠樓記」所簽各則，行家之言自多可采，惟其中若干偏見，不免有爲文章而文章者，與我生平壹是求眞求實，及力葆本色之精神，相去遠矣。例如文中結尾「置身其間，如生盛世」數句，原含深意，亦主旨所在。因我素以獨醒獨淸自負，雖處安樂環境，始終不忘身猶在莒，豈可「直把杭州作汴州」。區區愚衷，兄與邵子均未察及，無怪有爲文章而文章之失也。胡亂草此以復，閱後擲還爲盼。異生。十月二十三日子夜。

㊳吳中英先生自新竹來簡之一（下有復）

異公夫人同賜鑒：大半年來，迄無片紙隻字以達尊前，似此不近人情，實感惶愧無地。本月十一日接治康（朱溪）函，轉達　公電話中語，關念殷切，益增弟之不安。翌日因事適有臺北之行，所事辦畢，已午後一時，正值休憩，未敢以電話相擾。嗣因酷熱難耐，卽行遄返。

十七日下午，耑赴此間電信局，查證公處電話，已改爲「九九一七四六七」號，連撥五次，終未接通而罷，轉念不如仍修數行書，較勝長途通話之急迫忽遽詞不達意也。

弟日常生活，無足舉述，半年來應社會提倡，於近郊日作晨跑半小時，邊走邊運動，以此活動筋骨，確有效益，惟各處建物四起，田野清趣，日見消失，（街名「田美」，不久亦將失其所指。）新竹空氣汚染，測試爲全省第一，所居近處，近闢建一「七號公路」，（現正名爲經國路）原爲縱貫公路添一分道，因新路廣闊平坦，優於舊道，南北行車輛，大半改駛於此，日夜車聲隆隆，大氣汚染，視前益甚，晨曦散步，竟不敢作深長之呼吸，亦一憾事。

弟自顧體力，尙無衰頹跡象，目力則日以不濟，出行時，遠如公路車號、路牌等，皆不克辨識，近如車中座號，亦非就近探索，難以認明，處處受窘，致失獨行勇氣，而內子視力，亦僅略勝，體力轉有不如，平日怯於遠行，良以此故，今後相伴生活，又不知是何情景？秋涼後決當振作精神，偕內子趨前一行，一以面贖罪愆，一以傾吐積愫。公與夫人福體想必安康，際玆酷暑未消，惟祈益加珍衞！來年新刊，積件諒已不少，弟此次勢將繳白卷也。爲免　尊腕作書勞累，此信請不覆，如有所示，乞電治康轉告爲禱！耑上，虔祝雙安。弟中英敬上。內子附候。七十年八月廿三日。

㊴異生復

中英兄：接手書將及旬矣，乞　恕遲復。不見踰歲，音問雖疏，卻於　令親治康處時聞佳況。居今之世，能平善便足，他又何求哉。歲月不饒人，弟體氣雖未大衰，而作字退化則日甚一日。見來書細字密行，一如當年，眞不勝過屠門而大嚼之情，人生得此，是亦一福也。歆羨何旣。

承　示所在地田野清趣，日漸消失，此爲時代大勢所趨，莫可抗拒，縱不利於居處，而能致意養身，如　兄現時之所爲，亦未始非永壽之道。但不審每日晨跑時，鰜鰈同行否。弟深切體驗，世間健身靈藥，無踰於運動者矣。所望持之以恆，保證必效。上年「行素集」載有某老教授譽我爲「活的課本」之說，其言大可信也，一笑。

弟前所欲與　兄一晤者，原有事求教，爲省事計，附陳拙稿一箋，請　費神覽之。稿尾「另編總目，以爲索引」云云，此所謂總目，當指混合歷年各書之目錄而言，究應如何編法，擬請賜予臂助。此事　兄全盤清楚，如蒙俯允，十一月以前付印。不必亟亟也。如何盼　惠復。

再者，他日儷駕來時，請逕至舍下下榻，萬勿客氣，匆此，即　頌近安。弟異上。七十年九月二日夜。

㊵吳中英先生來簡之二（下有復）

異公賜鑒，奉二日 覆示，長數百言，出自親書，多勞 尊腕，感念曷極。前函語及晨跑事，奉 諭「健身靈藥，無踰於運動，持之以恆，保證必效。」友人喜譽 公為「活的課本」，弟深有同感。實則公之言行，在在足資世人師法，此其一端耳。

又承以晨跑時，內子是否與俱見詢，伊因長期執教久立，腿部患靜脈曲張，力有不逮，艱於遠行，嘗自解曰：「我日理烹煮、洗掃、整理諸家務，（赴市採購，現非日常事，姑不計。）蹀躞室中，不下千百步，即此已足，亦無殊於晨跑。」此事實也，弟不便相強。

奉 示將以歷年刊贈親朋各文集彙輯成書，公諸於世。七十年開國紀念，添此佳話，直是最大喜訊，亦讀者所殷望。承 囑代製一總目，弟樂於效命，遵提芻見如另紙，待奉裁定，即當進行，如期完成。至 囑「如能為此撰一序文尤盼」，則萬不敢承命，自顧所學淺薄，頻年有退無進，若 公丁巳聲氣集中所錄弟呈公一箋，今日再令執筆，誠不知若何措詞，恐即此亦將不逮，遑論其他。「文章自己好」，弟殊不足語此。

二日原示，擬請留於弟處珍存紀念，另呈影印一件，乞 詧收！原示因紙張較薄，一面書寫處，印時電光透射，字跡交疊，略見模糊，試印數紙均同。弟久蟄宜動，九日曾北來參加原服務機關所辦退休人員遊觀活動，至陽明公園及故宮博物院作竟日遊，昨北市一舊友又蒞舍長談，此信遲發，歉甚！敬祝秋節吉慶。夫人均此請安。弟中英敬上。內子附叩。辛酉中秋前一日。

㊶異生復

中英兄：中秋前後兩翰拜悉。簡答如次：

一、關於目錄者，所擬分類，與弟不謀而合，足證同心，亦果如預料。巧極妙極。惟爲求標題形式之整齊，文字略有差異耳。

二、複印原書目錄，以便剪貼，碻屬省事不少。玆寄奉現成者若干備用，餘請代辦爲感。

三、各類作品，當然以時間爲序，其中同一人書簡，要否集中一起，盼酌之。

四、凡事在實行時，難免發生意外難題，盼從容解決，橫直此書不亟亟問世，遲一、二月無妨也。

五、關於實用文纂序一文，尊簽各條，對弟啓示之作用甚大，乃舉一、三反，全盤磨勘，重施刪潤，仍乞指正爲幸。

六、序耑一節，兄不必客氣。一以弟之一切一切，在友好中兄知之最深亦最切，略抒觀感，便可成傑作。一以示兄乃弟所敬愛之人，不然，決不以此事相煩也。又昨函中所提及字句，至佩讀書之細心，「以廣」「廣以」之差異，在幾微間。習用語羼入此類文中，最爲大忌。兄能致意及此，想見對此道之功力。不能再寫，即頌　雙安。弟異七十年九月十五日。

㊷異生復

中英兄：讀所示關於拙集總目之編法，條分縷析，面面顧到，周密之至。如此細心，弟固自慚弗及，並敢斷言，相識友好中，不論老少，具此能耐者，恐無第二人。因亦見　兄之精力，猶是當年，前程遠景之壽而康，可預劵也。此次拙集之出，原擬舊版翻印，較爲省事。承三民當事逾格見重，堅持重排新版，於總頁次如何編排一節，大致由手民完全負責矣。

所示原箋奉還，其有字旁加紅圈者，係先獲我心之標識也。總而言之，一切請　兄費神作主，至感大德。匆此不具。弟異上。七十年九月三十日。

㊸吳中英先生來簡之三

異公賜鑒：上月二十七日弟偕內子自新竹抵北，不期而相逢於三民書局之門前，人間巧事，孰逾於此。久未晤面，見　公矍鑠如故，爲之大慰！當日在果公九秩誕辰紀念會場，與　公握別後，即返竹。歸後，展讀紀念會中獲贈之　果公遺著選輯，多有誤字，自恨目力不濟，否則極願通讀全輯，記所發見，以供更正。其中「小說等選輯」一書，第二三二頁「人事登記業務手册序言」文內「知難行易」誤植「知易行難」，適指　公當年在侍三處所掌業務，不識有必要告知出版者獎學金會更正否。

又弟近讀　魯存先生「八十述懷」一書，所得印象至深。憶抗戰當年，供職委座幕下，　公與魯公為弟直接主官，掌全國菁英資料管理，弟奉命日讀才俊自傳，擷其精要為小傳，呈　二公核定後，繕製精片備查。今　二公皆有璀璨卓異之自傳行於世，以視昔日所掌，不特「人」與「事」悉相合，此中殆有因緣存焉。亦可為　果公知人善任，添一明證矣。弟曾具緘覆　魯公，述所感，今以存底呈閱，倘　公文集中尚未及「八十述懷」事，願　公酌情采擷若干，備作紀念，不能謂非一佳話也。敬頌雙福，夫人均此。弟中英拜上。內子同叩。七十年十一月五日。

附復何仲簫魯存先生函

魯公賜鑒：援奉覆示暨　尊著「八十述懷」，遲未覆謝，歉歉。述懷一書，記敍詳明，所記有艱辛，有喜慰，最後則立民等諸弟妹一一卓然有成。衆芳競秀，直可傲視儕輩。往日所付辛勤代價，博得今日豐碩成果，　公與夫人得此以娛晚年，享盡人生樂趣，誠巽生先生稱道之福樂人也。書末記遊之作，描述風物而外，兼及各地史實，洵非浮光掠影之比，隨處可見　公之篤實風範，令人敬佩。數處誤排，附錄另紙，權充讀書筆記，以爲確經把玩細讀之證明，博　公一粲。專此，敬祝儷安，夫人均此。弟吳中英拜上。

內子附叩。七十年十月七日。

㊹吳中英先生來簡之四（下有復）

巽公賜鑒，五日郵奉一緘，不卜達覽否？弟近爲「圍爐夜話」，寫一讀後小文，投寄被退，一面證明弟之不識時務，一面反映革新求是，有時亦類門面話也。有關各件，另呈閱。公近惠手書二通，此次弟以印件留存，眞書還奉。他日再賜書，則仍請以眞跡留弟珍藏，隨以印本奉寄。「福樂篇」內涵，想必日見豐盈，年節在邇，延至歲尾截件，何如？實用文纂總目錄，弟擬先行試編，俟總頁號有定，再爲補入。公手頭待處事繁多，如有所命，請以　條諭方式行之。命寫之文，弟萬萬不能勝任，前已面呈，務請收回成命。耑上，敬頌　雙福。夫人前請安。弟中英拜上。七十年十一月十四日。

㊺異生復

中英兄：近疊惠書，均拜悉。兄對果公遺著，不但細讀，且有意爲之勘誤，好學精神，老而不渝，佩佩。所舉手册序言中失校字句，鄙意聽之無妨。因此類書刊，不比科技之書，或關重要文章，一字之差，或致毫釐千里也。兄以爲然否。

何仲老之「八十述懷」，弟於其上次出國前，已拜讀，頃承以復何函稿相示，言及述懷之作，其中扼要數語，喚起我之舊憶，無異重讀一過。弟已編入拙集「福樂篇」矣。

關於文纂總目錄之分類，弟欲化繁爲簡，辦法詳另牋，乞費神思考一番，究竟如何，由兄全權決定可也。序耑一節，兄既再再堅辭，我亦不便相強。其實文章有時可由逼而得，如弟已往之戴雨農傳，與先總統八十壽序，皆在不得不爲之情況下寫出。故此二文，可謂受逼之產物。甚望我 兄亦能獲此奇蹟，爲此書留一佳話，豈不懿歟？

老境逼人，運筆加困，日甚一日，時甚一時，欲言千萬，實不能再寫矣。朽弟 異七十年十一月十六日子夜。

㊻ 巽生復

中英兄好：拙著文纂，不日排畢，本年福樂篇，要否併入抑單行？亦於旬內決定。承兄代編之總目錄，如何乞示知。又前日寸緘，盼便中擲還爲感，附印品一紙，弟甚好此類作品之眞摯，兄以爲如何？又近日查閱 兄以往致弟之若干書簡，勝於此者不一而足， 兄曷不重溫一番，則深信要爲文纂作序，何患無話可說耶？匆此，佇候福音，順訊夫人同安。弟 巽七十年十二月五日。

㊼ 吳中英先生來簡之五（下有復）

巽公：三日前寄呈一限時信，尚未奉覆，時在懸念。

公最近每次來示，總提及要弟寫「序」的事，弟惶恐萬分，終年除向親友寫寫信而外，不寫任何文字，寫文言，更是除向 公寫信而外，絕少一用，平日的磨練太不夠了，所以屢向 公請辭，在覆上公信中，僅說「命寫之文」，不敢提「序」，因躭心 公或將蕪函收入新集刊中，讓人見了，詫怪說：「巽公錯愛人，也不能錯到這地步，如何弄到吳某頭上？」但 公的命令，一味違背，也心所不安。經連日籌思，今日勉強寫成「我所知於巽公者—爲青年讀者進言」一稿，特以郵奉，請公賜閱，如稍有可用之處，請 多加斧正，最多附入「散文」之末，萬不能置於序文之列，卽代跋亦不相配。匆上，順祝 雙福。弟 中英手上。十二月十一日。

㊽異生復

中英兄雙好：昨日限時掛號函，今午拜悉。所附大稿，洋洋三四千言，將弟 描寫成一完美人物，在 兄誠出至情，事事可以徵信，在弟則以爲如身後得此文，我子孫必視爲傳家珍寶。而今讀之，終覺有媿。假令已載其他書刊，吾轉錄之，猶可言也，否則將不免惹人恥笑，厚顏自衒。不知我等交情及 兄之爲人者，必曰互相標榜。爲免物議，擬暫置爲是。旋經反覆沈思，如此一片至情之作，因區區顧慮而置之，豈不大有負老友之盛情。況文中語語眞摯動人，除非讀者胸懷成見，不然，決不致以小人之心相度。所幸得有望重中外之立公，其言甚重之親筆題詞弁於首，與兄言可互相輝映，故決以大稿末後「先生能，我們爲何不能？」句作題代序，再以自序殿之，如此則可無他虞矣， 兄以爲如何。

最後一談寫作之技巧。 兄此次大稿，論發攄情意，已臻極致，吾無間然。惟於頌揚文字，須力求含蓄，其有不言而意自明者省之。凡近乎論斷如「完美」「至善」等詞，能免則免，所以避俗與泛也。循此原則，曾於大稿中有所點竄，特奉告一聲。當年拙作先總統八十序，全篇不見一歌頌語，而實無一字不歌頌。此爲弟 平生力作。所謂一語抵人千百者在此，所以能邀當時評選諸公之重視者亦在此。兄不妨細加揣摩之，可供借鑑也。不能再寫，即頌多安。弟異上。七十年十二月十二日子夜。

㊾林君璧女士自美來簡之一

異生兄嫂：此番囘國相晤甚歡！尤其蒙您下顧四次，臨行復蒙贈以上好茶葉，盛情感謝之餘，殊覺不安！以公高齡，上下樓梯，步履輕捷，不讓年少，雖私喜您的健康逾恆，但奉勸以後還是以穩健小心為妥！蒙　公邀約，得以躬逢花溪同仁春宴之盛會，幸也何如！此後仍盼不遺在遠，時賜教誨為盼！

嫂夫人腰酸已痊癒未，殊念。還望多多保重！征衫甫卸，征塵未浣，匆此，敬祝　儷福。令嫒統此道憶！君璧敬上。三月十九日。

㊿林女士來簡之二

異生兄嫂：三月中機抵美國，曾奉上蕪函，謝您此番對我的厚誼隆情，因忘記新址，寫的仍是舊日新莊的舊號數，想您文名國內皆知，雖號數寫錯，亦必能投遞到。久未蒙賜覆，不知有否誤於洪喬！甚念！嫂夫人病腰，際玆天氣漸暖，是否業已痊癒，惦念之至！望覆數行，以慰懷念何如?!吾 兄健步如飛，雖曰老而彌健，值得慶喜，但拍子仍以放慢半拍為妙！此番回國，晤長次二兒，臨別曾寫五言卅韻，及其他四律。因奉函給您候安，順便抄錄如上，精神好時替我斧正，如無興趣，隨手擲於廢紙中可也。千萬不要添您精神負擔為要！專此，敬祝儷福，並祝嫂夫人早日痊癒。君璧敬上。五月十四日。

⑤¹異生復

璧嫂惠覽：賀歲 尊柬昨夕到，謝謝。敬讀附白數語，藉悉因久不獲我之訊息，而大勞 錦注，自感不情甚矣，負罪甚矣，然我有說。

屢荷 賜教，而一直無復，作字太苦是主因，次則無事之忙，終感日不暇給，再次則以君子相度，嫂既知我艱於書，當能見諒。益以春初話別，曾聞「秋間再來」語，於是每奉手簡，滿以為事非急要，可待面傾，遂爾置之。飾辭欺人，素所不屑，如此說法，信否由 嫂。然 嫂或責以何不請夫人代筆，此則一家不知一家事，我雖夫婦兩口，而內外瑣務之繁，非意想可及。又以老伴體氣就衰，稍一任勞，便疲苶不堪，弟見其如此，實不忍加以額外擔負。他日 嫂如再見，佝僂老嫗，或不相識矣。

實告尊嫂，一年來與親友間之通問，在國內者，多致聲電話以了事，在國外者，如嫂所識之黃翰章，陳奮，劉子英，楊振青諸君，屢有存問，而均無復，其他姻晚鄉親無論矣。故有來無往，不獨對 嫂而然，務乞 垂亮是幸。

至先後所示詩章，一一拜讀，至佩賢嫂雅才，可以留鴻雪，陶性靈，亦可謂雅人之雅福。惜弟未習此道，不足與 嫂共切磋，思之慚然。承 詢文章事，自感才盡，無可發攄。偶有塗抹，一二記實而已。附奉本年僅有之短稿三首（晚翠樓記、實用文纂序、福樂篇引言。）別來賤況，可於此覘之。信筆率復，不盡不莊，字劣莫笑。敬頌健樂，兒孫都好。 朽弟 巽上。七〇、一二、二一。

㊾黃翰章先生自加拿大來簡之一

巽公夫人儷鑒：別又八月，曾未或忘，方期讀 公「行素集」之殷時，而書適時寄到，人世果有第六感存在，於茲又獲一驗證。讀 公新編，喜憂各半。喜者：公伉儷法書益精， 公之法書蒼勁如虬，尤勝往昔，剛正之氣，表現於揮灑間， 夫人法書師王，得其韻味神髓而不亂真，已自成一體，確係佳作。不知何日能獲 公發大願，伉儷合作，賜書一條幅，懸之吾室，供鑑賞也。憂者：公「與人篇」少，而「人與篇」衆，不似 公平日作風，可知「病腕」之劇，安能不憂。論楊聯「律己」「克己」之說，吾以為「律己」係表之於外 「克己」係發之內心，表裡兩面，惟「克」尤能獲自我之滿足耳。全書刊誤標點仍多，勘誤表亦有刊誤，試為改正附陳，不知當否？身居異邦，益念故國，未知何日再得追隨杖履，一登觀音山，謁果公墓，思之黯然。專請儷安。晚黃翰章拜上。內子並請 夫人安。民國七十年四月六日。

⑤③黃翰章先生來簡之二

異公夫人雙弗：春間一簡，論「克己」與「律己」，諒荷青覽。翰居此生活無憂，修身亦嚴，然心境總感孤寂，若無根，若如萍，凡事無動，與公龍馬精神，凡事認眞求精、再精、再求精，相去何止天壤，豈卽「蕩蕩」「戚戚」之別乎。家岳母來此後，由於氣候適宜，哮喘宿疾，僅偶一復發，卽醫卽好，健康情形，十分良好，平日生活完全自理，不須他人幫助，飲食定時定量，生冷不拘，葷素均可，早晚散步，滿期壽逾百齡。豈料事前毫無象徵，竟於八月廿日午睡中（老人數十年有午睡習慣）悄然而去，無疾而終，享壽九十五歲。老人誠有福，未經病磨，而生者遭此突變，精神幾難承受。今已殮已葬，五七已過，仍感不眞，悲夫。平日家常閑談，盛稱公德，老人去已遠，謹此代訃，恕罪，並請雙安。晚黃翰章、吳景雲拜上。民國七十年九月廿九日。

㊹ 異生復

翰章兄雙好：一年來屢承　存問，未嘗有復，而今年柬又至，自媿不情，歉疚兩深。

十月初，驚聞吳母王太君之耗，遙想君家大小，一朝失此老而彌健之慈母，悲怛可知。原擬馳書致唁，適因意外俗冗而未果。其實老人以天賜鴻福，患難歲月，得君家大小之善事奉養，壽登九五，無疾而終，亦可稱頭等福人。在賢伉儷長期定省，克盡子道，亦可無憾。

此次赴告書中，談及旅況，有「生活無憂，修身亦嚴，總感心境孤寂」語，設身處地，自是常情。但望於德業修養往上比，於世途際遇往下比，吾心泰然，則孤寂之感泯矣。弟生平所以無懼、無憂、無求、無怨尤者，卽得力於此，願與兄共勉之。四月來書，所示對「律己」「克己」之說，謂「一則表之於外，一則發之於心」，甚有見地，可佩可佩。

歲華逼人，弟作字退化，日甚一日，時甚一時，致親友間，疏於通問，實出無奈。所幸行動如常，生活亦依舊，視同輩之衰象畢露，終覺稍勝一籌。故鄉骨肉，竹報不絕。老伴因前歲一度滑跌傷腰，影響行動，歷年餘之久，近亦漸見康復，此則可告慰者也。兄所欲得其數行筆墨，不久或有以報。掙扎書此，不盡百一。爾餘賤狀，請於附箋中覘其概。諸兒女可好。朽弟　興七十年十二月十六日子夜。

⑤⑤張樂陶教授自美來簡（下有復）

異公長者夫人道右：習懶成癖，久疏通候，罪甚罪甚！臺北寒舍轉來大著「行素集」，拜誦至再，愛不釋手。一年一度，一言一義，以文會友，以友輔仁，尚眞尚誠，至情至性，至欽我　公胸懷萬丈豪情，心存無量慈悲，浩氣充沛，老而彌堅，尤深景仰！愚夫婦作客異邦，以讀書爲常課，並肩共讀　大著「我生一抹」之影，幸叨愛末，編印在册，附驥榮寵，至感汗顏！欣悉新莊華厦落成，喬遷新居，肯構肯堂，美侖美奐，翹首雲天，遙祝居之安，平爲福，康泰無疆，吉羊如意！

書中得讀六十九年十一月二十九日賜教，意外收穫，歡欣何似？

美國大選，卡特慘敗，雷根大勝，固然是美國公民鄙棄卡特政府之庸懦無能，欺善怕惡，違反美國立國精神，失去國際信任。而農夫下田，演員上台，亦充分顯示美國式之民主精神。我東方民族傳統觀念，視國家領袖爲全民之大家長，決非平地一聲，爭一日之長短而得。

國內此次增額中央民意代表之補選，賴政策正確領導有方，舉國上下，羣策羣力，縱有少數不肖份子，陰謀詭計，存心破壞，終以邪不敵正，未得逞其慾，故能順利圓滿。惟從多種角度看，似不難發現國家社會尚有未來之隱憂，未悉國內賢明是否注意及此？

老友杰人、翼遠相繼謝世，此二公學術事業成就雖殊，而其學有專精，特立獨行，擇善固執，功在國家則相同。海外傳噩耗，無論相識與否，同表悲悼。匆此奉達，未宣一一，敬頌雙安！後學 張樂陶拜上。民國七十年四月七日。

㊱異生復

樂陶先生道席：乞恕不情，無隻字以奉左右者歲餘矣。每接手翰，輒欲有報，一而再，再而三，終不果。所以爾者，近致故舊林君璧黃翰章函中，曾言之綦詳，已編刊新書內，擬藉此遍告親友，書出即以作答，故此不贅。

屢辱惠教，對弟之爲人，過蒙獎飾，深滋惶媿。自惟生平，凡事盡其在我，無求、無懼、無怨尤外，一無足道。有之，則甘於庸才庸能，知足知止而已。如是之人，竟承賢者之垂青，殆亦宿緣也耶。

別來尊況，時於令友陳大剛教授處聞悉一二。我輩桑榆歲月，能得今日，不往上比，大堪自慰而自樂。運會如何，聽之於天。想彼此當同感也。台大宿舍工程是否將落，大旆言歸有期，盼早示知爲幸。

弟本年所出小書，名「福樂篇」，體製如往例，仍以書簡爲主，同道君子出色之作不少，尊翰亦爲增光篇册之一。其有素未謀面之神交，而自稱弟子者，眞人間奇緣也。書出有待，先奉拙稿三首，賤況何若，可於此中觀其概。艱苦作字，不盡不恭，莫笑塗雅。順叩旅安，並祝 儷福。朽弟　姜超嶽上。七〇、一二、二五清夜。

㊵蔡大治先生來簡（下有復）

巽生先生賜鑒：天宇高寒，臘梅舒蕊，每懷丰標，倍切心儀。承　縉達兄轉示「丁巳聲氣」及「行素」兩集，意境清高，博約精邃，佳句連篇，回味無窮。深佩　先生飽學能士，軒曠豁達，如壁立千仭，清絕一塵。弟浪跡海外，倦鳥歸巢，塵裝甫卸，喘息未定，以致奉覆遲遲，中心滋疚。

先生勤筆日記，六十餘年來，迭經裘葛更替，無日或輟，片箋片玉，蔚爲大著，如非神凝心澄不爲功。晨起猶浴冷水，年登耄耋，頤養有道，過挫彌堅。筆力遒勁，左右逢源，難能可貴。暢遊佛光山，徹悟佛語心爲宗，無門是法門。閒眺羣巒滴翠，衆壑爭流，遠處波光帆影，盡收眼底，信步遣興，隨心攬勝，放懷天地間，靜觀古今事，心不爲形役，陶然共忘機，爲人生快事。疇昔　先生贊襄樞府，弟亦嘗尸素十易寒暑，嗣以啣命於役軍旅，請益無由。當年　先生在京，寓名「累廬」，台居公舍，自稱「四爲窩」，旋而卜遷木柵，署曰「沐園」。邇者五守新村改建，吉宇落成，致壯燕居，菟裘得所，抱道自樂，景美之至。

走筆至此，猶不已於言者，蒙賜鴻文，如聆　塵談。文爲心聲，用以載道。聲應氣求，則得道者，獲助多矣。集曰「聲氣」，洵名副實歸。至「行素」集之出，尤感擇善固執，耿介清操之可欽。先生涵泳經史，寄情翰墨，韜光養晦，抱樸守眞。勘破名繮利鎖，痛惡趨炎附勢，富貴而無求於人，壽考而無取於人。或云世事重重疊疊山，人心彎彎曲曲水。唯　長者之風，謙冲揖讓，上善若水，利萬物而不爭，鴻案齊眉，鶼鶼唱隨，蘭桂騰芳，蔗境彌甘。以言耆年好德，遐齡多祉，不爲諛頌之辭。

極目千里，河山丕變，遍地干戈後，故園春何在。天涯淪落人，只有歸時好。世亂愈覺江山美，時艱益識異士心。　先生道德文章，足以振人心，正家邦，乃濟世匡時之大經，不朽之盛事也。台甫異生，實則異士之謙稱耳。弟樗櫟不才，無以爲文，謹肅區區，聊申愚悃。祇候儷福！並祝潭弗！弟蔡大冶拜上。七十年十二月五日。

㊽ 異生復

遠玄先生閣下，捧誦　華牋，如親芝宇，辱荷　謬愛，盛加藻獎，且感且媿。弟出身寒微，既非含英咀華之材，徒有君子恥之之累，邇歲強顏操觚，祇以自娛，無裨世道，識小之作，惹人齒冷，視閣下之胸藏韜鈐，而文采斐然者，深慙樵魯矣。此番壯遊言歸，不審有以慧察所得，公諸世乎？企予望之。附塵前歲拙編留念集僅餘之一册，及近稿二紙，老來賤況，可覘一二。敬乞覽而教之。年邁艱於執筆，不能再寫，即頌潭福。朽弟姜超嶽手復。七十年十二月九日。

乙輯（受人者）

①李士昌君來簡

巽公長者尊鑒：辱惠　尊編「行素集」兩册，及　陳立公墨寶一幅，均已拜領，敬謝敬謝。陳公墨寶與夫人前賜之法書，爲晚平生所求之不得者，現併懸於寒舍。古有「山不在高有仙則靈」之語，今我有此二寶，蓬蓽生輝矣。然皆尊長所賜，晚愧無報，晚愧無報。恭肅　儷福。晚李士昌叩上。七十年二月二日。

②百齡長老沈鵬先生賜簡

巽生老兄大鑒：昨蒙遠道枉顧，並　賜阿華田補品，萬分感謝。上一天又接奉大作行素集，祇以瑣事較多，尚未開卷拜讀，容後細細閱讀。我輩朋友中能以如是高齡，好學不倦，以身作則，寫眞寫實，猶孜孜以導引青年學子，實不可多見，甚佩甚佩。弟與　兄一年多未見面，覺蒼老多矣。尚望善自保養，勿自過勞爲禱。並頌春釐。弟沈鵬拜啓。七十年二月十日。

嫂夫人均此請安。另附上拙作選集一册，斧政是荷。

③喬家才先生來簡

異生先生：今午收到行素集，知你又搬回新莊。謝謝贈我行素集！你將與朋輩來往函件，一一刊印成册，易於保存，如此細心，如此治事者，在臺諸君子，僅先生一人耳！瑣事煩忙，未能時時領教爲憾！敬祝　儷安！喬家才謹上。七十年二月十四日。

④劉祖生先生來簡

異公賜鑒：辱蒙惠賜尊著「行素集」，已由王建一兄轉到。仰見不遺微末，見愛良殷，感幸之餘，萬分敬謝！

拜讀尊著，若飲醇醪，回味無窮。如箴莊君函，義正詞嚴，不僅規勸其個人，亦足以正世風。再如告友遷家並歡迎下榻新居，情詞懇摯，一片誠意，躍然紙上。凡此，固爲我公待人、治事之常事，實皆有裨世道之大法則也。專此道謝。虔叩　雙福。晚劉祖生拜上。七十年二月十八日。

⑤陳玲萍女士來簡

巽公尊前：頃由 姚神父手中，接所賜「行素集」一册，捧讀再三，愛不釋手，且於同事間傳閱展讀，咸稱美道好，渠等皆曾研習中國文學有年，於文章寫作，亦頗有所好。

公於所賜書上署款，對玲萍以女士相稱，實受之有愧。蓋女士者，稱女子有士者之行也。晚雖忝列讀書人之列，結業於中國文學系，然常有學未精進之憾，於 公前常有愧色。女士之稱，實不敢當。

公近日燕居，一切安好。又 師母背痛，可已痊安，晚常系念在心。肅此，敬祈主祐。晚 陳玲萍敬上。七十年三月三日。

⑥黃祖增先生來簡

巽老前輩及夫人尊鑒：承賜寄 行素集一册，如獲至寶，先粗讀，後當悉心玩索，足以去病自強，遠勝加餐，廣收延年益壽之效，蕪箋致謝。恭請崇安，百事吉祥。後學 黃祖增拜上。七十年三月二十日。

⑦劉方雄先生來簡

興生鄉前輩道席：承贈行素集一册，展卷諷誦，一氣讀完，愛不忍釋。集中佳作，琳琅滿目，尤其若干嵌字聯，對仗工整，譽揚得體，歎爲觀止！承示收後惠復，並囑實話實說。不啻責令狗尾續貂，惶悚無已。

晚生平自期，有信卽復，絕不拖帶，尙沾沾自喜，認爲是一好習慣。惜去信旣未留稿，來信亦隨卽毁棄。以視前輩以耄耋高齡，對此類鴻雁簡篇，什襲保存，付梓分贈，並於扉頁涔箋囑實話實說，篇末附有勘誤表，復鈐以書畫章及年月日。具見治事精勤，心細如髮。後生小子不禁自慚疏懶，汗顏曷極?!

人到老年最怕無事可做，而又不謀自我消遣，自尋樂趣之道，徒呻吟唏噓，兀兀枯坐，戕賊健康，猶不自覺。綜前輩一生，服公時負責盡職，勞怨不辭，公餘手不釋卷，進德修業；退休後非整園澆花，探視親友，卽孜孜於寫作輯集，年必出書一册。不但深合養生之旨，抑且勵後學，砭末俗。且於前輩文筆之簡潔洗鍊，尊體之老而彌健，莫不與畢生精勤息息相關。

前輩所揭櫫之四爲原則：「知足爲富、無辱爲貴、不求爲高、友情爲寶」，實爲律身淡泊，處世敦恕之最高意境。晚將銘諸座右，終身服膺。但如將「不求」二字，改爲「不忮」，其義固同，其涵蓋層面則廣濶多矣？不知前輩以爲如何？

年前，前輩指示「踏瑕抵隙」四字，年來曾迭有發現，記憶眞切者，則爲劉仲康同志所著「笠蔭鴻跡」，再版時吳延環先生改爲「特工半生」一書中，亦有此一成語。特信筆附及之。惶肅奉復，虔叩 儷祉。鄉晚劉方雄拜上。七十年三月十二日。

⑧姻孫毛爾瑩小姐自美來簡

親愛的舅爺舅婆：回到學校忙開學，一轉眼就是一個多月，現在食衣住行學業都安頓好了。請勿念。

這次回去，看到舅爺舅婆的新居，寬敞雅致，一塵不染。能有這樣安靜的小天地讀書、寫字、生活，是多麼理想！想到您們能安心的住定在這兒，我眞感到高興。

這次回去，蒙舅爺及舅婆的鼓勵嘉勉，使我重新投入「戰場」時勇氣百倍，內心非常感謝您們，謹祝 健康愉快。孫 爾瑩敬上。七十年三月十日。

⑨劉松壽先生來簡之一

異公鈞鑒：先後拜捧大著行素集，暨長青雜誌，至感！至謝！以忙懶故，遲復乞恕。恭維政躬康泰，合府平安，允如所禱！

拜誦大著行素集，獲益匪淺：如集內第三十一頁所載黨國元老陳立夫先生與　鈞座信中云：「弟原擬效法吾　兄多出些書，終以坐不定而未果。」由此可見，連黨國元老亦想效法鈞座從事不朽之盛事也。再如第八頁：「超素無虛言。」第九頁：「因我之敢言，根乎秉性，義之所之，漫無顧忌。……而於『克己』一道，則顛沛造次，差能始終以之。」益仰鈞座克己復禮，仗義敢言，守信不二也。又第六七頁所示作文方法：「情理眞切，求意之美也；詞句清新，求色之美也；氣調舒暢，求聲之美也。意美則感人，色美則易記，聲美則順誦。三者具，庶幾佳作。」誠屬的論。蓋眞、善、美，係人生之最高境界。若能如是，豈止佳作。而鈞座著作等身，不僅足徵寶刀未老，而大作亦將成爲不朽也。拜讀之餘，略述所感，藉申謝忱。謹請　鈞安。晚 劉松壽上。七十年三月三十日

姜夫人前，均此請安。又及。

⑩劉先生來簡之二

巽公鈞鑒：久未修函請安，反勞朶雲先降，感愧何似。恭讀

大著福樂篇小引，「利人是尙，泯腐儒獨善之思，窮愁不興，災祲不至，於是福集而樂生矣，旣

福且樂，人生復何求乎，故以福樂名是篇，」其中所謂「利人」之心，即「兼善」之道。伏思鈞座連年均有大著問世，分贈友好；與文化大學法律系桂系主任公綽師同，桂師前年印贈亦新亦舊錄，去歲印贈二五七四年；眞是英雄所見略同。而鈞座實開風氣之先。「行素集」載黨國大老陳立夫先生亦將效法，良有以也。因風寄意，恭請崇安。晚 劉松壽上。七十年九月十五日。

姜夫人前均此請安，又及。

⑪劉子英先生自美來簡之一

異公先生賜鑒：久疏箋候，時切神馳。晚 於二月初旬偕同內子赴美國德州達拉斯市小兒定一處居留兩月，日前歸來，拜領 惠賜大著「行素集」一册，循迴誦讀，翹企碩德高風，欽遲靡已。

吾公爲人處世之尙眞尙情，唯精唯一之作風精神，正足以代表公人格之高超，與節操之卓越。吾 公之所以異乎常人者在此，其所以能以文會友，澹泊名利，不畏強梁，不媚權貴，所謂薑桂之性到老愈辣，守道之篤，老而彌堅者，亦在於此。以視時下人心不古，道德淪喪，寢假而至詐僞相尙，浮誇是競之不良風氣者，誠不啻暮鼓晨鐘而感慨繫之也。

大著中對於立夫先生之稱呼，雖時逾半世紀，而始終一仍舊貫，絕不以壽登耄耋而倚老賣老，有所踰越，其持躬之謹嚴，誠屬罕覯。又在「箴嘉義莊君」函牘中，對其規避債務一事之不當，剴切曉以大義之警語，誠為世人所不願言所不忍言者，而 公竟能直率言之，此種與人為善，愛人以德之赤忱，又豈目前若干人士，一味以唯唯諾諾敷衍應付為能事者，所可同日而語哉。吾 公言行一致之實踐精神，洵為鍼砭時弊之唯一藥石，惜乎盲心者多如過江之鯽，不僅不能以此為師為法，或竟譏其為迂濶為陳腐者，諒亦大有人在，不禁為之浩歎。

此地嚴寒已過，連日風和日麗，將至春暖花開時節矣。肅此奉謝，祇頌 崇安，並候 夫人好。晚 劉子英敬上。民七十年四月四日。

⑫劉先生來簡之二

巽公先生賜鑒：本年四月四日蕪箋計蒙俯察，弟 嗣以加國郵政罷工，歷時一月有半，致久疏函候，莫名繫思。恭維吾 公伉儷福壽康寧，百事如意為祝。臺灣數月來，連續遭颱風肆虐，公私損失慘重，至為縈懷，上月遠航飛機失事，乘客百餘人，全部罹難，誠屬慘絕人寰，實令人為之痛惜浩歎不置也！

先父在世時，曾有建祠興學之素志，但以戰亂頻仍，未能如願以償，晚 以愚庸，又不克繼承先人遺志，時用耿耿。前年退休後，爰將退休金撙節提出若干，設置奬助學金，俾作奬助吾陝旅臺部份家境清寒在學子弟進修之資，自六十九年起，已由陝西同鄉會於春節聯歡時期，代表頒發，獲得獎金者，共廿七人，計四千者三人，二千者十四人，一千者十人，合計五萬元，其經過情形，曾刊載陝西文獻第四十五期，玆抄緣起一份，敬請察核指教。

又晚於卅五年離陝後，不數年而大陸變色，家中情形，毫無所悉，近曾試行連絡，已得回音，其悲慘情景，實屬不堪名狀，言之痛心！並接獲妹婿鄭遂生函，附賀晚賤辰七絕一首，閱後百感交集，因步其原韻，共得廿二首，晚因不諳聲韻對偶，原期發抒胸中鬱氣，殊不足以登大雅之堂，第我公知晚最深，故特一併奉請俯覽郢政爲禱。肅此，祗請景綏，並候　夫人安好。內子附候。晚劉子英敬上。七十年九月十六日。

⑬楊振青先生自美來簡

異生吾兄道鑒：濶別兼年，時懷　風采，本年三月八日，接到行素集一册，未及開拆，即知吾兄又有新作，挑燈夜讀，大快「朶頤」！本宜早日函知，初因忙于搬家，繼因跌傷手腕，經月始愈，亟爲奉告，已逾月餘，罪甚罪甚！集中雖僅七十餘頁，與弟相識之人亦多，閱後不僅文辭立意之間，如飲清醇，提神醒腦，亦以藉悉諸親友之動態不少，客鄉夢醒，迴味深長。

來美兩載，乏善足陳，勉可告慰　老兄者，前年十月，與長子宗書，由紐約開車到舊金山，橫亙新大陸東西兩岸三千餘英里，經過十三州，費時九天，沿途並瀏覽名城勝景，如鹽湖城、黃石公園、大峽谷、拉斯維加等，眞是山川壯麗，地大物博，而全國公路網設備之完美，供應之便利，治安之良好，制度之統一，山林川澤保存之完好，鄉村之整潔美觀，人民之熱心助人，做生意者之老少無欺，非經若干時代之陶冶，曷克有此，固非富足即可做到也。於此，益想到我國大陸，血腥遍地，哀鴻遍野爲可嘆也！

至弟個人生活，以作畫、寫字、讀消遣什文爲主，加州大學東方圖書館相距不遠，庋藏中文古今書畫甚富，亦常到此消磨時間。最近因爲爬一小山，下坡時溜滑挫傷，腕骨破裂，夾板經月始愈。行素集故人歡聚圖，客廳雅潔，高朋滿座，不似從前必須坐牀沿矣。而第十頁致林治渭先生書中，乃知新居有四房一廳一餐間，廚廁壁櫃俱全，眞是今非昔比！您兩佬算是晚年多福，居此，更可延年益壽也！但願這種集子，卅年內繼續供應！即候春祺。素梅大嫂並此致候。弟楊振青上。一九八一年四月十五日。

⑭陳奮先生自美來簡

巽公賜鑒：久未奉書請安，彌深懷想！

來洛城一年有半，舊雨新知日見增多，經驗與教訓，交友必須小心謹愼，故日常往來者，均屬六十以上的老年人。在美國不受人情困擾，我行我素，自立自強。美國確實是眞正的自由、民主，警伯永不會上門來。但誠正爲修身立命之本，放之四海而皆準，堅持此原則，可以無憂無懼。正如吾公之教誨：「凡事求其在我，盡其在我，俯仰無媿於心，浩然之氣，即在其中。」言行不踰矩，念念之爲善，方能求心安理得，蓋念人言之可畏，天下皆然，人生苦短，往事歷歷，能不時刻懍然於心哉！（中畧）

紹青與我時常相見，他每星期四休息，亦偶來我家。他與我婿蔡中和，性情相投，工作類同，一老一少，成爲契友。中和如今的工作，即係紹青推介。我婿年青老實，作事勤懇，不談是非，與人無爭。他和紹青一個類型，亦屬緣份也。

奮和妻如今身體健壯，一切安好。唯望吾公和婆婆福體保重，並祈時賜教益。書不盡意，恭頌鈞安。婆婆前懇代請安。舊屬陳奮謹啓。一九八一年五月十日，于美國加州洛杉磯。

⑮宋廉永君來簡

姜公鈞覽：蒙賜「我生一抹」，讀後頓悟　公之教人眞言，畢生難忘。公在北伐文中敍「天下事未爲之以爲難者，爲之未必不易」，給晚莫大啓示。又　立夫公所敍各節，予晚爲人處事之道亦多。謹以所悟，深銘心版，爲此生遵行方向，當能涉險而不懼，臨危而不亂。敬祝　崇安。晚宋廉永拜啓。七十年七月一日。

⑯林治渭先生來簡之一

巽翁長者有道：承錫短箋，並「長青」一本，感甚。披閱謁陵圖，長者精神矍鑠，肅立前列，仰見一擧一動之間，莫不含有示範在。愷悌君子，民具爾瞻，良有以也。

夏間多雨，水患頻頻，長者雖樓居高爽，度必馳心故國，哀此孑遺，彼竊居高位者，連半部論語，都未曾讀得，其不禍民也，鮮矣。

晚生活兼課，一仍其舊，乏善足陳。至懇 長者曁夫人，時自珍攝，長享遐齡，禱之禱之！

祇此順頌 儷安！後學 林治渭謹啓。七月廿三日。

⑰林先生來簡之二

巽翁長者有道：承賜短箋，並文稿三篇，極感垂注之情。長者吐辭若金玉，而句斟字酌，必求至美至善而後已。仰見一生道德之潛修，事功之建立，亦何莫不如是。匹夫而爲百世師，一言而爲天下法，足爲 長者詠之。滄海叢刊，增列實用文纂、我生一抹、累廬書簡三書，正如錦上添花，身價益重，洛陽紙貴，佳話重傳，誠爲書林盛事。賤名忝附書末，不禁沾沾自喜，拜賜良多。渭退居有年，鮮與外接，所示端木同鄉，未獲識荊，歉甚。長者手疾，得用針灸治療否，乞探之。匆此奉復，並頌撰安！夫人前，乞叱名請安。後學 林治渭謹啓。九月廿一日。

⑱張進溢先生來簡

姜公超嶽先生尊鑒：您好，能夠認識姜老先生，眞是晚榮幸，聽趙先生時常提起 公之文章，值得研讀，晚很想抽出時間，到貴府拜訪，讓 公打從老遠來到我們辦公室，眞不好意思。在 公言談中，使晚輩有如坐春風之感。

從短暫之見面，晚深深感覺到，姜老先生退而不休，係一位忠貞、正義愛國之偉人。但願有工夫向公親聆敎益。

您寄來的兩本書，我已經收到，謝謝老先生，我會珍惜去閱讀它，待我九月特考後，與公暢敍！謹此敬請 崇安。晚輩 張進溢敬上。七十年七月二十七日。

⑲北伐伙伴賴世土先生來簡

巽公先生尊鑒：承賜「行素集」「留念集」，拜領已逾五日，適因小女偕兩外孫女自加拿大來臺度假，有所酬酢，致稽延未及時申謝，歉仄之至。

溯自民國十七年五三慘案之日，同在濟南軍營供職，而遇晚於次日突患重疾返鄉診治，由此與　公分別，計時已半世紀之久，回憶往事，感慨何似。

茲欲在此先提者：想想五十餘年前，就　公與晚之職位論，與彼此之年齡論，以及　公於民國卅年前後主持特別黨部指導小組內，有組員何仲簫先生，爲晚之中學時之老師，與遍閱　公所贈兩集大著。認　公之爲人品德，經驗，處處可爲晚楷模。晚望在殘年間，以　公爲老師，多予指導，故特以「先生」相稱。在電話中聞　公說話音響，仍如往昔，可知　公講究強身之道，高齡健挺，原因所在。晚自當一俟得暇，即趨前拜候，俾可面覲尊顏，並詳陳一切。專上，順叩儷安。晚賴世土敬上。七十年七月廿七日。

⑳汪祖華先生來簡

巽生先生有道：自駕移新莊，相距較遠，弟以病後體弱，不良於行，久疏　教益，時有海宇蒼茫之感！近曾數度電話未達，益以賢伉儷健康爲念，想一切勝常也！此次木柵水患，舍間托庇倖免，但已飽受虛驚矣！

開年以來，着手將頻年閱讀所錄之歷代女性詩詞，彙成一編，俟機付梓，實因女性佔全人口之半，其優良德性，不亞男子，且常過之，徒以舊習，視女子無才為德，可惜棟樑材，拋之在幽谷，良可慨也！前於四十七年，印行「女性的偉大」一書，業經三版，玆仍欲輯印是編者，蓋恐佳人之湮沒不傳耳！出版有期，當連同前書，寄請指敎也！時雖秋令，夏意正酣，諸維珍攝！並祝

儷安！敎弟 祖華拜上。八月十八日。

㉑原德汪先生來簡

巽生兄長勛鑒：六月廿八日曾到府上拜訪，適逢外出，悵甚！九月廿三日承寄序、記，均已恭讀，「晚霞滿天」，固所佩；「枇杷晚翠」，尤所愛，居安資深，自得之樂可知也。又寄七十左筆「海到無邊天作岸，山登絕頂我為峯」挺拔中更見意境。弟嘗讀陸象山最欣賞智通之詩「仰首攀南斗，廻身倚北辰，舉目天外望，無我這般人。」較峯上之我更提昇一層，所謂：「直將此心上透天心，以先立其所立大」也。連日出席萬國道德會議，遲復為歉！專此敬祝 嵩壽。弟 原德汪拜上。七十年十月九日。

㉒周光德先生來簡

巽師尊前：久曠領教，孺慕彌殷。日前電諭寄示尊稿，迄今未達，想係誤於洪喬也。茲奉告一事：光有友陳君賢華，南京人，上校退役後，任裕隆副廠長，居相近，時有過從。某次閒談，謂曾讀我師若干大文，清新明暢，不同流俗。近正苦於病痛，困於人事，惱於業務，終日皇皇，身心俱瘁，讀師文後，頓悟人生所求，獨營營於名利之非是。大有行年六十而知五十九年之非之慨。於苦樂見解，既得進一步之認識，胸中塊壘，遂爾漸消。特屬光廣搜吾師著述，藉資修養，此本年六月十四，星期日事也。次日，光因公忙，未為即辦。又次日乃親往三民書局購來「我生一抹」「實用書簡」「應用書簡」「累廬聲氣集」「林下生涯」五種，束之成裹，於是晚退公途中，欣然送往奉贈。及門，見其室內黝然，叩之無應聲而退。屬吾妻曉俠明日代送。不謂陳君竟於先夕病逝榮總矣。生前心願，竟成遺恨，殆亦數耶。光之遲誤一日，而未及面踐吾諾，終感有負於友。故商得其夫人同意，將贈書原裹殉葬，以慰逝者在天之靈。此事一以見吾友係今之有心人，一以見吾師之至文，感人殊深。竊想茫茫人海，愛讀師文，而致仰慕之忱者，必大有人在，立德立言，其斯之謂歟。區區愚見，師以為然否。肅此，敬叩 崇安，並頌 師母安康。生周光德拜啓。七十年教師節晨。

㉓戴樸庵先生來簡

巽公師座：久未謁晤，仰念爲勞。日昨在同鄉會得知鄭純禮先生，對浙江月刊轉載由生所寫之「江山柴大紀與臺灣」一文，大發雷霆，除函辭理事外，並責該文不應抄襲清史所載柴之十大罪狀云。其實該文內容，首先即敍明柴大紀秉性強悍，威武不屈之精神，致得罪炙手可熱之福康安，而落得殺身抄家之禍。中段敍其功業暨乾隆迭次降旨經過，亦夾敍柴以欽賜伯爵態度倨傲，或謂對福並未贍儀，以此得罪福康安。末段結論，以柴確保府城（臺南）固守諸羅（嘉義），以此二功，豈容抹殺。又以福係乾隆私生子，出將入相，爲皇帝紅人，所以各地各官奏摺，無非逢迎福之意旨，以致柴在此不明不白情形下，慘遭殺身云。所有引文，亦無十大罪狀，對柴不利文字，並未引用。似此爲柴剖白呼冤，竟遭鄭之誤會，至堪惋惜。吾　師須江物望，特以奉聞，尚乞教之。近年以來，筆耕爲勞，致疏請安，敬祈諒之。專肅，祇頌　大安。師母並此請安。生戴銘允拜上。十月廿二日。

㉔何芝園先生來簡

巽生兄：一昨與家人閒話，吾江現存同輩，健康之佳，惟兄爲最。反觀自身，老態龍鍾，步履維艱，相形之下，眞有天淵之別。知兄長弟兩歲，今已八十有四矣，率書所感以爲壽。秀才人情，博兄一粲。

觀夫日升月恆，動也；戶樞不蠹，流水不腐，動也；異生深得其中奧秘，故能壽而康，亦動也。異生好動，能耐勞，起居作息，極有規律，舉凡家常瑣事，洒掃抹地，事必躬親，從不假手於人。晨起必先沐冷水浴，日以爲常，雖隆冬嚴寒，亦不間斷，其恆心毅力，非常人所能及。居常勤於寫作，其鍊字造句，尤爲謹愼，毫不苟且。外出經常步行，健步如飛，從無倦態，胸懷開朗，豁達樂觀，處事泰然，不愁窮困，不懼權勢，一切盡其在我，但求無愧於心。凡此種種，亦其所以能長壽而堅實也。質之異生，不知以爲然否？草草不一，順頌儷祉！弟芝園敬上。七十年十一月三日。

㉕熊鳳凰夫人毛彥文碩士來簡

異生如晤：屢承囑寫點有關大著評語，常以疏懶未果爲歉，茲拉雜書些感懷、舊事以爲報，幸垂察焉。

自民國五十六年你的「我生一抹」問世後，一版，再版，又再版，紙貴洛陽，誠以言之有物，深受讀者欣賞。十餘年來，又陸續出版多種不同的著述，可稱多產作家。大著所以風行全國，不僅文采斐然，風格獨特，最主要者，乃因你的片言隻字，都有益世道人心，能發揚我國固有道德。你的「果廬書簡」、「果廬聲氣集」等書，作爲中學及大專院校模範國文課本，最爲適當。近二、三十年來，中學及大專學生，能寫一封通順而合規格的書信，實不多得。倘能熟讀你的著作，自當受益匪淺，同時於不知不覺中提高學生的國文程度，及立身的品德，補救目前教育的缺點，你的貢獻大矣！

一般敬佩你著作的讀者，祇知你是一位樸實無華，國學有根柢的飽學之士，但不知其中使你成就的眞正要素。凡寫作都需要有一個舒適的家庭，安靜的環境，不爲家事分心，不被飲食起居困擾，才能縝密思考，才能專心著述，要有這些條件，非有一位賢內助不可。異生有幸，你的夫人周素梅，不僅是位賢妻，也是多方面有才幹的家庭主婦。譬如：她會燒一手好菜，凡在府上飲宴過的人，莫不交口讚譽。對於縫紉亦具專長，自己衣著從不費一文縫工，連你的西服也是親手裁製。還有最突出的是她的王字書法，名學人毛子水先生曾說過：「周女士的字將傳後世」。她的字蒼勁有力，不似出於閨秀之手，殊屬難能可貴。又有藝術天才，不論如何簡陋居處，經她一佈置，便成爲幽雅、美觀的住所。這些都是看得見的才能，還有不易令人看見的內在美及高雅品格。

看她儀容，端莊秀麗，落落大方，待人接物，謙沖有禮，不與人爭長短，不背人說閒話。我與她有親戚關係，故有機會與她相處十餘年，深得她的協助。先夫秉三先生在世時，喜歡旅遊，我隨時作伴，上海的家，完全交由她代爲管理。這個家，分子很複雜，一不小心，便發生是非。可是她處理的有條不紊，上下翕然，沒有一個人不說：「周小姐處事公正，誠心悅服」。她有時也不免受到些閒氣，但在我面前，從不說任何人一句不是。

凡是與我來往的親友都喜歡她，尤其在抗戰期間，胡適之先生的夫人江冬秀女士，隱居在我家附近，常來敍談便餐，對素梅讚不絕口。曾告我不要此時讓她有婚配對象，俟抗戰結束後，她要介紹給北京大學胡校長的主任秘書某君（此君當時在西南聯合大學）。不料勝利突然來到，你很快便由重慶東歸，以多方特種因緣，竟捷足先登，得了這位淑女。巽生！這是你的艷福，也是緣分。事後胡夫人得知此事，深表遺憾，並對我多所責備。

你三十餘年來，無論居官或賦閒，都因得賢內助之故，一切稱心如意。現年越八旬，仍壯健堅實，耳聰目明，不遜青年人，殊非偶然，我認爲應歸功於你的賢內助素梅。素梅符合我國，婦德、婦言、婦容、婦功的古訓，足爲現代婦女的楷模。

信筆書來，字字心聲，不悉巽生、素梅以爲如何？悤悤不宣。彥文手白。七十年十一月廿八日寫於內湖麗山街寓次。

㉖林光灝先生贈聯

江海澄清多秀異。
山陵獻瑞祝長生。
辛酉春月，承江山異生先生惠寄行素集，即以爲壽。瓊山灝翁。

㉗釋廣元法師贈題

文字般若，出入三昧。
現身說法，盡是妙諦。
先後兩承超公長者惠贈大作，並屬爲文，因緣殊勝，歎未曾有。謹篆書以贊之，並乞兩正。釋廣元。

㉘原德汪先生贈聯

異生兄長教正

五守安宅，風義堪爲多士範。

一心弘道，好書傳與世人看。

總統府新莊宿舍，建於民國五十有三年。時秘書長張公，以元首詔國人守時、守分、守法、守信、守密之嘉言，錫名曰五守新村，所以勗同仁乾惕力行也。異生兄長安居於此，篤實踐履，素爲同仁所欽挹，今以村名名其書，德之流行，速於置郵，於是有徵而益信矣。弟 原德汪敬撰。

㉙曾霽虹先生贈聯

異老方家正腕

老氣尚思吞夢澤 集陸放翁句

曠懷眞足傲羲皇 辛酉孟秋之吉

後學 曾霽虹

㉚楊祚杰先生贈聯

晚霞爛縵迎朝旭。
翠羽棲遲宿碧梧。

江山異生先生，名其五守新村新寓曰「晚翠樓」。林下優游，老而彌健。爰撰聯賀之。並敬煩書畫名家浙東劉元先生書此以獻。　揚州楊祚杰拜辛酉秋。

丙輯（與人者）

①致馬紀壯先生

伯謀秘書長我兄尊覽：乞恕無狀，老而猶破例以私事有瀆於故人。弟退休後，本甘自廢，乃蒙伯季兩黃公之謬愛，堅邀掛名於史館。當以館隸於府，遂洽府方給予出入證，以便聯繫。自是以來，一幌十餘年。故弟仍於年前依例請換新證。據傳，是否沿例，須決於 尊兄，故強顏以告，如何，敬候 賜示。專此，順頌勛安。朽弟姜超嶽上。七十年一月六日。

②致李先生談紀念冊事

潤公偉覽：抱歉之至，屬事遲遲未報！昨以整夜功夫，一氣拜讀終了，率陳管見，聊貢參酌。

一、此冊之作，果在鑒往勵來，似以行健、自強等名之爲妥。原稱云云，明示紀念成事，難免誇衒之嫌。

二、德門鴻福，蘭桂騰芳，論德業之造詣，俱已可觀，於人生見解，定各有所得，訓誡之詞，可省則省。

三、記叙之作，欲求簡明，層次爲上。其有關詳履者，叙述不如列表，可一覽了然也。

四、照片說明，須有時、地、事之記載，方顯功用。於先人遺象，更須詳註生卒年月日，及安骨何所，以便後昆之追思。

五、說理文字，貴簡貴明。遇有驟視若無疵，究之則違邏輯者，有不如無，留不如刪。

六、此類傳家卽傳世之物，理當鄭重其事，力求完美而後止。其中經不佞一時斗膽所點竄者，祇以示盡心，不敢謂有當，還祈外公卓裁之。衰手作字，勿笑塗鴉。匆此、順頌雙安。朽人姜超嶽上。七十年四月三日。

③謝釋廣元法師贈題

廣元法師慧覽：惠箋言簡意賅，以少勝多，是大文章。篆法謹嚴，尤顯功力。惟文中「現身說法盡是妙諦」云云，前半語誠如見肺肝，後半語則過獎矣。因自揣淺人，一是率意，胡來妙諦。而盛意之加，永銘五中。謹此申謝，順頌 道安。朽人姜超嶽敬復。七十年六月三十日。

④致葉甫蓀先生

甫蓀兄：頃接吾友毛神父振翔電話，謂 兄所贈新出「東方」已拜領，囑代致謝。並謂對其中大作「司法院有無法律案提案權之研究」一文，讀後無任敬佩。因此一問題，就五權眞諦言，國家之法，立法院在立，行政院在行，司法院在司，監察院在監，各有所專，不得逾越，原爲不爭之事實。奈國人之論此者，大都浮議游談，莫衷一是。 大作以平實客觀之態度，博引旁徵，獨得肯綮，循理循法，頭頭是道，作出否定之結論。是眞解蔽妙文，亦應時之讜論也。云云。吾友爲人，不輕許與，今兄聞之，倘亦可以自慰矣乎。一笑，弟執筆日困，匆此卽頌 勛安。異七十年七月六日。

⑤謝查樹基先生贈攝影

樹基兄：名園邂逅，留影荷光，難得良緣，食兄之賜也。拜領珍藏，永志盛情。弟作字日困，匆此申謝，順頌 雙安。超七十年七月二十三日。

⑥致曾霽虹先生之一

霽虹我友：一昨賜電，適外出未歸。自揣朽邁拙墨，無足齒數，此次所以遵旨鄭重陳奉，滿冀拋磚引玉，可得雅士數行之福。不謂 君乃惜墨如金，靳而弗與，一聲電話以了事，老夫之失望深矣。朽手書告，順候文安。朽人江山異生七十年八月九日。

⑦致曾先生之二

霽虹兄：今晚接到尊聯，立即與老伴懸壁欣賞。書香、清氣、古色、逸情，兼而有之，近人書展中之楹聯，從未見有能媲美於此者。拋磚而得玉，老夫便宜極矣。惟以放翁「老氣尚思吞夢澤，曠懷眞足傲羲皇」詩句相貽，及無以爲報，終感耿耿耳。作字太苦，不能再寫，即止於此。朽人異七十年九月十六日夜。

⑧致王大任先生

大任我兄：賜件拜悉：歲月不饒人，弟作字退化，年來日甚一日，艱苦情狀，非外人所能想象。故親友間通問，大多乞靈電話。鄉也，尊嫂訃至，當即以布幛亂塗「賢聲永在」四字奉輓，不審過目否。晚年失偶之痛，最爲傷人，還望爲國珍重。　大作行狀，情文兩至之作，原無可議，既蒙不棄，鄭重垂問，則願貢一言備參考。此類文字，精簡是尚。一句一字，須以亡人爲目標，非必要之記述，可省省之，可略略之。蕪去精顯，讀者所得之印象自然較深矣。兄以爲是否。辱惠歷期東北文獻謝謝。即候 近安。弟 異上。七十年八月二十四日。

⑨致羅萬類先生

萬類兄：致惕兄箋，乞覽後代轉。一箋而兩用，乃不得已之取巧辦法，因弟近來作字，實在萬分困難，兄如在，必不忍睹也。弟 超七十年九月一日。

⑩謝成惕軒先生斧正文稿

惕兄文豪賜覽：一昨接手正拙稿，知在百忙中細心批改，感不可言。所正者無一字不精當，洗鍊功夫，弟更深慚不及遠甚。如自力爲之，不知要經幾許推敲，始達此境界。尤令弟傾服者，在二段末後，「有裨於固有文化之宏揚」句上，添一「冀」字，作者風度，便大不同。文豪文豪，眞我師也。至其中有一二處，弟因紐於結習，並葆我本色，擬維持原狀，伏希亮之。另附新稿，仍乞賜正。弟 作字日困，不能多談，即頌雙安。弟 超七十、九、十七。

⑪致李士昌先生

士昌如弟：惠簡及嘉貺棗桃合糕；節前收到，謝謝。此類食品，僕之友生，時有相貽，嗣後還望留給兒女爲是。前寄二稿，略有刪正，暇時前後對勘之，可得作文之道也。衰手作字，不能多及，卽訊府上大小都好。超七十年九月十七日。

⑫致老人會羅蕭兩先生

時審冠濤先生如握：久違矣，賢勞爲念。弟阨於執筆日困，文字之役，與致索然。近以事勢所迫，勉成短文三首，志在抒情，無關世道，不識可供「長青」補白否。請兩公裁酌之。「長青」日新月異，有目共睹，此乃諸執事君子好善求精之表徵，弟偶爾獻議，自慚識小，何與宏恉，而歷期「會訊」，竟頻頻謬加揄揚，庸朽如弟，抱慚深矣。伏乞後勿復爾，俾免「君子恥之」之累也。前函發已多日而不達，洪喬弄人，平白累我衰手多勞一番，不勝悵悵！匆此，順頌秋安。朽弟江山異生上。七十年九月二十一日。

實用文纂總目錄

一、書簡來簡類（以姓氏筆畫爲序）

發簡人	發簡日期	總頁次
王蒲臣老友	六八、六、二八	二二七
王蒲臣老友	六九、一、二二	三三二
王蒲臣老友談讀留念集之心得	六九、三、二九	三四四
王澤湘先生	六六、四、二三	六〇
王澤湘先生	六六、一〇、一〇	六七
王澤湘先生	六七、一、七	一二八
毛振翔先生	六六、五、六	六一
毛爾瑩小姐	七〇、三、一〇	四四〇
左曙萍先生	六六、九、二	六六
石仁寵徐淑芬伉儷	六九、五、二〇	三五四
丘一介將軍	六九、三、一六	三四一
沈　鵬先生	六六、二、三	五〇
沈　鵬先生	六七、二、一四	一三〇
沈　鵬先生	七〇、二、一〇	四三六

發簡人	發簡日期	總頁次
汪祖華先生	六七、三、三〇	一三九
汪祖華先生	七〇、八、一八	四四九
宋廉永君	七〇、七、一	四四六
杜時闓先生	六七、二、一四	一三一
杜時闓先生申論人生快樂觀	六八、二、五	二一一
李士昌先生	六七、一一、二六	一五五
李士昌志弟	六八、二、一九	二一五
李士昌志弟	六八、四、二五	二二〇
李士昌志弟	六九、三、五	三三九
李士昌志弟	七〇、二、二	四三六
吳中英先生	六五、六、九	一三
吳中英先生	六六、一、一五	四九
吳中英先生	六六、四、五	五九
吳中英先生	六七、二、二三	一三三
吳中英先生	六七、七、六	一四四

發簡人	發簡日期	總頁次	發簡人	發簡日期	總頁次
陳美卿小姐	六八、五、一八	二三三	喬家才先生	六五、四、一〇	一二
陳玲萍小姐	七〇、三、三	四三八	喬家才先生	六五、五、一	一二
游岳震先生	六五、七、二二	一五	喬家才先生	六六、二、二〇	五二
游岳震先生	六六、五、三	六一	喬家才先生	六七、一一、一八	一五五
游岳震先生	六七、四、二〇	一四〇	喬家才先生	六九、二、二七	三三八
馮尚衡先生	六七、五、二五	一四一	喬家才先生	七〇、二、二四	四三七
斯頌熙先生	六七、三、九	一三八	楊銳先生	六八、一一、一九	二四八
黃正傑先生	六八、七、九	二二九	楊祚杰先生	六九、九、七	三五八
黃正傑先生	六八、八、八	二三三	楊振青先生	七〇、四、一五	四四四
黃祖增先生	七〇、三、二〇	四三八	楊蕙心女士	六七、二、二八	一三六
黃翰章先生	六六、未詳	五三	楊蕙心女士	六七、八、二五	一四九
黃翰章先生	六八、二、一八	二一四	楊蕙心女士	六七、八、二一	一五〇
黃翰章先生	六九、四、二	三四七	楊蕙心女士	六八、六、一七	二二七
黃翰章先生	七〇、四、六	四二七	楊蕙心女士	六八、九、八	二三四
黃翰章先生	七〇、九、二九	四二八	楊蕙心女士	六八、一〇、二七	二四四

發簡人	發簡日期	總頁次
劉松壽先生	六九、三、九	三四〇
劉松壽先生	六九、一〇、三一	三六一
劉松壽先生	七〇、三、三〇	四四〇
劉松壽先生	七〇、九、一五	四四一
劉祖生先生	七〇、二、一八	四三七
劉華晁將軍	六八、一〇、九	二三八
劉劍寒先生	六九、四、八	三四七
賴世土先生	七〇、七、二七	四四八
濮孟九先生	六六、三、一一	五六
濮孟九先生	六八、八、一四	二三三
濮孟九先生	六九、九、一三	三五九
戴銘允先生	六六、三、一	五五

發簡人	發簡日期	總頁次
戴銘允先生	六七、二、二〇	一三一
戴銘允先生	六八、九、三一	二三五
戴樸庵先生	七〇、一〇、二三	四五二
藍蓴洲先生	六九、二、一五	三三四
魏紹徵先生	六八、四、六	二一七
羅時審蕭冠濤二先生	六九、九、九	三五八
羅萬類先生	六六、六、二	六四
羅萬類先生	六九、二、二五	三三六
嚴嘉寬先生	六七、二、二五	一三五
顧景岳先生	六七、一二、一六	一四三

二、書簡去簡類

原題	去簡日期	總頁次
致張樂陶教授	六八、二、二四	二五四
巽生復張教授	六八、二、六	二六八
致旅美張教授樂陶先生	六九、一、二九	三二七
巽生復	七〇、二、二五	四三一
復陳大剛先生	六六、一一、一五	八七
復陳大剛教授	六七、七、二三	一七七
致陳大剛教授告遷家	六七、一一、七	一八三
致陳大剛教授	六八、七、六	二五八
致陳大剛教授	六八、九、二	二六一
致陳大剛教授談快樂	六八、一〇、九	二六三
復陳教授大剛先生	六九、冬至	三二九
致陳大剛先生	七〇、三、一三	四〇七
致陳大剛先生	七〇、九、七	四〇八
復陳立夫先生	六六、一、一三	七三

原題	去簡日期	總頁次
復陳立夫先生	六六、一、一七	七三
復陳立夫先生	六六、八、一〇	八〇
致陳立夫先生	六六、一〇、八	八五
復陳立夫先生	六七、三、一	一六五
致陳先生	六八、三、二四	二五四
再致陳先生	六八、三、二五	二五五
致陳先生	六八、七、六	二五八
賀陳先生壽	六八、九、一八	二六二
復陳先生陳情	六九、三、二一	三一六
復陳先生陳事	六九、九、九	三二三
邀約陳先生一敍	六九、一一、一六	三二九
巽生敬復陳先生	七〇、三、二六	四〇〇
巽生敬復陳先生	七〇、四、一〇	四〇一
巽生敬復	七〇、五、二八	四〇三
巽生敬復	七〇、一〇、七	四〇五
答陳小姐簡	六八、五、二九	二二四

三、詩聯類

致贈人	詩或聯	總頁次
林治渭先生	聯	二七一
原德汪先生	聯	三四六
姚　平先生	聯	三五一
楊祚杰先生	聯	三五七
端木璋先生	聯	三九一

四、散文自作類

文題	撰文年月	總頁次
林下生涯弁言	六五、一〇	一
我所永永懷念果夫先生者	六五、七	二五
追記老友毛君人鳳二三事	六五、一〇	二九
豪舉記	六五、九	三二
拾遺記	六五、四	三三
丁巳聲氣集弁言	六六、一二	四一

致贈人	詩或聯	總頁次
林光灝先生	聯	四五六
釋廣元法師	題	四五六
原德汪先生	聯	四五六
楊祚杰先生	聯	四五七

文題	撰文年月	總頁次
大陸陳迹弁言	四四、六六	四四
謝壽小啓	六六、一一	八八
壽頌附識	六六、一〇	九四
總統　蔣公九秩正慶獻言	六六、一〇	一〇四
左筆留痕引言	六六、一〇	一一四
老年嘉會翦影	六六、一〇	一〇六
談健康經驗	六六、一〇	一一一

五、散文采錄類

滄海叢刊已刊行書目（四）

書名	作者	類別
累廬聲氣集	姜超嶽	中國文學
苕華詞與人間詞話述評	王宗樂	中國文學
杜甫作品繫年	李辰冬	中國文學
元曲六大家	應裕康 王忠林	中國文學
林下生涯	姜超嶽	中國文學
詩經研讀指導	裴普賢	中國文學
莊子及其文學	黃錦鋐	中國文學
歐陽修詩本義研究	裴普賢	中國文學
清真詞研究	王支洪	中國文學
宋儒風範	董金裕	中國文學
紅樓夢的文學價值	羅盤	中國文學
中國文學鑑賞舉隅	黃慶萱 許家鸞	中國文學
浮士德研究	李辰冬譯	西洋文學
蘇忍尼辛選集	劉安雲譯	西洋文學
印度文學歷代名著選(上)	糜文開	西洋文學
文學欣賞的靈魂	劉述先	西洋文學
現代藝術哲學	孫旗	藝術
音樂人生	黃友棣	音樂
音樂與我	趙琴	音樂
爐邊閒話	李抱忱	音樂
琴臺碎語	黃友棣	音樂
音樂隨筆	趙琴	音樂
樂林蓽露	黃友棣	音樂
樂谷鳴泉	黃友棣	音樂
水彩技巧與創作	劉其偉	美術
繪畫隨筆	陳景容	美術
素描的技法	陳景容	美術
都市計劃概論	王紀鯤	建築
建築設計方法	陳政雄	建築
建築基本畫	陳榮美 楊麗黛	建築
中國的建築藝術	張紹載	建築
現代工藝概論	張長傑	雕刻
藤竹工	張長傑	雕刻
戲劇藝術之發展及其原理	趙如琳	戲劇
戲劇編寫法	方寸	戲劇

滄海叢刊已刊行書目（三）

書名	作者	類別
知識之劍	陳鼎環	文學
野草詞	韋瀚章	文學
現代散文欣賞	鄭明娳	文學
藍天白雲集	梁容若	文學
寫作是藝術	張秀亞	文學
孟武自選文集	薩孟武	文學
歷史圈外	朱桂	文學
小說創作論	羅盤	文學
往日旋律	幼柏	文學
現實的探索	陳銘磻編	文學
金排附	鍾延豪	文學
放鷹	吳錦發	文學
黃巢殺人八百萬	宋澤萊	文學
燈下燈	蕭蕭	文學
陽關千唱	陳煌	文學
種籽	向陽	文學
泥土的香味	彭瑞金	文學
無緣廟	陳艷秋	文學
鄉事	林清玄	文學
余忠雄的春天	鍾鐵民	文學
卡薩爾斯之琴	葉石濤	文學
青囊夜燈	許振江	文學
我永遠年輕	唐文標	文學
思想起	陌上塵	文學
心酸記	李喬	文學
離訣	林蒼鬱	文學
孤獨園	林蒼鬱	文學
托塔少年	林文欽編	文學
北美情逅	卜貴美	文學
女兵自傳	謝冰瑩	文學
抗戰日記	謝冰瑩	文學
孤寂的迴響	洛夫	文學
韓非子析論	謝雲飛	中國文學
陶淵明評論	李辰冬	中國文學
文學新論	李辰冬	中國文學
分析文學	陳啓佑	中國文學
離騷九歌九章淺釋	繆天華	中國文學

滄海叢刊已刊行書目（二）

書名	作者	類別
國家論	薩孟武譯	社會
紅樓夢與中國舊家庭	薩孟武	社會
社會學與中國研究	蔡文輝	社會
財經文存	王作榮	經濟
財經時論	楊道淮	經濟
中國管理哲學	曾仕强	管理
中國歷代政治得失	錢穆	政治
周禮的政治思想	周世輔 周文湘	政治
先秦政治思想史	梁啓超原著 賈馥茗標點	政治
憲法論集	林紀東	法律
憲法論叢	鄭彥棻	法律
師友風義	鄭彥棻	歷史
黃帝	錢穆	歷史
歷史與人物	吳相湘	歷史
歷史與文化論叢	錢穆	歷史
中國人的故事	夏雨人	歷史
精忠岳飛傳	李安	傳記
弘一大師傳	陳慧劍	傳記
中國歷史精神	錢穆	史學
國史新論	錢穆	史學
與西方史家論中國史學	杜維運	史學
中國文字學	潘重規	語言
中國聲韻學	潘重規 陳紹棠	語言
文學與音律	謝雲飛	語言
還鄉夢的幻滅	賴景瑚	文學
葫蘆・再見	鄭明娳	文學
大地之歌	大地詩社	文學
青春	葉蟬貞	文學
比較文學的墾拓在臺灣	古添洪 陳慧樺	文學
從比較神話到文學	古添洪 陳慧樺	文學
牧場的情思	張媛媛	文學
萍踪憶語	賴景瑚	文學
讀書與生活	琦君	文學
中西文學關係研究	王潤華	文學
文開隨筆	糜文開	文學

滄海叢刊已刊行書目（一）

書名	作者	類別
中國學術思想史論叢(一)(二)(三)(四)(五)(六)(七)(八)	錢穆	國學
兩漢經學今古文平議	錢穆	國學
先秦諸子論叢	唐端正	國學
湖上閒思錄	錢穆	哲學
中西兩百位哲學家	黎建球 鄔昆如	哲學
比較哲學與文化(一)	吳森	哲學
比較哲學與文化(二)	吳森	哲學
文化哲學講錄(一)	鄔昆如	哲學
哲學淺論	張康	哲學
哲學十大問題	鄔昆如	哲學
哲學智慧的尋求	何秀煌	哲學
老子的哲學	王邦雄	中國哲學
孔學漫談	余家菊	中國哲學
中庸誠的哲學	吳怡	中國哲學
哲學演講錄	吳怡	中國哲學
墨家的哲學方法	鐘友聯	中國哲學
韓非子哲學	王邦雄	中國哲學
墨家哲學	蔡仁厚	中國哲學
中國哲學的生命和方法	吳怡	中國哲學
希臘哲學趣談	鄔昆如	西洋哲學
中世哲學趣談	鄔昆如	西洋哲學
近代哲學趣談	鄔昆如	西洋哲學
現代哲學趣談	鄔昆如	西洋哲學
佛學研究	周中一	佛學
佛學論著	周中一	佛學
禪話	周中一	佛學
天人之際	李杏邨	佛學
公案禪語	吳怡	佛學
不疑不懼	王洪鈞	教育
文化與教育	錢穆	教育
教育叢談	上官業佑	教育
印度文化十八篇	糜文開	社會
清代科擧	劉兆璸	社會
世界局勢與中國文化	錢穆	社會